第163届
直木奖
入围作品

银花之藏

【日】远田润子 著
杨漪漪 译

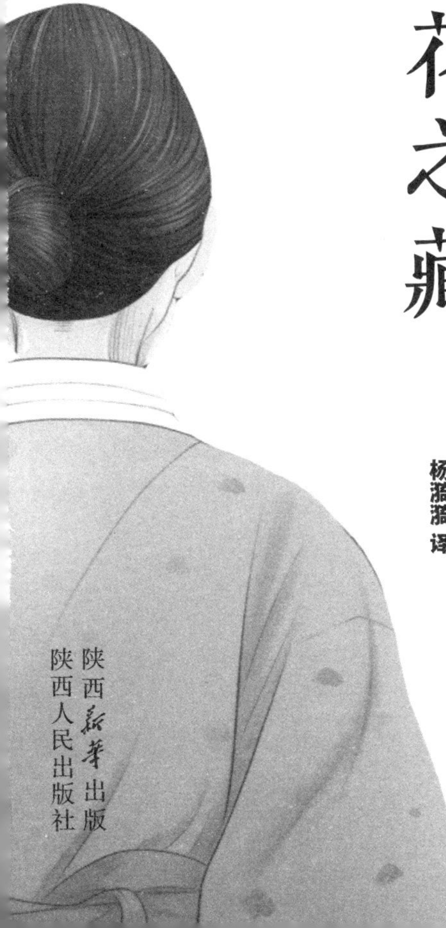

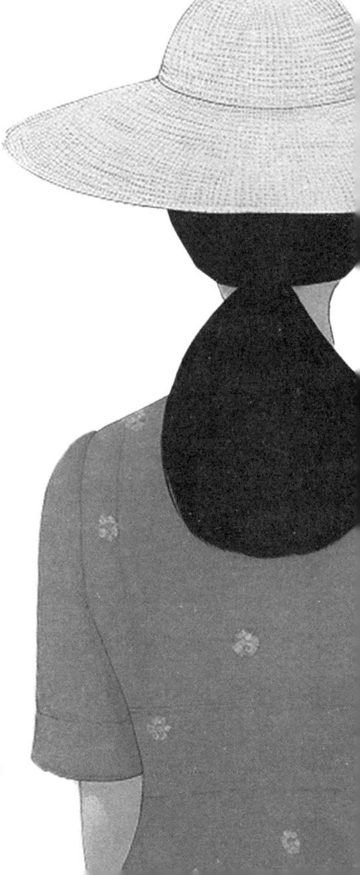

陕西新华出版
陕西人民出版社

饕书客

图书在版编目(CIP)数据

银花之藏/(日)远田润子著;杨漪漪译. — 西安:陕西人民出版社,2023.8
ISBN 978-7-224-14851-0

Ⅰ.①银… Ⅱ.①远…②杨… Ⅲ.①长篇小说—日本—现代 Ⅳ.①I313.45

中国国家版本馆CIP数据核字(2023)第034516号

GINKA NO KURA by Junko TODA
Copyright © Junko TODA 2020
All rights reserved.
Original Japanese edition published in 2020 by SHINCHOSHA Publishing Co., Ltd. Tokyo
Simplified Chinese translation rights arranged with SHINCHOSHA Publishing Co., Ltd. through BARDON CHINESE CREATIVE AGENCY, Hongkong.
Simplified Chinese translation copyrights © 2023 by Shaanxi People's Publishing House, Shaanxi, China

出 品 人:	赵小峰
总 策 划:	关 宁
出版统筹:	韩 琳
策划编辑:	王 凌　王 倩
责任编辑:	张启阳　慕鹏帅
封面设计:	哲 峰

银花之藏
YINHUA ZHI ZANG

作　　者	[日] 远田润子
译　　者	杨漪漪
出版发行	陕西人民出版社
	(西安市北大街147号　邮编:710003)
印　　刷	西安市建明工贸有限责任公司
开　　本	787毫米×1092毫米　1/32
印　　张	13.5
字　　数	270千字
版　　次	2023年8月第1版
印　　次	2023年8月第1次印刷
书　　号	ISBN 978-7-224-14851-0
定　　价	69.80元

如有印装质量问题,请与本社联系调换。电话:029—87205094

译者前言

远田润子是日本当代女性小说作家，1966年生于大阪，2009年以奇幻小说《月桃夜》初登日本文坛。她的作品文笔细腻深刻，擅长描写纠结复杂的人际关系和幽微细致的情感，尤以家庭、爱情题材见长。读她的小说宛如在黑暗之中探索精致而深邃的文字森林，过程令人纠结忐忑，却总能在看似平淡无奇的情节中捕捉到让人动容的细节，其间埋设的线索似草蛇灰线，起伏绵延，让人不由得为其精巧的布局击节赞叹。

《银花之藏》以一座传承百年的手工酱油酿造作坊（即酱油藏）为背景，围绕生活在其中的山尾家几代人的人生故事展开，述说了延续百余年的家族传承与坚守。故事的主人公是山尾家的独生女银花。银花的母亲是个身怀秘密的"可怜人"。银花的父亲醉心于艺术，一度拒绝继承家族的酱油藏，但迫于生计和长子继承家业的压力不得不携妻女返回故乡奈良。然而，一家人在酱油藏的生活并不如意。由于习惯和认知的差异，银花一家与严厉勤劳的奶奶多鹤子以及美丽桀骜的姑姑樱子之间爆发了诸多矛盾和冲突。烦恼缠身、艰难度日的银花没有料到，等待她的是一场突如其来的家庭变故，深藏多年的家族秘密也随之逐渐浮出水面……

2020 年，《银花之藏》入围日本直木奖。

2021 年 2 月疫情期间，我偶然得到机会翻译《银花之藏》。此前，我对远田润子了解不多，一开始小说中的复杂人物关系让我如堕五里雾中。唯有不带先入之见地进入文本，逐字逐句地精研细读，耐心进行探查，核对佐证资料，才得以拨开片片疑云。

《银花之藏》从类型上应归属于日本的"大河小说"。时间跨度超越百年，虽然没有过多直接描写，但是战争、灾难等典型背景事件都给小说打下鲜明的时代烙印。

小说的主要看点是角色之间的复杂关系，以及他们的行为动机。几乎每一个人都怀揣着秘密，随着故事的展开，深埋的真相被层层揭开。故事中人物情感矛盾纠结，因愧疚而表达的善意成为纵容过错的借口，悲伤的怨恨成为对彼此的诅咒。深受秘密折磨的每个灵魂都企图寻找安放之处，而作者则用女性特有的细腻笔触，表达了对主人公们默默守护的温柔情感。

小说既着重描写了酱油藏作为"家"施与生活在其中的成员的羁绊，也刻画出少女银花坚毅隐忍的性格和逆风飞扬的姿态。家是爱与温暖的传递通道，也是恨与伤害的容器。原生家庭中隐藏的"毒"，可能代代相传，皆因为我们从先辈处继承了一系列感受、规则和观念。一个人和他的原生家庭是否能够达成和解，是很关键的人生问题。我们每一个人都无法选择父母与孩子，但有权利去选择与自己相伴一生的那个人，有权利选择度过怎样的一生。相信每一位读者都会在这部小说中寻觅到自己某段情感的影子。如果大家读到这些文字时能够得到些许慰藉或勇气，我将不胜感激。

这部译著得以顺利完成，要衷心感谢大连外国语大学赵勇教授的帮助和指导，还有出版社编辑耐心细致的工作，没有他们的辛苦付出就不会有这本书的出版。

学海无涯，译域无疆，译文中的不当和疏漏之处在所难免，真诚欢迎广大读者不吝指正。

杨漪漪
2022 年 8 月 20 日

目 录

序章 竹之秋 ·· 001

1 一九六八年夏天 ·· 009

2 一九六八年秋—一九七三年 ·· 060

3 一九七四年—一九七六年 ·· 149

4 一九七七年—一九八二年 ·· 217

5 一九八三年—二〇一八年春 ··· 301

终章 竹之春 ·· 407

序　章

竹之秋

一阵急促的脚步声过后,只见两个孩子急匆匆地跑到了走廊里。

"奶奶,我们今天不去上学了,也跟着看看藏的整修工程好吗?"一对双胞胎飞奔着窜进了厨房,齐声问道。

正在厨房里清洗饭锅的银花停下了手里的活计(那口大锅的容量足有一升),转过身来,看着眼前的这对宝贝。两个孩子长得很漂亮,深琥珀色的眼睛里闪耀着光芒,熠熠生辉,俨然是从古老绘本插画里走出来的人物。 银花看着他们,不觉间心头涌上一阵疼痛。

"爸爸和妈妈同意了吗?他们也说不去上学没关系吗?"

"嗯——,他们说不可以。可是,如果奶奶同意的话,我们就可以不上学了。"双胞胎中的女孩子用小大人般的语气回应道。

"你们爸爸妈妈都说'不行了',那就是不可以的哟!"

银花一边说着,一边重新抄起椭圆形的棕刷子奋力地刷洗起大锅来。凉冰冰的水甚至随着刷洗的动作溅进到了她的脸上。

"那么,我们再去问问爷爷的意见吧。咦,爷爷呢?"女孩问道。

这时,双胞胎中的那个男孩子抢着说道:"哎呀,应该在他常常待的那个地方吧。"

双胞胎终于又从厨房飞奔着跑了出去。这一次,他们竟站到了卫生间的门口。只听见两个人大声地喊道:"爷爷,爷爷,您说,我们今天不去上学了,好不好啊?"

卫生间里似乎传出了什么声音,然后两个孩子发出愤愤不平的牢骚声:"啊——我们原以为,请求爷爷的话,他一定会答应我们的呢。"

这幕场景不禁让人哑然失笑。在这个家里,爷爷和奶奶原本是这样一个组合——"无比严厉的奶奶"和"无比溺爱的爷爷"。不过这次双胞胎无功而返。

"喂喂,我说啊,抓紧点! 快把早饭吃了,上学马上要迟到了!"

"是——""是——"双胞胎满心不悦,一边嘴里回应着银花,一边走出了厨房。

紧接着,走出卫生间的爷爷也来到了厨房里。

"欸，我说，银花！今天就让咱家的双胞胎休息一天吧，不好吗？"爷爷颇感遗憾地小心询问着奶奶。对于丈夫的心思，银花当然心知肚明，就今天一天，他是多么希望带着孙辈们一起看看整修工程啊。

"可是，他们的爸爸妈妈都说了不同意他们请假不上学，我们当爷爷奶奶的再横加干涉，不合适吧？"

"你说得也在理啊。"爷爷一边用手搔着白发，一边难为情地苦笑着。

"你正在刷洗什么呢？我帮帮你吧。"

"谢谢你了，这就好了，马上洗完了。你先吃早饭吧，整修工程的人，马上就要到了。"

丈夫听话地离开了厨房。这时，偌大一间厨房里只剩下了银花一个人。一阵风忽然从窗口吹进来，就像完全等不及似的。银花停住手里洗刷的动作，侧耳倾听那从藏后面的竹林深处传来的簌簌响声。

银花闭起眼睛，脑海里立刻浮现出无数金黄色的落叶在风中轻舞飞扬的景象。是啊！现在正是竹林之秋，已经到了竹叶飘落的季节，而那终点就是春天。银花回到故乡的这栋老宅，已经整整五十年了。在这五十年里，自始至终，耳畔听到的都是这竹林的声响。

多少个黑夜白昼，寒来暑往，真是好幸福啊！

当然，也有感到并不幸福的时候。但是，始终同银花在一起，不离不弃陪伴着她的，就是这藏和藏后面的那片竹林。

终于将那口大饭锅刷洗干净，银花一边用布擦拭着，一边向餐厅方向望去。圣子正在给怀里的婴儿哺乳,她的身旁坐着她的丈夫莎夏。只见他一边同双胞胎说话,一边喝着酱汤。"欸,好奇怪,"银花心里嘀咕着,"怎么不见丈夫的身影,他去哪儿了?"

"爸爸,爸爸,这是我们一生的愿望啊,就今天一天好不好?"双胞胎仍然执着地胡搅蛮缠着。

"绝对不行! 你们俩,给我好好地上学去!"圣子调整了姿势重新抱好婴儿,对双胞胎厉声说道。

"爷爷和奶奶的话,也不可以不听啊。"莎夏也一边附和着圣子的话,一边点头称是。

银花坐到圣子身边,望着专心致志吃奶的婴儿。"整修工程开始了以后,这孩子可能就没办法安安静静地睡觉了吧。"

"这孩子肯定没问题,他和双胞胎完全不一样,随便放在哪里都能香香甜甜地睡大觉。"圣子说着,顺势将婴儿直立着抱起来,轻叩他的后背,让孩子打奶嗝儿。

确实是啊,这孩子怎么会是那样的呢。银花轻轻地抚摸了一下婴儿的小脑袋,走出了餐厅。她穿过檐廊来到庭院里,迈步向着藏走去。

果然,丈夫去了藏的里面。一束阳光刚好从房顶的天窗射下来,照在丈夫的身上。此时,他双手交叉抱在胸前,在那束光里伫立着,丝丝白发在阳光的照射下泛着银色的光芒。看到此情此景,银花忽然间感到胸中像是被塞进了什么东西一般,闷作一团。"从什么时候开始的呀,仿佛转眼间,他竟然满头华发了啊。想一想我们初次与这藏相识的时候——藏的里面充斥着酱油、曲子、霉菌和灰尘，还有到处飘散的大豆酱汁味道。"

藏从那个时候起就一直是这个古老陈旧的样子，并且那老旧的样子始终如一，看起来从没有过一丝一毫的改变。但是，人却不同，人会随着年纪的变化而逐渐老去。

"再见了，让我们再看这古老的藏最后一眼吧。"银花说着站到了丈夫的身边。

"是啊——"丈夫头也没回地应声道，"还是，让我们一起期待一个全新的藏出现吧。"

"也是啊。"

本来夫妻二人还想再说些什么，可是话到嘴边竟找不到合适的措辞了。就那样，两个人沉默良久。丈夫用略显紧张的口吻对银花说道："从今以后啊。"

"是啊，从今以后。"

是啊，是啊，从今以后，从现在开始。话虽这样说，可眼泪已经忍不住要夺眶而出了。当银花仰头望着屋顶那些粗壮的房梁，想尽力忍住泪水，不让它掉下来的时候，藏的外面一阵人声鼎沸，变得嘈杂起来，好像是做整修工程的车辆到了。一位看起来不到四十岁的年轻领班从运载着重型设备的大卡车上跳了下来。互相打过招呼之后，这位领班开始为大家说明整修工程的步骤和大致安排。

"首先我们要搭建脚手架，并且铺设遮盖布。我们一定会多加小心，周到细致地进行施工作业，但是，难免还是会出现一些尘土飞扬啊，震动啊等等情况。您看，除此之外，您这边还有其他什么特别担心的事情吗?"

"前面庭院里有一株柿子树,请您施工时多加小心,不要伤到它,好吗?因为受一点点伤害,柿子树的树枝可能就会折断。"

这位领班将安全帽的帽檐稍稍向上推了推,眺望那棵柿子树。

"啊呀,真的是一棵非常古老的树啊,它还能结果实吗?"

"是的,它每年都会忠心耿耿地、雷打不动地为我们奉上甜美的果实。去年是结果的小年,今年肯定是大年。从现在开始,我们全家都在快乐地期待着,今年这棵柿子树一定会长出累累的果实,我都能够想象得出满树柿子闪闪发光的样子。"

"好的,我明白了。我们一定会小心地施工。"

正房里的所有窗户都被关上,并且拉上了窗帘。厨房里那口能蒸出一升米的大锅正在火上咕嘟。之后,做好的饭团和沏好的热茶被一并送给施工的工人师傅们。整修工程似乎一切顺利,按部就班地向前推进着。

午后两点刚过,重型机械的声音突然间停住了。过了一会儿,施工的人来到正房里。他说希望主人到藏里来看一下。银花和丈夫不知道发生了什么,于是两个人一起前去看个究竟,结果发现那里有着一种不同寻常的气氛。

"请您来看看这里……"领班指着藏的地板给银花夫妇看。工人们正在进行刨除老旧水泥地的施工,不料在地面正中间挖出了一个大洞。往里面一看,黑黢黢的泥土深处似乎埋着什么东西。

"这也许是个什么宝物,也可能不是什么让人愉快的东西。"领班一边挠着头皮一边说着,"您看,怎么处理比较好?当然,就当什么也没有发现,这么重新填埋回去也是可以的,但是……"

银花和丈夫面面相觑,对视过后,明白了彼此一样的心意。

"无论如何,还是先挖出来吧。"

轻轻地扒开周围的泥土后,人们眼前出现了一个古旧的木箱。正当工人们要将那箱子整体挖出时,箱子的盖子因为已经腐朽,哗啦一下掉进了箱子里面。

"哎呀呀!"负责挖掘的工人师傅遗憾地感叹道。

领班将灯光凑近一看,看到一个茶色的圆滚滚的东西。这到底是什么呢?人们都屏住了呼吸,集中注意力凝视着眼前这个奇怪的东西。木箱里放着的这个东西,原来是一块还残留着些许头发的小小的头盖骨!

"这,这是一个小孩子啊,而且已经年代久远了!"语气既感慨又惊讶的领班如是说。

那骨头外面包裹着全然破败的和服,已经腐烂,上面满是霉菌的布料,被灯光一照,竟然呈现出深色格子花纹的质地。

"这是座敷童①啊……"

刹那间,人们似乎看到一个孩子在这个酱油藏里奔跑穿行,他穿着蓝底柿子色格子花纹的和服,从一个酱油桶跳向

---

① 座敷童:主要指岩手县传说中的一种精灵,是住在家宅和仓库里的神。

另一个酱油桶,就这样在酱油桶之间来回嬉戏,甚至能听到他跑动时发出的啪嗒啪嗒的声响。

丈夫沉默不语,盯着木箱发呆,拼命地咬紧了牙关。

"座敷童?"领班满面狐疑,"这个?难道是座敷童的骨头吗,你们说是?那么,这座敷童不是妖怪吗?"

"说是妖怪嘛也对,但是他可是神灵啊,是能够守护这个家族的神灵啊!"

银花仰望藏的天井,看到了高高的天窗和粗壮的椽子。"啊!原来如此,这就是座敷童的真面目吗?就是这么一块小小的骨头扰乱了我们所有人的人生吗?"忽然间她觉得脚下站立不稳,身体轻飘飘的,眼前发黑。

"藏里原来住着一个座敷童啊。只有这山尾家主人才能看得见的座敷童。也就是说,看得见座敷童的人才有资格当山尾家的主人。"这是银花从小就常常听父亲念叨的。

座敷童出现的时间距今大概五十年了,那是大阪世博会召开前一年的事情。人世间总是有这样的情况,有的人做梦都想看见却总是不能如愿,而有些人呢,从没有想过要看见,却最终得以相见。

"银花,喂喂,银花,醒醒!"

银花耳边响着丈夫一声声的呼唤。她在丈夫的臂弯里慢慢地抬起头。

"……哎,没关系的,我不要紧。"

银花再一次往那个洞穴中窥视了一眼,然后轻声地呢喃着:"终于见到你了,原来,你就是待在这样的地方呀。"

1

一九六八年夏天

父亲真是一位选购礼物的天才。

每次他远行去写生,回来时都会给银花带礼物。镶嵌木工艺的小盒子,描画着白牡丹的精巧小碟子,甚至还有据说是在渔港从别人手里分得的玻璃浮球,等等。无论哪一件都饱含着父亲的心意,全都是精美绝伦的礼物。所以,银花心底里特别坚信一件事,那就是,自己的父亲绝对是一个挑选礼物的天才级人物。

这是一个太阳火辣的午后,银花急匆匆地走在满是尘土的大道上。大道旁边就是小学校园,但由于现在正处于暑假期间,所以校园里鸦雀无声、静谧安详,只能听得见烦人的夏蝉不知道躲在什么地方一个劲地鸣叫,感觉不到四周有人。

银花边走边用手摸了摸自己的头,天啊,头顶已经被太阳晒得发烫,简直像要被烤焦了一样。唉,出家门时太匆忙了，竟忘记戴一顶帽子出来。去年冬天，她九岁生日的礼物明明就是一顶帽子呀，今天竟全然忘记了戴出来，真是后悔啊。那是一顶点缀着漂亮蓝色绸带的草帽。记得当时父亲还笑着说："这顶草帽现在送给你，虽说是和季节不符，不过我却觉得这顶帽子很适合银花啊。"

银花用手背拂去额头的汗珠，希望自己再走得远一些。如果可能的话，真的好想去坐一次新干线啊。梦想中的超特快列车到底有多快的速度呢？家里只有父亲一个人曾经坐过新干线，银花和母亲都还没有坐过呢。父亲答应过银花，有机会一定带着她去坐一次，所以银花一直满心期待着这个梦想实现的一天。

当然，和父亲之间的约定不仅仅只有坐一次新干线，还有后年将在大阪举行的世博会。到那时候，大阪会是全世界聚焦的地方，世界各地的游客都会来大阪游览观光。银花已经拜托了父亲，一定带她去看看就在家门口召开的世博盛会。父亲虽然没有非常痛快地答应，但还是暂且同意了她的请求。

父亲为什么对于世博会并不抱有好感呢？他认为，世博会期间整个日本都会变得喧闹、混乱、嘈杂，这太愚蠢了。

"像是每年各地举行祭祀活动时那般喧嚣，我不认为有什么美好可言，完全不符合我对于美的感受。"父亲的心中，似乎新干线的快速可以称之为一种酷，所以他尚且能够理解女儿的期盼。但是他认为世博会完全不好，因为它并不符合父亲的审美观念。

沿着小学校的围墙种植着很多夹竹桃，粉色的花朵正在盛开。银花毫不犹豫地移开了视线，不去看那繁花一眼。她最怕夹竹桃的花朵，害怕的主要原因有两个：一是，在盛夏的天气里，这样满眼的粉色花朵会让人感到胸中闷热难当，压迫感十足；二是，这夹竹桃花的毒性很强。

是父亲教给银花上述这些关于夹竹桃的认知的。最近有一次，银花和父亲一起散步时，他突然指着夹竹桃，评论道：

"你看啊，银花，这夹竹桃的叶子细长而尖锐吧，因其叶子形似竹叶，而花朵又同桃花相像，故而得名夹竹桃。但是，能开出如此可爱美丽花朵的夹竹桃却是有毒的植物。"

听闻父亲如此介绍，银花吃惊地抬起了头。然后，就看见父亲带着可怕的神色继续说道："夹竹桃不仅花朵和叶片有毒，树木本身也是有毒的。甚至这植物的毒性会波及周边的土地。更可怕的是，如果将夹竹桃枝干点燃，散发出来的烟都是有毒的。

"那埋在土里又白又细的夹竹桃须的毒素会慢慢浸染周围的土壤。有毒的烟随风四处飘散，弥散到人们肉眼所不能及的各个地方。在你不注意的时候，在你完全无从知晓的时候，你可能就暴露在夹竹桃的毒素之中了，那可怎么办才好呢？"父亲越说越害怕，连他自己都不自觉地突然间攥紧了拳头。

"对不起，对不起，银花，我原本并没有打算吓唬你的。其实，如果不小心碰到了夹竹桃也是完全没有问题的，不至于中毒。"父亲笑着向银花道过歉后，轻轻地拍了拍银花的头。银花终于舒了一口气，放心了。

跟随父亲散步，银花记住了各式各样事物的名字：珍珠绒线菊、麻叶绣线菊、醉芙蓉、龙爪花、棣棠，蝴蝶、乌鸦凤蝶，天鹅，鱼鳞状卷积云，太阳雨等。另外，父亲还教银花如何利用花草做游戏，比如车前草相扑、莲蓬头，还有利用凤仙花染指甲，用紫茉莉化妆，甚至还有用薏米粒做项链。

银花虽然是移开视线，偏转着脸从夹竹桃前面经过的，却还是感到好像全身都在发热。当她止住脚步站定后，想着擦一擦头上的汗水，才忽然发现，顺着脸颊流淌下来的哪里是汗水啊。不知何时，泪珠扑簌簌地滚落，她竟然已是泪流满面了。

自从电话声响起的那个瞬间，银花就有了不好的预感。从那个时候开始，她就一直想要哭泣。

银花家的房子是最近非常流行的文化住宅。这种住宅往往修建在小巷的尽头，五栋小小的房屋紧紧地挨在一起。住宅后边就是田地，所以日照效果非常棒。这五户人家当中，只有银花家和另外一户人家是全家人住在一起的，其余房屋的住户都是因为大阪世博会的建设施工而来到此地的工人师傅。在这样的一栋小房子里，住进十几个人高马大的男人，屋子里肯定被塞得满满当当。所以，这些工人师傅们总是清晨很早出门，天黑了才会返回，然后相约着去附近的浴池泡澡。

这五栋文化住宅里唯有银花家里有电话,当然是喜好新鲜事物的爸爸安装的。偶尔需要帮助附近的邻居们传达电话是在所难免的。因为妈妈绝对不会去主动接听电话,所以担负电话接听任务的总是银花。

"喂! 是山尾家吗?"

电话另一端的人态度十分生硬,话语中带着焦躁的情绪。银花一听,顿时感到胸中发闷。

"啊,是啊。这里是山尾家。"

"我们这里是'柴田玩具店'。你家大人在家吗?让哪个大人来接电话。"

啊——,果然又是……银花感到眼前有些发黑。一种烦闷、不祥的预感涌上心头。

"对不起,对不起。现在马上就过去。"

没等说完这句话,银花已经飞奔着跑出了家门。

她当然知道对方说小孩子不能解决问题是什么意思——让一个还在上小学四年级的女孩子去为母亲偷盗的事件善后,这样的情况让任何人看到都会觉得这孩子太可怜了吧。但是,没有办法,只能由银花跑去处理。

原本,银花对母亲说今天晚饭想吃乌冬面,于是母亲就出门去买面了。没承想她竟在乌冬面店隔壁的玩具店偷盗了东西。银花想到这些,一边用手背擦拭着泪水,一边无奈地仰望天空。"要是我今天不说吃乌冬面就好了。"悔恨、气愤,所有负面的情绪一时间一起冲进银花的头脑中,泪水夹杂着汗水,不知不觉间一起涌了出来。她不停地擦拭着脸颊，不得不在炎炎烈日下急匆匆地赶路。

当赶到玩具店的时候，她已经是气喘吁吁，汗如雨下了。母亲躲在玩具店的最里面，一副垂头丧气的样子。母亲身边站立着一位中年妇女。

"银花，对不起啊。妈妈，妈妈又一次随便就拿了东西……"母亲说着，抽抽搭搭地哭了起来。

"我们谁也不知道的一瞬间，你妈妈她就……"母亲身边的妇女一看到银花，就不耐烦地说道，"我们也知道，让你这个孩子来处理这件事，真是挺难为情的，可是……"

"对不起，对不起。"银花不假思索地说着道歉的话，低下了头，"我父亲，因为工作的缘故，现在不在家……"

母亲偷的东西是动漫《雷鸟神机队》里出场的"喷气式鼹鼠"的塑料模型。

银花知道如果自己现在发脾气的话，头会更热得难受。她心想：我们家里并没有男孩子，为什么母亲要偷这个玩具呢？还有啊，在玩具店偷这么大一件商品，岂有不被店主人发现的道理？

这时，只见玩具店的女主人冲着母亲说道：

"唉，我说你啊，可真是够坏的啊，把个小孩子派来了，自己就什么话也不说了啊？"

"不是我让小孩子来到这儿的啊……"

"我说你快停下来吧，不要再找理由为自己辩解了！你家这孩子可真是可怜啊！"

玩具店的女主人大发雷霆，狠狠地责备着母亲。

母亲一边流着眼泪,一边不停地重复着"对不起,对不起"。银花没有别的办法,只好从母亲的钱包里拿出钱付账,买下了那个完全不想要的"喷气式鼹鼠"。母亲的钱包里明明装着好几张纸币。

"我一直忍着,忍着,心想已经没事了,可是却……"走出玩具店时,母亲依然边低声抽泣边嘴里嘟囔着,"怎么回事呢?怎么会变成现在这个结果呢?"

母亲此时的态度看起来就像这件事与她无关,完全是别人的事一样。银花压抑着心中的怒火,看着自己的影子默默地往回走。天空中一丝云彩都没有。银花还是觉得头脑发热,十分难受。

母亲时不时会偷拿店里的东西或是别人的物品,即使她的钱包里放着钱,就好像买东西付钱并不是必要的程序一样。有时她会突然动手去偷拿东西,过后又后悔不已,痛哭流涕。母亲虽然不止一次地保证她再也不会拿别人的东西了,但从没有信守过自己的承诺。

"为什么我会做这样的事啊?我自己也不知道啊。"

母亲一路唠唠叨叨地说个不停。银花听而不闻,大步走过那面夹竹桃盛开的花墙。这面花墙上的夹竹桃开得满满当当,像一片浓烈的粉色海洋,天空又是一望无际的湛蓝,两种颜色形成强烈的对比,让银花觉得更加头晕目眩,似乎只要看上一眼就会中暑。银花的心情变得越发糟糕。虽然父亲说过夹竹桃的毒性不要紧,但是银花还是感觉那粉色的娇艳花朵在不断地散发着毒素。她在心中大声喊道:我实在是对这种花过敏啊,实在是,实在是对付不了它啊——

"唉,银花,晚饭要用的乌冬面还没有买呢。"母亲一边看着银花的脸色一边怯声说道。

"还吃什么乌冬面啊,不吃了。随便吃点别的什么吧。"

"那么,我就做银花最喜欢吃的菜肉卷吧。"

"嗯,行吧。"

"好嘞,那么,妈妈这就加油做出更好吃的菜肉卷。"

母亲似乎终于舒了一口气,笑了。那笑靥如花一般,可爱至极,足可以让人大吃一惊。

母亲十分擅长做饭,她虽身处小小的厨房,却能做出无与伦比的可口美食,就像《生活手账》里精美图片上那样的美味。布丁、薄煎饼、派自然不在话下,甚至连做巴伐利亚奶油蛋糕的水准都完全不输给点心店。

喜欢新鲜事物的父亲曾经买过刚刚上市不久的速食"咖喱饭",虽然只需要等待三分钟就可以吃到,这一点令人感到欣喜,但是,银花一直觉得母亲做的咖喱饭才是这个世界上最美味的。母亲会在咖喱粉里掺杂些小麦粉,然后用黄油耐心地炒制,需要花费很长时间才能做出来。不是花三分钟,而是要等足足三个小时才能吃到的咖喱饭永远都是银花和父亲的最爱。

当然,不仅仅是做饭,母亲也擅长做其他家务。洗衣服、熨烫衣物等整理工作都是母亲的拿手好戏。每天,她愉快地使用父亲买回来的洗衣机清洗衣物,然后用把手转动轮轴对衣物进行甩干处理。最后，所有衣服都被完美地晾干，不会留有一点儿褶皱。父亲和银花的衣服总是洁白无瑕的，母亲浆洗过的衣物完全就像是从没穿戴过的新品一般。

母亲做饭很棒，清洗衣物更在行，然而就像前面说的那样，喜欢偷盗东西。可是，父亲却对这样的母亲视若珍宝。

"你的妈妈，也是一个可怜的人啊。所以，我们只有对她温柔以待。"

听说，无依无靠的母亲同父亲相识相恋之前，一直过得很困苦。那个可爱又可怜，让人不得不温柔待之的人，就是我的母亲。

"对不起，银花。可是，妈妈我也很辛苦啊！"

听到母亲这么说，银花觉得头发都竖起来了。她忽然意识到，天啊，眼前盛放的那片艳丽的夹竹桃就像母亲啊。花朵美丽地绽放着，却有毒。和母亲一样。

"嗯，我再也不会做那样的事了。所以，今天的这一切不要告诉爸爸，保密好吗？"

再也不做了，再也不做了，不知道已经被母亲这样的话骗了多少次。可是，在内心的某个角落，银花还是愿意相信母亲。

"嗯，知道了。"

银花用凉鞋踢飞小石头时，就会看到被太阳炙烤过的干燥大道上，灰尘凌空乱舞。

母亲偷盗"喷气式鼹鼠"的第二天早晨，银花在肚子咕噜噜的叫声中睁开了睡眼。从隔壁的房间飘过来了烤面包的香气。是父亲回来了。银花霍地从被窝里跳了出来,推开拉门。

"爸爸,您回来啦。"

"是啊,银花,我回来了。你在家里听话吗?"

"嗯。"

父亲盘腿坐在炕桌前面,正在吃早饭。母亲坐在父亲的正对面,笑意盈盈、满心欢喜地看着父亲吃饭。飘荡在整个房间的诱人香气是烤面包和红茶的味道。热乎乎的烤面包上涂抹着厚厚的黄油和蜂蜜,而红茶里则加进了浓香的牛奶和砂糖。

只见父亲将烤面包的皮撕碎,浸在红茶里,不着急拿出来,就那样等了一会儿,等待着这样一个时机的来临——浸泡在红茶里暄暄软软的面包皮就要融化着掉进红茶之前,然后嗖的一下从红茶中将其拿出,瞬间放入嘴里。这就是我的父亲最最得意的拿手绝活。

银花再也无法忍受那美味诱惑了。这时,她的肚子里又传出了咕噜咕噜的响声。

"我饿了,我也要吃面包。"

因为家里的炕桌太小,所以烤面包机就被直接放在了榻榻米上。把面包放入机器之后,按下手柄就好。

"爸爸,这次您都去了哪些地方啊?"

"大海,我去海边了。我画了好多不错的画呢,一会儿给你看看。"

银花屏住呼吸盯着烤面包机。马上就要烤好了吗?还需要一点儿时间？等不及到最合适的火候，她就把手柄扳了上来。啪嗒一声，面包跳了出来，颜色刚刚好。太棒了！银花学着父亲的样子，在烤面包上涂了厚厚的黄油，然后又在黄油上面淋上令人垂涎欲滴的蜂蜜。

"银花，你弄得太多了。"

母亲一边沏红茶，一边提醒银花。可是银花根本不在意。此时，她身旁的父亲正拿着已经空了的杯子冲着母亲说道：

"美乃里，再给我一杯红茶。"

"稍微等一下啊，尚孝。"

父亲和母亲总是互相称呼彼此的名字，就像外国电影里的人那样，真好。

"我吃饭了。"

首先，把烤面包皮撕碎浸在红茶中。充分地，再充分些，让面包皮再往红茶里浸得透一些，还差一点儿——

就是现在，正是将面包皮从红茶里捞出来的好时机。可是，就在那一瞬间，已经被泡得松松软软的面包皮啪嗒一下掉进了茶杯里，茶水溅出来，洒落到桌布上。

"啊，还是失败了！"

怎么做才能像父亲那样熟练地掌握这个茶泡面包皮的绝技呢？银花失望极了，正当她窥探杯里那块已经沉了底的面包皮时，父亲突然哈哈哈地朗声大笑起来。

"我的银花可以成为传说中的主人公啦——很久很久以前，某个地方住着一个馋嘴的小姑娘，当她想要将面包皮浸上红茶吃的时候,由于太贪心,最后整个人都掉进了红茶里——"

"馋嘴的、贪吃的女孩子?"

"是啊,非常非常贪吃的一个女孩子,她馋嘴的程度不管谁见了都会惊掉下巴的。"

那是一个怎样的女孩子啊!虽然她馋嘴,但如果她是一位公主的话,那还是很有趣的吧。她的头发层层叠叠卷起来,系着蓝色的绸带。她身穿粉色的连衣裙,袖子和裙摆胀得鼓鼓的,显得很宽松。她面前的桌子上摆满了山珍海味。她一手拿叉,一手持刀,从桌子一边开始,风卷残云般把食物吃了个精光。啊,这是多么完美的故事啊!

"那么,爸爸,您来画这个故事的插画吧。要画成高桥真琴那样的画哟。"

"要画那位闪闪发光的公主的插画?不行啊,画不了啊。我画不了那种面向小孩子的插画呀。"父亲愁眉苦脸地说。

在女孩子中间,高桥真琴①是一位颇具人气的画家。她非常活跃,插画、杂志的附录以及小器物制作等种类的艺术形式她都擅长。她作画的特点主要是能耐心细致地描摹和体现事物极其微小的部分,比如,点缀着非常多蕾丝花边和波形饰边的女士礼服、层层叠叠盘卷起来的长发、水灵灵的大眼睛等。

---

① 高桥真琴:出生于大阪的画家、插画师。

"我最最喜欢她的风格了。爸爸,您不能还没有试一试就说自己不能画啊。"

"我不想画就没有办法画啊,所谓艺术不就是这样的吗?"

早饭过后,父亲将这次外出采风时所画的画作拿给银花看。那是一幅伫立在海岸边的老人的画像。画像中老人的脸因久经太阳暴晒而长满了皱纹,而且那脸上带着十分可怕的表情。海水污浊而昏暗,像是暴风骤雨来临之前的样子。

"这,是一幅什么题材的画呢?"

"老人与海。"

银花也觉得就是这样的,无论谁看到这幅画都会与她有类似的感受。但是,父亲却目不转睛地盯着银花的脸出神。必须得要说点什么了,怎么办才好呢?虽然并不想撒谎,但是银花也不想让父亲伤心难过。

这时,坐在旁边一直微笑不语的母亲说道:

"画得真好啊,真是一幅美妙的作品。"

母亲只说了这样的一句话,她确实也只能说出这样的评价。所以,父亲好像放弃了。实在是没有办法,银花终于决定有话直说,不再拐弯抹角。

"这个满面皱纹的老爷爷,就像大海一样。"

这句话没有什么深奥的意思,仅仅是因为老人的皱纹看起来和大海起伏的波澜简直一模一样。

"是这样的,是这样的,银花完全理解我的用意。这位老人就是那大海啊!"父亲欣喜若狂,提高了嗓音回应道。

银花非常巧妙地评价了父亲的画作，终于可以舒一口气了。收拾完碗筷，银花将一家人的餐具全部清洗干净。母亲走到外面，开始进行她最喜爱的洗衣工作，甚至能听到她在洗衣服的同时哼唱的歌曲，那是伊东缘的《爱情的水滴》。

这真是一个完美而精彩的早晨。在这样的清晨，银花根本不想做什么作业，日记也好，汉字练习也好，统统都不想写。当她翻开笔记本，放空大脑发呆时，听到父亲在叫她，"看啊，银花，这是给你的礼物。"父亲拿出一个小小的盒子说。

"谢谢爸爸！"银花打开那盒子，发现里面装着一个朴素的雀儿样子的东西。它鼓鼓的、圆圆的、胖乎乎的，脊背正中还绑着一条红色的带子。

"这只雀儿真是圆滚滚呀。"

"它是肥胖的小麻雀，是一种土铃①，摇响一下试试。"

"土铃？"

"就是用陶土烧制的铃铛。"

银花按照父亲说的，抓住那条红色带子，将土铃举到差不多自己能够平视的高度，试着轻轻地、慢慢地摇动了一下。

骨碌——骨碌——

土铃发出一阵柔软而又温暖的声响。听着听着，银花觉

---

① 土铃：以陶土为材料制作而成的铃铛，是一种日本传统的乡土玩具，已经有上百年的历史。

得好像无论是身体还是自己的内心都跟着那土铃声变得圆圆滚滚。

骨碌——骨碌——

土铃又响了一阵。忽地一下,银花的身体开始膨胀。越膨胀越圆滚滚,最后竟然滚动了起来。骨碌——骨碌——完全停不下来,越滚越快。骨碌骨碌,骨碌骨碌。这到底是要滚动到什么地方去啊!

"银花,你对这个礼物满意吗?喜欢吗?"

"是的,爸爸。太完美了,这个礼物,我非常喜欢。谢谢您。我的爸爸果然是一位选购礼物的天才啊!"

"你是说,爸爸我是买礼物的天才吗?我太高兴了,被银花这样褒奖,爸爸真高兴。"

"爸爸是买礼物的天才,最厉害的天才!"

"嗯,这么说,我的银花,你就是天底下希望得到礼物的天才呀!"

父亲的一番话说得银花有些不好意思了,于是晃动土铃掩饰自己的羞涩。

骨碌——骨碌——

这时,父亲的脸上划过了一丝寂寞的神情,但仍微笑着。他用淡然的语气平静地对银花说:

"银花,这个土铃也许就是给你的最后一份礼物了啊,你一定要珍惜它呀。"

"欸?为什么?以后,爸爸再也不会给我买礼物了吗?"

"我的写生远游，这次也许就是最后一回了。马上我们全家就要回到爸爸出生的地方，也就是我们的老家去。下周，我们就要从这个文化住宅搬走了。"

"搬家？回到爸爸的老家去？那是什么地方啊，在哪里啊？"

"奈良的橿原市。从这里出发，坐上电车的话，大概需要一个小时。爸爸的爸爸去世了，所以爸爸的妈妈拜托我们，回到老家去，继承一个叫作酱油藏的家业。"

父亲刚刚所说的一切，都是银花从未听到过的事情。她大吃一惊，手里抓着雀之铃，呆站在那里，一动不动。

银花听说过，父亲是家里的长子，老家在奈良，那里有一座大概有一百五十多年历史的酱油藏。当然，父亲本就应该继承这份家业。但是，父亲志不在此，他要成为一名画家，于是选择离家出走。后来，父亲在大阪遇到了母亲，两人相爱结婚并生育了银花。

"爸爸的爸爸和妈妈，也就是我的爷爷和奶奶，是吗？"

"是啊是啊，那是理所当然的啊。"

银花长这么大，有关她的祖父母的情况，还有老家那座酱油藏的故事，父亲从未对她说起过。母亲也是一样，什么都没有说过。关于自己的身世，自己的父母，父亲从未提起过，因此，对于银花来说，所谓的祖父母就像完全不存在的人一样。

"爸爸，那个酱油藏到底是什么呢？爸爸的妈妈就住在那个藏里面吗?"

"酿造酒的地方叫作酒藏,制造酱油的地方就被叫作酱油藏。爸爸的老家就是酿造酱油的地方呀,我们生产的酱油叫作雀酱油。酱油藏的旁边就是正房,大家都住在那栋房子里。"

"雀酱油?"银花说着,低头看了看自己手里的那个雀之铃,"所以啊,爸爸,难怪您那么喜欢雀儿呢!"

父亲并没有回应银花的提问,而是微笑着望向了远方。瞬间,他脸上的表情消失殆尽,他面沉似水的样子看起来甚至有些可怕。

"可是,爸爸,我们必须要搬家吗?"

"没关系的,不要担心啦。回到老家后,银花一定会喜欢上那里的。你看,就是因为大阪世博会的关系,这里每天都在施工,走到哪里都乱哄哄的。可是,故乡橿原却是个安静的所在啊,附近还有橿原神宫呢。那是一个有着悠久历史的好地方。"

父亲不停地说着,就像自言自语一般。要搬回老家这件事对于父亲来说,真的没有带给他不安吗?银花这样胡思乱想着,自己的心绪竟然也变得越发不安,渐渐地恐惧起来。就在这个时候,父亲突然用半开玩笑似的眼神看着银花,说道:

"银花,我要告诉你一个关于藏的秘密啊。藏里面住着一个座敷童。"

"座敷童?什么啊,那东西?"

"据说，就是世世代代住在家里的一个孩子模样的神灵啊，他是能够守护家庭的。"

"小孩子的神灵？男孩子，还是女孩子？比我大呢，还是比我还要小？"

银花的问题一个接着一个。被她这么接连不断地提问后，父亲苦笑了一下。

"那是穿着格子花纹布料和服的男孩子。但是，实际上爸爸我并没有看到过。能看见那座敷童的只有山尾家的主人。也就是说，只有看到了座敷童的人才有资格当山尾家的主人。"

"所谓主人，是指……？"

"就是一家之主的意思啊。你想，公司的主人是社长，学校的主人就应该是像校长先生那样的人吧。"

"那么，爸爸您难道不是主人吗？一家之主和继承家业的人难道不一样吗？"

"我暂且回到老家去继承家业。但是，我可不想当什么一家之主，我也志不在此。"父亲好像在说着别人的事一样，一直笑着。

"爸爸，志不在此，也能制造酱油吗？"

"我完全做不来啊。酿造酱油必须从第一步开始，一点一滴地记忆、练习和劳作。太难了，非常辛苦啊。银花，你能帮帮爸爸吗？"

"嗯，好的，爸爸，我当然要帮您的。"银花连想都没想，点头答应了父亲的请求。

"哈哈,太好了。我太高兴了。那么,我们俩约定好了啊。"父亲说着,眼神里似乎透出了一丝寂寥。他继续说道:"但是,现在说这话完全是开玩笑啊,酿造酱油,那可是我的工作啊。"

"爸爸!可是,我刚刚说的,完全都是真心话啊!"

爸爸的话太出乎银花意料了,银花感到很懊恼,所以认真地反复强调着。这时候,父亲走过来抚摸着她的头,轻轻地拍了拍。

"谢谢你啊,银花。果然是我的银花,真是一个值得依靠的好孩子呀!"

银花觉得瞬间有一股暖流涌上心头。如果说母亲是夹竹桃的话,那么,父亲就是那片浸透了牛奶红茶的面包皮,拥有着香甜无比又软糯可口,掉进茶汤之前那一瞬间的美味。

"爸爸,我要转学去奈良的学校上学吗?"

虽然银花已经将那个"喷气式鼹鼠"藏在了壁柜里面,但是如果母亲在玩具店偷盗的事情被大家知道了的话,暑假结束后,新学期开学面对同学们将会多么恐怖啊。每次想到这里,银花便不由得担心。所以,父亲提出搬家去奈良老家,反倒可以让她舒一口气了。

"是的,那就是爸爸小的时候上的小学啊。再有就是,老家还有一位年长你一岁的姑姑呢。"

"我的姑姑?难道她还是小学生吗?"

"嗯,是和爸爸我年纪相差很大的妹妹,名叫樱子。你能同她友好地相处的,对吗?"

"这位姑姑,是一个什么样的人呢?"

"她是一个丢人的孩子,所以在家里是娇生惯养长大的。"

"为什么叫她'丢人的孩子'呢?"

"你的这位姑姑,是我的父母上了年纪之后才生育的孩子。"

"那,又是因为什么,父母上了年纪之后生育的孩子就被认为是'丢人'的呢?"

"这个嘛……"父亲脸上写满了难以捉摸的表情,言语也变得含混不清。他话锋一转说道:"是啊是啊,对了,大原的孩子们也在呢。是男孩儿还是女孩儿来着,还是男孩儿女孩儿都有?"

"这个叫大原的又是谁啊?"

"他是酱油藏的老师傅,并且一直在那里工作,是一位对酿造酱油非常有热情的师傅。"

"哦,是这样。"银花虽然附和着父亲的话,但是,她的脑袋简直就像是要炸裂了一般。因为从一开始,父亲就不断地说着一些对于银花来讲完全陌生的信息。原本她以为不过是从大阪搬家去奈良老家而已,现在看起来无异于要移居国外生活啊。

"银花,你完全没问题,会适应得很快的,对吧?爸爸我并不担心呢。但是,你的妈妈就要可怜得多了。"

父亲说着,瞬间愁容满面。看到父亲这个样子,银花突然觉得一阵阵心疼。是啊,父亲非常担心母亲,母亲十分地认生，与不相熟的人几乎没有办法沟通。突然间回到父亲的老家去，银花不认为母亲会适应那里的生活。母亲虽说擅长做饭和洗衣等家务，但是她总习惯偷盗别人的东西，然后找理由为自己开脱，接着道歉，最后哭哭啼啼的，周而复始。这样一个可爱又可怜的母亲，适合她生存的地方到底在哪里呢？这世界上还有那样的地方吗？也许即便坐着火箭飞到太空里去也找不到吧。

"在面对你妈妈这件事情上，银花你做得非常好啊。你一定要坚强，振作起来。"父亲又拍了拍银花的脑袋。刚才银花心里涌进的那股暖流，现在几乎要变成眼泪流出来了。

"爸爸，我的奶奶她是否知道，妈妈有随便偷别人东西的习惯？"

"奶奶她不知道。"

"爸爸，即使我们再怎么隐瞒，还是有可能露馅啊！"

听到银花这样说，父亲稍微沉默了一下，随后一边叹气一边说道：

"但是，银花，爸爸的老家实际上在一个远离城市的乡下，和我们现在居住的这个繁华街区完全不一样。生活环境变化了，你妈妈可能也会随之改变吧。"

"嗯，是啊，也有可能啊。"经过这次搬家，母亲有可能彻底转变吧，也许不再会随便偷盗别人的东西了呢。父亲再一次轻轻地拍了拍银花的头，站起身来。

"这样吧，我们一家人一起出去，怎么样？晚上我们去吃点什么好吃的再回家。银花，你想吃什么？"

"那么……"银花需要稍微想一想。从今往后,生活就要重新开始了。

"爸爸,我想吃乌冬面。"

"这么热的天气,你真的要吃吗?好吧,那么我豁出去了,咱们一家就去'美美屋'吃乌冬面寿喜烧。你妈妈也会喜欢的。"

"那可太好了!"银花想都没有想,兴奋地脱口而出。

"哈哈,银花,你真的是一个十足贪吃的小姑娘!"

今后一定会一切顺利的,因为藏里住着一位座敷童呢。他一定会守护和保佑大家的吧,母亲也不会再随便偷别人的东西了,全家人一定会幸福地生活在一起。

* * * * * *

搬家的那天,天气非常晴朗。因为听说父亲的老家什么东西都不缺,所以我们决定将大阪这个家里的洗衣机啊,电冰箱啊之类的家电留下来,不搬走了。把它们送给了隔壁邻居一家,那家人的千恩万谢自不必说。

父亲将自己的绘画工具和烤面包机分别打包捆好。母亲则是用报纸将餐具一个一个地细心包好,并将衣物收进行李箱里。银花把自己的衣服和双肩背书包放进从市场要来的一个木箱里。这个写着"长野"的木箱里,弥散着木屑和苹果的香味。银花将之前藏在壁柜最深处的"喷气式鼹鼠"放在了木箱的最底层,在那上面整齐地摆放着父亲买给她的各种礼物。银花把这些小东西之间的缝隙也都用攒成球形的纸团填塞好，最后合上了盖子，交与父亲，请他帮忙捆上绳子打好包装。

满载着行李的卡车在前面跑着，银花一家坐在父亲借来的一辆汽车里，跟随在卡车后面，朝着故乡橿原的方向前进。离开大阪，一进入奈良盆地，远远地，一座三角形的山脉就映入了大家的眼帘。

"看啊，那就是我们大和三大山脉之一的畝傍山。"父亲用十分怀念的口吻说道。银花原本觉得父亲对于回老家这件事没有多大的热情，然而当他们真的回到了故乡时，父亲看起来还是非常兴奋的。"奈良一带多盆地，所以大雾天气比较多。清晨的景色总是最美的啊。"

车子又往前开了一会儿，眼前出现了一大片茂密繁盛的森林。

"在那片森林的深处有一座橿原神宫。那是一座非常宏大的神社，每到正月那里就会异常热闹。"

沿着小河岸边，车子慢慢悠悠地向前开着。周围分布着旱田或是水田，农户的屋舍散落在田间。经过了一行行排列整齐的古老屋舍之后，紧接着就会发现有一栋巨大的房屋掩隐在大片竹林之间。那栋大房子门前，提前抵达的托运行李的卡车已经停好，工人们正着手卸载东西。

银花从汽车上下来，开始远远地眺望这栋建筑。房屋周围有一圈沿着羊肠小道修筑的长长的篱笆墙。墙的下半段是黑色的烧杉板，上半部分被涂抹上了白色的灰泥。最上面还盖上了瓦片，简直就像是寺庙一般。

"爸爸，那个藏呢？在哪里？"

"在这个正房的最里面啊。从门口这里是看不到的。"

大门上面也有盖着瓦片的屋顶，门牌上清楚地写着"山尾"。穿过大门，映入眼帘的是一连串的踏脚石，在那尽头，就是气派的玄关。玄关里面有一片非常宽敞的泥土地面，没有铺设地板。屋檐下的走廊铺设着地板，表面闪耀着油亮的黑色光芒。在这走廊的尽头，有一段非常陡峭的楼梯。这真是一栋恢宏的老房子啊。

母亲从一开始就一言不发。银花侧脸看了母亲一眼，只见她面色发青，似乎要摔倒了一样。父亲紧紧抓住母亲的手，温柔地细声说道：

"美乃里，不要那么紧张啊。"

"但是，尚孝，我，觉得好害怕……"

"没关系的，别怕。我就在你身边。"

就这样，父亲一直牵着母亲的手，走进家门，经过走廊，径直向里面走去。他们谁都没有朝银花这边看上一眼。

偌大的一个玄关里，就剩下了银花一个人，她就那样一直呆呆地站在原地。银花心里想：我也害怕啊。可是，似乎没有人关心她是怎么想的。当然，银花能够理解，因为父亲心里永远只担心母亲一个人。尽管她能够理解父亲的想法，有时还是会觉得孤单、寂寞啊。在这样的情形下，光发牢骚是无济于事的。银花脱掉凉鞋，终于迈出了进入山尾家的第一步。

被刷洗得一尘不染的走廊突然让银花觉得一阵寒意袭来。那冰冷的寒气让她不禁打了一个冷战，然后不由得发起抖来。是因为害怕，还是因为太冷了呢？银花自己也说不清楚。重新调整好心情，银花光着脚吧嗒吧嗒地走进了走廊。

走廊的旁边就是隔扇和纸拉门，还有一直延展开去的板门。这真是一个宽敞无比的房子啊！要换作是直到今早银花还在住的那个文化住宅的话，如此这般溜达一番，恐怕早就走到房子外面去了。这条长长的走廊，到底会延伸到哪里去呢？

沿走廊走着走着，往右边一转，银花终于发现并追上了父亲他们。只见父亲正在右手边某间屋子的门口站立着。他好像深吸了一口气，定了定神，然后朝着房间里面说道：

"母亲，我们回来了。"

接着，听到了里面的回话：

"是吗？真是太晚了啊。"

屋里传出来的声音，仿佛学校里的老师一样，非常规矩而严肃。

"你们看，美乃里，银花。这位就是我的母亲。"

就这样被父亲催促着，银花和母亲往前挪了一步。银花怀着忐忑不安的心情往房间里面窥探了一眼，那是一个非常宽敞的厨房，没有铺设地板，地面保持着泥土地的原貌。只见一位中年妇女正在刷洗着一口非常大的锅，清洗锅具的水池四壁贴着花纹瓷砖。你无法想象那口锅有多大，银花暗自思忖：这口锅到底能煮出够多少人吃的米饭呢？

"初次见面，我是银花。"

可是，初次见面的奶奶并没有停下手里的活计，只是扭过头来盯着银花他们看。奶奶有着一张鹅蛋脸，面部一直带着坚强而又倔强的表情。

"欢迎你们的到来。我是山尾多鹤子。"

奶奶一丝笑容都没有，并且在介绍自己的时候，特意连名带姓一起说出。果然是当老师的人啊！严肃拘谨的态度足以说明她一定是一个非常严厉的人，总是让人感觉她像是站在黑板前面讲课似的。

"您看，这就是美乃里。"父亲轻轻地向前推了推母亲。母亲被这样一推，身子稍微哆嗦了一下，但终究还是开了口。只是好像嘴里塞了什么东西一样，含混不清地说道："我，我就是美乃里……"

听到母亲这样说，奶奶多鹤子的眼神立刻变得更严厉了。啊，真是让人感到着急啊，认生的母亲已经很努力地在适应这一切了，但是，银花知道，母亲绝对不是奶奶多鹤子中意的儿媳人选。就这样，母亲战战兢兢地躲到了父亲身后。父亲虽然面露难色，很尴尬，但到底还是什么都没有说。

"实在抱歉啊，我现在太忙了。尚孝，你带着她们去熟悉熟悉家里的环境吧。"

没有再说任何多余的客套话，多鹤子又投入到刷洗大锅的劳作中。父亲无奈地轻轻叹了一口气，"好吧，那么，我们一起去看看吧。"

银花一家三口像是被赶出来似的,走出了那间厨房。大家经过走廊往宽敞的客厅去的时候,发现一个女孩子正在前面等候着。那孩子长着白皙的面庞、樱花色的脸颊和嘴唇,有一双水灵灵的大眼睛,睫毛长而浓密。长长的头发就像洗发水广告中模特呈现的那样,既有光泽又闪闪发亮。她整个人都闪耀着夺目的光华,俨然高桥真琴笔下描绘的样貌出众的美少女一般。

"这就是樱子。爸爸的妹妹哟。她比银花你年长一岁。"

如此漂亮可爱的女孩子竟是我的姑姑?银花大吃一惊,呆呆地盯着看。"我是银花,初次见面。"银花非常有礼貌地鞠躬低头,跟这位姑姑打招呼。哪承想,樱子却不耐烦地将头扭向了旁边。

"樱子! 你怎么不好好地打声招呼呢?"听到父亲如此训斥自己,樱子严肃地把脸扭了回来,正视银花她们。

"你听好了。绝对不允许你称呼我姑姑。如果你叫我姑姑什么的,我可是不允许的啊!"樱子说着,居然竖起了眉毛,嘴唇也随之漂亮地噘了起来,"还有一点,那就是对我母亲的称呼,也请不要叫她奶奶。"

到底为了什么呢?这个孩子,怎么一副好像要吵架的样子?真是令人闷得透不过气。"为什么呢?我爸爸的妈妈,不就是我的奶奶吗?"银花气愤地反问道。刚刚还盛气凌人的樱子被银花这样一问,瞬间没有了气势,反倒愣住了。似乎她压根儿没有料想到会遇到反击。樱子嘴里含含糊糊地嘟

嚷着,终于略带悔意地说道:

"因为,因为我还没有到那个当姑姑的年纪吧……哎呀,不管了,总之你就照着我说的去做就是了。"樱子说完迅速背转身去,快步走出了客厅。只见她一头美丽而又顺滑的秀发随着她的步伐摇曳着,散发出迷人的香气。

"哎,真拿这孩子没办法呀。"父亲说着又深深地叹了一口气。

被称为"癔症"的病也许就是这个样子吧。我能跟这个孩子愉快相处吗?银花心里想着,越发感到不安起来。

再往走廊里头走,迎面有一面黑色的烧杉木门板。"这里是储藏间。无论是有用的,还是已经没有用了的,什么都往这里堆放。"父亲非常费力地打开了那扇安装得很差劲的储藏室大门,那里面竟是一间足有六张榻榻米大小的隔间。长方形的、四四方方的各式各样的木箱啦,用布料包裹的不知道里面是什么东西的大包袱啦,乱七八糟的东西被胡乱地堆放在那里。架子隔板上还并排摆放着数个箱子。

"你看啊,美乃里。这里还有好多非常精美的餐具呢。茶道用具、轮岛漆器,还有战前的一些西洋式餐具等等,什么都有。"父亲将架子隔板上的木头箱子取下来,拂去上面的灰尘,逐一将它们打开。母亲朝箱子里张望了一眼,瞬间发出了惊叹之声。

"啊,天哪。太漂亮了。这上面画着兰花啊。"母亲说的是一个茶杯,那上面描画着浓艳的紫红色的兰花。茶杯边缘和手柄都是金黄色的,闪耀着金灿灿的光芒。"你看,就是这个茶杯。"母亲将她挑中的茶杯递给父亲看。

"啊，果然。有缺口的地方已经用金边封起来了。"

母亲突然之间恢复了精气神，一边微笑着，一边端详着茶杯。父亲看着这样精神满满的母亲，也非常高兴。银花又一次成了被放任的孩子。她四处环视一番，发现在靠墙的一个隐蔽角落里立着一个大大的长条形包裹，那包裹竟比银花的个子都要高。锦缎的布面上，红色打底金线勾画出来的是线菊图案。

"爸爸，您看。这是什么啊？"父亲回过头来看了一眼那包裹，立刻皱起了眉头，然后用非常不耐烦的语气说道："那个，就是日本古筝啊。"

"日本古筝？"银花大吃一惊。这所谓"筝"的汉字不就是高桥真琴的"琴"字吗？不知怎的，总觉得绝妙极了。

"那古筝是爸爸的妈妈的妈妈，也就是你的曾祖母的东西。听说是作为她老人家的嫁妆而带到这里来的。"

"我能打开看看吗？"

"仅仅是看看而已哈。"父亲把包裹在古筝外面的布套打开来，将里面的古筝展示给银花看。这把筝的两端和侧面都是黑漆的，上面描绘了各式各样的花朵图案，在琴头的位置点缀着些精巧的工艺图案。凑近了仔细一看，就会发现筝上描画的花朵用的不是普通的上漆手法，而是闪耀着青色或乳白色的光芒。

"这是使用螺钿工艺①来表现的秋天开花的七种花草②。你们看,这里闪闪发光的就是薄薄地贴有一层贝壳的地方。"

"哇,真的是太漂亮了!"银花不由得发出了赞叹之声。这简直就像高桥真琴所描画的平安时代的公主们弹奏的琴瑟一样,真想再仔细地看看啊! 没想到父亲迅速地将布套罩了上去。"啊呀! 我也就是看看而已啊。"银花发出了非常失望的惊叹。可是父亲却苦笑了一下,又从隔板上拿下来一个文具盒样子的东西。那上面的花草是用金子描绘的,盒子周身也被薄薄地撒上了一层细细的金粉,这是何等豪华奢侈的盒子啊。

"这叫作柱箱。用来放置琴柱或琴马。这次,上面的描金画表现的是春天开花的七种花草③。"父亲将盒盖打开,把里面的琴柱拿给银花看。那琴柱通身都是奶油色的,盒子里放置了好多个这样一头窄一头宽的器物。

"所谓琴柱,就是支撑琴弦的支架。你看,这些都是象牙的,是用象牙制作而成的。"说到大象,银花倒是曾经在天王寺动物园看到过。记得当时,除了大象,她还看到了海狮啊,白马啊之类的好多动物。然后,顺道在天王寺公园里吃了母亲亲手做的便当,银花现在依然记得便当里的鸡蛋三

---

① 螺钿工艺:用螺壳与海贝磨制成人物、花鸟、几何图形或文字等薄片,根据画面需要而镶嵌在器物表面的装饰工艺的总称。
② 秋天开花的七种花草,包括芒、桔梗、瞿麦、败酱草、兰草、葛、胡枝子。
③ 春天开花的七种花草,包括芹菜、荠菜、鼠曲草、繁缕、佛座、蔓菁、萝卜。

明治好吃极了。

"爸爸,这个筝,现在是谁在弹奏呢?"

"现在没有人弹了,仅仅是堆放在这里而已。"父亲的言辞中罕见地出现了带刺的话,犹如芒刺扎在银花的心头。"爸爸,您,很讨厌这古筝吗?"

"爸爸我小的时候啊,也曾经觉得这古筝美丽极了,想过要弹奏一下试一试。可是,你的奶奶非常严厉地呵斥我,并严格地要求我:'绝对不许动!'"父亲说着,转过身去背对着古筝,绝不再看一眼,而是走到正对着兰花杯子看得出神的母亲身边去了,"美乃里,有你特别中意的餐具吗?如果有,告诉我吧,我去拜托母亲把你喜欢的餐具送给你。"

"真的吗?可以吗?"母亲的脸颊上微微泛起了红色,渐渐地变成了漂亮的桃粉色。"好啦好啦。下次有机会你再来慢慢看吧。美乃里,时间差不多了,我们去下一个地方看看吧。"父亲催促着对那些餐具仍然恋恋不舍的母亲,两个人一同走出了储藏间。往回走,穿过走廊,再一次回到客厅里。透过檐廊可以看到庭院的样子。院子里长着一棵非常高大的树,那树上挂满青色的果实,树的旁边就是一大片竹林。

"那是柿子树。到了秋天,满树黄澄澄的柿子,漂亮极了。"

"真的吗?那柿子能吃吗?"

"银花肚子里的小馋虫又跑出来了吧。"父亲苦笑了一下,"但是,那柿子是不能吃的。因为它属于座敷童。人是无论如何不能吃的。"

"为什么，为什么呀？座敷童真的会吃那个树上的柿子吗？"

"我虽然不知道'为什么'，但是从小大人们就告诉我说那是座敷童最喜爱的东西。座敷童总是在人们都看不到的时候，悄悄地吃柿子。"

"但是，爸爸您不是说，只有一家之主才能够看得见座敷童吗？他也没有必要偷偷摸摸的啊。"

"是啊。太好了，银花，看守柿子树的工作就由你来担当吧。如果哪一天你遇到座敷童了，一定要告诉爸爸啊。欸，但是，我的银花是一个十足的吃货啊，在值守期间，那么贪吃的你说不定就把座敷童的柿子都消灭了呢。"

"别说了，爸爸。我，才不会做那样的事呢。"

"这棵柿子树的枝条很容易折断。所以啊，如果要偷盗树上的柿子而爬上去的话，树枝就会咔嚓一声折断，你便会狠狠地摔下来哟。"

"我都说过了，绝不会做那样的事情。"

银花心里明白，如果做了那样的事，就变成了盗贼，那就变成和母亲一样的人了。父女二人正说话的时候，廊檐那边传来了招呼声。"尚孝，你回来了。"只见一位穿着工作服的男人站在大家面前，同父亲热情地打着招呼。那是一位稍微比父亲年长些，留着短发的男子。他方方正正的脸上长着浓黑的眉毛。

"啊，大原，是你啊。你来得正是时候，我们正打算一起去藏里看一看呢。"

"我是大原。夫人，小姐，初次见面，请多多关照。"那男人说着，迅速地低头鞠躬行礼。银花和母亲也赶忙低下头，还礼。

"大原是一直在酱油藏工作的老师傅，是我们雀酱油的顶梁柱。"

"看您说的，雀酱油的顶梁柱应该是尚孝您啊。"

"真惭愧啊！"父亲说着挠了挠头，"等我们去后面的酱油藏里转一圈，就到你家去看看。"据说，所谓"老师傅"就是能够指导酱油藏里所有工人的人。大原师傅的父亲当然也曾是这酱油藏的老师傅。过去，他全权负责和掌管藏里众多工人的所有作业事务，现在，听说仍然留在藏里工作的只剩下大原师傅一个人了。

正房的最里面有一个后门，门口整齐地摆放着拖鞋。穿上拖鞋走到外面去，就会看到正对面的一栋巨大的建筑物。这座酱油藏应该是和正房背对背修建的。

看到酱油藏的里面，让人几乎要禁不住大叫出声来。它的天井非常高，简直就像体育馆的穹顶一样。粗粗的房梁和椽子裸露在外面，在纵横交错的木头之间整齐地排列着很多天窗，阳光就透过那些窗口铺洒下来。被阳光照射的地方显得宽敞又明亮，而阳光照射不到的地方阴沉又昏暗。那些光与影纠缠的地方，仿佛是昼与夜、新与旧的事物交相混杂的样子。这里既不是家，也不是工厂，真的只有"藏"这个名字才能够形容这样一方天地。

"要不要走进去,看看里面的情形?"大原提议道。

于是银花他们被允许登上台阶,往酱油桶里瞧一瞧。大桶里面盛装着黑色的黏稠液体,那漆黑的液体表面凹凸不平,坑坑洼洼的,和我们日常见到的酱油竟然完全不一样。

"这些液体都还是未经过滤的酱料,如果每天不用桨棒搅拌,它们是不会变成酱油的。"大原说着,抄起一个长长的棒子开始连续不断地在酱油桶里搅拌给我们看。在大原的搅拌之下,桶中的酱料荡漾起来,那盐巴和酱料混合在一起,渐渐地散发出独特的香气。

仔细看这藏里的房梁、门柱,还有众多的酱油桶,它们的表面似乎都附着一层棉絮状的东西,轻飘飘、蓬松松的样子,好似腐烂了的木头一样,稍微触碰一下都会觉得异常恐怖。"这些棉絮状的东西,不是代表着已经腐烂了吧?"银花怯生生地问了一句,大原的脸上挂上了一丝不悦的神情。

"即使有点腐烂了,也没什么大不了。那是因为一些菌子附着在上面的缘故。这个大藏里生存着数十种,甚至上百种菌子呢。正是因为它们的存在,才能最后做成雀酱油啊。"

"哦,原来是这样啊。对不起了。"银花觉得自己竟然说出"已经腐烂了吧"这样过分的话,太不应该了。于是,慌忙向大原道歉。

"好怀念这里啊。我小的时候,经常在这里玩藏猫猫的游戏呢,也曾经被大原的爸爸狠狠地训斥过,甚至被他抓住撵出去的事也时有发生。"似乎是为了安慰无精打采的银花,父亲半开玩笑地说。可是,大原的脸上却没有一丝笑容,他非常严肃地说道:"尚孝,请您原谅我吧。"说完,他转过身来,冲着银花说道:"小姐,因为这个藏的里面有非常多的各类机器,请您一定多加小心啊。"

在这座巨大的藏里面,确实不只有酱油桶,还有榨曲子或酱油的器械、锅炉等等很多很多东西,都是银花长这么大头一次见到的。无论哪一样器物,每当银花想要再往前凑一点儿,仔细看一看的时候,总好像会被大原训斥,终究没能成功。

"过去,在这藏里劳作的工人们通常都是住在雇主家里的。我们这里曾经专门有一个小屋是工人们的宿舍,现在那屋子变成了事务所。想当年,这里真是热闹啊,充满了活力。也正是因为这样,老夫人当时也真是辛苦了,她需要关照藏里所有工人的伙食,还要为他们准备泡澡水。"说到这里,大原瞟了一眼旁边的银花母亲。但是,她一直看着旁边,似乎完全没有听大原在说什么。这时,大原不由得皱起了眉头。

"时代确实是变了,跟以前不同了。记得战争刚刚结束的时候,价格便宜的酱油实现了量产,销路也非常好,几乎听不到顾客的抱怨和投诉。可是最近,顾客变得越来越强势了。"

父亲深深地叹了一口气,说道:"唉——无论如何,我们也无法与大型生产厂家竞争啊。酱油藏,说到底还是要做买卖赚钱。如果我们想继续好好发展它,去参加大阪世博会试试,也许是个好办法。"

"这里的年轻人都跑去大阪世博会的建设工地干活了。"大原略带遗憾地说道,"可是,我除了酿造酱油,其余的工作都不会干呢。"

"不要那样说。实际上,我父亲过世后,如果没有大原你一直坚守在这里,酱油藏的事情早就出麻烦了,我们都要感谢你啊!"

"您看您,说的哪里话啊。"大原这样说着,脸上渐渐地露出了笑容。

银花慢慢明白了,父亲和大原大概是在谈论有关酱油藏一直以来经营不善的话题,她的心里也开始有点担心起来。父亲是个艺术家啊,他不擅长面对现实的问题,这是个连孩子都明白的事。这时候,母亲却轻轻地碰了碰银花的胳膊肘,小声说道:"银花,刚才在储藏间看到的那个画着兰花的茶杯,你不觉得它很漂亮吗?"

听到母亲的嘀咕,大原朝母亲和银花这边瞟了一眼。"嗯。"银花慌张地胡乱回应了母亲一声,赶紧逃离了母亲身边。太讨厌了,我再也不要和母亲待在一起了。

有的时候,银花对母亲的天真无邪和反应迟钝深感厌恶,心中烦得不得了,想要逃离母亲的身边。作为母亲的孩子,有时银花深感羞耻、辛苦、为难、困惑,甚至想要哭出来。真心希望自己不是母亲的孩子,希望自己仅仅是父亲的宝贝而不是母亲的孩子。但是,她深知那是不可能的啊,既然母亲生养了自己,那么自己就永远是她的孩子啊,那是银花一生都不可能逃脱得了的。

"尚孝君!"大原用郑重的语气说道,"今后,雀酱油就要由尚孝君来执掌了。一开始也可能会有些困难,但让我们一起加油努力干吧,我会尽我所能全力支持你的。"大原说这番话时的表情,与其说是诚实而坚定的,倒不如说哪里好像暗含着什么寓意似的。父亲就像是被某种气场震慑住了,低下了头。

"嗯。实在抱歉啊……今后,要拜托你了。"就像受到了训斥的孩子一样,父亲突然变得很可怜。

"小姐,您知道吗,我家里也有一个女儿和一个儿子。你们以后应该在同一个学校读书,请您一定多关照他们啊。"

"好的!"银花回应道,转眼看着大原依然严肃的表情,总觉得自己也好像被人教训了似的。

当天晚上,家里为银花三口的到来准备了欢迎晚宴。偌大的客厅里热闹极了,附近的邻居啊,有生意往来的客户啊,赶来问候银花一家的客人络绎不绝。男性客人们聚在一起喝开了酒,一时间,家里的气氛热烈起来。母亲到厨房里帮忙去了,二楼的房间里只剩下银花一个人。

二楼共有三个房间,那间足有十二张榻榻米大小的屋子是父母的卧室。另外两个房间中间隔着一个走廊,每间都有八张榻榻米大小,分别是银花和樱子的房间。这是银花第一次拥有一个完全属于自己的独立空间,并且,这方天地足有八张榻榻米大,非常宽敞。原本,银花干劲十足,打算好好整理一下自己的行李，然而却没有什么进展。每当楼下客人酒醉后的喧闹声响起，银花都会被吓一跳，不得不停下来。但是，让她被迫停手的不仅仅是楼下宴会的嘈杂声，还有那件一直令她挂心的行李。

银花将那个被她藏在木箱最底层的"喷气式鼹鼠"取了出来。虽然瞒着父亲将这个玩具带到了老家，但是就这么一直隐瞒下去，终究不是办法啊。怎么办才好呢？

正当银花为了这个"喷气式鼹鼠"烦恼不堪的时候，突然房门被人拉开了。樱子姑姑就那么气势威严地叉腿站立在银花的房门口。银花慌张极了，刚想要将"喷气式鼹鼠"再一次藏起来，却一下子就被眼尖的樱子发现了。

"你手里拿的是什么？为什么要藏？"

"没，没什么啊。"

"那个，难道不是男孩子玩的玩具吗？"

听到樱子兴师问罪似的诘问，银花反倒平静了。她装出一副无所谓的神情，将"喷气式鼹鼠"往桌子上随便一放，反问道："不说这个了。嗯，樱子，你有什么事吗？"

"我只再说一遍哈。绝对绝对，不允许你叫我姑姑！绝对不行！"樱子说着，使劲地左右摆头。她那一头美丽的长发随着头的晃动蓬蓬松松地铺展开来。这个樱子姑姑，无论她多么任性，多么易怒，终究还是一个美少女啊。樱子说完，啪的一声关上了银花的房门，出去了。

无论怎样，都拿这个美少女没有办法啊。银花总觉得有点后悔，于是走出了房间，心想着去找点水喝吧。她不知不觉来到了厨房里,只见奶奶多鹤子一个人在忙碌地干活,根本没有看到母亲的身影。"对不起,您看到我的妈妈了吗?"

"是啊,不知道什么时候,就不见她的踪影了。"多鹤子冷冷地说道。

"对不起。那么由我来帮您干点什么吧。"银花说着,挽起了袖子。

多鹤子听到银花这样说,停住了手里的活儿,目不转睛地盯着银花看。她脸上的表情依然是严肃的。奶奶对我说的话感到出乎意料吗?银花心想,或者提出帮奶奶干活是多嘴了吗?是多此一举吗?正当银花想着快点儿逃离奶奶那严厉的视线时,奶奶突然开口说话了:"那么,你就帮忙刷洗餐具吧。"

银花这时才发现,水池里已经堆了像座小山一样高的沾满油污的碟子和锅碗。她立刻投入到刷洗工作中。这里的水远比大阪的要凉得多,真舒服啊。

另一边,多鹤子一边烫酒,一边烤鱼,忙得没有一丝喘息的机会。银花心里感叹道:奶奶她真是厉害啊。尽管非常忙碌,却又如此得心应手而有条不紊,干活如此干净利索的人,银花有生以来还是第一次见。提起母亲的做事方式,说得好听一点儿叫作周到细心,说得不好听那就是缓慢迟钝。而奶奶多鹤子同母亲则是完全不同的风格。

多鹤子前往客厅送烫好的酒,回来时手里捧着一大摞空盘子。那些盘子的底色都是黄色,上面描画着漂亮的葡萄,格外豪华奢侈。

"这是九谷烧的瓷器,小心啊。"

银花心里一边想着所谓九谷烧是什么呢,一边望着盘子上的那串油亮亮的青色葡萄发呆。这时,只听见正在摆放汤碗的多鹤子对银花解释道:"九谷烧,就是从加贺流传过来的瓷器。"为什么奶奶能够了解到银花心中的疑问呢,真是不可思议啊。想到这里,银花试着问道:"加贺,是哪里的地名啊?"

"在石川县的金泽市。就是兼六园①的所在地。"奶奶连看都没有看一眼银花这边,就如此详细地为银花介绍了。也许,奶奶多鹤子并不是银花想象的那样可怕的人呢。"对不起,我怎么称呼您合适呢?"

听到银花这样发问,多鹤子转过头来,紧紧地盯着银花看。银花觉得自己像是正在被她在心里品评着一样。"为什么会有这样的疑问?难道谁对你说了什么吗?"

银花原本想说出姑姑樱子曾经对她说过的话,但是转念一想,她又决定放弃了。因为照实回答的话,好像是在故意搬弄是非一样。银花决定稍微想一想再回答。正当她保持沉默时,多鹤子的表情渐渐严肃了起来。

"请你清楚地回答我!"多鹤子的口气非常严厉。银花心想还是不要撒蹩脚的谎比较好吧。"嗯,是樱子……她说让我不要称呼您奶奶,因为您还没有到当奶奶的年纪……"

"真是没办法啊。"多鹤子愣了一下,轻轻叹了一口

---

① 兼六园:日本三大名园之首,四季景色截然不同,又以冬雪、春梅为首,备受推崇。严冬季节的"雪吊"更是一个奇特的传统。

气,"就按照你喜欢的方式称呼吧。叫奶奶也好,称呼多鹤子也罢,怎么叫都成。"

"那么,称呼您多鹤子好吗?"

"你讨厌叫我奶奶吗?"

"我想就按照樱子说的那样称呼您吧。因为您的年纪看起来确实不像是奶奶呀。"

"我,也已经五十三岁了呀。但是,不管怎样,如何称呼,由你自己决定吧。"多鹤子简单地说了一句后,转过身去继续干活,一点儿也没有要跟银花继续聊天的意思。于是,银花默默地刷洗起了盘子。突然,多鹤子冷冷地说道:"虽然这么说不太好,显得有点失礼了。但是,你不太像那个美乃里,太好了。"

"您说什么?"

"那个美乃里,什么也不做吧?厨房里的工作什么的,她什么也不会吧!"这话简直就像劈头斥责一样,奶奶她在并不了解真实情况的前提下,发火生气了。

"并没有那样的事啊。我妈妈她做饭很好吃的,非常棒。她还能看着书,做一些难得一见的料理呢,蒸鸡蛋羹、可乐饼、蔬菜肉卷、薄煎饼、布丁等等,她都会做的。非常美味,真的!"银花大声地冲着奶奶说出了这些话。多鹤子被惊到了,露出了不可思议的神情。她紧紧地盯着银花的脸看了好一会儿,再一次表情严肃地说道:

"你说你妈妈做饭好吃,可是她完全不来厨房帮忙啊。"

"对不起，对不起。"

"你在这里代替你的母亲道歉，也是无济于事的呀。"多鹤子深深地叹了一口气，将盐水焯过的鸭儿芹①放进水盆里过凉水。然后，两根一组、两根一组地将鸭儿芹分组，把长长的茎秆部分打个结，放进木碗里。

"银花，剩下的就由你来做了。"

既不是银花小姐，也不是更亲密的称呼，而是简洁地直呼其名，这反倒让银花感到心情好极了。她边学边做，将鸭儿芹分组捆绑、打结。把汤碗装满之后，多鹤子就将这些送去了客厅。

在厨房给奶奶多鹤子帮忙还算顺利，银花终于能舒一口气了。就在这个时候，她看见了走廊里母亲的身影。母亲再三确认多鹤子已经离开了厨房之后，才进到厨房里，来到银花身边。"银花，你刚才一直在这里帮忙吗？真棒啊！"

"妈妈，您到哪里去了？快来帮忙啊。"不经意间银花对母亲说话的语气也变得严厉了起来。

"但是，银花，妈妈我实在不会和你奶奶相处……"

正在这时，奶奶多鹤子从客厅返回了厨房。母亲见状，脸色立刻变得很难看，什么也顾不上说，逃也似的离开厨房，消失得无影无踪。多鹤子默默地目送着银花母亲离去的背影，露出了严厉又可怕的表情。

---

① 鸭儿芹，又叫三叶。在朝鲜、中国、日本和北美洲的东部地区广泛分布，是日本重要的栽培蔬菜之一。食用柔嫩的茎叶，有特殊的风味，主要用作汤料或做成沙拉生食。

真丢人啊。银花觉得实在太难为情了，眼泪差点流出来。真的再也不想因为母亲的各种事情被别人议论了。于是，银花在多鹤子似乎要说什么之前，赶忙转换话题。"对了，多鹤子奶奶，您知道，所谓'座敷童'到底是一个什么样的孩子吗？"银花话音未落，多鹤子的表情瞬间已经完全僵住了，眼神游离，飘忽不定。但是，没过一会儿，多鹤子的神情又恢复得像往常一样镇定自若。

"你从哪里听说了那些话？"

"是爸爸告诉我的。"

"我记得那是很久很久以前的传说了。"多鹤子一边说着，一边点着头，"那个座敷童啊，是一个穿着和服的男孩子哟。祖祖辈辈的人都说，只有我们家的主人才能看得到他。"

"多鹤子，您曾经看到过他吗？"

"一次也没有看到过啊。"

"听说，我们家房前的那棵柿子树上结的柿子是座敷童最喜欢的东西。那么，他什么时候会来呢？"

"那是很久很久以前的事情了。好了，你帮忙也就到这里为止，赶快回自己的房间去吧。"多鹤子用严厉的口吻催促道。

又一次像是被赶走了一样，银花离开厨房，返回到自己的房间里。她拿起"喷气式鼹鼠"看了看，愁眉紧锁。既然被樱子看见了，再隐藏也是无济于事的，鬼鬼祟祟的反而更容易被怀疑。正当银花心里盘算着怎么办才好时，拉门的对面有人说话:"银花,我可以进来吗?"

是母亲的声音。母亲轻轻地将拉门打开,然后静静地走进房内。她的脸上写满了尴尬。当她发现银花手里正拿着的那只"喷气式鼹鼠"时,就难为情得无以复加。"多鹤子,因为妈妈我的事而发火了吗?"

"不,我并没有觉得她生气了。"

"妈妈我,实在很难同多鹤子相处,因为我觉得她好可怕啊。"

如何回应母亲的话呢?银花实在找不到答案,于是,她陷入了沉默。正在这时,母亲一边叹着气一边向窗外远眺。"嗯,银花,今后的生活会变成什么样子呢?"

银花真不希望妈妈会把这样的问题抛给她这样一个小孩子。多鹤子的问题,藏的问题,雀酱油的问题,所有的所有的问题,到底会演变成什么样子,银花也不知道啊!但是,无论怎样,银花清楚地知道一件事情——母亲同奶奶多鹤子无法很好地相处下去。母亲在面对多鹤子奶奶这样严厉的人时,总是手足无措,苦于应付;而多鹤子也对母亲这样不靠谱的儿媳妇不予认可。并且,大原师傅也不认可母亲。今天,就在陪同大家参观藏结束的时候,大原只跟父亲和银花打招呼道别,而没有理会母亲。那是因为,他一定认为母亲并没有做当家人媳妇的资格。

回想起大原刚刚说的话,银花突然想到了,是的,她想到了一件好事。于是,她抱起"喷气式鼹鼠"走出房间,一溜烟儿地跑下了楼梯。

客厅里的宴会接近尾声，宾客们已经开始为散席做准备了。父亲好像没少喝酒，脸色通红。他和大原一起跟每一位客人打招呼话别。当客人们都散去以后，客厅里只剩下了父亲和大原两个人。银花将"喷气式鼹鼠"拿在手上，径直走到父亲和大原的面前。她紧张极了，心扑通扑通地跳。

"嗯，这个，是在商店街抽签中彩得到的。因为是男孩子玩的玩具，我也不需要的。"银花撒了个并不怎么高明的谎。她甚至觉得自己在说那些话的时候，舌头一个劲地打着卷。"大原，你不是说你家里有一个男孩子吗？如果你不嫌弃的话……"

"这，这合适吗？这么昂贵的玩具……"大原脸上带着几分诧异问道。听到大原这样说，银花心里想：难道这是被怀疑了不成？她越发不安，心瞬间紧缩了一下。父亲醉眼惺忪，稍微瞟了银花一眼，然后爽朗地大笑道："哎呀，哎呀，差点忘掉了。这个，这个玩具，确实是我们银花抽签中彩得到的呢。"父亲说着，一把夺过银花手里的玩具，塞给了大原。

"大原，你就不要跟我们客气了，收下吧。我们家因为是女孩子的缘故，这个'雷鸟神机队'的玩具确实没有人玩……"

"哦，原来是这样。那么，我就不客气，收下了。我儿子一定会很高兴啊。"大原道谢一番，回家去了。这次作战成功了。银花觉得终于可以舒一口气了。但是，心底的最深处却传来了一阵阵钻心的痛楚。

我，这回也撒谎了。并且，将偷盗来的玩具硬塞给了别人，我不是一个贪吃的女孩子，而是一个撒谎的女孩啊。

目送大原离开后，父亲向银花招手，让她到身边来。在偌大玄关的一个小小角落里，父亲悄声问银花："银花，那个玩具，是美乃里偷盗的，对吧？"

"嗯，是的。是我们搬家来这里之前，爸爸您出去写生旅行期间发生的事情。我一直瞒着您，对不起。"

"不。"父亲深深地叹了口气，"是吗，原来是这样。处理这件事让你受苦了。让你一直挂心，对不起啊，银花。"父亲像往常一样拍打着银花的头。当银花高兴地抬头仰望父亲时，她被吓了一跳，父亲的笑容已经变得越来越模糊，脸上失去了光彩，没有了朝气。

"爸爸！ 您怎么了？"

"不得不做酱油，今后的生活中会有各种各样的困难。那将会是和现在完全不同的生活啊，我再也不能按照自己喜欢的方式，随心所欲地画画了。"听着父亲的一番话，银花的心再一次紧缩了一下，她觉察到了一阵苦涩而疼痛的感觉。再也无法画画这件事对于父亲来说，是何等痛苦而难受啊。"嗯，爸爸，我会帮助您的。无论什么时候，什么事情，您尽管对我说吧。"

"哈哈，哎哎。我也必须努力啊。这里是体现一个男人真正价值的地方，爸爸要给你们好好地看看我的骨气。"父亲的这番话，特别像电视剧里经常出现的船场①的买卖人说的台词，和父亲的性格完全不合。银花想着想着，不由得笑出声来。看着银花，父亲也微微地笑了。但是，突然间，他的表情又回到了之前那个严肃认真的样子。环顾了一下四周，父亲在嘴唇前竖起了食指。

"这是对任何人都要保密的啊。实际上，爸爸我对于制造酱油这件事，完全没有兴趣。"

"啊？什么？"银花听到父亲这么说，大吃了一惊，真是被吓到了。父亲的喘息中带着酒臭味，如此醉醺醺的父亲，银花还是第一次见到。

"我希望画着喜欢的画过完我这一生。若要我画少女画的话……我没有办法画出银花所喜爱的高桥真琴那样的画，我的画和中原淳一②的画也不相同。如果非要说出一个和我画风相似的人的话，我觉得竹久梦二③那样的画，我倒是画得了。"

"您是说竹久梦二吗？"

"稍微等我一会儿！"父亲说着，去二楼自己的房间里拿来了画集和写生本。当他打开画集时，呈现在银花眼前的是一位穿着黄色和服的女性的画像。女人怀里抱着一只黑色

---

① 船场是位于大阪市西部的商业、金融城镇。这里三面环水，16世纪出于大阪"城下町"经营活动的需要在这里开挖了运河，由于它曾经是商人云集的船码头，船场之名便由此而来。
② 中原淳一（1913—1983）：日本人气画家。
③ 竹久梦二（1884—1934）：本名竹久茂次郎，有"大正浪漫的代名词""漂泊的抒情画家"之称的日本明治和大正时期的著名画家、装帧设计家、诗人和歌人。

的小猫,她坐在一个红色的四方形木箱上。借着玄关那昏暗的灯光,银花看清了,画上写着"黑船屋"三个字。

"咦?我怎么觉得这样的画,爸爸您也能画得出来呢?"

画中的女人,最初给银花的感觉就是,她的手非常大,既不可爱又不漂亮。无论怎么看,这画像中的女人都让人觉得既土气又俗气。也许这是一幅著名的画像吧,但是,到底这画好在哪里,银花完全不明白。高桥真琴那些小公主的绘画,真的要比这画精彩千万倍。

"嗯……但是……"如何回应银花的提问好呢?当父亲有些困惑的时候,他翻开了自己的写生本。

"你看,这是我最近尝试着画的。"父亲让银花看的是一幅长发少女的画像。画中的女孩儿双眼低垂,十分寂寞的样子。父亲所画的少女的眼睛,介于高桥真琴笔下的公主们水灵灵的大眼睛和竹久梦二笔下人物的眼睛之间。但是,总觉得那眼睛像极了某个人。

"你觉得这个怎么样?虚幻的、寂寞冷清的……也就是说,这是一位薄命的佳人。我打算画几幅这样的作品,然后向杂志社投稿试试。如果我作为少女画家成功了的话,你的奶奶也就不会再对我发牢骚。那样,我就可以不用做酱油,而去光明正大地画画了吧。"

父亲用手指轻轻地弹了一下银花的头,笑了。他的眼睛里分明闪耀着光芒,眼睛也变得炯炯有神起来。这还是银花心中的那位好父亲啊。银花稍稍舒了一口气,但是马上又变得心神不宁了。"爸爸,您说,往后藏怎么办才好呢?由谁来酿造酱油呢?"

"嗯,总会有办法的!"

"但是,爸爸,您和一家之主不一样吗?"

"爸爸我呢,如果因为绘画而出了名的话,全家人都会为我高兴。在我的画作大卖之前,我还需要稍微忍耐一下。这段时间,我就乖乖地、老老实实地做酱油。无论怎样,这都是爸爸和银花之间的秘密哟。"父亲半开玩笑似的眯眯笑着,再一次做了一个"保守秘密"的手势。父亲的手指好长啊。看到父亲的样子,银花心领神会。比起酿造酱油,父亲的手指更应该用来画画才对,没有错。

"爸爸,您一定要加油啊,我会一直一直支持您的。"

"谢谢你,银花。爸爸我,一定要为成为有名的画家而努力,因为我要让我的银花过上公主一样的生活。"

"哦,我期待着。"银花再一次看了看父亲的画。那是一位可爱又可怜的命薄福浅的美少女。要是给这幅画取一个名字的话,就用花的名字吧——

乍一看,是一种可爱的花。但是,它不需要非常充足的阳光照射就能够开花,是一种天不怕地不怕厚脸皮的花。

"夹竹桃。"父亲不假思索地嘴里小声嘟囔着,脸上呈现出一种不可思议的表情。

这天夜里,银花做了一个梦。这是来到藏以后的第一夜。

　　院子里的柿子树上，已经挂满了像铃铛一般的成熟果实。穿着和服的座敷童两腿分开跨坐在高高的树枝上。那个座敷童是一个小小的男孩子，他轻松地随便一伸手，就扭下来一个柿子，然后皮也不剥，就那样囫囵吞枣般地吃起来。他的嘴巴非常大，转眼间，一颗柿子就被吃光了。然后，他又非常灵巧地将柿子核吐出来。座敷童轻轻吐出的柿子核就像西瓜籽一样，在空中弹跳乱飞。当他吃光了伸手就够得着的柿子后，又跳到别的枝杈上，然后，再一次重复着嗖的一下摘柿子，嗷的一声大口吃掉，再噗的一下吐掉柿子核的动作。

　　看到座敷童如此好胃口，真是令人愉快啊。银花半梦半醒，就在她一边感叹一边吃惊之际，看到了那位孩子模样的神灵。

　　银花终于从梦中醒过来，不知道什么时候，她居然已经爬到了柿子树上。那个在树上大口大口吃柿子的，竟然不是什么座敷童，原来是银花自己。她坐在最高的一个枝杈上，顺手摸到一个就放进嘴里吃起来。那柿子甘甜香软，真是美味啊。

　　嗖的一下摘柿子，嗷的一声大口吃掉，再噗的一下吐掉柿子核。嗖的一下摘柿子，嗷的一声大口吃掉，再噗的一下吐掉柿子核。

　　太好吃了，银花根本停不下来。

　　嗖的一下摘柿子，嗷的一声大口吃掉，再噗的一下吐掉柿子核。

怎么是好呢，太好吃了！正在这时，银花突然看到树下站着的父亲。父亲的脸色难看极了，好可怕。

"喂喂，银花。那不是你能吃的柿子啊！"

"哦，对不起！"银花赶快慌张地往树下溜，结果，树枝啪的一声折断了。她摔了下来。"救命啊——"

这时，银花睁开了眼睛。她把手放在心脏扑通扑通跳个不停的胸口，把脑袋埋进被子里，大口大口地喘气，一遍一遍地深呼吸。刚刚，父亲怒不可遏的神情，竟然如此鲜活地浮现在她的脑海中。虽然刚才是在梦中，但是看到父亲如此可怕的脸，这还是第一次啊。银花心想，还好刚才的一切都是梦境。

2

一九六八年秋——一九七三年

从第二个学期开始,银花就转入了一所新的小学。

银花上的是四年级,而樱子上五年级。转学之后,银花逐渐明白了一件事,那就是无论雀酱油还是樱子,在这一带都非常有名,尽人皆知。在银花的观念中,因为雀酱油是老店,所以在当地成为一个妇孺皆知的品牌。但樱子出名却是因为她是一位样貌出众的美少女。上了年纪的人都称她为"雀小町①",学校里居然流传着有一个"樱子粉丝俱乐部"的说法,她简直就像演艺明星一样。

银花使用的所有物品,立刻成为班级里被大家议论的话题。因为,除了蕾丝花边的手绢和进口的学习用品,银花带到学校的绘画用具啊,漂亮手提包啊之类的东西,也都是周

---

① 小町:美丽姑娘。源于小野小町为美人的传说,此称呼多附于村镇的地名后。

边地区买不到的稀罕物。当同学们知道，这些都是父亲送给银花的"礼物"时，不约而同地投来了羡慕的目光，啧啧称赞，心生佩服。但是，银花总是提醒自己千万不能过于骄傲和自满。因为这些小礼物，银花和同学们找到了可以谈天说地的话题。自然而然，她很快就融入了班级。

这是所非常小的学校，所以，孩子们即便不在同一个年级，也都是低头不见抬头见的熟人。大原师傅的女儿是比银花高两个年级的姐姐，已经是六年级的学生了。那是一个非常懂事而且性格稳重、温和敦厚的女孩子。她见到银花和樱子的时候，总是会低下头。遇到比自己年长的人向自己低头鞠躬行礼，银花总是觉得心里怪怪的，很不舒畅。然而，樱子却一副满不在乎的样子，心安理得地接受。大原的儿子则比银花小一岁，是三年级学生。因为那孩子个子矮，人也长得小小的，于是，樱子总是叫他"那个小矮人"。也许是太害羞了吧，这个小男孩儿一见到银花和樱子，总是拔腿就跑，躲得远远的。他就是那个得到了"喷气式鼹鼠"的孩子。就是利用这个孩子消灭了证据啊，一想到这里，银花的心里就会针扎一般地痛。

父亲也开始跟着大原师傅学做酱里的所有工作。由于完全不习惯，父亲似乎很辛苦，免不了总是会对着银花抱怨，发牢骚：

"就拿用桨棒上下搅拌那些酱油桶里的酱料来说吧，好像只是搅拌工作而已，殊不知，却出人意料地艰难呢。因为需要通过人力不停地搅动，将空气全部送入到酱油桶的最底部，不能有任何遗漏的地方，酱料才能发酵均匀。那不是混合，而是一种上下的搅动和翻腾，相当地需要一把子力气呢。"

"真是太不容易了啊。但是，在您小的时候，没有在藏里帮过忙吗？"

"因为我讨厌藏里的工作，一到喊我帮忙时，我就会东躲西藏，找地方画我喜欢的画去了。"父亲一边夸张地按摩着手臂，一边皱起了眉头。

"我觉得，我的胳膊累得都已经麻痹了。不管怎么说，爸爸我，真的从没有拿过比画笔更重的东西。"银花听到父亲的这一番话，觉得一半是开玩笑，但也有一半是他的真心话。用真话回应父亲太残忍了，银花还是决定用笑谈解决。"如果爸爸您干酿造酱油这样的工作也能成功的话，那么索性拿着画笔用酱油作画试试看，如何？"

银花说到这里，就听到父亲爽朗地笑出了声。他，还是那个一如既往性格开朗的父亲呀。银花舒了一口气。

"那个吗，叫什么好呢，叫作酱油画吗？说不定能好卖呢。"父亲低声说道，"实际上，爸爸我，最近曾经往杂志社送过一次自己画的画，那些可都是我自认为很不错的作品呢。"

"是真的吗？太棒了，爸爸，您很厉害啊。真希望早一点儿能有回音。"

"是啊。我想，我忍耐着在藏里做酱油，就等到杂志社有回音为止。"

接下来的日子里，父亲每一天都很忙碌。他的工作不仅仅限于在藏里制造酱油，还要接受客户的订单啊，去拜望老顾客啊，出席县里同行业者的集会啊，等等。父亲整日里忙得团团转，即使偶尔能待在家里不需要出门时，他也要一头钻进藏旁边的事务所里去，跟随着多鹤子学习记账的方法。他根本没有什么闲暇的时间画画。银花一想到父亲的心情，就会觉得他好可怜，不由得心疼起父亲来。

——事实上，父亲完全没有想要做酱油的动力啊。

那一夜，父亲对银花说的心里话，一直埋藏在她的心灵深处，让她感到很不舒服。她多么希望父亲能去画他心爱的画。但是作为藏的当家人，父亲有需要肩负的责任。银花觉得，长此以往，无论是画画还是做酱油，父亲哪一项都没有办法愉快地做好。于是，她时常走到柿子树前去祈祷："座敷童神啊！请您一定要保佑我的爸爸。保佑他能够很顺利地做出好酱油。保佑他的画能够卖得很好。我愿意，一辈子都不再吃柿子了。"

银花所担心的事，还有一件，那就是母亲。

母亲和奶奶多鹤子完全是两个世界的人，她们如此不同。两人差别最明显的地方，体现在有关厨房的工作上。银花听说过，奶奶长年累月地一边忙碌着藏里的工作，一边为家人和藏里的工人们准备伙食。每天早晨就要蒸煮大量的米饭，同时，还要快速地烤鱼、煮菜、做汤等等。所以，奶奶曾说，所谓料理最重要的就是要考虑实用性。奶奶做的饭，味道嘛并不差，也绝对不会偷工减料，反正就是秉持着让干活的人快一些吃饱肚子的观点做出来的。并且，时至今日，即便藏里面已经没有了工人，她的那些关于做饭的观念也似乎没有发生什么改变。

可是，母亲呢，在母亲的头脑中，根本就不存在所谓实用性的东西。母亲做饭最重要的一点就是——"好吃、漂亮，父亲高不高兴，喜不喜欢"。因此，什么做饭的材料费之类的，她完全不在意。在大阪住的时候，母亲常常会做那种甚至要花费一天时间，需要十分精心才能烹调出来的料理。

在银花一家最初来到藏的时候，多鹤子曾经将厨房的工作拜托给母亲。早餐时，母亲为大家准备了烤面包和红茶，而晚饭她也会做西洋风味的饭菜。比如，在烤猪肉上淋上苹果和生姜混合而成的酱料，洋葱汤、黑鲷鱼和蔬菜做的腌泡汁。这些都是父亲最爱吃的料理。餐后甜点则会配上桃子口味的巴伐利亚奶油蛋糕。母亲会花费整整一个下午的时间做上一餐饭，当然非常非常美味。父亲和银花自然高兴得不得了，就连樱子都如此评价道：

"真的比妈妈做的饭好吃多了！"

第二天早上，依然是面包。晚饭准备的是，加了肥厚弹牙的大虾的奶汁干酪烙菜、蛋黄配新鲜含羞草的沙拉、西红柿汤和餐后布丁。大家都满意地饱餐了一顿，直到吃得有点撑得慌为止。只有多鹤子一个人板着脸，面沉似水，很不高兴。"美乃里，明天的晚饭能不能给我们做点日式饭菜？上了年纪的人，吃这些油脂过重的食物，就会积食，不消化啊。"

经多鹤子这么一说,母亲就改变了方向,于是,做出了类似怀石料理①那样的饭菜。炸虾豆腐丸、盐烤方头鱼、氽烫海鳗、夏季蔬菜拼盘、手工制作的芝麻豆腐等等,很多菜。餐后甜点则是一道放在竹片上的水羊羹,味道真是玄妙极了。

母亲做的每一道菜都很美味,大家伙纷纷添饭,吃得不亦乐乎,最后竟然把菜吃得一点儿不剩。这样的菜谱持续了近一周的时间。之后的某天早晨,多鹤子终于有些不耐烦了。"住在酱油藏里,整天吃面包什么的,这可怎么好呢。我还是决定早上要吃现做的米饭。因为在藏里劳作的人们,一大早就吃这么一片一片的面包,不行啊,受不了。可是我刚一这么想,再看看我们每天的晚饭,简直就是连续不断的宴席。再把家里的伙食交由美乃里打理的话,再多的金钱和时间也不够用。"

母亲默不作声地低下了头。这时,父亲慌忙过来打圆场,说道:"可是,母亲,您看美乃里做的饭,还是很好吃的吧。为什么突然说起这些话呢?"

"又费钱又费时做出来的饭菜,自然会好吃了啊,这不是理所当然的事吗?但是,我们家是酱油藏啊,无法过得那么奢侈。好了好了,别说了,从明天开始,还是我来做饭吧,美乃里,你来给我打打下手就行了。"

---

① 怀石料理:原指在日本茶道中,主人请客人品尝的饭菜。现已成为日本高档菜品的代名词。

正如奶奶多鹤子所说，第二天一早开始，多鹤子又重新执掌了厨房里的一切。虽然母亲变成了奶奶的帮手，但是，她竟然什么饭菜都做不出来。面对可怕又严厉的多鹤子，母亲完全无法招架，因为她太畏惧奶奶了。

"对不起。"母亲一味地重复着这句话，最后，甚至连在厨房里打下手的活也不干了，东躲西藏地四处逃窜。在奶奶多鹤子的观念中，所谓儿媳，那就应该是带头干活的人。越这样想，她的积怨也就越深。某一天早上，事情终于爆发了。多鹤子因为准备早饭而忙得不可开交的时候，母亲却什么都不做，晃来晃去的。实在忍无可忍的多鹤子狠狠地训斥了母亲，声音大得几乎家里的每一个人都听得见："美乃里，你！别晃了。难道你就不能稍微帮帮忙吗！"

母亲抽抽搭搭地低头哭了起来。刚刚走到饭桌前准备吃饭的银花，赶忙慌慌张张地站了起来，"我来做。我来帮忙吧。"

"银花，这里没有你说话的份儿。"

被奶奶这么劈头盖脸地说了一句，银花不由得也腿脚发软，心里畏畏缩缩起来。起身之后那个要去帮忙的姿势也突然僵在那里，动弹不得。就在这个时候，父亲出面来解围了。

"哎呀，母亲。在母亲您这里，自然有一套您做事的流程。如同您一样，在美乃里那里，也有一套她熟悉的流程。彼此都不要强迫对方接受，好吗？"

"尚孝！你宠爱美乃里太过头了，你太溺爱她了。"

"也许，母亲认为自己的做法是正确的。那么，其他人也有其他的人认为正确的标准啊。"父亲竭尽全力平静地重复着这样的话。

"是吗？如果你们认为自己是对的，那么就按照你们喜欢的样子随心所欲吧。"多鹤子丢下这句话，就迈步走出了餐厅。母亲耷拉着脑袋，仍然啜泣着。父亲深深地叹了一口气，低头看着餐桌。桌子上摆放着多鹤子已经准备好的米饭、大酱汤、小咸菜和海苔。

"我，还是喜欢吃面包啊。喜欢把面包浸在美味的红茶中……"

"是啊，是啊。所以说，尚孝，你还是最喜欢面包和红茶的配搭哈……"说到这里，母亲一下子仰起了脸。突然，她的脸上也露出了高兴的神情。

银花沉默了。父母亲说的话，她明白。奶奶多鹤子的心情，她也都懂。如果要问，在银花的心底里，到底认为哪一方说得有道理呢？当然是多鹤子。但是，她却不能说出口。

"哎呀，哎呀，好了好了。就到这里吧。快点儿吃早饭吧。"樱子的脸上写满了不耐烦，就那样自顾自地吃起了早饭。

* * * * * *

新年过后，银花一家迎来了搬到橿原后的第一个春天。竹林里，竹叶每天都随风飘落。父亲教给银花，这就叫作

"竹之秋"。

"现在是挖竹笋的时节了。"父亲的脸上满是怀念的神色，多鹤子却是冷冷的表情。

"每年，真是烦人极了。令人毛骨悚然的。"

"母亲，您为什么那样讨厌这片竹林呢？正是有了这片竹林，才有了我们的雀酱油啊，不是吗？"

"就是因为有这片竹林的缘故，你看看，我们家里即使是白天，光线也是昏暗的。只听见风吹竹叶的萧瑟之声，那哗啦哗啦的噪声。"

"可是，我非常喜欢吃竹笋呢。这样吧，母亲！至少在这挖竹笋的季节，让美乃里做做饭吧，好不好？"

"美乃里，总是任性地做这做那。那样的话，厨房里的工作会很难做的。"

"但是啊，母亲您刚刚不是也说了吗，每年从土里把竹笋挖出来，真是太费力了。如果美乃里能来帮帮忙的话，您就会轻松一些。"

最后，纵然百般不悦，多鹤子面带着有些后悔的表情，还是点头同意了父亲的提议。但是，仅仅限于挖竹笋的季节，允许母亲做饭。终于得到奶奶多鹤子的首肯，母亲雀跃起来。她麻利地给竹笋剥皮，然后用米糠揉搓，最后用沸水焯烫。接下来的日子里，每天母亲都能用竹笋做些小菜。如果是小小的竹笋，她会选择带皮炙烤。常吃的菜品里有嫩竹煮和竹笋饭，那都是令人垂涎欲滴的美食。而父亲的最爱，要数将猪五花肉和竹笋搭配在一起做成的中式炖菜。

某个周日，父亲看着他面前放着的那些早晨刚刚挖回来的带皮竹笋，说道："银花，你能不能去一趟大原师傅家，把这些竹笋给他们送过去？"

"明天，让大原下班时带回去不好吗？"

"竹笋，挖出来之后，很快味道就会发生变化的，放置时间过长就不好吃了。所以，你快点儿送去吧。"父亲说着，望向了母亲。

"是吧，美乃里？"

"是这样的。这个竹笋啊，如果挖出来之后不马上煮一下，就会变得不好吃了。"

"顺道你也问候一下福子，给她带好。她是大原的太太。"

实在是没办法。银花只好提着装着竹笋的篮子，出了家门。篮子里的竹笋堆得像座小山一样。她一边看着地图，一边找寻着路往前走。大原的家距离藏足足有步行十分钟的路程，在一大片老房子聚集的地方的最里面。

"打扰了，有人在家吗？我是从雀酱油来的。"

过了一会儿，一个男孩儿慢慢吞吞地走出来，正是那个小银花一岁的孩子。也许一看是银花，被吓了一跳，那孩子嗖的一下，一溜烟儿逃到走廊的最里面去了。接着，从房间的最里面走出来一个个子不高，丰腴敦实的女人。这好像就是福子。

"是的，有人在。您找哪位？"

"嗯，我是雀酱油家的。为了给你们送些竹笋尝尝。"

"啊呀啊呀,那么,这位应该就是尚孝少爷家的小姐了吧!"

"是的,我是山尾银花。这个给您……"

福子接过银花递给她的竹笋之后,请银花到家里坐一坐。

"真不巧,我丈夫出门去了,不在家。小姐,请您到家里坐一坐吧,喝杯清茶也好。"

"哦,不了。就这样吧,我回去了。"

"小姐,您看,您都走到玄关了,却不进来。如果我丈夫知道了这事,一定要生气,会责怪我的。来吧,别客气,请进请进。"

抵不过福子的盛情,银花终于还是走进大原家那狭窄的客厅,接过了福子给她沏的茶。在这个家里,到处都乱七八糟地散落着东西。

"小姐,前些天承蒙您的关照,给我们带来了那件玩具,真是太感谢了。"

"哦,不不,这没什么。"

"尚孝少爷能够回来继承家业,大家伙一定都很高兴吧。"

"啊,是啊……"

"小姐,您有其他兄弟姐妹吗?"

"哦,我是独生女。"

福子一刻不停地跟银花说话,问题也是一个接着一个,银花感到有些不知所措了。

"哎呀呀，那么，总之今后，必须得招一个上门女婿了呀。"

"啊？您说什么？"

"啊，对不起。也许以后您还会有个弟弟，也说不定。"福子为了把话岔开，便一边劝银花喝茶，一边把点心往银花面前推。

"哦，这些竹笋，是您的母亲送给我们的吧？"

"哎，啊，是我的父母让我给您送过来的。"

"哦，原来是这样啊。多鹤子夫人是从来不会给我们分送这些东西的。"福子的眉头稍微皱了一下，"据我所知，多鹤子夫人的母亲还在世的时候，什么竹笋啊，柿子啊这一类的东西，都会分送给周围住的人们。"

"哦，是吗？"

福子提到的多鹤子的母亲，应该就是那位带着豪华又贵重的古筝嫁到山尾家的人吧。一想到现在还有关于那位已经仙逝很久的人的传言，银花觉得真是有点可怕。

"据说，多鹤子夫人的母亲可是一位有着出众容貌的美人，长相清秀，性格温柔，待人和气……也许我这么说不太好啊，但是，无论从哪一方面看，那位夫人真的跟多鹤子夫人不太一样。"

大原的夫人福子也许和母亲一样，都是跟多鹤子相处不那么融洽的人吧。总觉得她很高兴似的，所以，银花尽可能圆滑地随声附和着。"无论怎样，多鹤子就是一个严肃又认真的人。"

"嗯，与其说是严肃认真，倒不如说，她太严厉、太苛刻了。因为多鹤子夫人是家里的独生女，所以她既然不得不继承家业，就必须振作精神，加油，努力，坚强地走下去。"

"是啊。那要是这么说，多鹤子原本就是山尾家的人，是吧？"

"是啊，是啊。她已经去世的丈夫，实际上是山尾家的入赘女婿。"福子就这样不断地说着，"哎，那是一个不受重视，总是不显眼的，几乎没有存在感的人啊。家里的一切都是多鹤子来掌管，她的丈夫就是一个妻管严……"

说到这里，福子好像突然意识到自己有些失言，慌忙掩饰自己的过失，不自然地笑着说："哎呀，是啊，如果不是那样刚毅顽强的话，怎么能支撑起全家，又怎么能够将藏传承下去呢。银花小姐您，真的很像您的奶奶多鹤子夫人呢，看起来就是坚强又勇敢……不管怎样，代我们谢谢您的家人，请转达我们的谢意。"

福子说银花很像奶奶多鹤子，说实在话，银花并不高兴。但是，比起被别人说自己像母亲，这样的比喻简直要好太多了。

不知道为什么，从大原家离开时，银花突然觉得好累啊。难道这就是所谓的"人际交往"吗？这对于母亲来说，绝对是不可能完成的任务啊。今后类似这样的交往活动都要由我一个人来承担了吗？想到这里，银花觉得天旋地转，疲惫不堪。忽然，她回想起福子刚才说过的话。

我,也是独生女啊。难道,也会有那么一天,必须要去继承"藏"这份家业吗?同时,还必须找一个入赘到我们家的女婿吗?

银花的脑子里乱糟糟的,边胡思乱想边往回走。她走了几步,忍不住回头看了看。当回望大原家时,她竟看到二楼的窗户边伸出来一个男孩儿的头。银花和那男孩儿视线相交的一瞬间,男孩儿嗖的一下躲进了屋里。银花心想,这真是一个怪人。

银花已经是五年级的学生了,在新的班级里,她结交到了新的朋友。她们分别是,昵称"小初"的河合初子,昵称"小典"的久慈典子。小初的头发是自来卷,总是梳着马尾辫,长着一双橡树籽似的眼睛。小典呢,皮肤白白净净的,像极了小木偶人。银花的这两位好朋友,在班级里面都是朴实无华又温和敦厚的女孩子。

小初和小典都是骑自行车上学的。小初骑的是粉色自行车,车钥匙上绑着一个从伊势神宫求来的护身符。小典骑的是红色自行车,车钥匙拴在亲戚送给她的东京塔样式的钥匙圈上。因为银花没有自己的自行车,所以她偶尔会向两位好朋友借来骑行,或者是她们一同远游时,两个人交替着用后座驮带银花。

"银花,你也快点儿让家里给买一辆自行车,不好吗?"

"我也好想要啊,可是樱子会发牢骚的,她说自己是六年级学生了所以买了自行车,而我才五年级就想要自行车,太滑头了。"

就在不久前,樱子买了一辆大红色的迷你自行车。那辆自行车非常漂亮时髦,并且是最新式的流行款。樱子得意极了,很快就驾驭了它。自从有了自行车,樱子得空就要骑着车出去玩,几乎不在家里待着。

"银花,你打算买什么颜色的自行车呢?"

"我吗,那绝对要选蓝色的。"

银花打算明年要买一辆蓝色的自行车。她希望那辆车的颜色一定是天空蓝的,就像五月的天空一般清亮透彻。钥匙圈呢,什么样式的好呢?嗯,就用那个父亲送给我的雀之铃好了。但是,那个铃铛如果真的从自行车上垂下来,自行车一旦行驶起来的话,立刻就会被剐蹭到了吧。丁零、骨碌、啪啦,那声音也是太过于沉闷了。

两位好朋友总是轮换着驮载银花,她一直想着该怎么感谢她们好呢。原本银花计划着让好朋友们到家里来玩,然后请母亲做些美味的小点心招待她们,那样的话,朋友们一定会非常开心的吧。但是,母亲现在被禁止进入厨房,必须得想个办法说服多鹤子,让她允许母亲使用厨房才行啊。找个什么理由,如何对多鹤子说好呢?银花整整思考了一个晚上。

"多鹤子。嗯,我,总是受到朋友们的关照,让我坐她们的自行车。但是,却从来没有好好地感谢过她们,我想这是很失礼的。"

"确实是这样的。绝对不能得到别人的帮助和关照以后，就置之不理了。"

"嗯——"多鹤子紧紧地皱起了眉头。银花猜的果然没有错,多鹤子的性格就是这样的,她极其讨厌亏欠别人的人情。

"我想在家里招待朋友们。到时候,希望我妈妈给我们做些好吃的小点心。"

"到外面去买些店里卖的点心不好吗?"

"朋友们待我都是极好的,所以我不想只是用店里买来的点心感谢她们,而是希望让她们尝一尝我妈妈做的手工点心。"

"确实是啊,只有美乃里的手工点心才是上等的味道啊。"虽然多鹤子并不情愿同意银花的提议,但是最终她还是做出了让步。太好了! 斗争成功了! 于是,银花趁势去拜托母亲。果不其然,母亲的眼睛里立刻有了神采,闪耀着光芒,桃红色的脸颊上浮现出微笑,"真的吗?银花,我可以吗?谢谢你! 妈妈我,一定加油做出最美味的点心来。"

母亲所说的"谢谢"真的是发自内心的感谢啊。听到母亲这样说,看到母亲喜悦的面庞,银花也觉得高兴极了。但是,银花的心底里总觉得有些畏畏缩缩的,她知道自己心情是焦灼的,她也对不诚实的自己感到厌烦和嫌弃。所以,面对这个原本值得高兴的结果,她却连连叹气。

之后的一个星期天,小初和小典分别骑着自己的自行车来到了银花家里,母亲竟也罕见地亲自出来接待了她们:"欢迎你们到我们家做客。随便些啊,不要拘束。"

母亲做的点心非常成功,好吃极了。所以她也很高兴,心情很愉快。当包裹着满满的奶油的泡芙和布丁端出来的时候,小初和小典一边赞不绝口地说道:"太好吃了,太好吃了!"一边大口大口吃起来。母亲笑眯眯地看着她们,时不时地给她们续添上红茶。

"我还给你们准备了礼物,方便的话,回家时带着吧。"母亲将包装好的玛德琳蛋糕和曲奇拿给她们看。那些点心包装上还都系着漂亮的绸带做装饰。小初和小典不约而同地欢呼雀跃起来。这时候,母亲看起来真的很高兴。

"银花,你的妈妈真的是太可爱了。和我们的妈妈都不一样呢。"

"是啊,银花,她真的是一位长相甜美又擅长做饭的好妈妈。真是羡慕你啊。"

小初和小典就这样你一言我一语地夸赞着母亲。被她们俩一番赞美,难免也有些难为情,但银花还是非常高兴,觉得很有面子。不知不觉间,甚至有点要落泪了。

三个女孩子饱饱地吃了一顿小点心和零食,然后,她们一起画了画,又玩了一阵扑克牌。最后,她们带上水壶和吃剩下的曲奇饼干,骑着自行车出门玩。这一次,银花坐在小典的自行车后座上,跟着两个好朋友一起出发了。

银花和好朋友们沿着河堤骑车。只见河滩上是一大片长势繁茂的薏米稻田,虽然这个季节,稻穗还是绿色的,但是,一到了秋天,稻穗就会变成深深的紫黑色。薏米的果实一旦变得坚硬就会发出鲜艳炫目的光彩,熠熠生辉,真的美丽极了。在大阪住的时候,银花经常跟父亲一起做项链,用的就是这种薏米的果实。

真的还想跟父亲一起……一想到这里,银花的心像是被针扎了似的一阵刺痛。今天虽然是星期天,可是父亲却因为工作早早地出门去了,怎么可能还有闲暇带着银花去做什么薏米项链啊! 绘画,那就更不用提了。

女孩子们骑行了好一阵,都感到有些疲惫了的时候,她们才纷纷下了车,来到一处树荫下休息,一边喝水壶里的茶,一边吃曲奇饼干。当疲惫缓解,大家准备再次出发时,小典突然大叫了一声:"哎呀!"

"我的东京塔钥匙圈不见了!"小典的自行车上明明还插着钥匙,可是本来和钥匙拴在一起的钥匙圈却不见了踪迹。"天啊,什么时候丢的呢,它会掉落在哪里了呢?"小典说着,慌里慌张地顺着河堤寻找起来。银花和小初也分头帮助找,但是谁也没有找到。

"也有可能,它掉在了草丛里?"大家站在河堤上,看着面前的那片长着繁茂薏米水稻的河滩。正当大家商量好准备下去寻找时,小初突然喊了声"站住"。

"银花,我们不能过于靠近河道啊,这里水是相当地深呢。"

"欸,真的吗?"

"你们看看,那些水草长势很高的地方。虽然看上去那里是地面,但实际上还有很多根本就不是地面的部分,如果我们贸然进去了,一不留神很有可能就会落水,甚至溺水呢!"这次是小典仔细地解释道。

"啊,那真是太可怕了。"

最后,那个东京塔造型的钥匙圈终究还是没能找到。小典非常失望,很伤心。于是,大家约定好,下次她过生日的时候,一定买一个新的钥匙圈给她当礼物。

终于到了放暑假的时候,银花每天早上都会出门去和朋友们做广播体操。而樱子则会每天听广播听到很晚很晚,然后多数时候一觉睡到响午。无论多鹤子怎样训斥,她都权当耳旁风。

"昨天,我听'年轻人点播节目',一直到结束呢。"樱子颇为得意地对银花说道。所谓"听到最后",是指一直到凌晨三点为止。"ABC 的年轻人点播"和"MBS 的年轻人城市"都是极具人气的节目,银花她们班里也有几个一直在听这些节目的孩子。但是,真的能一直坚持着听到节目结束的孩子还是很少的。银花每天睡觉的时候,都能听到从樱子的房间里传来收音机的声音,但是,她往往在第二天的日历还未变换时,就沉沉地睡着了。

盛夏时节,暂时没有新的采购和进货,所以藏里有了难得的一点儿空闲时间。多鹤子也好,大原师傅也好,终于不需要每天都忙忙碌碌,所以两个人都趁这个机会出门办事了。

"爸爸,我也来帮帮您的忙吧。"

"啊，好啊，银花，拜托你了。多加小心，千万不要摔下来啊！"

银花站在梯子上，从酱油桶的上面开始，不断地翻搅着酱料。为了能够把最下面的酱料翻搅上来，银花拼命地推动着手里的桨棒。这时，酱料中还在孕育的酱油香味就会一下子扑面而来，那味道有点像水果，是一种混合的、有一点儿微微酸甜的香气。银花正干得起劲，突然肚子咕噜叫了一声。站在梯子下面的父亲笑了。

"哦，爸爸，酿造酱油可真有意思啊。"

"是吗？你看，银花，这可绝对不能偷懒哟，要不断地不停地搅拌！"

"我知道！"

银花一直在推动着桨棒，上下翻动酱料，记不清搅动了多少下。随着酱料不断地粘在桨棒上，手里的分量越来越重。再推动两三下，胳膊就会酸痛不堪，累极了。确实，干完这样的工作，再拿起画笔，手就会发抖，这是毫无疑问的啊。

"爸爸，这样做酱油，是非常辛苦的呀，太不容易了。"

"是吧，所以，再去画画已经是不可能的了。"

"但是，爸爸，您可是一家之主，当家人啊，一定要加油哟。"

"嗯，爸爸我很快就打算去写生旅行了。我不在家的这段时间，银花，你能帮助我来搅拌这些酱料吗？"

"好的,爸爸。我会来照看酱料,每天来搅拌它们,您放心去旅行吧。"

"哈哈哈,开玩笑,开玩笑的。"父亲说着,也爬上了梯子,站在银花的身边。"谢谢你呀,银花。来吧,换爸爸来搅吧。"父亲轻轻地拍了一下银花的脑袋。像这样被父亲亲昵地拍拍头,好像已经是久违的事了。银花高兴极了,她不由得呀地叫了一声,然后开心地大笑起来。能帮帮父亲的忙,真是太好了。但是,仅仅帮这一点儿小忙是不行的啊。即使只是在暑假期间,银花也希望她能更多地帮助父亲,那样的话,父亲就可以画画了。"母亲不能起到辅助作用的地方,就由我来做吧。我必须加倍努力帮助父亲。"

藏里需要帮忙做的事,绝对不仅仅是搅拌酱料这一项,还有很多很多其他的工作。比如,发酵成熟的酱料需要放到棉布口袋里进行压榨处理。那么,清洗这些棉布口袋就是一项非常重要的工作。另外还有,回收回来的酱油空瓶都必须清洗干净。盛夏时节,干着这些跟水有关的工作,实际上是一件很有趣的事。所以,银花勤勤恳恳,一直在藏里忙里忙外。

"总之,我们在这里装瓶的就是爸爸您酿造的酱油啊,太高兴了。"

"是吗?"父亲虽然附和着银花的话,但是,他却并没有说他也感到快乐。银花觉得心再次被刺痛了一下。

过了盂兰盆节之后,银花决定和小典还有小初一起去游泳池游泳。当她拿出父亲以前送给她的那顶帽子时,才发现帽子上的那条蓝色绸带上全都是褶皱。银花为了找来熨斗把褶皱熨烫平整，于是去了父母的房间。可是，母亲不在。银花决定自己去找熨斗，便拉开了壁柜的门。那一瞬间看到的东西令她大吃一惊，皱皱巴巴的男人用的帽子塞满了整个壁柜。银花心想，这些都是父亲的吧？但是，这些帽子又都是用旧了的，总觉得在什么地方曾经见到过呢——哦，她想起来了，这都是大原师傅戴过的啊。

吃惊之余，银花心里有一个非常大的声音告诉她，这一定是母亲偷来的！银花被吓呆了，感觉自己身体里的血液都被抽走了，浑身没了力气。啊，母亲终究还是犯了老毛病。如果这件事被发现了，多鹤子该有多生气啊。

银花在壁柜前呆呆地站了好一会儿。突然，她觉察到这样下去是不行的，于是她调整好心态，重新考虑了一下。只有一个办法，那就是，在事情被别人发现之前，偷偷地将这些帽子送还回去。于是，银花把那些帽子藏在自己的衬衫里，朝着藏的方向走去。

她来到藏前面，先小心翼翼地往里面窥探了好一会儿。里面鸦雀无声，好像并没有人在。银花悄悄地走了进去，尽量不让脚下发出一点儿声响。正当她要将帽子们放在酵曲室前面的台子上时，突然听到背后响起了让她心惊肉跳的声音：

"小姐，您在干什么呢？"

银花回过头看去，大原师傅正站在她的身后。他表情严肃，直勾勾地盯着银花。

"嗯,那个,帽子都掉了,所以我把它们都放回来。"

"掉了?掉在哪里了?"

"嗯,这个……就是,都掉在院子里了嘛。"

"院子?院子里的具体什么地方?"大原的脸色已经越发难看了。

"柿子树下面啊。"银花回答道,她已经紧张得没有办法喘气了。

"什么时候的事?"

"就是刚刚啊。"

"太奇怪了,我发现帽子不见,已经是前天的事了啊。这两天,我多少次从柿子树下面经过,怎么都没有发现呢!"大原说话时非常客气,但是,银花分明感受到了巨大的压力。她觉得自己就像一个装着酱料的棉布袋,被老虎钳挤压着,逐渐被勒紧到极限状态。

"啊,也许是被风吹到这里的。"

"也许是这样的。但是,你发现帽子掉落了的话,为什么没有第一时间喊我,现在又是为什么,要这样偷偷摸摸地还回来呢?"

"我并没有偷偷摸摸地啊,刚才我在想,藏里没有一个人吗?"银花竭尽全力地解释道。但是,大原一直用那让人不寒而栗的冷峻目光凝视着她。

"这已经是前一段发生的事了,我们这里经常丢东西,铅笔呀,一只手套呀之类的,虽说都是些微不足道的小东西,但是以前从没有发生过啊!"

银花顿时觉得她的心像是被碾碎了一样，散落一地。啊？原来偷拿这些帽子的事已经不是第一次了。在大家谁都不注意的时候，母亲的手就已经"随便地动"了好多次吗？

"实际上，这样的话我原本并不想说的，但是自从尚孝少爷回来，小姐您回来之后，确切地说，就是小姐您说要来藏里帮忙，然后经常随便地进出藏开始，丢东西的事就陆陆续续出现了。"

银花飞快地躲避开大原紧盯的眼神，羞愧地低下了头。并不是我干的啊，是母亲偷的，只要说出这些就够了，就能洗刷自己的冤屈。但是，这种话不能说啊。

"就这一次啊，我不好告诉社长和尚孝少爷的，不要再有第二次了。"

不是的，不是我啊，我没有偷东西。银花的心里一直有个声音在不断地重复着。但是，她却始终没有说出口。

"连一句'对不起'什么的都没有吗？"

不是自己的错，银花没有办法说出"对不起"之类的话。银花一直低垂着脑袋，狠狠地咬着牙，想尽办法不让眼泪流出来。

"如果我家的孩子干出了这样的事，我一定要痛打他一顿，然后攥出家门去。"大原好像要把心里话一股脑儿地说出来似的，一边说着一边紧紧地攥着手里的帽子，转过身去背对着银花。

银花只觉得腿脚发软，身体颤抖，几乎都要站不住了。慢慢地，她蹲坐在了地板上，双手掩住自己的脸。她感觉自己的心和腹部好像痉挛了一样在发抖，喘不上来气。太后悔了，后悔得无以复加。不是我的错，偷东西的是母亲。但是，这样的实话绝对不能说。因为，母亲是一个可怜的人啊，我无论被冤枉得多么凄惨，多么可怜，都必须忍受。银花的心里，反反复复地纠结着，挣扎着，渐渐地到了实在无法忍受的程度。

好难受啊，真的不想再忍下去了。于是，她霍地站起身来，逃出了藏，跑回到正房，急匆匆地跑上了楼梯。父母房间的拉门此刻是敞开的，她往里一看，原来母亲一边哼着歌一边用电熨斗在熨烫衣服，而熨衣台上放着的分明是银花帽子上的装饰绸带。

"银花，你不是说因为绸带已经皱了，所以想要用熨斗烫平吗？"母亲微笑着对银花说道。可是，那笑靥突然停住了，消失了，变成了惊恐不安的表情。

"都怪你，妈妈。大原冤枉我，说我是小偷啊……"

母亲手里握着熨斗，呆住了，惊慌失措地望着银花，她似乎想说些什么，却在那一瞬间什么都没有说出口。

"您是不是又要说，再也不偷了之类的话？都是撒谎！"

"对不起，银花，我知道偷东西是不对的，但是……"

"您还偷了什么别的东西吗？"

母亲放下熨斗，怯生生地拉开抽屉。只见她从最里面掏出了一个画着兰花的茶杯，就是那个镶嵌着金边的杯子。看着眼前的这一幕，银花顿时觉得浑身发热。"妈妈，您如果想要，可以跟爸爸或多鹤子说呀，拜托他们给您就好了啊！"

"对不起……我不会再拿了。不要告诉你爸爸，要替我保密啊。"母亲哭泣着央求银花。

"好了好了，我会把杯子还回去的。"从母亲手里接过杯子，银花依然把它藏在了衬衫里面。为什么，为什么必须不断地帮母亲收拾烂摊子，总是要干这种事呢！银花蹑手蹑脚地走下楼梯，控制着不让脚下发出声响，然后朝着走廊的最里面走去。在确认没有任何人看到自己之后，银花走进了储藏间。那里面散发着霉臭味，潮湿而又闷热，架子隔板上并排摆放着外观几乎一样的木箱。那个装有兰花茶杯的箱子是哪一个来着？银花屏息凝神，在霉臭味弥漫的储藏间里，不断地把木箱打开又合上。找着找着，银花的泪水混合着汗水，吧嗒吧嗒地滚落了下来。

如果大原回家后，对他家里人说起今天的事，怎么办呢？

"尚孝少爷的女儿好像是一个有偷盗癖的人啊。之前，我就发现好多东西莫名其妙地消失不见了，正觉得奇怪呢，今天，终于当场被我抓了个现形。"

也许大原的孩子们到学校也会议论这件事。比如，他们可能说"山尾银花是小偷"之类的吧。如果这样的谣言在整个学校里传开了的话，可如何是好？好朋友小初和小典会说什么呢？

银花越想越害怕，觉得这件事实在是太恐怖了。恐惧到极限的她甚至差一点儿就喊出声来。当她终于抬起头往前看时,在这些杂物的最后面,被立起来的那个古筝映入了银花的眼帘,那是高桥真琴的古筝啊。银花一点点靠近它,伸手试着触摸古筝上覆盖的琴套。那是用绣着线菊图案的锦缎做成的琴套。虽然布料的颜色有些斑驳,但依然挡不住锦缎本身的绚烂光彩和奢华气息,像极了新娘子穿的和式罩衫。

如果能演奏这古筝,也许可以变成真正的公主。那样她就绝对不会是一个可怜的女孩子,更不会有一个总爱偷盗东西的母亲,而是被所有人爱护着的公主。并且,童话故事的最后,一定是这样的结局——公主就那样一直幸福地生活着。但是,那仅仅是童话故事而已。

银花回过神来,叹了一口气,接着又回到了继续翻箱子的工作中。终于,她在翻开第三个箱子时,才找对了。将杯子放回原处后,银花离开了储藏间。她哗啦哗啦地用冷水痛痛快快洗了一把脸,突然特别想喝些凉快的东西。于是,她走进了厨房,正好撞见樱子在那里喝着可尔必思①。

"啊,太好了。我也喝点可尔必思吧。"

"大夏天的,果然还是这种可尔必思最好喝啊。"樱子一边嘟囔着像广告节目一样的台词,一边叼着吸管。一个美少女就应该是这个样子,银花好羡慕她呀,不由得又叹了一口气。

银花决定要调整一下自己郁闷的心情,于是,拿着玻璃

---

① 可尔必思:Calpis,一种被称为日本国民饮品的乳酸菌饮料。

杯坐到廊檐下面。柿子树上,挂满了青色的果实。座敷童神啊,银花在心里反复地呼唤着,拜托您了,请让我的母亲不要再继续偷东西了,求求您,拜托您了。

父亲曾经说过,来到藏以后,如果环境变化,也许母亲也会随之改变的。但是,父亲说的话没有应验。母亲哪里是改变了呀,倒不如说情况更加恶化了,变本加厉地偷盗了好多次东西。难不成,环境的变化还没有对母亲奏效?难道就没有什么能让母亲平静下来的办法吗?父亲因为藏里的工作和画画的事,已经累得筋疲力尽,银花实在不想再因为母亲的事,让他分心。我到底还能做些什么呢?银花坐在那里,手里拿着饮料,脑子却在一刻不停地飞转着,努力地想办法。

当天,吃过晚饭后,银花去了藏旁边的事务所。事务所里只有多鹤子一个人,她坐在一个非常古旧的办公桌前,认真地看着账本。银花做好了心理准备,并下定了决心,终于,她开口说道:"多鹤子,请您同意我的妈妈进厨房做饭吧,好吗?"

"你,这突然之间说起这些,是为什么呢?"

"拜托您了。如果从此之后,再不让我的妈妈做饭,剥夺了她做饭的权利,恐怕她将无法生存下去了。"

"不要说得这么夸张!"多鹤子吃惊地说道。

"我并没有夸张。是真的啊。"

"我不同意! 如果允许美乃里每天按照她自己喜欢的方式做饭的话,全家人都无法忍受的。"

银花的提议就这样被多鹤子冷冰冰地拒绝了。但是，银花心里知道，绝对不能就这么放弃，不能认输。她仍然拼命地想要努力争取一下，于是紧紧地追问道："如果您做出了规定，那么我妈妈就能照着做。所以，她也一定能够做出朴素的节约型饭菜，不做那么奢华的料理。求求您了，同意让她做饭吧！"

母亲想要做饭的愿望如果一直得不到实现，那么她的心里一定会积攒越来越多的不满情绪，照此发展下去的话，肯定还会出现更糟糕的事情。现在，母亲所做的事仅仅殃及银花一个人而已，做出牺牲的也只有银花。但是，将来，说不定还会连累父亲，牵扯到多鹤子，甚至波及樱子。更严重的是，如果藏的名声也因此变坏了的话，那就是当家人父亲的责任了。银花绝不忍心再增加父亲的忧虑。

"你，为什么如此执着地要让美乃里做饭呢？"

"因为，我的妈妈最喜欢做的事就是做饭了。为我爸爸做美味的食物，是妈妈生存的所有意义和价值。我这么说，并不是夸张，我妈妈做饭的权利被剥夺的话，就像宣判了她死刑一般。"

听到银花的这番话，多鹤子沉默了良久，她紧紧地盯着银花。过了一会儿，她的脸上突然涌上了一层愁云。"你，说的都是心里话？"

"是的。"

多鹤子深深地叹了一口气。她将手中的算盘放到一旁，紧接着，啪的一声合上了账本。多鹤子抬头看了看银花，脸上清晰地浮现出了一丝怜悯。

"好吧,既然那样的话,我明白了。让大家都到客厅里来吧。"

"您是说,现在吗?"

"无论做什么事情,只要想到了就必须立刻付诸行动。应该现在做的事,如果现在不做,而是拖沓到之后再做,那就一定没有什么好的结果。"

银花把大家都召集到了客厅里。父亲的脸色稍微有些可怕,母亲则是一副战战兢兢的样子。樱子毫不掩饰她的不耐烦,因为这个集会打扰了她正在进行的黄瓜面膜皮肤护理。

"今后,厨房里的一应事务都交给美乃里负责。但是,有两个条件:其一,所有花销必须在一个月的预算之内;其二,早饭必须要有米饭。这两个条件必须遵守,没有商量的余地。午饭和晚饭可以随意,美乃里想做什么都可以。那么,美乃里!以后厨房的事情就拜托你了。"多鹤子自顾自地宣布了她的上述决定,话音刚落便霍然起身,离开了客厅。而剩下的人,都吃惊地待在了原地好一会儿。

父亲朝着银花这边瞟了一眼,佯装什么都不知道。母亲满脸狐疑,困惑地看着父亲。过了一会儿,樱子第一个说话了:"那么,今后,每天都能吃到美乃里做的饭了。太好了!"

"啊,啊,是呀。从明天开始就能够每天吃美乃里做的美食,真是一件快乐无比的事啊。"父亲冲着母亲微笑着,"美味的食物,请你多多地做啊。"

"尚孝,放心。我,一定会加油好好干的。"母亲也拼命地点着头,白皙的面庞突然泛起了红晕。银花不禁看得入了迷,母亲是一株夹竹桃啊,即便是个有毒的植物,但是开出的花朵还是可爱无比。不管怎样,事情终于顺利地解决了,太好了。

"我,现在就去准备明天早饭要用到的材料。"母亲兴冲冲地站起身来。父亲也随着母亲站了起来,他离开客厅的时候,又轻轻地拍了拍银花的头。父亲果然明白银花所做的一切,银花觉得父亲的这个小小举动是对她最好的犒劳。

秋天来了,座敷童的柿子也变了颜色。

母亲每天愉快地做饭,掌管着厨房里的工作。能够吃到母亲做的美味饭菜,全家人都非常高兴,除了奶奶多鹤子。因为母亲完全没有经济头脑和金钱观念,所以父亲不得不耐心劝导,谆谆教诲。

"美乃里,你看,我们每个月应该花销多少钱,不是已经决定好了吗?如果你一味地只买那些高价的食材,这个月剩下的日子里,我们的钱就不够花了呀,可能就要到每天只能吃豆腐渣的程度了。虽然美乃里你做的豆腐渣也很好吃,但是我说的这个吃豆腐渣和你做的那个,完全不是一回事啊。"

比起酿造酱油,父亲更加热心于帮助母亲处理如何有计划地购物这件事。女性杂志里频繁地登载着"主妇的节约时间料理"特辑,父亲常常指着这样的文章对母亲说道:"我也很想尝尝美乃里你做的这种节约型料理的味道呢。"

"好的,尚孝。我这就试着做做看。"母亲微笑着频频点头,非常愉快地接受了父亲的建议。银花很钦佩父亲拥有那样广阔的胸怀,如果换作自己,是不是早就对母亲发火了?正是因为受到父亲如此温柔的呵护和庇佑,母亲的心似乎慢慢地安定了下来。从那以后,母亲再没有出现任何问题,银花也终于可以舒一口气,放心了。

这是一个阳光明媚的秋日,恰逢星期天。银花和小初、小典相约去竹林里郊游。母亲早早地为孩子们准备好了三明治和红茶。竹林里面铺满了春天落下的竹叶,踩上去松松软软的,青绿色的竹叶随风摇曳。平生第一次走进这片竹林的小初和小典,不约而同地惊叹于这个世外桃源般的绝妙之地。

女孩子们选择了一块阳光很好的地方,铺上塑料布当作野餐垫,然后坐在上面准备野餐。她们吃的是火腿和鸡蛋做成的三明治,这和热热的甘甜红茶非常相配。填饱了肚子之后,她们纷纷躺倒在野餐垫上。太惬意了,太舒服了,大家都在不知不觉中迷迷糊糊地打起了盹儿。

"唉!我怎么觉得这里好像有什么东西似的?"说着,小初用手扒开了落叶,被埋在里面的正是前段时间小典丢失的那个东京塔模样的钥匙圈!"这个!是我的!就是早前丢的那个!咦,怎么会在这里呢?"小典觉得很蹊跷,转头看着银花,问道,"我,到这片竹林里来,明明是第一次啊。"

银花瞬间明白了一切。是母亲,一定是母亲偷盗的。因为怕银花发现,所以她把钥匙圈扔到了这里。

"银花,你看,这到底是怎么回事呢?"

"唉,我也不知道啊。"银花只能如此勉勉强强地应付道。

"说不定,是银花你偷的吧?"小初瞪了一眼银花。

"不是的。我没有做过那种事。"

"那么,又是为什么这个钥匙圈会在这里出现呢?难道不奇怪吗?"这回小典质疑道。

"不知道。我,没有偷过!"原本只要说出"是我妈妈偷的"就可以洗刷自己的嫌疑,但是,不能说出口啊! 小初和小典上次到家里来玩时还称赞过母亲呢,她们当时不是夸母亲是"漂亮的、做饭非常棒的完美妈妈"吗?那时候,银花真是非常高兴,甚至有些扬扬得意起来,觉得太有面子了。

"那么,你说,到底是谁偷的呢?"小初大声地追问银花。

"是……"如果实话实说会怎样呢?在学校里,流言蜚语马上就会被传得尽人皆知。

"山尾银花的母亲是个小偷啊。"

而且,这还不算结束。听闻到孩子们的流言后,大人们会让那流言的传播范围继续扩大。

"听说,雀酱油的年轻夫人原来是一个手脚不老实,好偷东西的人呀。好像她动不动就会随便地顺手偷盗东西。"

"我,并没有想过银花你会做出这样的事情。"平日里沉稳成熟的小典非常气愤地说着,她的眼睛里噙满了泪水。小典愤怒又生气的原因并不是钥匙圈被偷了这件事本身,而是好像她被一直以来信赖有加的银花背叛了。

曾经被大原师傅怀疑和冤枉的时候,也很后悔和难过的,但是还都能忍受。然而今天,当斥责和怀疑来自自己最要好的朋友们时,银花感到更加难受心酸。

"银花,请你说实话! 如果你能说实话,我保证不告诉任何人。"小初步步紧逼地诘问道,"我也不会对老师说的。所以,告诉我们实话吧,好吗?"

"是啊,是啊,拜托你了,说实话吧。我们最讨厌的就是撒谎了。"小典说着,脸上挂着一副可怕的表情。

就这样,银花被小初和小典两个人轮番轰炸一样盘问着,紧逼着。她只想着一件事,那就是赶快逃离这里。我为什么必须要经受这样的折磨呢?为什么?就在银花想到这个问题的一瞬间,她一直想说的那句话终于脱口而出:"实际上……是我妈妈偷的……"

"你是说,你妈妈……这怎么可能?"两个女孩子张大嘴巴,一副无法置信的神情。

"是真的。实际上,我的妈妈有的时候,总是习惯随便拿别人的东西。"

"怎么可能?你妈妈那样的人怎么可能做出那样的事情呢。你把错误栽赃到母亲的身上,太卑鄙了。"小初声色俱厉地喊道。

"你撒谎！你妈妈没有理由随随便便偷东西啊。银花，你一定是看错了。"小典冲着银花怒目而视。无论银花如何解释，两个朋友就是不相信她说的，最后，她们就那样回家去了。

银花一屁股坐进竹叶里，一动不动地呆坐了好一会儿。好朋友们那些揶揄的话一阵阵刺痛着她的心，自己不能被她们信任是何等悲惨啊，那种痛苦简直让银花无法承受。现在，真想马上一头扎进父亲的怀抱中痛哭一场，真想告诉父亲都是因为母亲的缘故，她被朋友们误解。但是，银花清楚父亲会说些什么。

"你妈妈是个可怜的人啊。"

父亲对任何人都很宽厚温柔，对那些可怜的人更是特别地温柔，所以，比起银花，父亲对母亲要宽容得多。没有办法啊，银花只能默默地忍耐。所有的一切银花都明白，但是眼睛里的泪水还是如决堤一般夺眶而出。

我没有做任何坏事，但是，为什么被别人当作小偷一样对待呢？我对于有偷盗癖的母亲厌恶极了，也讨厌完全不信任我的朋友们，更讨厌一味庇护母亲的父亲。所有的一切所有的一切都讨厌。如果不回到这个讨厌的奈良就好了，还是住在大阪的时候好啊。烦死了，烦死了，这里所有的东西都让银花感到厌烦极了。真想尽情地大喊一声，但是不能喊。银花紧咬着牙关，眼泪像断了线的珍珠，大颗大颗落下来。

第二天，银花照常上学去了。她主动跟小典和小初打招呼，却得不到回应。几个女孩子看到银花，就窃窃私语，议论纷纷。午休的时候，银花收到了小典和小初写给她的信。看过信，银花愕然失色，原来那是一封"绝交信"。那天放学，银花自己孤独地走着。原本这是一条三个女孩子一起高高兴兴回家的路啊，可是现在，只剩下银花一个人了。晴空万里、阳光明媚的秋日里，只是这样走着，没有多一会儿就会热得冒汗。到家之后，银花将书包放在自己的房间里。嗯，做点什么好呢？她竟没了什么主意。伤心了吗？生气了吗？还是后悔了呢？抑或是上述感觉都有吗？银花觉得她无法思考，无法集中注意力，站也不是坐也不是，惶恐不安，就像被放到了洗衣机里滴溜溜地转一样，让她觉得天旋地转。

过了一会儿，樱子也回到了家。她躲进房间里，将收音机的声音开得很大。银花一听到广播里音乐节目主持人那热闹高亢的声音，心里愈发觉得焦躁不安了。她默默地对自己说"不要在意"，顺手拿出作业本，但是一个字也写不下去。渐渐地，她只觉得头越来越疼。实在忍受不住了，银花便走到院子里，打算呼吸一下新鲜空气。

她抬头看了看柿子树。啊，树上的果实已经完全熟了。那鲜红艳丽的成熟果实被夕阳映照的样子，莫名地让银花心生一种不祥之感。她深深地吸了一口气。"座敷童神啊，雀酱油的守护神啊，"银花在心里不断地呼唤着，"求求您了，帮帮我吧，我已经不知道今后该怎么办才好了。"

在柿子树前祈祷了一阵，银花竟然觉得心里稍稍安稳了些。于是,她就更想见一见父亲了。虽然她并不打算将收到好朋友的绝交信这件事告诉父亲,但是无论怎样她都希望能跟父亲聊一聊,希望看到父亲冲着自己笑一笑。如果父亲愿意,她甚至希望父亲能够再拍一拍自己的脑袋。

银花往藏里窥视了一眼,那里又恢复了寂静,鸦雀无声。是不是谁都不在里面呢?当银花点亮灯的那一刻,她分明看到一个小小的人影突然跑了出来。是个男孩子,穿着和服。黑暗处浮现出一双白色的脚掌,然后,就消失在桶与桶之间的暗影里。最终,只剩下啪嗒啪嗒的脚步声回荡在整个藏里。

银花心里想,刚才的那个孩子是谁呢?突然之间她警觉到,是座敷童啊!

刚才见到的那孩子,就是多鹤子所说的座敷童,一定就是了。于是,银花三步并作两步地飞奔出了藏,向着正房跑去。这时,她撞见了柿子树前站着的几个人,父亲、多鹤子还有大原。银花吓了一跳,不由自主啊的一声叫了出来。

"爸爸,座敷童来了。我在藏里看到了。是一个穿着和服的男孩子。就是座敷童啊。"

父亲吃惊地睁大了眼睛,呆呆地盯着银花。

"真的是座敷童哟,我在藏里看到的。"银花一边说着,又看了看另外的两个人。多鹤子的脸色是铁青的,大原则神色慌张得不知如何是好。

"怎么可能呢?怎么会有那样的事情发生呢?小姐,您一定是看错了吧?"

"没有错。我,真的就是看见了呀。身穿和服,走起路来啪嗒啪嗒的,然后,转眼之间,他就消失在酱油桶之间的缝隙里了。我一定没有看错! 那孩子就是座敷童。"银花兴奋地一遍遍地重复着。这时,多鹤子表情严肃地问道:

"银花,你一定要说实话啊。你,真的看到了座敷童吗?"多鹤子说话时的声音甚至有些颤抖了。但是,她仍然极力地保持着她一贯严肃认真的语调。

"我就是看到了。就像父亲告诉我的那样,是一个穿着格子花纹和服的孩子啊。"

"怎么可能呢,那样的事……怎么可能呢……"多鹤子紧紧地皱起了眉头,她的表情说明她正在竭尽全力地隐瞒着什么。大原一脸惶恐不安,似乎完全无法平静下来的样子。

听到院子里吵吵嚷嚷的,樱子也从二楼的窗口探出了脑袋,"你们! 发生了什么?怎么了呢?"

多鹤子、父亲和大原三个人谁都不说话,樱子觉得莫名其妙。正当大家觉得她躲进了房间时,没想到她竟下楼来到了院子里,"欸,我说,你们找到了什么?"

大家还是保持着沉默,没人说话。没办法,银花回答樱子道:"我,刚刚,在藏里看到座敷童了。"

"座敷童?你说,你看到了?怎么可能呢?"樱子圆睁二目,惊诧不已。

似乎樱子也没有打算相信银花说的话。正当她要反问银花时,大原抢先一步开口问道:"小姐,您看到的一定是附近谁家的小孩子吧?哎,总是这么随随便便地跑到藏里面玩,真是让人头疼啊。"

"但是,那孩子,穿着和服,光着脚啊。现在这个时候,这附近根本没有那副装扮的孩子。那一定就是座敷童。我甚至听到了他的脚步声。"

为什么没有人相信自己说的呢?这并不是在做梦啊,自己也没有看错啊。那孩子就在酱油桶的阴影里跑过来跑过去的呀。

"是吗,银花,你真的看见了?"

听到父亲这样说,银花吓了一跳,抬头仰望着他,不禁倒吸了一口冷气。只见父亲的脸色沉重阴郁,就像那幅《老人与海》的画中呈现的一样。

"尚孝少爷,小姐她应该是误会了吧。小姐怎么能看到呢,大概是做梦吧。"大原竭尽全力地对父亲说道。

银花听到大原师傅的这番话,非常气愤,生气甚至令她浑身颤抖。他这么说,岂不是要证明自己在撒谎吗?

"我没有说谎。真的就是看到了。那孩子绝对绝对就是座敷童。"

"小姐,请您快停止吧。如果说这次您又说谎的话……"大原这次毫不掩饰自己的焦躁情绪,愤愤地说道。大原认为银花有偷盗癖,但是这一切都是误会啊,真后悔。为了打断大原的话,银花大声地喊道:"啊,爸爸,请您相信我。我,真的看到了。"

"嗯嗯,我相信你。银花看见了哈。"父亲的脸色依然是铁青的,他一边说着,一边却脸上逐渐浮现出一丝扭曲的笑容。

"银花，这就说明你具备了资格……而我却没有。"

"尚孝少爷！"大原的脸色也变得很难看。

父亲没有理会大原，而是转头看着多鹤子，笑了笑，然后似乎有些吃惊地说道："母亲，您说我是山尾家的直系，又是长子等等，但是结果呢，都没有意义，我没有资格啊。"

"尚孝，这一定搞错了。你就是我们山尾家顶天立地的继承人啊。"多鹤子慌张地否认着父亲说的话。

"哎呀，对呀，就是这样的。尚孝少爷，什么没有资格之类的，那都是没有的事啊。"大原焦急地解释着。

"如果像您说的，这一切都是错误的，那么为什么银花她看到座敷童了呢？就是因为我没有资格，不是吗？"

"尚孝，这孩子不可能看得到座敷童啊，所以……"

多鹤子说着，瞟了银花一眼。于是，父亲正颜厉色地说道："母亲，请您收手吧，让这一切停止吧。"

听闻父亲的话，多鹤子突然倒吸一口气，似乎已经到嘴边的话，又被咽了下去。紧接着，樱子开口说话了。"你撒谎！"樱子为反驳银花，大声说道。只见她白皙的脸庞已经涨得泛起了红潮。"那个座敷童啊，是只有一家之主才能得见的哦。母亲、哥哥还有我，我们谁都没有见过，你却能看得见，这没有道理啊。"

"但是，我就是见到了，也是没有办法的事情呀。"

"谎话！ 你是个你爸爸再婚时你妈妈带来的拖油瓶，

是跟我们山尾家完全没有血缘关系的人，怎么能看得见呢？"

"啊？你说……"

拖油瓶？谁？这到底是怎么一回事？银花已经完全理不清头绪了。她目瞪口呆地僵在了那里。

"樱子，你给我闭嘴！"父亲大声地呵斥着樱子。那一瞬间，樱子被吓了一跳，但她马上又顶嘴道：

"但是，那个座敷童就是一家之主才能看得见的神，银花就是没有理由能看得见，不是吗？为什么你们都纵容她撒谎呢，因为她是拖油瓶？因为她很可怜是吗？"

"樱子！你再说，我真的要生气了！"父亲提高了嗓门，再次大声警告樱子。

大家到底都在说什么呢？银花的脑袋里乱极了，我是拖油瓶？也就是说，我并不是父亲的孩子吗？不，不可能有这种事。这一切都是谎言，都是胡说八道！樱子这么说，那是在故意找碴儿，为了惹人生气。但是，为什么父亲的样子看起来有些害怕似的呢？为什么？难道……

"你看起来好可怜啊，所以你可以默不作声。但是，你真的并不是我哥哥的孩子，当年，怀着孩子却被别的男人抛弃的美乃里实在是太可怜了，我哥哥不忍心才娶了她。"

银花一句话也说不出来。"那么，我的亲生父亲又是谁呢？我是拖油瓶这件事，难道大家都知道了吗？难道到现在只有我一个人什么都不知道吗？"她的脑子里，问题一个接一个地出现，疑团逐渐扩大。她觉得自己的脑袋就像带着疑问符号膨胀起来的"雀之铃"一样。"骨碌，骨碌，骨碌，那个雀儿样的土陶铃铛又响起来了。曾经把如此绝妙的漂亮礼物送给我的那个父亲竟然并不是我的亲生父亲？所有人都认为我的遭遇是可怜的？原来真正可怜的人并不是母亲，而是我？"

土铃噗的一下又开始膨胀，越胀越大，啪的一声炸裂了。那干燥而发涩的声音在银花的头脑中一声大似一声地响着。银花终于喊了出来："爸爸！我，不是您的孩子吗？"

"你说什么呢？银花当然是我的好宝贝呀。"父亲笑着。但是，他那僵硬的笑容其实就是答案了呀，说出如此拙劣的谎话又是为了什么呢？父亲也变得有点可怜了。是啊，大家都是可怜的。母亲也是可怜的人，自己也是可怜的人。然后父亲，他也是个可怜的人啊！

"爸爸，请您说实话吧。我，并不是您亲生的孩子，是吧？"

银花目不转睛地凝视着父亲。她希望看到父亲莞尔一笑，希望父亲像往常一样，一边说"那是在开玩笑啊"，一边微笑着轻轻地拍一拍她的头。但是，父亲的目光逃离了。他声音嘶哑着说道："银花，我从没有把你当作什么拖油瓶看待，银花你就是我的孩子。"

啊——果真如此。银花确实并不是父亲的亲生孩子啊。是吗？确实是这样的吗？银花紧紧盯着父亲的脸，呆呆地无法动弹。

"是的。银花就是我的孩子。所以，她能看到座敷童，也不是什么不可思议的事。"父亲避开银花的目光,转身对大原说道,"大原师傅,与其辅佐我倒不如辅佐银花更合适呢。"

"尚孝少爷,您……您说什么呢?"

"装作一家之主的活,就请让我辞了吧!座敷童已经告诉我们了呀,不是吗?他告诉我们,我并没有当一家之主的资格。"父亲表情扭曲,不自然地笑着。"唔——"大原发出了低沉的叹息,他一筹莫展地紧盯着父亲。他的身边就是多鹤子。只见她铁青着脸不断地咬着嘴唇。

"母亲,请您不要把事情想得那么严重,座敷童神已经选择了银花,而没有选择我。仅仅就是这个意思。"父亲像是要把心里的话一吐为快似的,说完就急匆匆地转身离开了。父亲走得非常急促,似乎无论是谁都无法阻拦。

目送着父亲远去的背影,银花始终站在原地,一动不动。她的脑子乱极了,但是唯有一件事清晰得很,那就是,现在发生在眼前的一切,都已经是无法挽回和补救的了。

"银花,请你说实话吧。所谓看见了座敷童之类的话,是你在撒谎,对吧?"多鹤子瞪着银花问道。

"不是谎话。我就是在藏里看到了一个男孩子。"

"请你快别说了吧,什么座敷童神……你怎么可能看得到呢?"

"就因为我是拖油瓶吗?"银花马上就要发火似的反问道。

"那倒不是那个意思。那,只是一个传言嘛。"

"如果是那样的话,为什么你们都不信任我,不相信我说的话?另外,我根本就对所谓的当家人不感兴趣,但是,我还是要说我就是看到了座敷童神。我没有说谎。"

"啊,好了好了。请不要再说了,安静些吧。"

"不,我无法保持沉默。我确实看见了一个穿着和服的男孩子,消失在酱油桶之间的暗影里了。"

多鹤子铁青着脸一直用眼睛瞪着银花,但是,最后,她深深地叹了一口气,说道:"好了,这个话题就到此为止吧。如果我们家出现幽灵之类的谣言传出去的话,可能会影响到酱油藏的生意,那可就太麻烦了。你们不许对外人多说一个字。"

"但是,那也不是什么幽灵啊。是座敷童神啊,他可是神仙啊。"

"对于我们家,对于藏来讲是这样的,是神。可是对于外人来说,也许人们就不那么想了。"

"我绝对不会对任何人说的。但是,我确实是看到了。"

"闭嘴。你不可能看得到座敷童。"多鹤子决绝地对银花断言道。大原也站在她的身边,脸色像见了鬼一样难看。

"为什么大家不能相信我呢?见到座敷童这件事不是梦啊,是真的。我确实看到了。哦,已经无法忍受了。"银花脑袋里一团乱麻,于是她决定不再留在这里,转身离开了。她一头扎进了藏,一直站在那个巨大的酱油木桶前。所有的过往一幕幕出现在她的脑海中,如何形容自己的感受呢,她说不清楚。直到现在，她一直认为自己很像父亲，她也始终坚信，有朝一日也能像父亲那样，发挥出会挑选礼物的才能来。但是，原来一切都是错误的，自己竟然并不是父亲的孩子，而仅仅是那个总是随手偷盗东西的母亲的孩子。

"座敷童神啊，您能听到我的心里话吗？"银花大声地喊叫着。但是，偌大的藏里面，始终是死一般的寂静。

"一家之主是父亲，不是我。所以，让我父亲见见您吧。"银花发自内心的祈祷被木桶里的酱油吸收进去了，消失得无影无踪。银花长长地出了一口气，抬头仰望天井。她的眼睛死死地盯着黝黑粗壮又巨大无比的横梁木，再一次大声地喊叫着："他们都说我和山尾家没有任何血缘关系。所以，您来到我的面前，让我看到您，也是无济于事的啊。请您出来见见我的父亲吧，拜托您了！"

"为什么，座敷童会出现在我的面前呢？竟然连父亲都没有见到过他。我并不想见座敷童啊，也对什么一家之主的资格之类的没有任何欲望和想法啊。座敷童神啊，我要埋怨您啊，为什么，您要出现在我的面前呢？为什么，您不出现在父亲的面前呢？为什么会搞错了呢？如果，您恰好出现在父亲面前，那么这件事会在不伤害任何人的前提下悄然结束的，可是现在……"

银花忽然警醒到，深藏在自己心中的那股怒气和怨气是有多么可怕，自己竟然埋怨起神来了，简直是骇人听闻啊！于是，她赶紧走出了藏，来到柿子树前，双手合十跪在地上。这次她要好好地祈祷一下。

"座敷童神啊，求求您了，请您在父亲面前也露一次面吧，请您一定让我父亲也看看您吧！比起我见到您那时候的情形，请您一直地一直地一直地，更清晰地，更长久地出现吧！请您用这种方式向大家宣布，父亲他就是这个藏的一家之主。求求您了，拜托您了！我再也不吃柿子了，这棵柿子树以外的柿子也不再吃了，我愿意将我所有的柿子都供奉给您。座敷童神啊，拜托您了，求求您保佑我们吧！求求您了，拜托您了！"银花心里默念着，深深地低下了头，一心一意地不断祈祷着。

* * * * * *

1970年3月，大阪世博会终于开幕了。电视上、广播里，报纸也好，杂志也罢，所有新闻媒体都在报道和讨论有关世博会的话题。因为1970年是60年代告一段落，70年代开始的年份，所以在整个日本社会，好像兴起了一种新的时代已经到来的风潮。同样地，学校里流行的话题也都是关于世博会的。有的孩子跟随家人一起去过世博会，而有的孩子则是组团出行，他们通常坐着由地方自治体准备的包车，一同前往大阪世博会参观游学。

银花已经是六年级学生了，但是她没有朋友，因为山尾银花是一个爱撒谎的小偷。在这些风言风语中，还夹杂着人们对于"藏的小姐"的羡慕嫉妒恨。

"那个孩子，不是有很多可爱又稀罕的小东西吗，那些一定都是她自己偷来的啊。"如此这般地被人们议论纷纷，甚至连父亲送给银花的那些礼物都被疯传成银花偷来的东西了。银花后悔得无以复加，但是，她必须想办法忍受这所有的一切。因为母亲的缘故，银花被迫与好朋友们决裂，这些伤心事她并没有对父亲讲过，所以在家里，她依然表现得格外开朗热情，活泼可爱。

"嘿，银花，最近怎么不见你带好朋友来家里玩了呢？"

"嗯，我们，稍微有点误会，正在闹别扭。"银花故意轻描淡写地说了一句，樱子也就没有再进一步追问。之所以这样，那是因为现在樱子的脑袋里，满满地装着的都是世博会。

并且，有关银花的流言还被传播得很广。在学校里，银花和大原师傅的儿子在鞋柜①边上擦身而过的时候，那孩子慌里慌张地避开了她的目光，很明显地，他在有意躲避与银花碰面。这是多么显而易见的不自然的态度啊，他是故意的。银花看到大原儿子的这副态度，心里胡乱地猜想着，也许，他在学校里听说了有关银花的种种传闻，回到家里向他的父亲大原求证时，大原恐怕要对他说诸如"银花小姐一直都有偷盗癖"之类的话吧。

无论是在家里，还是在学校，似乎都没有能够让银花感到心神安宁的地方。这个时候，银花想到了世博会。她忽然觉得自己对去大阪逛逛世博会这件事，有了一些小小的期

---

① 在日本,有穿校内鞋的习惯。学生在学校要穿校内鞋(为了保证学校的卫生),把从家里穿来的鞋放在鞋柜里,放学时再换回来,将校内鞋放在鞋柜里。

待。银花真的希望去实地看一看那些装饰绚烂的展览馆、飘浮在空中的喷泉等等。父亲也确实曾经跟她约定过，要带她去世博会玩，但是现在，这些话已经说不出口了。一想到自己是拖油瓶，银花的心情立刻就跌到了谷底。

如今，在山尾家，"座敷童"和"拖油瓶"这两个词是无论如何都不能随便提及的。父亲还是一如既往地对待银花，多鹤子和樱子的态度，至少从表面上看来，并没有与以往有什么不同。只有大原总是用颇具怨气的眼神看着银花，对于银花曾经见过座敷童神这件事，大原似乎无论如何都无法认同。渐渐地，银花再也无法像往常一样去藏里面帮忙干活了，原本与父亲约定要一直帮助他的，可是现在无法兑现诺言，银花感到心里难受极了。

银花曾经向母亲求证过一次。

"我的亲生父亲到底在哪里？他是谁？"

"我不知道。"

"您说'不知道'？这是什么答案。"

"银花！不要再逼问我了。妈妈我，太伤心了。"

看着抽噎的母亲，银花胸中怒火难平，然而银花没有再去追问。她真的非常想知道自己的亲生父亲到底是谁，但是她知道，对于这个问题，不可以再往下想了，因为如果继续纠缠这个问题的话，对于父亲来说太不公平、太失礼了。更何况父亲一直把自己当作他的亲生女儿，并且那么宠溺和疼爱自己。思来想去，银花郁闷的心情终究没有得到缓解。

最近一段时间，全家人都神经紧绷，整天提心吊胆的，唯有樱子完全没有受到影响，一如既往按照她喜欢的样子生活着。因为樱子总是轻松愉快地把"世博、世博"挂在嘴边，虽然有时也会觉得她太吵了，很烦人，但是银花还是认为应该感谢她。

"这个周末，你们大家都去世博会玩玩吧，我留下看家。"多鹤子说出了自己不想去世博会的想法，她的理由是藏里不能完全没有人值守。于是，母亲也跟着说道："我也……有点……"

"美乃里，你怎么了？为什么不去呢？"父亲一副不可思议的神情。

"去那种人山人海的地方，我总觉得好害怕……"在电视的新闻节目中，确实有关于这方面的报道画面——世博园刚一开园，人们就蜂拥而至，然后出现了大量维持秩序的警察的身影，特别是一些热门的展馆前，等候入场的人们排起了一望无际的长龙，到处都是人潮汹涌的景象。

"是啊，美乃里你确实不太适合去哈，也许你难以应付那里的情况啊。"父亲出于对母亲的担心，很是犹豫是否应该让母亲去大阪。这个时候，樱子在一旁插嘴道："那要是这样的话，我和哥哥两个人一起去就行了。"

说着，樱子稍微瞅了银花一眼。银花看着，听着，真是气不打一处来。但是她没有发作，她暗暗决定一定不能被樱子激怒，更不能输给她，于是她微笑着对父亲说道："嗯，我、父亲，还有樱子，我们三个人一起去吧。"银花正式地邀请了樱子，特意佯装成一副"好孩子"的样子。樱子听了之后，脸上立刻现出了一副很后悔的表情，银花倒觉得心情舒畅了很多。

但是，当天晚上，银花被父亲叫了出去。

"爸爸知道银花你的心情。但是啊，能不能尽量地多理解理解樱子呢？银花，你看啊，你身边有爸爸在，可是，樱子呢，她的爸爸已经故去，不在人世了。而且，银花身边有一位温柔的、做饭非常好吃的母亲，但是樱子呢，樱子的母亲，你也看到了，是一个多么严厉又刚强的人啊。樱子她是多么羡慕银花你呀，所以她总是使坏，搞些恶作剧，说些怪话之类的。"

"爸爸，您这么说的话，我也是和樱子一样的人啊。"

"银花，你这话是什么意思啊？你是想说我不是你的亲生父亲，是这个意思吗？因为我不是你血缘上的父亲，所以你也和樱子一样是个可怜的人，你想说的是这个意思吗？"父亲脸色苍白地质问银花，与其说是生气了，倒不如说看起来非常伤心，"就像我已经说过了很多次那样，我就是将银花当作自己的亲生孩子看待的，虽然我们没有血缘上的关联，但爸爸我是从你还是个小婴儿的时候就开始抚育你的啊。爸爸给你换过尿布，帮你洗过澡。即使今天，你的亲生父亲来了，我也要这么说——银花就是我的女儿，我不会把她送给任何人。"

"爸爸！对不起，请您原谅我吧。"

父亲轻轻地拍了拍银花的头，然后缓慢地用温和而平静的语气柔声对银花说道："银花，如果你再说出今天这样的话,爸爸我可是绝对不允许的哦。银花就是我和美乃里的孩子,就是我们仅有的孩子。"父亲的话语里分明饱含着对银花的期待。

父亲的手宽大而温暖,他的一番话让银花十分感动,银花觉得自己的眼泪几乎要流出来了,这种感觉太好了。父亲那双漂亮的手是这个世界上绝无仅有的,银花觉得能成为他的女儿真是太好了,真的太幸福了。

最终,在接下来的那一周,银花、父亲还有樱子三个人一起去了世博会。因为排队参观美国馆的人实在是太多了,于是他们早早就放弃了一睹"月石"风采的计划。实际上,银花最中意的是那个飘浮在空中的喷泉。从一个悬浮在空中的四方形箱子里,水就那么咕嘟咕嘟地往下落,到底是怎么做到的呢?那里蕴含着什么秘密呢?银花希望总有一天可以近观那个喷泉,然后一探究竟。

樱子对于展览的东西则毫无兴趣,她问父亲借了相机,然后就跑去给那些礼仪小姐们拍照了。按照她的话说,她是要留下如何化妆打扮的参考样本,所以才到处拍照的。总之,樱子一直都是一个人自娱自乐,兴奋得不行。

"我长大以后,也一定要当礼仪小姐。"

可是,父亲却当头给樱子浇了一盆凉水。因为他对于各个国家或各个企业展馆里的礼仪小姐毫无兴趣,无论看到什么都觉得很无聊。不仅仅这样,父亲看起来似乎竟有些生气的样子。看着祭祀活动广场上人头攒动的景象,他轻轻地叹了一口气。

"爸爸，您怎么了？"

"啊，没什么。"父亲稍稍沉默了一会儿，然后平静地说道，"这世上有这么多人，可是为什么却没有人理解我的画，没有一个人能读懂我的画呢？"

银花的心如针刺一般疼得紧缩了一下。在如此热闹的场所，人潮拥挤的地方，父亲想的竟然是画画的问题，银花总觉得有些可怕。

"爸爸，没有那样的事啊。我和妈妈都懂您啊。爸爸您的画真的非常棒，总有一天会大卖的。"

"出版社那边回信了，他们还是拒绝了我。你觉得我彻底放弃画画怎么样？虽然非常遗憾，但是我的画好像确实没有任何魅力啊。"父亲虽然轻描淡写地说着，但是那些话听起来却让人感到异常心酸。银花为自己自私而任性的行为感到羞愧难当，最近，自己脑子里装着的，都是什么母亲偷东西啊，自己是个拖油瓶啊等等乱七八糟的事，根本无暇顾及父亲的感受。父亲原来过得如此辛苦而压抑啊！

"爸爸，绝对没有您说的那样事，我，最最喜欢的就是爸爸您的画了。我认为它们都是世界上最精彩的画作，所以，总有一天，您的画作一定能够得到别人的认可的，我对此坚信不疑。"银花拼命地表白着，可是父亲却没有一丝回应。

世博会开幕以来，樱子变得更加爱打扮，爱修饰自己了，甚至有些沉迷其中。她死乞白赖地央求多鹤子为自己买来了配着腰带的连衣裙、挂肩式手提包、长筒靴等等，再在脖颈上围一条方巾。当这个美少女身着最流行最新潮的装束，以一派气宇轩昂、精神抖擞的架势，经过藏啊，商家店铺之类成片老房子间的狭窄小道时，所呈现出的就是一帧未来电影的画面。

樱子出落得越来越漂亮，也变得越加任性，恣意妄为。

"我讨厌这种乡下的生活，我决意要去东京！"

"那好啊，你要更努力地学习啊。听说大城市里的职业女性英语都要非常流利才行。"

"您说的那都是老皇历了，现在的职业女性叫'office lady'，我要按照我喜欢的方式生活。妈妈您别管了。"樱子拂袖而去，悻悻地离开了家，直到很晚都没有回来。多鹤子还是会时常地训斥她，但是樱子总是摆出一副满不在乎的样子。母女二人每天就重复着这样的相处模式。

"母亲，您把樱子宠得有点过头了，您太溺爱她了。"觉得实在忍无可忍的父亲终于开口诉说了自己的不满。但是多鹤子只是摇摇头，说："这也是没办法的啊。"确实，多鹤子有时把樱子宠上了天。平日里，她嘴上不厌其烦地反复唠叨，狠狠地批评樱子，但是只要是樱子想要的东西，她总是全部满足。有的时候，银花会呆呆地想，也许因为樱子是父母年老时得来的孩子，所以多鹤子才会如此溺爱她吧。但是，转念一想，无论多鹤子多么爱唠叨，多么严厉，比起自己那个爱偷盗的母亲，还是要强得多啊。银花好羡慕樱子。

* * * * * *

即使升入了初中，银花在学校里还是孑然一身。自从发生了与小典和小初绝交的事情之后，银花对于交朋友这件事感到很恐惧。一想到曾经不愉快的交友经历，银花就觉得像现在这样没有朋友也挺好。

樱子变得更加骄横跋扈，也变得越发美艳动人。好像她总是能收到很多信，然后偷偷地溜出去，和高中男孩子一起玩。如果用家里的电话联络的话，这件事就会被多鹤子发现，所以她通常用事务所的电话煲电话粥，有时候甚至大半夜从家中溜走，跑出去玩。

最近这段时间，父亲好像变得越来越能喝酒了，经常是晚饭过后，他就会以工作应酬为名出门喝酒，而且回家的时间越来越晚，有时甚至已东方破晓了。但是，无论父亲回来得多么迟，总是会一如既往地带回礼物，有时是一块巧克力，有时会是一块糖果，也有时是一大盒曲奇饼干。有时尽管父亲什么都没带回来，但为了表达歉意，他会在道旁摘一片长了四瓣叶子的三叶草①给银花。

一天夜里，父亲步履蹒跚晃晃悠悠地回来了。他醉醺醺的，但是心情大好。

"银花。今天，你要原谅我啊。"只见父亲从口袋里掏出了一个不知道从哪里摘来的东西。那竟是一个熟透了的，已经裂开的无花果。

---

① 长成四片叶子的三叶草被认为是幸福的象征。

"爸爸，这个，您是从哪里弄来的？不是别人家的？"

"那是长出到院墙之外的果实啊，没关系，没关系的。"

藏里面，现在正是制作酱油曲子的关键时刻，所以，大原师傅一直都在曲子发酵室里挥汗如雨地劳作着。那是一个非常艰辛的工作过程，整整四十五个小时，几乎不能停歇的三天，人一刻也不能离开。

"尚孝，藏里的工作你也不插手，整天就是一家挨一家地泡酒馆，你过得很优哉嘛。"多鹤子挖苦道。

"做酱油这件事，都是大原在帮我啊。您看，俗语不是说嘛，艄公多撑翻船。总是对大原指手画脚的，他反倒难做。"

"那都是因为你对藏里的工作不上心，所以大原才不得不……好歹你也要把经营管理和商品营销扎扎实实地做好吧。你呀，整理账本也不喜欢，出去拜会关系户也讨厌，这可如何是好……"

"母亲，我实在是做不来啊，我的志向也不在做买卖上。"

正当父亲要夺门而出时，多鹤子一把拉住了他，"尚孝，我的话还没说完呢。"

父亲转过身来，郁闷地说道："如果是关于藏的话题，那么，老早之前就已经结束了，早就谈完了。我父亲还在世的时候，我就已经说得非常清楚了，对于继承酱油藏我没有兴趣。然而，您却非要强迫我继承这份家业，所以，从一开始就注定是要失败的。"

"那好吧，你说，你能做些什么？你的画，得到别人的认可了吗？你画画成功了吗？"

瞬间，父亲的表情僵住了。本来因为喝酒已经有些发红的脸色，一下子变得惨白。他狠狠地瞪了多鹤子一眼，然后什么也没有说，转身出了家门。

父亲的画还是卖不出去，这期间虽然想了很多办法，例如自己花钱挂在画廊里寄卖啦，向各种各样的杂志社邮寄啦，等等。但是，所有的努力似乎都是徒劳的，没有任何回音，得不到一点儿好消息，甚至给一些公开展览也送过去了，然而好像没有得到过入围的通知。银花一想到父亲的心情，就难受得无法言说，真希望父亲的画能卖出去，哪怕是一幅也好啊。真希望赏识父亲画作的人出现，如果那样的话，父亲才会越来越有自信，然后无论做什么都会变得顺顺利利的。

银花每天都会去参拜座敷童，这几乎成了她的习惯。站在柿子树下，双掌合十，虔诚地一遍又一遍祈祷："拜托您了，求求您了。座敷童神啊！请您保佑父亲的画能够卖出去。求求您，拜托！"

日子就这样一天接一天磕磕绊绊地过着，到底，母亲又出事了。在车站前的一个文具店里，母亲又偷了一个礼签①袋。当有人通知这件事的时候，山尾家又是一阵骚乱。

终于，这一天还是到来了，所有的一切全都露馅了，所有人都知道了母亲有偷盗癖。银花感到眼前一阵发黑，像是

---

① 礼签：折叠成玩偶衣服的形状，附于礼品上。

要昏倒，但又感到了些许安慰和放心，长长地舒了一口气。银花一直替母亲背的黑锅，所受到的嫌疑终于可以洗脱了。大家也都认清了一件事，是母亲不好，不是银花。

母亲还像以往一样，一边哭一边道歉："对不起。对不起。为什么变成现在这个样子了……"

父亲竭力地袒护和庇佑母亲："美乃里绝对没有要偷盗的预谋，她就是顺手不小心放进了包袋里，然后，马马虎虎地忘记了付钱。她经常犯这个毛病。"

父亲说的倒是没有错，母亲确实从没有过"偷盗的预谋"，仅仅是随便动手拿东西。父亲所做的这些解释，多鹤子是相信的，她从不认为母亲是个有偷盗癖的人，只认为那是母亲偶尔稀里糊涂，不经意犯下的失误而已。她深深地叹了一口气，话中带刺地说道："美乃里，你在家里稀里糊涂的也就那么回事了，但是，到了外头再那么糊里糊涂的可不行啊！"

"是的，对不起……"

站前文具店的人相信了母亲。雀酱油老字号的年轻夫人，如此美丽端庄、温婉和气的人怎么会是小偷呢？并且，如此痛哭流涕地深刻反省了自己的错误，也不应该再斥责她了。于是，她说道："今后，请在这方面多多注意吧。"

并没有惊动警察，母亲偷盗的事就这么私下里秘密地解决了。知道这件事的也仅限于山尾家的人。虽然可以松一口气了，但是银花却感到非常愤怒，那是由于她心中的不满无处发泄。她受冤枉，替母亲背黑锅的事实，到底还是没有彻底澄清。母亲的偷盗癖并没有被外人所知,这个结果是值得高兴的,但是对于大原师傅、小初和小典来说,我山尾银花依然是个小偷。然而这些话无从说起,也不能说出口。她的喉咙里就像是被堵满了泥巴,无法顺畅地呼吸,痛苦极了。

令人意想不到的是,樱子表示了对母亲的极大谅解。银花心想她一定要发些牢骚、说些怪话吧,没想到她竟干脆地嗤之以鼻道:"嗯,是啊,那也是常有的事啊。"

多鹤子立刻瞪起眼睛,质问道:"樱子,你说这话,什么意思?"

"没有什么特殊意思,顺手牵羊拿商店里的东西,也是司空见惯的。想偷盗的人总是会偷的,但是,像美乃里这样头脑总是迷迷糊糊,反应也迟钝的人不可能去做小偷吧?"

樱子的话听上去既残忍又恶毒,但是银花没有想到,在这样的时刻,竟然还有这样帮着美乃里说话的人,这无异于是援军出现啊。银花心里一阵欢喜。但是,多鹤子的脸色骤然起了变化。

"等一会儿,你说什么?也不少见……万万想不到,你竟然……"

"啊,我当然不会干那种事。不管怎样,没有把警察叫到家里来,真是太好了。家里出了个小偷,发生这样的事简直是太丢人了,如果被学校里的同学们知道了,那可是要传闲话的啊,想想都觉得毛骨悚然。"樱子大发牢骚,连她美丽的面孔都扭曲了。说完,她就走开了。多鹤子紧锁眉头,不满地撇着嘴,而母亲依旧抽抽搭搭地哭泣着,父亲则在一旁拼命地安慰她，劝解她。银花还是觉得犹如被泥巴堵住喉咙，透不过气来。

进入8月，父亲买回来了一张唱片。

是《草原骑兵曲》。买唱片对于通常对音乐并不怎么感兴趣的父亲来说，是很罕见的事。据说这是一首苏联的军歌，它究竟是一曲振奋人心的歌呢，还是抒发寂寞情怀的歌呢，银花并不太了解。父亲说他太喜欢这支曲子了，于是反反复复地单曲循环着，百听不厌。

每当留声机的唱针轻轻地落在唱片上，父亲就会陶醉地闭起眼睛欣赏音乐。看到这样的父亲，银花会莫名地感到不安。因为她总觉得父亲会这样一直沉睡下去，再也不睁开眼睛了。但是，父亲对于银花的担心满不在乎，仍然继续听那首《草原骑兵曲》。

在临近盂兰盆节的一个夜晚，银花洗过澡，正坐在廊檐下乘凉。多鹤子拿着一件夏季和服走了过来。

"这是一件樱子穿过的旧和服，你如果不嫌弃的话……要不要试试看？"多鹤子脸上没有笑容，冷冰冰地对银花说道。银花抬头一看，是一件似曾相识的夏季和服。多鹤子说这是去年给樱子做的，但是她已经不穿了。"这衣服，她只穿过一次。太浪费了。"

和服是用白底上描画着垂枝樱树图案的面料缝制的，那是一种大人常用的成熟风格的花样。将和服放在自己的身上比量一下，银花发现它和身材修长苗条，颇具大人模样的樱子的气质蛮吻合的，但是穿在一脸稚气的银花身上，看起来总觉得不合适，不协调。

"怎么？你不满意，不喜欢吗？"

"不，不，我非常喜欢啊，很高兴。"银花赶紧慌张地掩饰自己的犹疑，因为多鹤子的脸色看起来很可怕。银花心想多鹤子是不是还要严厉地对自己说些什么，这时，只听见从二楼传来了那首《草原骑兵曲》。

多鹤子抬头看了看上面，眉头紧锁起来。银花觉得，她听见的就只是一种嗞嗞啦啦的响声。"大晚上的，还要用这么大声音播放唱片吗？真是的。"多鹤子是在跟银花发牢骚呢，还是她在自言自语呢？银花也说不清楚。但是，如果默不作声，多鹤子一定会认为自己在无视她吧，银花觉得要予以回应。

"那首曲子，我也觉得有点欣赏不了。"

说实话，并不是欣赏不了曲子，而是有点看不懂反复听那首曲子的父亲。银花抬头看了看多鹤子，只见她瞪了银花一眼。果然，她是在自言自语吧，跟她对话，回应她，难道是做错了吗？为了把眼前的尴尬局面敷衍过去，银花决定说些什么。结果，话就这样脱口而出了："多鹤子，您不太喜欢音乐，是吗？"

"你为什么会那样想？"

"爸爸对我说过，以前，他曾经想弹奏储藏间放着的那把古筝，可是多鹤子您持反对意见。"

"尚孝,他是那样说的?"多鹤子吃惊地绷起了脸,僵在那里。转瞬间,银花发现她已经面如土色了。

"是,是啊……但是……"是不是,我不应该说这些话啊,抑或是,她极其讨厌那把古筝?正当银花不知所措,焦急得如热锅上的蚂蚁时,多鹤子转过头看着银花。

"我并不是不喜欢音乐。你,知道苅萱道心的故事吗?"

"您说的是苅萱道心吗?我不知道。"那到底是什么故事呢?这个人的名字像是咒语一般,苅萱道心,苅萱道心,难道这名字与那把古筝有什么关联吗?银花觉得很玄妙。

"现在的孩子啊,真是……"多鹤子深深地叹了一口气,转过身,背对着银花。她的意思就是,不想再同银花说话了。

没办法啊,关于这个"苅萱道心"的情况,还是问问父亲去吧。于是,银花抱着那件樱子的和服,跑上了二楼。拉开父亲房间的推拉门,往里一看,原来父亲正在以母亲为模特画素描。母亲穿着麻叶花色的单和服,侧坐在那里,无精打采地摇着团扇。虽然她的头发湿湿的,也没有化妆,但还是非常美艳迷人。

"多鹤子给了我一件单和服。妈妈,您也应该向多鹤子表示一下感谢吧。"

"银花,你有说过谢谢了吗?如果说过了,那就可以了。"母亲一边懒洋洋地抬头看父亲,一边征询父亲的意见,"我说,尚孝!"

但是，父亲的目光并没有离开他的素描画稿，专心地移动着手中的铅笔，仔细地描画着。过了一会儿，他大喊一声"好嘞"，放下了笔。"美乃里，好了，到这里就可以了。谢谢你啊。"

银花请求父亲将画好的素描拿给自己看看，朴素的麻叶图案的和服反倒衬托出了母亲的美丽。真正的美人根本不需要和服花色的陪衬，就可以非常漂亮。

"爸爸，您看这件单和服，您认为怎么样？我穿的话，是不是显得有点太成熟了？"银花将那件单和服披在自己的肩膀上比量着，让父亲看。

"我倒并不那么认为。很适合银花你啊。难道，你不喜欢吗？"

"这件和服很配樱子的气质，而我却总觉得它和我有点不搭。"

"是吗？那好，银花，你觉得什么样的和服适合你呢？"

"我也说不清楚。爸爸，您怎么看？"

"啊，我的银花最适合的应该是水珠花纹，具体说就是可尔必思花纹。"

"爸爸，我是非常认真地询问您的意见呢。您却……请您再好好地正儿八经地说一个图案，好不好？"

"如果真的有可尔必思花纹图案的单和服，我认为最适合你。但是……"父亲想了想，说道，"银花，你也适合萤火虫图案。"

"萤火虫?为什么?"

"萤火虫总是突然间闪亮一下,然后就没有了光,接着又突然闪亮一下。你也是这样,当你刚想要笑的时候,会突然默不作声,然后突然间又笑出声来。完全和萤火虫一模一样啊,太像了。"

"我,真的有那么沉默、颓丧吗?"

"是的呀,但是,最后你总是会笑出来,所以可爱极了。一个人,如果整日里笑个不停,那么那个笑容就是没有价值的。但是,银花你却是一个忍耐能力超强的人,无论你遇到多么令你难受的事情,无论你心情多么低落,最后,你都能微笑着坚强地去面对。所以,你的笑靥才是弥足珍贵、可爱至极的呀。"

父亲轻轻地点着头,银花和着父亲点头的节奏,眼泪止不住地大颗大颗掉下来。她慌张地低下了头,她高兴极了,但是又感觉难过得很。被父亲夸奖说真的太可爱了,这令银花感到很高兴,但是,她并不希望父亲认为她忍耐力超强。

这时,那首《草原骑兵曲》终于演奏完了。父亲站起身来,将留声机的唱针抬了起来。"美乃里,不好意思啊,你能帮我调制一杯可尔必思吗?要味道浓一些的。"

母亲刚一出去,父亲就又把留声机打开了,"绿色海洋,草木繁茂"的歌声飘荡了出来。"喂,银花,听着这个曲子,我一直在想,这里就是俄罗斯的大草原。在广阔无际的草原上,只有我一个人,目光所及之处唯有草地、天空和云朵。天空中流淌的云彩,映在草地上,随风飘走。四周没有小鸟,也没有野兽,唯一的生命就是我。在如此静谧可爱的草原上,我支开画架,铺上画布,然后随心所欲地画画。只有我一个人,不停地不停地画啊,画啊。"

父亲自言自语地说着,描述着。他描绘的想象中的俄罗斯草原,只有他一个人,除此以外没有任何人。没有母亲,也没有银花。难道那就是父亲的期盼吗?父亲梦想中的世界就是那样的吗?

忽然,银花的脑海中浮现出这样的场景,父亲背对自己伫立在草原上,然后父亲不停地往前走。草原上繁茂的草木随风摇曳,父亲就那样一直前进,不曾停歇。只有他一个人往前走,持续地往前走,身影越来越远,越来越远。

天空中的流云以惊人的速度移动着,时而月亮隐去身影,草原随即陷入一片黑暗。过了一会儿,月亮又露了出来,于是光明重现。风吹动草木,泛起了层层波浪,父亲的背影一点点消失在草原的尽头。父亲就那样孑然一身地走向了远方,直到最后,直到最后,他都不曾回过头看一眼,更没有再次归来。

银花想着想着,不由得打了一个寒战,身体也在颤抖。她觉得自己浑身冰凉,惴惴不安。她偷偷地瞄了一眼父亲的侧脸,竟然看不到一丝生气,仿佛父亲已经变成了一幅画。

"哦,爸爸。您,很想去俄罗斯的大草原看看吗?"

"想去啊。"父亲再一次将唱针放回到唱片最外圈的位置,歌曲又一次循环地放了出来。

"爸爸,如果您真的能到俄罗斯的草原去看看的话……

会给我带回什么礼物吗？"

"啊，是啊，如果能去的话……"

"请您一定给我带回些什么礼物啊，只要是草原有的东西就成，哪怕是一朵小花也好啊。"

"如果是带花朵回来的话，那一定就枯萎了。"

"那么，草原上的果实也行，比如那个薏米粒，我还可以做成项链呢。"

"看来，我的银花不光是个小吃货，还是个贪得无厌的主人公哈。如果是在童话故事里，一定要受到责罚的。你看，就是那个，就像那个《舌切雀》①故事里讲的一样，老奶奶选择了一个最大的葛笼带回家，结果里面的魔鬼就跑了出来。"

"受到惩罚也无所谓，我就是希望得到礼物。"银花死死地盯着父亲的脸，拼命地央求着，"请您一定带着礼物回来，回到家里来。一定，一定啊！"

"好的好的，我知道啦，知道啦，一定带礼物回来，好吧？"

母亲用托盘端着两杯可尔必思回到了房间里，她毫无意义地眯眯笑着。不知道为什么，母亲的这种微笑总让人感觉很焦虑。银花接过饮料就下楼了，客厅里亮着灯。银花扫视了一下，原来多鹤子正一个人坐在那里看书。

"嗯，对不起，打扰一下……"

---

① 《舌切雀》是日本的一则民间童话故事，讲的是一对老夫妇和一只麻雀之间的故事。故事告诫人们做人要善良，而且不能贪心，不然会遭报应。

听到银花的说话声,多鹤子抬起了头,"怎么了,什么事?"

银花跟多鹤子打过招呼之后,又有点胆怯了,她总觉得父亲一旦去了俄罗斯就再也不会回来了。可如果把这些想法说与多鹤子,希望她去阻止父亲的话,多鹤子会怎么想呢?银花觉得一定会被多鹤子批评"不要说那种傻话",然后自己又是一阵难受。

"到底什么事?请你说清楚些。"

"那个……"银花一瞬间说出口的,却是这样含糊不清的话,"关于那个苅萱道心,到底是怎样一回事呢?"

多鹤子听闻此言,啪一下胡乱地合上了书,然后紧紧地盯着银花的脸。让银花意想不到的是,多鹤子并没有训斥她。但是,她还是觉得被盯着看,有点可怕。

"那是一个过去的传说,讲的是一个男孩子去寻访他出家了的父亲,之后发生的一系列催人泪下的故事。很久很久以前,有一个男人,他娶了一妻一妾。某天夜里,两个女人合奏一把古筝。表面上看,两人和谐地弹奏着,但是映在窗棂上的影子却表明她们的头发已经变成了蛇,在互相纠缠着打斗。看到眼前这一幕的男人为了隐居避世,抛弃家人而选择了出家。就是这么个故事。"

"啊?变成了蛇?"这确实是一个比通常听到的家里来了一条蛇还要让人感到恐怖的故事啊!原来多鹤子如此讨厌古筝的缘由,竟然是这个传说。但是,那个男的有什么必要,非得抛弃家人选择出家呢?银花觉得不可理解。

"还有别的什么事吗？"多鹤子这次并没有用严厉的语气，而是冷冷地问道。

"没有了，就只有这个问题而已。"

"站在这里，喝东西，真没有礼貌。"多鹤子瞪了银花一眼。

"哦，对不起。"银花回到了自己的房间，一边喝着可尔必思，一边透过窗户仰望星空。柿子树的影子清晰地浮现在苍穹之下，晴空之中，树枝弯曲交错好像纠缠在了一起似的，实际上却是那些青绿色的柿子满满当当地挤占着所有的树梢和枝头。

父亲的房间里依然流淌着那首《草原骑兵曲》。可是，银花听着那曲子却感到很是嘈杂，烦躁不安，浑身起鸡皮疙瘩。她下意识地摸了摸自己的头发，还好还好，没事儿，都不是蛇。她终于松了一口气，放下心来。

* * * * * *

石油危机到来了，整个日本陷入了一片混乱。抢购和囤积卫生纸的骚动席卷了整个社会。报纸上、电视上整天进行着有趣又奇怪的报道，当然也有让人觉得难受的报道。社会上持续地出现了一系列将婴儿抛弃在储物柜里的事件，银花无意之中想到自己的身世，突然间感到越来越可怕。母亲不可能一个人将自己抚养长大，如果母亲没有遇到父亲的话，说不定银花也会被遗弃在储物柜中，最后窒息而死吧。

藏的经营状况似乎一点儿也没有向好发展的迹象。无论什么都在涨价,酿造酱油的主要材料大豆,价格也涨得厉害。如果使用脱脂大豆做原材料的话,制造酱油的成本会压低很多,然而味道却不好。多鹤子和大原师傅都希望仍然只使用正常大豆来做酱油,但是他们都知道酱油藏的经营实在是太艰难了。没有办法的情况下,酱油藏里也曾使用脱脂大豆做一些廉价的酱油,专门卖给供餐企业等那些做外卖的公司。不过,父亲却始终一副与己无关的样子,日子一长,多鹤子和大原的脸色越来越难看。

另一方面,樱子仍然我行我素地走着自己喜欢的路,过着自己想要的生活。然而当看到樱子的考试成绩时,多鹤子被吓了一跳。紧接着,她勃然大怒,大发雷霆,彻底爆发了:"三十分?怎么搞的,这么差?"

"稍微有点差,仅仅是一次考得有点失败而已。下次,下次我一定会努力的。"

"你总是说,下次,下次……"多鹤子抬头看了一眼樱子,不由得大吃一惊。她横眉怒目地说:"樱子,你,竟然涂了口红?"

"烦死了! 涂了这么一点儿口红,这不是很正常吗?"

樱子晚上跑出去玩得越来越凶了。前些天,有一次,樱子房间里又传出了深夜收音机节目的吵闹声,银花原本打算去和她理论,哪承想房间里并没有人。好像这位小姐又偷偷溜出去玩了。银花竟有些佩服她,因为樱子偷跑的事儿完全没有被任何人发现过。

大原的情绪越来越糟糕。最近,每当见到银花,大原都流露出明显的厌恶,有时甚至会愤愤地咂一下舌头。见到这一幕的樱子则会摆出一副好像什么都知道的面孔,说道:"大原那一脸厌恶的表情,想知道是什么原因吗?是小刚搞的鬼。"

"小刚?"

"大原他们家不是有一个儿子嘛。你,不知道?"

银花像个傻子似的被樱子耍弄了一番,心里感到憋闷。"你说的,是那个小我一岁的男孩子吗?我知道大原家里有这么个孩子,但是并没有打过什么交道。"

"啊,是吗?我倒是在好几次集会活动中看到过他。"

"集会活动?那是什么?"

"你问是什么,啊?难道你不知道吗?就是暴走族的集会啊。"樱子一脸得意地说道。那段时间,正是社会上的人们将雷族①改称为暴走族的时候,这是一群向往着"欢乐颂",身穿皮夹克,梳着飞机头,戴着太阳镜的男人们。

"啊?咱们这穷乡僻壤的,竟然也有暴走族?"

"虽然不起眼儿,但还是有的。我,暂且让你做一个吉祥物吧。"

"吉祥物?那又是什么?"

"类似于团队的象征和标志吧。能够将漂亮的女孩子作为吉祥物的话,就好像镀了层金一样。但是,要想做吉祥物

---

① 雷族:泛指使劲按住喇叭,驾驶摩托车横冲直撞的年轻人。

也必须得做出相应的努力，因为暴走族们有他们喜好的流行款。说白了，虽然看上去土里土气，但是有一种互相帮助、互相依靠的意思。"

那是一个大概有十个成员的组织，据说汇集了住在这附近的高中生们，集合地点好像就是沿街的某些咖啡店之类。樱子说，很多时候他们会利用周末带着她骑行到大阪那么远的地方去。

"你们骑到大阪，都做些什么呢？"

"也就是在南区啊，或是阿倍野区啊这些地方请我喝酒之类的。"樱子冷笑道，"当然也有要跟我搭讪的男人，但是我没有理由会上他们的当吧。"

她这是头脑非常清楚地利用这些人啊。银花张大了嘴，吃惊地直勾勾看着樱子，既羡慕又佩服她。突然，樱子转变了话题："对了对了，接着说那个大原刚的事吧。最近，听说他接受了不良少年辅导，好像是和其他团体起了冲突，虽然没有发展到什么正面对抗的程度吧，但也受了伤。因为他在团体中地位低下，所以在逃跑时被其他成员抛弃了。"

"啊，被抛弃了，这也太过分了吧。"

"没办法，没辙啊。谁都不会把帮助他打架当作自己的事一样拼命吧。"樱子的长发随风飘动，嘴上涂着粉红色的口红。她一边向银花炫耀着据说是男朋友买给她的项链，一边将它戴上。樱子果然是名不虚传的美人啊，和她交往的男孩子换了一拨又一拨，每次换了男友，她总会拿着照片到银花面前炫耀一番，骄傲得不得了，嘴里还念叨着"帅吧？潇洒吧？"之类的。

第三天，吃早饭的时候出事了。正当银花和樱子坐下准备吃饭时，母亲凑近她们身边，兴高采烈地看着她俩。多鹤子则在玄关前面洒水扫地。唯独不见父亲的身影。正当银花琢磨着是不是他还没起床呢，只见父亲十分高兴地出现在大家面前，手里抱着一台银色的烤面包机和一个大箱子。

"从今天开始，我早饭还是要吃面包。"说着，他乐呵呵地把烤面包机放在了饭桌上，"米饭和大酱汤，我已经吃够了。早饭，还是吃面包最带劲。"

正在给父亲盛大酱汤的母亲听到父亲这么说，大吃一惊，停住了手。银花将酱油洒在海苔上，刚要卷着米饭一起吃的时候，听到父亲的那番"早饭宣言"，也不由自主地停住了手，不吃了。

"欸？就是哥哥你最狡猾了。"樱子放下筷子，说道。

"樱子，你也想吃面包吗？"

"嗯，是呀。"樱子说着，推开了她面前的大酱汤和米饭。

"银花，你呢，怎么想？"父亲笑眯眯地询问银花。

最近，早上一直吃的都是米饭，银花早就开始怀念吃面包的日子，想吃面包想得快发疯了。但是，银花也完全能够理解多鹤子的看法——明明是个酱油藏，却要吃面包，难道不奇怪吗？

"但是，我已经在吃米饭了……"

"那是什么理由？你明明就是个吃货啊，米饭也好面包也罢,一起吃试试看,怎么样?"

父亲打开了手中的那个箱子,里面装的是一整套画着兰花的茶杯。看到眼前的这套茶杯,银花被吓了一跳,那不是之前,母亲偷盗的那个吗?她悄悄地确认了一遍茶杯的数量,当确定它们全部都在,一个也不少时,银花终于舒了一口气。

"好漂亮的茶杯啊。哥哥,这些,你是怎么找到的呢?"

"就在储藏间里找到的啊。美乃里,从今天开始,请你每天给我沏红茶好吗?"

"好的!"母亲高兴地频频点头,答应道。虽然母亲很是高兴,可是多鹤子是不可能允许的。正当银花想着如何是好时,做完玄关整理和清扫工作的多鹤子回来了,看到了饭桌上的烤面包机。银花的心吓得怦怦直跳。

"美乃里,我们不是已经约定好了吗,早饭必须做米饭吃?"多鹤子张口就用责备的语气诘问母亲。

"是的。"母亲带着一副要哭出来的表情回答道。她身旁的父亲立刻以坚定的口吻说道:"母亲,是我,是我决定从今以后早饭要吃面包的。"

"我也是!"樱子在一旁帮腔道。

"酱油藏的当家人却吃什么面包,成何体统。"多鹤子说着,目光落到了那些茶杯上,只见她的脸陡然间变了颜色,"你,这些茶杯,是你擅自拿出来的吗?"

"难道不可以吗?我可是一家之主啊!而且,这么精美的茶杯就被堆放在储藏间里闲置不用，太浪费了。"

听到父亲和奶奶的这番对话，银花偷偷迅速瞄了一眼多鹤子的脸，只见她正在拼命地忍耐着心中的怒火，似乎马上就要爆发了。父亲则是一副若无其事的样子，优哉游哉地吃起了面包。依然是将烤面包皮浸在红茶里，在那面包皮眼看就要掉进茶汤里之前，迅速地拿出来，嗖一下放进嘴里，一脸满足地吞下去。父亲的一连贯动作还是那么潇洒又漂亮，但是，正因为父亲还是能做得如此完美，才让她感觉更可怕。

"尚孝，你给我适可而止吧！正儿八经的工作做不来，弄这些你倒是……你到底要干什么？"多鹤子表情严肃地厉声训斥道。父亲回过头来，瞪着自己的母亲，"母亲，您还要蛮横不讲理到什么时候？早饭吃我自己喜欢的东西，您也不允许吗？"

"这里是酱油藏！每天，我们必须认真地仔细确认自己酿造的酱油的味道，这，难道不是理所应当的吗？"

"酱油，酱油，酱油！藏，藏！母亲，您的脑袋里面装的就只有这些，是吗？酱油藏的工作，我，做不来！您难道还是不能理解我，还是不愿意承认这个事实吗？"

"做不来，做不好，那就请你继续努力，加油干！你看你，也不努力干活，只是一味地消极怠工，想方设法偷懒。"

父亲眼睛里含着泪。他一边直勾勾瞪视着多鹤子的脸，一边泪光闪闪地低声说道："无论我怎么努力，还是干不了啊。没有必要非要让一个人去做他根本无力做好的事情，请您就让我去做我能做好的事，好吗？整天搅动酱料，我的手总是发颤，根本无法稳稳地握笔画画。"

"做你所谓的'你能做好的事'？好啊，你打算做什么？"

"我考虑了很多方面，我打算从艺术的角度出发，看看能为藏做些什么努力。"父亲非常认真地说着。瞬间，多鹤子的脸上挂满了绝望的表情，紧接着，她又讲了一些道理："首先，你还是应该脚踏实地地干些工作，好好地把藏里的活干起来是你的第一要务。艺术什么的，那是往后排的事。"

父亲听到这些话，叹了一大口气，摇了摇头，"母亲，您跟我商量也没有用，我自己也是回到这里来之后，才渐渐明白的，我擅长的还是艺术，并非搞实业啊。您，什么时候才能真正地理解我呢？"

"尚孝，你……"多鹤子用不可思议的表情看着父亲。

"母亲，我知道您是为了让我继承藏这份家业，才希望我回来的，但是我却对您说出了这番心里话，实在对不住您啊。请您相信我，我不会置您和藏的事情于不顾的。我心里一直都在考虑山尾家的事情，我希望永远地支持您，但是那并不代表着我要永远把酿造酱油这个事业做下去，应该有其他能够发挥我才能的办法。"

多鹤子听着父亲的话，一直默不作声。为了抚慰她的情绪，父亲继续说道："母亲，您看，人嘛，都有擅长和不擅长的事情，我就不擅长做酱油，我希望您能理解。"

银花听着两人的对话，越发觉得如坐针毡。她既希望父亲能够尽情地画画，又能理解多鹤子的心情和想法。

"尚孝，好吧，那你说说看，能发挥你才能的途径是什么？"多鹤子语气严厉地反问父亲。于是，父亲默默地站起身来，离开了房间。不一会儿，他手里抱着一个一升装的酱油瓶和素描本回来了。"你们看！"父亲将酱油瓶上的标签展示给大家看。雀酱油的商标正是一只福良雀，那是一个圆滚滚的胖胖的雀儿的正面画像，和银花手里那只雀儿土陶铃铛一模一样。那只被抽象化了的雀儿是用非常简单而粗放的线条勾画成的，像极了膨胀起来的河豚。

"我们酱油瓶上的标签，我一直以来就在想，实在是一个过时又陈旧的设计。"父亲说着，打开了手中的素描本。他在上面刷刷点点地描画了一会儿，然后拿给大家看。"如果是我设计，我打算这么画。你们看，很时髦、很俏皮吧？"父亲画了一只头歪到了一旁的雀儿，确实比商标上的那只福良雀好看得多，但却给人一种不能一下子就看懂的感觉。

"时髦之类的说法，简直荒谬至极。胖乎乎的雀儿和'福'字结合在一起，那是寓意很好的吉祥物啊。你却……"多鹤子完全不打算掩饰自己的失望与吃惊。

"但是，原来的设计也太落后了，完全没有现代感。世博会不是也宣传了吗，'人类的进步与协调'，要用发展的眼光面向未来。"

看着如此较真地维护自己画作的父亲,银花有些不知所措了。原本父亲不是很讨厌世博会吗?到处都乱哄哄的,尘土飞扬,尽是一些无聊的活动等等,父亲不是这样形容过他眼里的世博会吗?想到这里,银花禁不住插嘴道:"嗯,爸爸,我更喜欢福良雀。您看,以前您不是送给过我一个雀之铃吗?那个土陶铃铛就胖乎乎的啊,我特别喜欢它。"

"啊。但是,归根到底,那仅仅是个礼物而已。"父亲看起来很不经意地说道。银花对于父亲的这番说辞感到有些悲哀,因为他全面地否定了那个她心爱的礼物。当年,银花收到那个土陶铃铛,是多么高兴啊。骨碌骨碌,骨碌骨碌,银花拿在手里摇响铃铛的时候,心里又是多么温暖啊。

"那么,你们看,这一幅怎么样呢?"接下来,父亲画的是一幅长发女人的侧颜。画中人眼帘低垂,表情懒散,却是令人吃惊的美人,大家都不由得看呆了。那是父亲中意的,可爱又可怜的女人,但是这幅画中却找不到雀儿的身影。

"爸爸,这幅画,真是太棒了,但是,我却觉得这和酱油扯不上关系啊!"

"银花,你可能不太知道吧,很久以前,曾有一个叫作赤玉甜红葡萄酒的品牌,它的商标上就画了一个女人。"

多鹤子一脸厌烦地叹了一口气,"你说的那是很久很久以前的宣传画了吧,而且红酒和酱油也不一样吧。"

"母亲,时代变化了,卖酱油,如果不赶时髦的话……"

"好啊,那你给我赶时髦地卖一卖试试看!"

"我做不到啊,我只能把画画得时髦一些。时髦地贩卖恐怕还是需要别人来做。"

"尚孝!"

多鹤子似乎已经到了忍无可忍的地步,但是,父亲却选择了无视这一切。只见他从素描本上撕下画有女人画像的那一页,递给银花:"给你了。"

银花接过画,又仔细地端详了一番。这是一幅到目前为止,银花看到的父亲素描本中最好的作品。但是,她觉得难过得不得了,因为不管这幅作品画得多么棒,在这世上却是"没有用的"东西。银花明白这个道理,无论是陈旧的酱油藏,还是面向小孩子出版的少女杂志,父亲的画都不是人家需要的,这是一件何等悲哀的事情啊。

"爸爸,谢谢您。"

"不客气。"父亲轻轻地拍了拍银花的头。银花却感觉并不愉快。被父亲拍头而感到不高兴,这还是第一次。

"尚孝,我们的谈话,还没有结束呢。"

父亲直勾勾地盯着多鹤子的脸,用一种令人不寒而栗的语气说道:"我,不会服从你的安排的。"

听到父亲的话,银花倒吸了一口冷气,抬头望着父亲。他用"你"这个词称呼奶奶,银花还是第一次听到。多鹤子好像也非常吃惊,回过头看了看父亲。

"我什么都懂啊。"父亲看着多鹤子的脸,慢悠悠地说道。他的脸色却令人毛骨悚然。

"你希望我做的就只是继承藏的家业,也正是因为这个原因才生了我。但是,你的所有计划都落空了啊。"

"尚孝,你在说些什么……"多鹤子的脸色已经是铁青的了。父亲的眼睛死死盯着多鹤子,再一次重复着:"你,是最差劲的母亲。不,你不配做母亲。你,甚至稍微有点期待我是个傻瓜吧。"

"尚孝,你,停止吧。"

"烦死了。"父亲大发雷霆。多鹤子被父亲的样子吓到,她倒吸着冷气后退了几步。银花见状,又是吃惊又是害怕,不由得一哆嗦。眼前的父亲,简直像是换了一个人,银花害怕极了,畏畏缩缩地只觉得全身的汗毛都竖了起来,她感到自己的心碎了。

银花完全明白了,现在,就在这一瞬间,父亲完全变了,以前那个父亲再也不会回来。即使父亲仍然轻轻地拍自己的头,冲着自己微笑,即使他还会买回礼物,那也已经不是过去的父亲了。父亲心里,那个最最深的角落里珍藏的无比珍贵的东西,被伤害了,于是,他也就完蛋了。银花最最爱的父亲完蛋了,毁灭了——父亲面如土色,肩膀因为生气而一起一伏。他用含混不清的声音说道:

"……这个家,我,不会再回来了。"

就像要把心里的最后一句话一吐为快似的,说完这些,他拂袖而去。只听见父亲踩踏地板发出了一阵阵急促的脚步声,那声音渐行渐远,直到听不到为止。全家人都倍感震惊,呆若木鸡,一动不动。多鹤子面色苍白,浑身颤抖;樱子就像恐怖电影的女主角一样惊恐万分；母亲则抱着那些画着兰花的茶杯泪眼婆娑，不知所措。

那天傍晚，父亲就这样一个人走出了家门，直到深夜也未曾回来。母亲虽然非常担心，但当她看到多鹤子那极为震惊的表情时，也就什么都没有说。

那一晚，夜黑风高，竹林被风吹得哗啦哗啦作响。银花没有睡觉，她一直一直在等待着父亲，但始终没有等到他归来，于是只好放弃，钻进了被窝里。但是，竹林的声音在耳畔响个不停，银花终究也没有睡着，她不得不爬起来，趴在窗口向外张望。竹林之上高悬着一弯漂亮的新月，周边被照得犹如白昼一般明亮。

第二天，父亲依然没有回来。不知什么缘故，大原师傅竟然也没有来藏里工作。联系了一下福子，才知道原来昨夜大原被父亲叫了出去，直到现在也没有回来。两个人一起失踪了。

银花觉得不安极了，无论如何也静不下心来。于是，她决定代替父亲到藏里面去做事。但是她的心里也犯嘀咕，多鹤子对自己一定没有好脸色吧，或者因为现在是父亲和大原师傅都不在家的紧急状态，特殊情况，也许她会允许自己这么干吧。

木桶里面装的是正处于发酵期，等待成熟的酱油原料。银花用桨棒一遍又一遍地上下推动那些酱料。因为太久没有做过这个，没一会儿，她就觉得胳膊累极了。银花从一大排酱油桶的一端开始，不停地搅动着。这时，多鹤子走了过来，用盘问的语气说道："你，在干什么？"

"一动不动地忍耐着，总是让我觉得不能安心。所以，我想着干点什么吧。"

多鹤子紧盯着银花看了好一会儿。最终，她竟然什么也没说，开始跟银花一起搅动酱料。银花心里想，自己和多鹤子虽然没有半点血缘，却或许是性格相似的伙伴。就这样，大家都焦躁不安地度过了一天。父亲绝对会回来的，他一定只是稍微有点喝多了，一定能回来的。说不定他还是会轻轻地拍拍银花的头，然后说："银花，让你担心了，对不起啊。"

父亲一定会回家的。银花无数次自言自语地重复着这句话。

傍晚降临，父亲依然没有回来。也可能，他突然出去写生旅行了？她赶快跑到父亲的房间里进行确认。平日里父亲旅行用的背包静静地躺在那里，没有被动过，写生本和绘画用具也全都在啊。能找到什么线索呢？银花一边想着，一边迅速地环顾了一下房间。在垃圾桶里，她发现了一个已经被揉搓得不成样子的信封。总觉得有点担心，于是银花把信封捡了起来。那是一封杂志社的来信，信封已经被打开了。银花心里一紧。

信里也许写着，父亲的画卖出去了，也许父亲是去东京同杂志社的人会面了。也就是说，因为多鹤子反对，所以父亲偷偷地去了东京。是的，一定是这样的。

随便偷看别人的信是绝对不可以的啊，但是，现在是非常时期，情况紧急嘛。爸爸，对不起了。银花一边嘴里念叨着道歉的话，一边开始看信。

"经过我们一再研究，认为您的画没有什么希望和前途。您的画并不是现在市场上需要的风格，不会是抢手的作品。但是，您的绘画技巧我们还是认可的，如果您能画一些流行的画作，也许有大卖的可能。比如，'高桥真琴风格'的画，您画多少我们就要多少。我们现在特别需要业界出画速度快的画手。我们给您回信的目的就是希望您能再考虑一下。"信的最后，记录着一些像是附录一样的内容。在少女画领域里施展才能的话能够出名，所以，如果有您感兴趣的题材也可以，云云。

看罢信的内容，银花变得面如土色。她的脑子里立刻浮现出所有最坏最坏的结果，实在是再也无法忍受了。她骑上父亲买给她的那辆蓝色的自行车，飞奔着出了家门。她拼尽全力踩着脚踏板，气喘吁吁地在乡村土路上疾行，在父亲所有可能去的地方寻找。

"爸爸，爸爸，求求您，请您回来吧！"

当父亲看到那封杂志社的来信时，他该多么绝望啊。"拜托您了，爸爸，希望您千万不要做傻事啊！拜托您了，希望您千万不要寻短见啊！爸爸，拜托了！"银花就这样骑着车，为了寻找父亲的踪影，一圈又一圈地在村里转着。

天又蒙蒙亮了，还是没有父亲和大原的任何音信。昨晚，银花又是一夜未眠。风吹竹林哗啦哗啦的声响在耳边一直萦绕，让她一宿都辗转反侧无法入睡。在银花的脑海里，心里，全是哗啦哗啦竹林摇曳的嘈杂之声。她害怕极了，生气极了，甚至觉得快要呕吐了。

第二天早上，母亲一如既往地为大家准备了早饭。父亲平常坐的位置前，母亲整齐地摆放好面包、黄油和蜂蜜。银花完全没有食欲，吃不下饭，她呆呆地盯着眼前的米饭和大酱汤。樱子也和她一样，连手都不动一下。于是，多鹤子厉声说道："你们两个，快点儿吃饭，哪怕一点儿也好。"

实在没有办法，银花勉强喝了一口酱汤。正在这时，楼梯那边传来了电话铃声。全家人不约而同地抬起头来。

"我去接电话。"多鹤子站起身来，去接电话。楼梯那边渐渐传来了说话的声音，银花侧耳倾听。

"……是的，明白了。马上就过去……谢谢您。"

她说马上就过去，难道是找到父亲了吗？是父亲平安无事地被找到了吗？一定是那样的。太好了，太好了！ 银花心里战战兢兢的，等待着多鹤子返回告知大家。

放下电话的多鹤子终于返回到餐厅里。但是，她脸上的表情比平常更加严肃。多鹤子扫视了大家一遍，然后用平稳的声音宣布道："尚孝和大原，听说在河里被找到了。"

"河里？"银花脱口而出。

"啊，对，在河里被找到的。听说，在河流稍稍下游一点儿的位置，他们就浮在那片茂密的芦苇荡里。然后……"说到这里，多鹤子停顿了一下，"他们两个人，已经没有了气息……"

餐厅里一片死寂。母亲一副不可思议的表情，银花则是呆呆地凝望着多鹤子的脸。这到底是怎么一回事呢？父亲漂浮在芦苇荡里？在河上？没有了气息？怎么可能？怎么可能呢！

第一个打破这死一般沉寂的是樱子。

"怎么可能？撒谎……"樱子像是在竭力反击着，否认着，极其快速地重复着，"那是谎话啊，纯粹是在撒谎！"

是啊！银花也是这样想的。一定是假的，是谎言！父亲还在河里，他一定在等着我去帮助他，因为自己早就和父亲约定好，无论什么时候，自己都会帮助他的。

想到这里，银花本打算站起身来，可是她突然感到，身体在那一瞬间没了力气，她精疲力竭，再也支撑不住了，结果一屁股瘫坐在椅子上。她的喉咙里发不出一丝声音，眼泪竟也流不出来。到底应该怎么办呢？银花完全失去了意识。已经见不到父亲了，从今往后，再也见不到父亲了，再也不能让父亲拍拍自己的头，再也不能听到父亲亲切地呼唤自己的名字了。今后，要怎么活呢？要怎样才能继续走未来的路呢？

这时，银花忽然意识到了一件事，那就是"到底还是变成了这样的结果啊"。实际上，在看到那封出版社的来信之后，她似乎就预感到了这样的结局。父亲该多么伤心，多么绝望，多么痛苦，多么怨恨啊！银花完全能够明白和理解父亲，就像事情发生在自己身上一样。

"银花！"多鹤子叫她。银花被吓了一跳，她慢吞吞地抬起头，望向多鹤子。只见多鹤子的脸色已经变得惨白，完全没有了血色。但是，她的眼神里分明充满了一如既往的坚毅和严肃。

"美乃里完全没有用。所以，葬礼只能由我们两个应付了。"多鹤子仰头看了看空中，紧接着，她斩钉截铁地说道，"我们可没有时间用来哭。"听到多鹤子的这些话，银花瞬间清醒了。也就是说，必须要操办父亲的葬礼，可是由于母亲完全指望不上，所以能帮忙操办葬礼的只有她自己。她默默地点点头，站起身来。

在操办父亲葬礼期间，令银花感到意外的是，母亲竟然一滴眼泪也没掉。倒不是说母亲坚强到能够应对家里大大小小的事情，在银花看来，她只是像往常一样，心神不定，像是进入了梦乡一般。但是，在外人看来，母亲作为父亲的遗孀，却整日一副迷惘恍惚、若有所失的样子，是不可思议的事。樱子一直在哭泣，这个美少女身着水手服，哭得死去活来的样子，惹得众人也不由得纷纷落泪。竟然有很多人错将樱子当成了父亲的女儿。可爱又漂亮就是资本啊，就是能得到好处啊。

而多鹤子和银花根本没有时间哭泣，她们一个劲地干活。多鹤子在前厅迎送到家里吊唁的宾客，而银花则负责给大家倒茶、整理鞋等杂七杂八琐碎的事。同时，她还不得不打起十二分的精神关照母亲。在这种混乱的时刻，如果母亲又犯了小偷小摸的老毛病，那可就麻烦了。倘若母亲偷了一些奠仪袋①之类的东西,那可就难以收场了。但是,银花并没有将自己心里的担忧告诉多鹤子,只是自己格外关注这个问题,特别小心地观察母亲的一举一动。

"你难道都不伤心吗?都不掉一滴眼泪吗?我哥哥,他可是把你当作自己亲生女儿一般养育的啊,你却……哥哥他真可怜。"樱子的眼睛哭得红红的,她冲着银花诘问道。银花只能想方设法无视这样的批评,让误会尽快过去。她紧紧地咬了咬牙,然后迅速地环视了一遍宾客。银花也注意到了,那群根本就不知道真实情况的穿着孝服的人如此这般讨论着:"那个孩子啊,反正也是个拖油瓶,所以你看,连滴眼泪都没有。"

并不是因为自己是个拖油瓶才不伤心不落泪的啊! 实际上,银花比任何人都要难过和悲伤,甚至无法自己。她最最爱戴的父亲去世了,她是何等心痛啊。但是,她却不能哭,因为她必须保持清醒和镇静,去守护和监视母亲。只要母亲在这里,她即使再想哭都不可以哭出来。

改日,还要去大原师傅家里吊唁,银花跟母亲打了招呼,让她随大家一起去,但是,母亲并没有痛痛快快地答应。最后也就放弃了带母亲去的打算,这本就是意料之中的情况,所以,多鹤子并没有说什么。

---

① 日本人在送奠仪时,都会用一种特制的纸袋装钱,不能把钱随便放在普通的信封里,更不能直接把钱交给主家。喜庆红事时用的袋子,叫"祝仪袋",一般为红白色,也有金银色的。白事时用的袋子叫作"不祝仪袋"或"奠仪袋",只用黑白色或灰白色。

她们为大原师傅致了悼词，说了一些哀悼的话，可是福子却低着头，消沉得很。她听着那些慰问的话，几乎没有做出什么反应。看着她一直在发抖的肩膀，银花似乎听到了她心里的声音："尚孝少爷，都怪您啊！都怪你们大家啊！都怪雀酱油啊！"

大原的女儿啜泣着。她身旁站着的就是大原的儿子小刚，只见他紧锁双眉，狠狠地咬着自己的嘴唇。他比银花小一岁，现在上中学二年级。虽然银花和他彼此相识，可是因为学年不同，所以从没有交谈过。正如樱子总是欺负人地称他为"小矬子"一样，就初中二年级的学生而言，小刚确实矮了些。银花心想，这样的孩子也参加了暴走族，真是不可思议啊。

银花跟在多鹤子身后，来到了祭坛前，双手合十。正当她要鞠躬行礼时，突然感到有一道严厉的目光在盯着她。银花猛然抬起头来，原来是小刚正死死地盯着自己看，她差一点儿不由得叫出声来。小刚的眼睛黑黑的，眼神像一把锋利的刀，仿佛触碰一下就会被切碎了似的。

这时，小刚也发现了银花在看着自己，于是将目光迅速地躲闪开了。两人的眼神交会在一起也不过就是一瞬间，但银花觉得自己的心像是被揉碎了一般疼。她的心跳得极快，甚至有些头晕目眩起来。小刚曾因暴走族的事情接受过不良少年辅导，对于这件事，银花能够理解，在他的心里也有一个淤塞不通的黑暗角落。

多鹤子规规矩矩一板一眼地致完悼词，并没有在大原家久坐，就站起身来准备离开。银花还是保持着沉默，而小刚并没有为多鹤子和银花送行。

父亲和大原的死因都是溺水。警方认为是意外事故，但是银花并不觉得是单纯的事故。从父亲开始听《草原骑兵曲》起，银花就觉得父亲变得越来越怪了。她觉得，从那时候开始，父亲就在一点一点地走上死亡之路。

葬礼过去半个月之后，杂志社的信又来了。信的大概意思是："您曾经提到，希望以昭和时代的竹久梦二为榜样，但是我们已经找到了一位有那样画风的画家——林静一先生，您知道吗？他在年轻人中很受欢迎。如果您模仿高桥真琴风格的画有困难的话，试着模仿一下林静一的如何？"

原来，杂志社对父亲提出的要求，竟然只是让他去模仿某个人的画风。银花觉得实在是应付不了这样的来信，心里堵得难受。她将信拿给母亲看，母亲只是一味地连声叹气："尚孝，真是可怜啊。"

"请您不要说了，不要说了，不要再说我爸爸好可怜之类的话了。"

"但是，你爸爸，他的梦想一个都没有实现过，难道不可怜吗？"

"即使是那样，也请不要说可怜啊可怜啊这样的话。爸爸他一定不希望被别人那样评价。"父亲是天底下最最温柔的人，他是那样宠爱和自己完全没有血缘关系的银花。虽然，他没有绘画和做酱油的才能，但却是选买礼物的天才。所以，银花不希望别人用可怜啊之类的词形容他。银花更不希望，每当想起父亲时，脑海里只是蹦出来"可怜"这样的词。

"银花，你为什么生气呢？"母亲用匪夷所思的表情看着她，"我说你爸爸可怜，并不是要诋毁他，而是爸爸生前总是这样对我说啊。他总是说'可怜啊''可怜啊'之类的。他真是个温柔的人啊。"

总是说别人"可怜啊，可怜啊"的父亲，他自己又是怎样的人呢？父亲是否也听到过别人说他可怜呢？或者，他并不愿意让别人评价他呢。

和出版社寄来的那封信同时送达的还有一幅画，好像是父亲画作的退稿。那是一幅穿着单和服的女孩子的画像，既不是高桥真琴风格的公主的模样，也不是竹久梦二风格的忧郁美女，甚至并不是一个一般意义上的美女，而是一个可爱的、讨人喜欢的、非常普通的女孩子。画中的女孩子身穿萤火虫图案的和服，手里拿着一个雀儿土陶铃铛，开怀大笑，笑得真是非常幸福和满足。

把画翻过来，只见背面写着："吃货女孩儿"。

看到这行字的那一瞬间，银花的眼泪再也止不住了。父亲过世后，她第一次流泪。

泪眼婆娑中，她似乎看到了在草原上一直前行的父亲的背影。父亲的大脚踩踏着草木沙沙作响，他一直前行，一直朝前，只是一直朝前，为了画他自己想画的画而一直地一直地往前走去。

"父亲并不可怜，'父亲好可怜啊'之类的话，我绝对不会说出口的。父亲画出了如此精彩的画面,能画出这么幸福的女孩子的人,怎么会是可怜的呢?即使,在这个世界上,没有一个人认可父亲的画,我都最爱父亲画的画,最爱父亲画的这个女孩子。我希望自己能成为这样的女孩子,希望自己永远像她一样笑对人生。

"所以,父亲,请求您,再多画一些吧,再多画一些吧。您不需要再去做藏里面的事情,全部的,全部的事,都由我来做。所以,请您再为我画一些吧! 我再也不要什么我的亲生父亲了,我只希望您能再拍拍我的头。

"座敷童神啊,求求您,想些什么办法,让我的父亲起死回生吧! 请您让他能再一次拿起画笔,画他最想画的东西吧! 请您多关照,请您帮帮我吧!"

银花紧紧地将那幅《吃货女孩儿》拥在怀里,号啕大哭起来。

3

一九七四年——一九七六年

银花已经是高中一年级的学生了。这一年的春天,"蒙娜丽莎"来到了日本。上野的东京国立博物馆前面,聚集了大量想要一睹那幅名画真容的粉丝,人们排起长龙的壮观景象甚至一度成了新闻。展出画像的玻璃橱窗前挤满了蜂拥而至前来看展的人,好像平常对于绘画不怎么感兴趣的人们,也变得异常兴奋。他们眼神里闪烁着熠熠的光芒,嘴里啧啧称赞着"真是太精彩了"。这些画面勾起了银花痛苦的回忆,于是她赶快转换了电视频道。

"那幅画,到底哪里好呢?我们尚孝的画明明更棒,但是……"一边剥豌豆,一边评论着的母亲,好像是在说别人家的事一样。

晚上准备吃的就是这个豆饭。盘子里盛着漂亮的青绿色豌豆,堆得像个小山一样,那是母亲十分仔细认真地一颗一颗剥出来的。正是因为母亲认真地工作,仔细地剥取,所以盘子中的豌豆宛若美丽的翡翠珠宝。银花看得出,做着剥豌豆准备工作的母亲一脸满足,真是太美丽了。父亲应该会因此着迷的,所谓的"圣母",一定就是散发着母亲这样气息的女性吧。

"不要那些过时的旧画了,把尚孝的画装饰在家里多好啊。"

莱昂纳多·达·芬奇已经是五百年前的人了,父亲的画,说不好再过五百年也会被人们高度赞赏的。凡·高的画备受人们推崇也是在他过世之后。

这时,有一颗豌豆从母亲的指尖滑脱,滚落在餐桌上。那颗小小的圆滚滚的豆子,就那样骨碌骨碌地来到了银花的眼前。她默默地拾起豆子放进盘子中,站起身来。银花上楼钻进了自己的房间。房子正面的墙壁上挂着父亲的画,就是那幅名为《吃货女孩儿》的画作。她用自己的零用钱买了画框,将画装裱之后,挂在这个房间最醒目最重要的位置。

身着萤火虫图案单和服的女孩子开口大笑,笑得那样幸福。每当看到这幅画,银花都会想:我一定要成为像这个女孩子一样的人啊。

"原以为笑了,却不承想一副垂头丧气的样子,然而紧接着,又一下子笑出了声来。无论遇到多么痛苦的事情,无论心情多么低落,最后都能笑着面对。所以,那笑靥可爱至极啊。"

当时,听到父亲讲起这番话的时候,我是多么开心啊。那份喜悦的心情我永远也无法忘怀。银花心里这样想着,暗暗地下了决心，从今往后，我一定要尽我所能好好吃饭，尽我所能开怀大笑，好好地生活下去。

酱油藏里只剩下了四个女人。总是表情严肃，"神经紧绷"的多鹤子；总是梦游一般，"心神不定"的母亲；总是像女王一样，"趾高气扬"的樱子；还有就是，爽快又开朗，"整天笑呵呵"的银花。

父亲和大原师傅都过世了，在藏里面工作的只剩下多鹤子一个人。银花曾提出来要去帮忙，但是，被多鹤子果断拒绝："这是我的工作，不是你的工作。"

"但是，如果只有多鹤子您一个人干活的话……"

"即使只有一个人，也是我来干。请你去做自己的事。"多鹤子的语气完全像是在对一个外人说话，像是在说"不相干的人请不要插手"。确实是的，酿造酱油是一件非常耗费时间的工作，然而很多操作即使一个人也能够应付。如果下决心大胆地将产量缩减的话，藏里的工作多鹤子一人也并不是负担不了，但是，如若这样考虑，那么藏是没有前途的。并且多鹤子的身体情况也让银花担心不已，她总是不顾一切地拼命干活。所以，银花绝对不可以独自一个人逍遥玩乐。

"那好吧，你要是真想帮忙，也不要到藏里面来。你可以做些清洗酱油瓶或是棉布袋等，这一类藏外面的工作。"除此之外，还有粘贴商标、装箱、用自行车送货等，所有做酱油以外的琐碎工作，银花都主动承担起来了。

多鹤子即使在自己儿子过世的情况下，也没有掉过一滴眼泪。"无论如何，我要守护着藏"，似乎就是这样的信念支撑着她活下去。如果非要出手相助，恐怕就会打碎多鹤子的骄傲和荣耀吧。"永远紧绷"的发条玩偶，只要紧紧地一圈一圈上好发条，无论什么时候，它都能敏捷地动起来。但是，如果发条被卷得太紧的话，就会一下子绷坏的。银花希望多鹤子能理解这种危险发生的可能性。

但是，多鹤子的神经总是紧绷着，也有部分原因是父亲造成的。父亲故去后，我们发现原来他有很多外债和欠款。当然，以前在经营过程中通常使用祖宅和藏的建设土地作为抵押，然后从银行和信用金库得到贷款。然而，父亲好像被别人蛊惑，不顾一切地增加了贷款金额。除此之外，父亲作为"雀酱油"的当家人，还经常到一家又一家酒馆喝酒，于是，那些花销也日积月累地达到了一个相当巨大的数额。藏已经到了濒临破产的状态。

另一方面，母亲的"心神不定"好像也越发厉害了。即使看着父亲的遗像，她也只是发呆，让人觉得她像是活在另外一个世界里的人。没有任何喜怒哀乐的情绪，也是某种意义上的幸福啊。母亲虽然总是一副心不在焉的样子，但是她仍旧像往常一样为全家人做饭。不做饭的时候，往往会一直死盯着父亲留下的画发呆。母亲看起来一直很年轻，与其说看起来年轻，倒不如说看起来很孩子气，也许这个描述更准确吧。

父亲去世后，母亲的随身物品一件都没有增加过，现在她用的全部东西都来自父亲的馈赠。对于这些父亲为她置办的东西，母亲从未有过不满或质疑，银花觉得，往后余生，母亲都不会再为自己买些什么了。她活得就像一只宠物，一只漂亮的笼中鸟，或是被调教得已经失去了天性的宠物狗，必须有人类的照顾和帮助才能够生存下去，除了被别人宠爱和疼惜，她什么都不会。

即使在父亲一周年忌日的法事上，母亲也表现得很天真。她什么都不做，仅仅坐在角落里发呆。多鹤子和樱子的焦急和烦躁，银花能够理解，但是对于母亲来说，远超过愤怒的是恐惧。失去了父亲的呵护和支持，母亲就像一只气球。虽然是气球，却无法自己飘动，总是一副等待着哪个人来带着她一起玩的样子。母亲这只气球虽然外表光鲜而艳丽，可内心是空洞的，不久就会瘪下去了。雀儿形状的土陶铃铛总是可以骨碌骨碌地满地翻滚，但是气球一旦萎缩，瘪了，那就什么都没有了，一切都结束了。瘪了的气球会变成什么样子呢？失去了父亲宠爱和呵护的母亲最终会变成什么样子呢？

"美乃里，平时你总是动不动就抽抽搭搭地哭泣，可是，我的哥哥去世之后，你竟然从来没有掉过眼泪呢。"

"趾高气扬"的樱子满腹牢骚地说道。最近，她越来越爱乱发脾气。虽然多鹤子什么都没有说，但是大概她和樱子的心情一样吧。美乃里并没有回应樱子的提问。大概是樱子觉得她的期望有些落空了吧，脸一下子拉了下来。

"你也是不会哭的哈，总是嘿嘿嘿地傻笑。"樱子又冲着银花说道。

法事结束之后，银花仰头看着院子里的柿子树。今年是结果的小年，所以柿子树枝头上只有寥寥几颗果实。座敷童想必也会觉得很遗憾吧。

银花回想起去年的情形。父亲过世的那年是大年，树上结的柿子犹如铃铛一般，挂满了枝头。葬礼那天，熟透了的柿子在秋日艳阳的映照下，闪烁着耀眼的光芒。当时，银花就觉得不可思议，明明家里出了这样悲伤的事情，可是这般秋日，竟然那么美丽、宁静，惹人怜爱。向阳的地方温暖舒适，柿子树上果实累累，天高云淡，秋风送爽，沁人心脾，畅快惬意。父亲就那样去了，到底发生了什么？到底因为什么呢？

银花想到这里，再一次仰头看了看柿子树，前面、后面、前面、后面，所谓"祸兮福之所倚，福兮祸之所伏"，现在一定是坏事要出现的时候。那只胖胖的雀之铃也是一样的，只要它骨碌骨碌地翻滚起来，下次一定就会有好事发生。

"骨碌——骨碌——"银花在心里念叨着，"今后，我将会一路磕磕绊绊地，翻滚着，走向何处呢？高中毕业后，打算找个工作，但是，我自己到底想做什么样的工作呢？到现在脑海里竟还没有一点儿成熟的想法。我能做些什么工作呢？我没有什么特别的才能啊，如果非要找出什么才能的话，'吃货'也许可以算作唯一的本领了吧！"

父亲周年祭的法事过后一周左右,坏事终于爆发了。附近食品店老板打来了电话,多鹤子握着听筒,脸色一点点变差。

"实在是抱歉,给您添麻烦了,我们马上就过去。"

在听到多鹤子的这几句话之后,银花立刻觉得浑身瘫软,没了力气。这种感觉和"喷气式鼹鼠"事件发生时的感觉一模一样。她回头看向多鹤子,竟然条件反射似的脱口而出:"对不起。"

多鹤子目不转睛地盯着银花,终于她的眼神里浮现出了犹如火山爆发一般的愤怒,"银花,你,现在为什么要跟我道歉?我什么也没说啊,但是你却向我道歉了,难道对于电话内容,你心里已经有数了?你已经推断出就是美乃里干的,是吧?"

"哦,不,并不是那样的……"

"如此说来,之前她还曾偷过礼签袋,那件事实际上并不是什么误会,是吧?"多鹤子说话的语气越来越严厉而坚定。已经瞒不住了,只能实话实说了。

"对不起,多鹤子。那个,我妈妈有的时候就是会随随便便地动手……偷东西的事也时有发生。"

"随随便便动手?这么牵强的理由,谁会相信呢?"

"是真的,父亲当时也是这样说的。"

"这太荒唐了。"多鹤子好像要一吐为快,"也就是说,美乃里之前还曾偷过别人的东西?"

"是的。但是,只是偶尔。"

"即使仅仅偷盗一次,那也是个真正的小偷啊。不管怎么说,先到食品店道歉去吧。"这天秋风萧瑟,让人感到阵阵寒意。记得一年前,也曾经这样和多鹤子两个人一起出过门,那是去大原师傅家吊唁的时候。

"原本打算,明天去大原家祭奠一下。这可好,哪里还顾得上啊。"多鹤子愤恨地说道,"你说,大概什么时候开始的,美乃里这个随随便便偷东西的毛病?"

"我想很早就开始了。我很小的时候,就记得有过几次……"

"那么,为什么这么重要的事却要瞒着人?"

"对不起。"

多鹤子没有搭理银花,而是加快了脚步,银花只好慌张地跟在后面。风突然变大了,掀起了多鹤子外套的衣角。来年,多鹤子就整六十岁了,丈夫和儿子都先她一步离去,女儿非常漂亮,却只喜欢游戏人间,儿媳呢是个小偷,唯一的孙女又与她没有任何血缘关系。

"哎,太可悲了。"多鹤子低声自言自语。她这是在说母亲呢,还是在说她自己呢?银花并不确定。

多鹤子和银花赶到店里的时候,母亲已经哭肿了双眼,正眼巴巴地等待着她们。她们向食品店主人道歉,并询问了详细情况。原来母亲就在其他顾客的眼前,将一大块火腿随手放进了自己的包袋里。正当她就那样准备离开食品店的时候,被店家叫住,于是她就开始哭了起来。

"反正,她就一直在哭。"店家已经面露厌烦的神色了。慌忙付了火腿的钱，多鹤子和银花母女二人一个劲地低头道歉。

出了店门口，多鹤子开始质问起母亲来："美乃里，你为什么要干这种事呢？"

"对不起。我也不知道。"

"你说'不知道'，这是什么话？你不是身上带着钱呢吗？"

"对不起。"

"我在问你：'为什么做这样的事'，听清了吗？"

"我不知道，对不起。"母亲始终重复着同一句话。

"美乃里，你，在耍弄我吗？如果你有充分的理由，请正面回答我的问题。"

在多鹤子声色俱厉的逼问之下，母亲又开始抽抽搭搭地哭泣起来。这一切，银花都看在眼里。看着母亲被斥责，被诘问，她的心很痛。如何是好呢？怎么办呢？银花左右为难。

"美乃里也是个可怜的人啊。"银花忽然觉得好像听到了父亲的声音。如果父亲还在，他一定会毫不含糊地庇佑母亲吧。无论遇到什么情况，一定要守护母亲。

"多鹤子，我妈妈她真的不知道，她没有说谎。"

"怎么会有那种事？自己曾经做过的事，竟然完全不知道？这也太奇怪了。"

"是啊，我的妈妈就是很奇怪，她自己也不知道应该怎么办才好。虽然她心里很清楚偷盗是不可以的，但是，她就是会随随便便地动手。"

"尚孝曾经这么说,那也许是因为他太放纵和娇惯美乃里了,我可做不到。我先回去了。"多鹤子说着,急匆匆地沿着商店街往回走。银花一看多鹤子扔下她和母亲不管,突然觉得心里没底了,无依无靠的。她多想大喊:请不要扔下我们不管! 请不要只留下我和母亲两个人!

"对不起,对不起,银花。"母亲跟在银花身后,不停地哭着,喊着。经过她们身旁的路人纷纷投来异样的目光,盯着她们的一举一动。

"好了好了,你别说了。"银花觉得实在无法忍受了,于是也加快脚步往回走。她心里明白,母亲确实没有撒谎,她并没有预谋要偷东西,却还是偷了。可能母亲余生都将会是这样,自己往后的日子也注定要为母亲处理各种问题了。

当天晚上,银花被多鹤子叫了去。关上客厅的拉门,多鹤子开始和银花谈话。多鹤子问,银花答。从银花小时候开始谈起。

"这么说,美乃里来到这里之前,就曾经做过这种事?前一阶段曾经偷过礼签袋是吧。除那以外,还偷过什么别的东西,没错吧?"

现在看来,想瞒也实在是瞒不住了。银花决定实话实说,将全部的事实说出来。"还有大原的帽子啊,铅笔啊……然后,还有我的好朋友的钥匙圈啊,再就是从储藏室里擅自把兰花茶杯拿出来,藏到她自己的房间里……"

"储藏室里的茶杯?如果想用,跟我说一声就好了啊,可是……"多鹤子深深地叹了一口气，然后愤愤地说，"美乃里，真的如你所说仅仅就是随便动动手吗？"

"是的。我妈妈她没有任何恶意啊。"

"但是，这样的说辞绝对不会被外人所接受。如果说出随随便便动手这样的理由，别人一定会认为你的脑子生病了。"

多鹤子向美乃里下达了"禁止外出购物"的命令，于是，银花又多了一项任务——每天买菜，购物。石油危机以来，物价节节攀升，无论什么东西都已经涨价涨到让人厌烦的程度。但是，比起高涨的物价，更让银花觉得恐怖的是别人异样的目光。购物所到之处，银花总能感觉到人们冷嘲热讽一般的目光。在被人们冷眼相待的日子里，她渐渐地养成了咬紧牙关，拼命忍耐的习惯，走路的时候，也自然而然地养成了低着头急匆匆赶路的习惯。

对于这些，银花并不放在心上，因为总是这样的，从小她就已经习惯了。母亲是夹竹桃，是一株有毒的花，银花应该特别明白和理解其中的含义。但是，她还是觉得既痛苦又难过，自己的命运太悲惨、太凄苦了。有时仅仅是风吹过来，她都觉得是在斥责她。母亲依然每天心神不定，神情恍惚，樱子则是一副怒火中烧，随时随地要爆发的样子。

"在学校里，我觉得很丢人啊，为什么要影响到我呢？家里住着一个小偷，这简直让人无法忍受，邻居们也绝对会传闲话啊。"樱子涨红着脸，不断地责骂着，"全家人都是被美乃里拖累的啊。哥哥，你为什么要和这样的人结婚？哥哥是个善良又温柔的人，一定是被美乃里骗婚的，真是可怜啊。现在，哥哥在那个世界里也一定在哭泣啊。"

"对不起！"

"你在这里，无论怎么道歉、赔礼，也是没有用的。啊！这个家，我再也待不下去了。我要去东京！我要去银座！我要去原宿！"樱子不断地嘟囔，发着牢骚，愤愤地跑出了家门。今天晚上，也会很晚才能回来吧。多鹤子的心情也变得非常糟糕。银花一想到今晚餐桌上的情形就觉得厌烦极了。

可银花一来到厨房，就听见母亲一边哼着歌一边准备着晚饭。当她发现银花进来了时，满心欢喜地说道："银花，今天晚上啊，妈妈我会做尚孝最喜欢的鸡肉……"

"妈妈，您快停止吧。"

听到银花的话，母亲一脸惊愕地望着她。银花觉得再也无法忍受了，她想都没想就一把抓起身边的一个土豆，狠狠地朝墙壁上扔了出去。然后，那个土豆掉在了地板上，骨碌骨碌地翻滚起来。这个时候，银花突然间醒悟了过来，如此糟蹋食物，然后胡乱发脾气，真是太差劲了。如果父亲看到自己这副不成体统、不体面的样子，会说什么呢？

可银花什么都没有说，走出了厨房。回到房间，她一眼就看到了那幅《吃货女孩儿》。"如果不加油努力地大笑，就不行啊……"一边想着，银花一边拼命地张大了嘴巴。结果，不知不觉间，她竟潸然泪下。银花狠狠地擦了一把眼泪，继续笑。没关系的，还好，我还能笑。能笑就是可爱的，父亲在世时就是这样说的。于是，银花继续拼命地笑着。

由于母亲偷盗事件的影响，去大原师傅家进行周年祭奠的事被一拖再拖。多鹤子吩咐银花代表家里去一趟。于是，银花一个人出了家门。

大原去世后，他妻子福子原本打算外出工作以贴补家用，但是因为常年过着主妇生活的她没有任何工作经验，所以要找到一份合适的工作是十分困难的。后来，听说她一边在熟人开的饭店里帮忙，一边在鞋袜工厂里负责产品检验。过去的福子，就像她的名字一般，丰腴红润，福气满满，可现如今看起来却消瘦得很，变成了一副皮包骨的样子。

虽然银花恭恭敬敬地祭拜了大原，又问候了福子，可是，福子的态度却不冷不热的。既然丈夫已经过世，那就再没有理由非要对雀酱油家的人低头谦恭了。福子的态度似乎就是在表明她的想法。"你看起来也挺不容易的哈。"福子不称呼银花为"小姐"了。她挖苦的语气让银花甚至觉得胃都有些疼。

"啊？你的意思是……"

"你家少夫人的事啊，现在已经是流言满天飞了。总之，正因为她是出众的美人，所以大家好像都很吃惊啊。"

"……啊，是吗？"

"尚孝少爷把我家大原叫了出去，然后两人死在了河里。少夫人是个小偷,坏事连连,真是可悲啊。"

银花明显感觉到,这哪里是挖苦,分明已经是恶意中伤了。银花什么也没说,默默地低下了头。母亲的事情流传开之后,银花曾在车站前偶遇过小初和小典,她们两个人同时面露难色地看了看银花,并没有打招呼。银花也没有想过要去和她们说些什么。

* * * * * *

最近一段时间,母亲"心神不定"的毛病更加严重了,她盯着父亲的画,整日里神情恍惚,心不在焉。有时像是突然间想起了什么似的,急急忙忙地给父亲的皮鞋打油并把它擦得锃亮,有时又会把大衣啊帽子啊之类的翻找出来晾晒通风。银花心想:穿戴这些衣帽的人都已经不在了……但是,这样的话她终究并没有说出口。母亲已经被禁止外出购物,如果连父亲的遗物都被没收,再不让她动了的话,那该怎么办?银花只要想一想,就觉得恐怖极了。

再说樱子。她脾气变得越来越大,越来越容易发火,但是还是有很多男人围着她转,陪着她玩。她的穿着打扮、妆容头饰,都越发花哨艳丽,浑身还散发着刺鼻的香水味。她已经是高中三年级的学生了,但是,什么升学考试啊,求职活动啊,她统统都不参加。尽管多鹤子很生气,但无论对她说什么,她都当作是耳旁风。

父亲三周年祭奠法事活动结束之后的一天,晚饭过后,全家人都听见了樱子尖锐高亢的叫声:"讨厌! 那种事,我绝对不同意。讨厌!"银花正在复习功课,听到樱子的喊叫声,她停住了手中的笔,侧耳倾听。说话声是从厨房的方向传来的。

"我要和我爱的人结婚。什么招上门女婿,我绝对不同意。我也不稀罕继承什么酱油藏的家业。没兴趣!"

虽然银花心里知道,偷听别人谈话不是光彩的事,但她还是竖起了耳朵,在二楼自己的房间里,努力地倾听着厨房里的动静。过了一会儿,只听见多鹤子在讲话:"这也是没办法的事啊。尚孝过世了,你要是不招个上门女婿,这份家业就没办法维系了啊。"

"你这想法太陈旧了,早就过时了。我,绝对不会继承什么藏的家业的。"樱子斩钉截铁,大声道。

"樱子,我没有让你现在就招上门女婿。我是说今后……"

"上门女婿之类的话题,免谈哈。我那过世的爸爸不是一直都说吗,就是因为他是个上门女婿,这一辈子都抬不起头来。我可不想要那么一个窝窝囊囊、没有出息的丈夫。"

紧接着,就听见"咚咚咚咚",一阵杂乱急促的脚步声消失在了玄关那头。

"樱子!"多鹤子声嘶力竭地喊她,可是樱子没有回应。玄关的大门打开了,紧接着"咣当"一声,门又被关上。樱子用了太大的力气,那门上镶嵌的磨砂玻璃是不是都被震碎了呢,不禁让人担心起来。银花的身体不由得紧缩了一下。

之后，家中恢复了安静。樱子好像是出门了，银花也没有心思写作业，坐在那里发呆。这个时候，多鹤子来到楼上。银花心想，难道是要再说一说招上门女婿的事吗？结果，多鹤子的话完全出乎她的意料。

"尚孝已经过世了，你们母女俩还待在这个家里的理由也就不存在了。三周年已过，美乃里还年轻，即使她有偷盗癖，但终归有一张漂亮的脸蛋儿。如果能遇见像我们家尚孝这样奇特的男人，说不定她还想再婚呢。"

银花彻底被多鹤子挖苦讽刺的话激怒了。但是，她冷静下来一想，多鹤子这样说也是理所当然的。有谁会愿意整天跟一个小偷生活在一起呢？多鹤子诉说不满，发发牢骚也是有理由的啊。"但是，如果你们想在这里一直待下去也无妨。因为美乃里是长媳，你是长子的女儿。不管怎样，你们按照自己喜欢的方式选择吧。"

银花想，要说母亲嘛，确实还有可能嫁给一个新的丈夫，一个也会对她说"你真是个可怜的人啊"的温柔男人，但是那个男人不是父亲。自己的父亲就是山尾尚孝，即使他与自己并没有血缘关系，但他仍是父亲，是那个把土陶铃铛带给自己的父亲。

"银花，你怎么决定的呢？"

现在，如果离开了这里，那么今后就变成了和母亲两个人的生活了。

"对不起啊，银花。妈妈我，手又随随便便地动了。"

不得不为母亲犯下的错误善后，不得不忍受周围人的白眼。父亲已经不在了，从今往后，就是和母亲两个人的生活了。只是想一想，银花都觉得不寒而栗。母亲总是心神不定，哭哭啼啼，太烦了。

"如果可以的话，我希望一直在这里生活下去。"

"那好，那就一如既往地待下去吧。你也跟你妈妈说一声吧。"

银花对于多鹤子如此爽快的回答感到很吃惊。

"可以吗？我是个拖油瓶，我妈妈也有可能还会偷东西。"

"那么，你想要离开这里吗？"多鹤子用锐利的目光瞪着银花。

"哦不，我想要一直生活在这里。"

"那么，待下去就是了。"多鹤子丢下这句话之后，转身离开了银花的房间。就这么简单地决定了，合适吗？银花呆呆地坐了好一会儿。就在这个时候，突然间房间的拉门被打开了。

"咦，樱子？你不是出门了吗？"银花觉得不可思议，她完全没有听到楼下玄关的大门打开的声音啊，樱子什么时候回来了呢？

"嗯，时间还有点早，所以我就先回来了。"樱子说着，背着手"哗啦"一声关上拉门，然后，在银花身边舒服地盘腿坐下来。虽然她的行为举止很不好，但还是一副娇娇少女的可爱模样。

"招什么上门女婿，真是太差劲了。所以，在我妈妈给我找结婚对象之前，我一定要自己找到婆家。"说着，樱子从口袋里掏出一盒香烟，"你看，怎么样，抽吗？"

"等一等，樱子，你，抽烟？"

"是啊，我都十八岁了。这不是很正常吗？"樱子说着，娴熟地划着火柴，点燃了香烟。她用食指和中指夹着烟，轻轻地放在唇边。稍微吸了一会儿，樱子缓缓地拿开香烟，吐出了一个烟圈儿。银花不由得羡慕起她来，甚至觉得她好酷啊，就像是欧美电影中的女明星一样。这个吸烟的动作，樱子一定是对着镜子练习过好多次吧。

"如果要抽烟，请回你自己的房间，我不适应烟草的味道。"

"哎呀，对不起，对不起。我说你啊，男朋友也好烟草也罢，什么都没有经历过呢。"

樱子的话真是让人恼火。但是，银花并没有马上回应她，而是走到窗前，将窗户大开，然后盯着樱子说道："烟灰怎么办？请不要在没有烟灰缸的地方吸烟。"

这时，樱子一边呵呵地笑着，一边从口袋里掏出了一个小小的白铁罐，顺手往银花的书桌上一放，好像是她特意拿来的。樱子不请自来，随随便便进到别人的房间，不怀好意得意地抽烟，但是，自己又事先准备好了烟灰缸，总让人感觉有点愚蠢，银花不由得笑了出来。樱子见状，脸一下子拉下来。

"你什么意思？"

"嗯，没什么。"银花说着，将笔记本中的垫板取出来，使劲地往外扇风，让樱子吐出来的烟圈都飘向了窗口，"如果，我把你抽烟的事告诉给多鹤子，会怎么样？"

"如果你喜欢，那就去告状吧。无论妈妈她说什么，我都不在意。"樱子说完，又故意朝着银花手里的垫板潇洒地吐了一口烟。银花狠狠地扇动着垫板，这回她不朝窗口方向扇了，而是将烟重新扇向樱子。樱子见状，怒火中烧，眉毛都竖了起来，于是胡乱地向四处吐起烟来。银花呢，则是以更加敏捷的动作不停地扇动着垫板，将那些烟扇散。

一时间，两个女孩子之间发生了一场真正的战争。但是，樱子嘴里的香烟一点一点变短变小，最后，她不得不懊恼地将烟蒂掐灭在白铁罐里。接着，好像是想起了什么似的，突然说道："哎，我说，那个大原刚吧，最近我看到他了，许久不见竟然长个子了。那家伙真是个坏蛋啊，长得也不帅，是个阴郁又可怕的大坏蛋。"

银花对大原刚的印象还停留在大原师傅葬礼时：小小的个子，刀一般锋利的眼神。他小银花一岁，现在是高中一年级学生吧。确实，银花感觉那个时候的大原刚就是一个放荡又散漫的人。

"高中毕业之后就会去短大①读书吧，然后去上一上新娘课程②，再招一个上门女婿继承藏的家业。我妈妈对我讲了这样的话。"

---

① 短大：二年或三年制短期大学的简称。
② 新娘课程：女性结婚前去参加的一些教授做菜烧饭、裁缝洗衣等技术的课程。

"啊？你说什么？"银花正在想着大原刚的事，樱子突然话锋一转，她觉得有点不知所措。

樱子将头发拢得高高的，用嘲讽的语气说道："也就是说，招上门女婿的事啊，我是绝对不会照着妈妈说的那样去做呢。如果非要强硬地逼迫我结婚的话，我真的会去死的。"

"千万不要这样啊，什么'真的去死'之类的话，可不许随便说的啊。"银花不假思索地脱口而出的真心话，让樱子不由得一愣。

"你怎么连玩笑都开不起呢。我说你啊，还是出去稍微玩一玩吧，整天待在家里就知道帮忙张罗家务，你不觉得自己明明很年轻，却早已一副老气横秋的样子了吗？"

"你别说了！"

"喂，我给你介绍个男人认识一下，怎么样？我们带着你出去玩，由对方请客哟。"

"好了好了，你出去吧。我，要复习功课了。"

银花说着，将白铁罐硬塞给樱子，然后将她赶出了房间，哗啦一声关上拉门，回到书桌前。可银花却完全没办法集中精力，她把雀之铃拿在手上，骨碌骨碌地摇响了铃铛。这时，房间的拉门又被拉开了。

"嗯，有点事要求你帮忙。"樱子的妆容比刚才更加精致了。

"什么？"

"别总是闷在家里了，对方等着呢。"

"对方？是指……？"

"我现在也很困惑呢，总之现在要对母亲保密。你要不去就麻烦了。"樱子没有回答银花的提问，却一脸严肃地说道。不能对多鹤子讲起的"对方"是不是就是指男朋友呢？是跟对方吵架了吗？在闹分手吗？

"我去，有用吗？"

"有用，有用。拜托了，跟我一起去吧。"

因为从玄关的大门跑出去的话，是很容易被发现的。所以，樱子拿着鞋子，偷偷摸摸地从二楼的窗户爬到了屋檐上。

"正是为了能够直接降落到藏后面的竹林里，才选择从这里逃跑啊。"

樱子选择的这个屋檐突出的部分，确实是一个稍稍比竹林高一点儿的地方。无论是向下跳还是向上爬，都是一个刚刚合适的高度。银花不由得佩服起樱子来，从这里出入果真是方便极了。

于是，跟随着樱子，银花也从屋檐上跳了下去。两个人一同穿过黑夜中的竹林往外跑。每当她们深一脚浅一脚地踩到竹林里的落叶上时，都会发出沙沙的声响。

"以前每次，我都让对方来接我的。今天因为有你在，所以……"

因为有自己在所以就怎么样了呢，或者是因为樱子拜托了对方所以更加为难了？银花觉得既然自己能帮得上忙，那就只有跟着去了。

樱子带着银花大概走了三十分钟左右,来到了一个沿街的咖啡店。这是一个名叫"马赫"的营业时间到深夜的店。停车场上停靠着几辆摩托车,车周围站着五六个身着皮夹克的男人,还有人梳着有点夸张的飞机头,大家嘴里都叼着烟。

这时,银花终于明白了,这些男人原来都是曾经跟樱子搭讪过的那些暴走族。她不由得呆立在那里,不知所措。樱子则哼笑了一下,突然抓住了银花的手腕。

"没关系,别害怕。过来。"

就这样,银花被生拉硬拽地带到了大家的面前。电视上或是连续剧里,银花倒是看到过暴走族聚会之类的画面,但是亲眼见到可完全是第一回啊。新闻报道里常说,暴走族逐年呈现出暴力横行和其他恶劣的倾向。樱子平常就是在和这样的一帮人交往吗?或许是,她被这帮人嫌弃,进而被他们欺负了,于是,希望自己能帮助她摆脱困境吗?怎么办是好啊! 自己要和这群不良少年对话吗?

"樱子,你说话啊! 这到底是怎么一回事,你打算干什么?"银花竭尽全力装作一副镇定沉稳的样子,但是她自己说话的声音都是颤抖的。突然间,樱子哈哈大笑起来。

"啊,那个,对不起啊,今天,我就是想给你介绍个男朋友什么的。"

听闻樱子生硬的说笑声,银花只觉得血涌上头,恼火得不得了。自己原本真的因为担心她才答应跟她偷跑出来的。可是,她却如此煞费苦心地伪装,简直是太过分了。

"我要回家了。"正当银花背转身去,想要离开时,只听一个男人说道:"原以为,樱子的妹妹也一定是个出色的美人呢。这都是什么呀,太失望了。"

男人们讥讽嘲笑的话深深地刺痛了银花的心。她深知自己的容貌和樱子完全无法相提并论。被贬损得如此凄惨,真是后悔啊!但是,比起因为这些嘲讽而尴尬和羞愧,银花更强烈的感受是觉得气不打一处来,她不能忍受和容许这些坏蛋随便取笑和讥讽他人。

"没办法啊。因为我们并没有血缘关系。"樱子干脆地回应。

"哎,你早说啊!"

这些男的个个都捧腹哈哈大笑起来。确实,她们俩没有血缘关系。并且,自己不是她的妹妹,而是"侄女",樱子是自己的"姑姑"啊。

"明明樱子是一个父母老时得来的孩子,是我的姑姑,却在这里佯装姐姐!"银花真的希望将这些话大声喊出来,但她还是将已经到嘴边的话咽了下去。因为她心知肚明,那是会令人厌弃樱子的话,所以银花终究还是无法说出口。即使那是事实,她也不希望成为通过让别人难受的方式而得到满足的人。

"你说什么呢?她根本就不是你的什么妹妹吧。"只听见角落里有个男孩斜着眼说道。大家定睛一瞧,原来是大原刚。他环顾了一下众人,然后好像觉得解释起来太麻烦而面露厌烦地说:"樱子,你是她姑姑吧?是人家银花的姑姑!"

"姑姑"这个词被大原刚特别地强调了几次。所有人都惊愕万分地反复看着樱子和银花的脸。

樱子气得眉毛立了起来。用加贺麻理子①一样的眼神瞪着小刚，讽刺道："你，连摩托车都没有！可真是口出狂言，臭美哈。"

"你，胡说什么？"小刚霍地站起身来，然后死死地盯着樱子，一脸不服气。小刚眼神里流露出来的是一种让人倒吸一口冷气的幽怨，和其他男孩子们明亮而欢愉的目光截然不同。正因为小刚站在这里，周围的空气似乎都凝固了。

"哎呀，两个女孩儿都挺好，我们要好好对待她们哈。"

突然，一个梳着飞机头的高个子男生抓住了银花的手腕。银花被抓得太疼了，发出了哀号声，但她极力地忍耐着，冷静地斥责道："你给我放手！"

"给我说'好'！听明白了？"那男生说着，手环住了银花的腰，一个劲地将银花往自己怀里搂抱。银花再也无法忍受了，一下子把那个男生撞到了一旁。

"你干什么？"

被推了一把的男生勃然大怒，企图再一次抓住银花。银花知道如果再不逃跑可能就要……但是，怎奈她太害怕了，两腿发软，竟一步也迈不动。正在这时，樱子扯着嗓门大叫

---

① 加贺麻理子：1960 年开始从艺，1962 年首次出演电影《狮毛上的泪水》中 Yuki 一角。出演过电视剧《酱油的女儿阿香》中古川琉衣一角。曾获得第 6 届日本电影学院奖最佳女配角提名。

道："大胜，请你不要胡来！这姑娘是我带来的，我并不想不管三七二十一硬把她介绍给你啊！"樱子双手抱着胳膊，叉腿站在那里。

听到樱子这样大喊，那个叫作"大胜"的高个子男生的表情似乎在说"坏事了，糟糕"。他怔怔地看着樱子。樱子继续咄咄逼人地斥责大胜："我跟这孩子说要给她介绍一个好的男朋友，这才把她带来的。你这是在干什么呢？你是想羞辱我吗？"

樱子真的生气了。虽然银花对樱子的反复无常和暴躁脾气已经很习惯了，但还是被吓得目瞪口呆。银花一直在想，难道樱子不是为了嘲笑她才将她带到这里来的吗？然而，樱子却说她真心地希望给自己介绍一个"好男朋友"。她到底是敌人呢，还是自己人呢？真是搞不明白她啊。

"对不起啦，樱子。"大胜极不情愿地给樱子道歉。而樱子呢，此刻就像个女王一般，简直是把男人玩弄于股掌之间。

"谢谢哈。"樱子还了礼，却连正眼都不看一下大胜。

就这样，樱子救了银花一命。银花心想，无论如何要快点儿逃离这里，哪怕早一秒也好。可她转念一想，如果自己一个人回家又遭到他们的骚扰怎么办呢？真是越想越害怕。正当她磨磨蹭蹭犹豫不决时，小刚焦急地怒吼道："磨蹭什么呢？快点儿回家去吧！"

小刚依然目光灼灼，似乎被他看上一眼就会被切碎。于是银花下定决心，准备逃跑。可樱子却大声制止道："银花，稍等一下。"

"什么？"当银花回头看向樱子时，只听见她跟小刚交代："喂，你负责把这女孩子送回家去。"

小刚没有说什么，直直地瞪着樱子。樱子却只当没看见。

"你难道让她一个人回家吗？我们家在哪里，你知道的吧。"说着，樱子又冲着大胜说，"大胜，把你的摩托车借给小刚。"

"可以是可以，但是……"大胜扭扭捏捏，极不情愿地将钥匙交给了小刚。

"喂，听着！如果你把我的摩托车弄坏了或是蹭伤了，小心我杀了你啊。你送完人，麻利地给我送回来啊。"

大胜充满威胁的话，让人毛骨悚然。银花一点儿也不想坐什么摩托车，但是樱子执意把银花拽到了车上，"哎呀，你给我快点儿上车吧。"

小刚两腿分跨骑坐在车上等着银花。实在是没有办法，于是银花不再拒绝，坐上了摩托车后座。突然，她生出了新的担忧。这个大原刚小她一岁，今年春天刚刚升入高中一年级。十五岁了吗？还是十六岁了呢？银花心里越来越不安，决定确认一下。

"那个，你，真的有驾驶执照吗？"

"怎么可能？"

就在银花想要说出"让我下车"之时，摩托车已经发动，跑了起来。看来想下车已经不可能了，她只好死死地抱住小刚。樱子也好,那些小混混也罢,做这些危险的事怎么会感到好玩儿呢?银花觉得体验这些娱乐活动对于自己来讲毫无快乐可言。

满身的汗味,还有汽油混合着摩托车尾气的臭味,这就是第一次坐摩托车带给银花的全部感受。她本来都觉得自己要吐了,突然之间心情却变得好起来。风从耳边呼啸着掠过,骑自行车的感觉和这个简直无法相提并论啊。如果照这个速度跑下去,银花觉得可以跑到任何想去的地方。去哪里呢?就去一个没有母亲的地方吧。

银花印象中的摩托车一直就是喧嚣无比的。但是现在被强行拽着坐在上面,她终于明白了到底是什么感觉。超大的发动机声音,汽油的臭味,还有从屁股底下直接传导的强大震动,像是要把银花身体当中那些讨厌的东西一股脑儿地连根拔除。将她心中积聚的那些肮脏的、纠缠不清的、乱七八糟的事情都用这种强行的、暴力的方式斩草除根吧。啊,这是何等畅快的心情啊!

摩托车刚刚启动时,银花觉得害怕极了,但是,当竹林逐渐映入眼帘,她又倍感失望。两个人之间没有任何交流,小刚却在离银花家有一段距离的地方停住了摩托车,下车走向藏后面的竹林。银花慌张地喊道:"你这是要去哪里啊?"

"穿过竹林,你就可以在不被家里人发现的情况下,返回你的房间了呀!"

银花和小刚一起望向竹林。月亮被云层遮住了,周围一片漆黑。那片竹林看起来更是乌漆墨黑的一大团。竹叶哗啦哗啦摇曳的样子隐约可见，就像是活过来了一般。银花立刻觉得腿脚瘫软。

咔嚓一声。银花发现自己身旁突然间有了光亮。小刚的手边有火在燃烧。那是打火机的光亮。

"你看。"小刚手拿打火机直直地往前一伸给银花看，嘴里却不耐烦地嘀咕着。

"谢谢！"

借助小刚用打火机点亮的光，银花终于走进了那个令她战战兢兢的竹林，那个她本来已经再熟悉不过的竹林。恐惧黑暗，银花并不是矫情。

突然间，银花闻到了烟草的味道。抬头一看，天空中飘浮着一点小小的光亮。不同于打火机那细长的火焰，烟头的火光是圆圆的红点状。银花觉得真像是萤火虫发出的光亮啊，于是随口说道："我也有一件萤火虫图案的单和服呢。"

刚说完，银花就被自己的话吓了一跳。实际上，她并没有那件和服啊，那是父亲的画上画的呀。小刚则一直默默地听着，银花见他没有任何反应，觉得自己的谎言似乎被揭穿了。

"我刚才说的是谎话，实际上，我并没有什么萤火虫图案的和服，只有一张父亲给我画的我穿着萤火虫图案和服的画像而已。"

小刚还是没有反应。两次搭讪都被无视了，银花心里有点郁闷，哪怕是随便说点什么回应一下，难道不好吗？对于自己撒的这个无聊的谎，本来就态度冰冷的小刚一定很生气吧。然后银花心想，不管他了，算了吧，她不想再跟这个男生说一句话。

但是即便她这样想着，黑暗中小刚手里的那个打火机和烟草的光亮却是银花唯一的依靠。又因为那光亮很小很微弱，一旦离得远就照不到了，所以，她只有紧紧地跟在小刚的身后往前走。两个人紧紧依偎在一起，默默地走了一段路。

"太好了啊。"小刚低声自言自语道。

银花瞬间愣住了，完全不知道他指什么。当她回过神来，明白小刚是在说那幅画的事时，银花大吃一惊，突然觉得心脏就要跳到嗓子眼儿了。

"谢谢你。"

身旁这一点萤火般的光亮，真的是非常非常微弱的火种，却让银花心中感到了无限的温暖。她甚至觉得无论是身体还是心灵都变得软绵绵的，轻轻飘浮起来。又觉得脚下没了根，深一脚浅一脚地踏着地上厚厚的落叶往前走。小刚落脚很重，踩在竹叶上发出很大的声响。

"请你再轻一点儿走，这样会被多鹤子发现的。"银花轻声地说着。小刚依然没有回应，但是，脚踩竹叶的声音变小了。两个人继续默默地往前走，终于穿过了竹林，眼前就是那个屋檐。

"从那个屋檐上去就能返回我的房间了。"

小刚依然没有回应。这时银花呆呆地冷笑了一下，不知道什么时候小刚已经回去了。

"谢谢你啊。"银花望向漆黑一片的竹林,轻声地说道。尽管她知道小刚不可能听得到她的感谢之词,但是,她仍然觉得应该对他说声谢谢。

银花回到自己的房间,然而她并没有开灯,就那样呆呆地在黑暗里坐了好一会儿。终于,云雾散尽,月光洒了下来。借着微弱的月光,隐隐约约能够看得见墙上父亲的那幅画。

"你,被夸赞了啊。"

画中,那个吃货女孩儿高兴地笑着。

银花钻进被窝,但是她瞪着大眼睛无法入眠。她总是觉得好像在某个地方仍能看得到那个小小的红色火点。这一晚上,小刚无数次帮助了银花。

"太好了啊。"

小刚说的那句话,让银花久久不能忘怀。那不过是一句小刚随口说出的话,却让银花高兴得无以复加。就像是父亲的画被赞誉、被认可了一样。银花在被窝里辗转反侧,不断地回味着小刚的那句话。

第二天早晨,银花在洗漱的时候,碰见了刚刚起床打着哈欠的樱子。这位小姐到底是什么时候回来的呢?

"啊,你被安安全全地送回来了哈。"樱子一副若无其事的样子,随口问银花。

"嗯,是的。"

"然后呢?"

"然后呢?你是指什么?"银花反问道。

樱子一副吃惊的表情，"难道，你只是让他把你送回来而已？也没来个亲吻什么的？"

"怎么能做那种事呢！"银花不假思索地大声回答道。而樱子则一边得意地笑着，一边窥探银花的表情。

"怎么了，发生了什么？怎么你的脸，突然间变得通红通红的了呢？"

银花赶紧照了照镜子，确实是很红啊。她下意识地用手摸了摸脸，天啊，脸的热度竟然让她自己也吓了一跳。仅仅是回忆起了昨晚的事而已，怎么就……这到底是怎么回事呢？看到银花的样子，樱子非常怪异地笑了。

"就让小刚用摩托车载了你一程，脸就红了？真是太差劲了呀！"

樱子果然是没安好心，银花不由得火冒三丈。她本想反驳樱子的，但是自己脸上的热度却证明了樱子的判断是正确的。

不管她了。银花心里这样想着，狠狠地洗了一把脸。她把冰冷的水猛地往自己脸上拍。这个时候，银花才突然意识到，自己不知从什么时候开始，心里竟也激动起来了。她自暴自弃一般故意用水啪啪地打向自己的脸颊。正在这时，一阵诱人的香味飘了过来。这一大早的，是什么东西的味道呢？银花离开盥洗室，仔细闻了闻，不由得大吃一惊。是大蒜的味道！是油炒大蒜的香味啊！樱子站在走廊里也是一副诧异的表情。

"这大清早的，做什么呢？美乃里，你这么早就要做那些费事的饭菜吗?"

银花脑袋里涌来一阵让人生厌的预感。她推开樱子,急匆匆地来到了餐厅。只见餐桌上已经整整齐齐地摆好了一桌好吃的,有培根、土豆、卷心菜和西芹做的沙拉,还有红茶煮的猪肉。看到这些,银花一时语塞,愣愣地站在餐厅门口发呆。她身后赶来的樱子同样吃惊不小,大声喊道:"哇,大早上的就吃这么豪华的饭菜?今天,有什么特别的事情吗?"

正当银花和樱子两个人发愣的时候,她们身后有人说话了。

"哎呀,你们都起来了?早上好啊!"母亲说着端出了一个散发着大蒜香味的盘子。那是用蛤蜊和培根蒸煮的菜肴,还冒着热气。

"妈妈,这是……"

"看起来很好吃的样子吧,来来,快点儿坐下。"

母亲微微地笑着,那是和平日里没有任何不同的笑容。紧接着,多鹤子也来到了餐厅。她看了餐桌一眼,脸色立刻变了。

"美乃里,这是……"

"早上好! 请您趁热享用吧。"

母亲继续保持着笑容。但是,其他人的表情都很讶异。因为看一眼就明白,餐桌上摆着的全部是父亲生前爱吃的菜。接下来,没有一个人讲话,大家都陷入了沉默。过了一会儿,第一个开口的还是樱子:"我,那个,对于大蒜有点……我要上学去了。"

"啊,是吗?太遗憾了,那么,请你多吃点别的吧。我马上把汤给大家端来。"

多鹤子沉默地坐了下来。银花和樱子没有办法,也跟着多鹤子坐下了。最终,母亲端来了西红柿和圆葱做的汤。银花终于下定决心,尝试着询问母亲:"妈妈,您一早就做了这么多好吃的,为什么呢?"

"嗯,这个,这些,都是尚孝他最最爱吃的菜啊!"

"妈妈,这我知道。但是,为什么非要今天……"

"你问,为什么……"母亲满脸困惑,"因为,因为尚孝他喜欢吃啊……"

所有人,都目不转睛地盯着母亲的脸。多鹤子和樱子的脸色都已经变得惨白。但是,母亲依然带着非常认真的神情继续说道:"但是,如果因为尚孝已经死了,他喜欢的这些菜就再也不能做了,那么尚孝就太可怜了啊。"

听到母亲这样说,银花反倒舒了一口气。太好了,母亲好像终于接受了父亲已经过世这个事实。银花偷偷地看了看多鹤子的脸。虽然不那么明显,但是她的脸上也流露出些许安心的神色。似乎多鹤子的看法和银花是一样的。

"美乃里。你做些尚孝爱吃的菜当然是可以的,但是……"多鹤子含混不清地说道,"早饭就做这么复杂的饭菜,还是有点太夸张了吧。下次,还是晚饭时这样做吧。"

母亲一下子低下了头。银花担心,如果母亲因此又抽抽搭搭地哭泣起来怎么办,于是她大声地喊道:"我开始吃饭了!"然后马上开始品尝红茶煮肉。受到银花的影响和带动,樱子竟也吃了起来。红茶煮肉不仅仅是尚孝的最爱,实际上全家人都爱吃。多鹤子也许心里在说着"没办法啊",但也拿起了筷子。接下来,谁都没有说话,一家人默默地吃起饭来。银花觉得母亲今天做的饭菜无可挑剔,好吃极了,一直微笑着看着大家吃饭的母亲也可爱极了。

一大早,大家都吃得饱腹且满足。虽然母亲准备的饭菜相当丰盛,但还是被大家吃了个精光,没有剩下一点儿。樱子也是发了一阵牢骚后,最终将大蒜风味的蛤蜊消灭得干干净净。母亲说着"我去给大家沏红茶来",便转身进了厨房。这时,多鹤子低声嘀咕道:"她要是哭天喊地,我倒更能接受。可是这个人,到底在想些什么呢?"

"好吃是好吃啊……可是如果一大早就吃这么豪华的大餐,太容易长肉了,很容易变胖啊。"真不愧是樱子,完全不掩饰她的心思。

正如多鹤子所说,如果母亲在父亲过世后,能够哭天抢地地尽情表达她的难过和悲伤,也许大家更容易理解她。但是母亲就像看起来既漂亮又可爱的夹竹桃那样,就这么一直意志消沉,仿佛她自己被自己的毒素侵蚀了一样。如果那毒素完全倒流回了母亲的身体里,会怎样呢?母亲今后会变成什么样子呢?

仔仔细细地刷过牙后,银花和樱子两个人一起出了家门。樱子不停地将手放在嘴边哈气,确认口气是否有问题。

"怎么样了?还能不能闻得见大蒜的味道?"

"哎呀,我也吃了大蒜啊,闻不出来的。"

"如果被别人说嘴里有大蒜的臭味，怎么办呢？"樱子一脸不快地问道。

"欸，好奇怪哟，樱子你也很在意男人的看法吗？"

"不是的，我并没有特别在意啊！嗯，我只是把金钱看作与年长的男人交往的条件而已。"

樱子一边飞快地回应着，一边急匆匆地往前赶。又只剩下银花一个人了，她不由得抬头仰望竹林。清晨的阳光铺洒下来，那青色的竹林美妙极了。竹叶被阳光照得熠熠生辉，光彩夺目。比起夹竹桃，银花还是更喜爱竹子，虽说竹子不能在盛夏时节骄傲恣意地开出绚烂的花朵，但是，竹子无毒啊，并且会默默地给予人们清凉。

银花觉得很庆幸，大蒜味道的那顿美食幸亏是今天的早饭，如果是昨天夜里吃的话，那么见到小刚时，自己嘴里面就会一直带着大蒜的臭味啊。银花一边想着，一边默默地长舒了一口气。可是她又突然意识到，自己怎么会想到这些呢，真是奇怪啊！

那一天，樱子放学后没有回家。因为平日里她也总是回来得很晚，所以大家并没有特别在意。但当时针指向午夜十二点左右的时候，连多鹤子也变得紧张了起来。她到樱子的房间巡视了一下，结果找到一封信。

读过那封信之后，多鹤子的脸色变得惨白，她抓住银花，脸上一副令人恐怖的表情。她问道："银花，你，有没有什么线索？"

"详细的情况我也不太清楚，但是，樱子曾经说过，她在跟一位比她年长的男性交往，好像是个很有钱的人。"

"总是把钱钱钱的挂在嘴边，真是太不成体统了！那孩子她真的……"

多鹤子向警察提出了寻人的请求，同时自己也到处寻找线索。抱着"是不是还能找到些什么蛛丝马迹"的想法，银花也来到了樱子的房间，结果发现樱子的随身物品几乎都没有被带走。唯一消失不见的是一套樱子自己选定的"外出时的正式装束"，包括连衣裙、外套、手包和一双鞋。换句话说，那些她平时穿着的便宜货，她一件都没有带走。多鹤子见状疲惫不堪地说道："她是特意这样事先准备好的吗？还是邋里邋遢地忘带了呢？真是完全搞不懂她。"

樱子就这样行踪不明了。她和暴走族交往的情况也通报给了警察。警察反馈的结果是："虽然我们与暴走族们做了沟通，但是他们什么都不肯透露。"

多鹤子因为过度担心，整日坐立不安，她总是想要再找一找什么线索。最可疑的就是那些暴走族，可即使他们知道些什么，被警察一盘问，心理上筑起了防线，也就什么都不说了。

第二天，银花放学后去了大原刚家里，可小刚不在家。银花一直守在门口等待着他回来。天色渐晚时，小刚终于回来了。他一看到家门口站着的银花，立刻停住脚步，站在原地，用锐利的目光死死地瞪着银花看。又是刀锋一般的眼神。

"嗯，我有一事相求。"

小刚没有搭理银花,径直往家里走去。无奈之下,银花一把抓住他的胳膊,让他停下来。小刚脸上明显露出不耐烦的神色。

"樱子离家出走了,家里人都觉得她一定和男人在一起。我想暴走族的那些人大概知道些什么吧,所以想去问问他们。但是,我一个人去的话又有点害怕。你能陪我一起去吗?"银花终于鼓起勇气一股脑儿地说道。连她自己都觉得自己脸皮真厚啊,但是,除了小刚,还有谁可以拜托呢?

"你快放宽心吧。她跟男人分手了,自然就回来了呀!"

"你说得在理,但是如果樱子她遇到了什么的话,那该多为难啊。多鹤子也非常地担心她。"

"我很忙的,你给我快点儿离开这里。"小刚说完,就开始胡乱地甩着被银花拽住的胳膊,企图摆脱银花的纠缠。没想到银花被他一甩,打了一个趔趄,差点摔倒。这时他不再挣脱,脸上一副"糟糕了"的表情。

"求求你了,拜托。"

"我不干。你回去吧。"小刚怒吼一声。那一瞬间,银花只觉得浑身发软,但是,她暗自下定决心,绝对不能在这里输给他。

"求求你了,拜托,只今天晚上帮忙就好,我实在找不到其他的人了。"银花拼命地拼命地央求着小刚。小刚则是一副鬼一样的面相,凶狠地瞪着她,突然大声地回答:"就这一次哈!"

"谢谢啦,谢谢啦!"

当天晚上，银花和小刚一道去了暴走族的聚会。为了夜里顺利穿过竹林，出发之前，她还偷偷地在口袋里塞了一个小小的手电筒。"你看，"银花将手电筒展示给小刚，他却嗤之以鼻。

他们朝着"马赫酒馆"的方向走去，两个人谁也不说话。气氛太尴尬了，于是银花主动跟小刚搭讪道：

"你姐姐呢？她高中毕业后，干什么了呢？"

"她去大阪工作了，在一个寮①里干活。"

这简直是一段让人窘迫难忍的对话，银花再也没有勇气继续跟小刚聊下去。

当他们两个到达"马赫酒馆"停车场时，突然被一群男生围住了。他们每个人都杀气腾腾。

"喂，我说，樱子她到底怎么了？"

"樱子离家出走了。如果你们知道她是跟谁走了的话，请告诉我好吗？我想，那个人也许是你们的好朋友。"银花终于下定决心，开口向暴走族们询问有关情况。没想到那群男生竟异口同声地大叫起来：

"好朋友？和我们吗？怎么可能呢？"

"你这么说，樱子她要发火的啊。"

"你在逗我们玩儿吗？"男孩子们的愤怒超乎寻常。

银花默默地告诉自己，必须要稳住，少安毋躁。

"你们和樱子之间到底发生了什么呢？"

---

① 寮：通常指寺院、学校、公司等的宿舍。

"不是发生了些什么,而是我们都被她狠狠地宰了一顿之后,她就消失不见了。我想,这里应该有好几个像我一样'曾经被樱子害过'的人吧。"

"不能对吉祥物随便动手"是暴走族的规矩,而樱子恰恰利用了这个规则,矫揉造作,故弄玄虚,让这些男孩子每个人都坚信她是属于自己的。但樱子却背地里悄悄地找了一个包养她的男人,没人知道樱子的心到底给了哪一个人。当他们得知被樱子欺骗了的时候,那种愤怒的程度是可想而知的。

"这样下去,我们的气可是消不了的啊。我看你嘛,也行啊。"

这些男孩子们的眼睛里闪烁着令人厌恶的光。当银花发觉事情不对劲,要拔腿逃跑时,她的胳膊却被硬生生地抓住了。抓住她的正是那个叫作什么"大胜"的男孩子。

"喂喂,住手! 那也是没有办法的事情啊。"小刚冲着大胜说道。

"真烦人,你小子给我闭嘴!"大胜讥笑着反驳他。

"你放开我!"银花努力地想要挣脱大胜的手,奈何她的力量根本不够,只能拼尽全力挣扎。就在这时,小刚突然扬起手,照着大胜的脸就是一拳。这突如其来的一拳打了大胜一个措手不及,他脚底不稳踉跄了一下,仰面倒地。

"你小子,要干什么?"大胜吼道,一骨碌站起身,开始还击。他的那些弟兄们也都呼啦一下围了过来,你一拳我一脚地打小刚。

"你还愣在那里干什么?快点儿跑啊!"小刚冲着银花怒吼。

银花这才像是被别人推了一把似的,拔腿就逃。跑出一段,她才意识到,把小刚一个人留下,太危险了。于是,她冲进一个公共电话亭里,打了报警电话,然后躲在路边的自动贩卖机后面,静静地等待着。没过多一会儿,就听到了警车的声音,银花眼前,好几辆警车疾驰而过。之后,就传来了摩托车发动机嘈杂的轰鸣,那些声音越来越远,很快便听不见了。看来,那些人已经四散奔逃。

小刚是不是也逃跑了呢?如果像前一次那样,他被同伙抛弃,还留在原地,那该如何是好呢?如果又是他一个人被叫去接受不良少年辅导的话,又该怎么办呢?

想到这里,银花再也无法在自动贩卖机后面躲下去了。她一下子跳了出来,径直朝着"马赫酒馆"停车场的方向跑了过去。她都想好了,如果只有小刚一个人被警察抓住,她就挺身而出,主动去说明事情的原委。是她死乞白赖地央求小刚带自己来这里的,小刚也是为了帮助自己才跟那些人打起来的。必须要让警察们知晓,小刚他没有做任何坏事,他没有错。

银花一边想一边跑,一口气跑回了"马赫"。但是,停车场却空无一人,也没有一辆摩托车。银花不放心,又进到酒馆里面看了看。只见一个胖胖的,长得有点像矢泽永吉[①]

---

① 矢泽永吉:日本摇滚乐手。

的男人站在柜台里面。

"嗯，对不起，我想打听一下，刚刚，在这个停车场逗留的那群人……"

"啊，那群臭小子啊，都跑了。今天晚上不会回来了吧。"

"啊，是吗，太感谢您了！谢谢！"

这次，小刚成功地逃走，脱身了，银花也终于可以放宽心回家了。她拿着手电筒，照亮竹林中通往家里的路。直到平安无事地从窗户进到自己的房间里，银花才长长吐了一口气，瘫坐在地上。

今天一天，银花经历了太多事情。自作主张地跑去小刚家，被暴走族袭击，有生以来第一次拨打电话报警，现在回想起来，她仍然心有余悸。还是，还是不要过这样的生活了吧，太过刺激了。

又一次给小刚添了麻烦，银花下定决心，明天，无论如何也得向他道歉。银花边想边不由自主地来到了窗边，向外眺望，这一刻，她竟然看到，在那片竹林之中，一个红色圆点正在闪烁。顿时，银花觉得自己的心都要跳出来了。她慌里慌张地顺着窗户跳出房间，连手电筒都没顾上带。她光着脚，顺着屋檐爬下去，走向竹林。脚下的竹叶是那样冰冷，但是她却全然不在意，径直朝红色闪光点的方向奔去。

"怎么样？没事吧？受伤了吗？逃跑顺利吗？"银花的问题一个接着一个。

"你不要一股脑儿问这么多。"是小刚的声音，没错。

银花凑近一些,终于看到了小刚的脸。虽然借助烟头的火光只能隐隐约约地看个大概,但小刚那微微肿胀的脸颊和鼻血的痕迹,银花还是看得分明。

"对不起。请原谅我吧。都怪我非要拉着你去。"

"和你没有关系。我跑也跑不掉的,因为我和他们从前就有纠纷。"

"欸?真的吗?还是彻底脱离他们那种团体比较好。在那里待着,没有一点儿好处。"没想到,银花来了劲儿,打开的话匣子一发不可收。小刚听到她的那些论调,咂着舌头把头歪向一边。

"哦,不好意思啊。我太自以为是了。"

把暴走族形容成"那种团体",确实有些过头了,所以银花真诚地向小刚表达了歉意。但是,小刚又是没有一点儿回应,而且再一次不知道什么时候离开了,消失得无影无踪。留在竹林里的,只有烟草的味道。

樱子已经离家一个多月了,依然行踪不明。多鹤子和银花转遍了北面、南面,还有天王寺附近的一些地方,始终没有得到任何线索。多鹤子叹气的次数越来越多,并且以肉眼可见的速度消瘦下去。

母亲嘛,还是一如既往,心神不定,恍恍惚惚。她总是会做些父亲喜欢吃的菜,或者很费工夫的西餐。最近一段时间,家里每天的早饭都是面包,母亲不断念叨着"这是尚孝最喜欢的"之类的话,渐渐地多鹤子不再苛责她,随她去了。当餐桌上整齐地摆好热红茶、面包、黄油和蜂蜜,多鹤子便会显露出一副"什么都不能说"的表情。

樱子不在家,总觉得餐桌上少了些什么,让人莫名觉得冷清。现在,银花终于明白了,虽然樱子是一个任性的女王,但是,因为她的存在,周遭的空气都显得有了生机和色彩。如果说银花和多鹤子是黑白电视的话,那么樱子就是一台彩色电视机。银花心想,母亲应该用什么来比喻比较好呢?思来想去也没有结论,她既不像黑白电视,也不像彩色电视。是啊,母亲根本就不是电视机,而是一台美丽又寂寞的幻灯机或万花筒吧。

就在全家人逐渐地适应了没有樱子的生活时,突然,樱子来信了。邮戳上显示,寄出地是东京。

你们都好吗。请不要为我担心。我每天都过得很愉快,我非常幸福。

多鹤子紧锁眉头,直勾勾地盯着信。

"不管怎么说,她人终归是活着的。"她红着眼圈说道,然后将信重新塞回信封,并随手放到了桌子上。但是,当她摘下老花镜的一瞬间,拿着眼镜的那只手却在颤抖。

收到樱子的信之后,多鹤子不敢耽搁,立刻去了警察局。但是,警察告诉她,由于邮戳上显示的地址信息只有"东京站前邮局",因此没有办法找到樱子的具体居住地点。银花为满面疲惫的多鹤子沏了一杯热茶。

"现在,她能在什么地方呢?反正,无外乎就是到处飘荡,游戏人间罢了。"

"还好,她似乎并不缺钱。"

"嗯,抓住了一个有钱的男人吧。我的孩子竟那么冷酷无情。"多鹤子依旧紧锁着眉头喝茶,她额头上的皱纹那么深那么深,端着茶杯的手一直不由自主地颤抖着,"现在想一想,大家变成这个样子都是因为我不好啊。两个孩子,我都太溺爱他们啦。"

"您对待樱子或许可以说是溺爱,但是对待我的父亲并不能说是溺爱吧。"

多鹤子对樱子偶尔也会有抱怨,但还是要什么就给什么。衣服啊,自行车啊,只要是樱子想要的,无论什么都会买给她。然而,对父亲却只会发牢骚。

"尚孝确实很温柔,但是完全不能自食其力。他为了实现当画家的梦想而离家出走,但那并不代表他能以此为生啊。他每个月都会问我讨要生活费的。"

"啊,这我可是头一回听说。"

"是吧,没听说过吧?尚孝他贪慕虚荣,讲究排场,但是仅凭画画,生活是难以为继的。要凭借父母的资助才能够过活的事实,他又不愿让外人知道,因为那样的话就太没面子了,再加上美乃里又完全不懂得精打细算地过日子。"

银花回忆起他们一家三口在大阪生活的过往。那时候,父亲确实会突然出去旅行,给银花带回各式各样的礼物。他们一家当时住在狭小的文化住宅里，虽然并没有特别奢侈浪费，但是，那个时候父亲一幅画也没有卖出去过；母亲呢，也从没有出去工作过，总是在做费时又费力的饭菜。

"那么，您的意思是，我们一家生活的所有开销都来自多鹤子您的赠予，是吗？"

"并不是我，是他那已经过世的爸爸偷偷地给他的。我其实已经隐隐约约有所察觉，但还是佯装不知，任由他们去了。因为尚孝他爸爸作为入赘女婿总有一种自卑感，如果那个时候，我果断地提出反对意见的话，也许就不会变成今天这个结局。横竖藏的家业都是需要尚孝来继承的，可就是因为太过于溺爱他，所以才没能办到，现在想想真是大错特错。"

"对不起。"

"这并不是你的错啊。"

"但是，无论是母亲还是我，都在一无所知的情况下，按照自己喜欢的方式，甚至有点恣意妄为地度过了那段时光。"

"为钱操心本来就是父母的责任，而不是孩子们需要做的事。"

银花又给多鹤子的茶杯里续了一遍水，把杯子推到多鹤子面前，请她喝茶。

"可能尚孝也觉得总是向家里讨要生活费，却两手空空，太不像话了。于是，每次他回到家里时，都会带些礼物。有时是各种点心，有时会给樱子买些新奇的小玩意儿。因为那些小东西往往是我们这乡下不常见的、买不到的稀罕物，俏皮又漂亮，所以，每次他哥哥回来，樱子都特别开心。"

"嗯，她在学校里好像也很是得意呢，总是逢人便说，她有一个帅气又温柔的好哥哥。"

"可能因为她的爸爸太年迈了，所以，樱子她更希望有一个像尚孝那样的年轻父亲吧。"

"啊，原来如此。"到这时，银花才终于明白了，当初她和母亲回到山尾家时，樱子那般胡乱找碴儿和抬杠的缘由。也许，樱子觉得是银花抢走了她的好哥哥，抑或是，银花和母亲明明是和哥哥毫无血缘关系的陌生人，却得到了他的无限宠爱，樱子对此既羡慕又嫉妒吧。

"多鹤子，你放心。因为她是樱子，所以她一个人在外也完全没问题。也许我这样说不太好，但是她不是那种被男人欺骗了，就会哭鼻子的人，而是会反过来把男人骗得团团转，欲哭无泪的人。"

"你，倒真是直言不讳啊。"

"对不起，也许我表达得并不恰当，但我真的是这样认为的。虽然樱子爱发牢骚又任性妄为，但她确实是一个能为自己所做的一切负责的人。"

"你没有必要这么夸赞她吧。"

"但也没有必要贬损她啊。"

多鹤子满脸的苦涩，在那一瞬间和缓了许多。之后，她终于可以安静地、慢慢地品一品茶了。这次，她的手没有颤抖。

"确实如你所说,我担心也是徒劳的啊。"多鹤子说着,紧紧地盯着银花看,"我说,你呢?没有要私奔的打算吗?"

"没有。"

"那样的话,你毕业之后的打算呢?明年就读高三了吧,也有必要马上想一想将来的事了。你母亲美乃里那个样子,可完全指望不上,不是一个可以依靠的人。"

"我高中毕业后,就会离开这里,出去找工作。不会待在家里白吃白喝,给家里添麻烦的。"

"不是这样的,谁也没有说过你给我们添了麻烦之类的话啊。你好好听一听我说的话:'将来,你想干什么呢?'我想问的是你的打算和心意。"多鹤子非常严肃地说道。

"我想要自力更生,独立生活。"

"自立是吧?确实,最近女孩子追求独立,似乎成了一种潮流。但是,你有没有想过,所谓'自立'到底指的是什么呢?"多鹤子的语气多多少少有点轻蔑。

"我想,就是指自己挣钱养活自己,坚强地生活下去。"

"确实,这一点很重要,但是,那不是理所当然的事情吗?重点是,如何做、怎么做才能够自立,才是更重要的。"

是啊,虽然嘴上说高中毕业后就要去工作,可是到底要从事什么样的工作呢,银花完全没有目标。自己到底能做什么工作呢?大概只能从事那些普通人能做的工作吧,也就是说，除普通人都能做的工作之外，银花什么都不会。

"即使大学毕业，也有像尚孝那样的孩子啊。"多鹤子的眉间又堆积了很多褶皱，"尚孝这孩子太脆弱了，害怕承担责任，最终只会借酒浇愁。"

"您说得不对，我爸爸他并不是一个脆弱的人。他能够一直坚持，把我这个与他没有任何血缘关系的孩子养大，所以，他是一个非常有担当、有责任感的好爸爸。"银花实在觉得心里憋得慌，于是用强硬的口气回应了多鹤子。因为她无法忍受任何对她父亲的诋毁和恶言。多鹤子也圆睁二目看着银花。

"我这样说，也许对你来讲并不好接受。但是，养育你这件事并不是责任，而仅仅是感情用事罢了，结果呢，把藏里的工作荒废了。他是一个完全没有忍耐力的孩子啊。"

"请您不要那样说我的爸爸。我的爸爸他非常非常宠爱我。虽然他没有做酱油的天赋，但是他拥有挑选礼物的才能。而且，他还有一项绝技，那就是将面包皮浸在红茶里，在它快要掉进茶汤里之前一口将它吃掉。那是绝对不输给任何人的才能啊。"

不知不觉间，银花变得情绪激动起来，连声音也粗野了些，激烈的口吻似乎让多鹤子也倍感压力。但是，多鹤子深深地叹了一口气，调整一下心绪，继续说道："可是，这里是酱油藏啊。生在这样的家庭里，如果不会做酱油，那么就没有意义了。"

"没有意义？请您不要说那么狠毒的话，我爸爸他太可怜了。"

"可是，我只是说出了事情的真相啊。"

听到这里，银花已经泪眼蒙眬了。她明白，多鹤子说的是事实，是正确的。确实，父亲一直在逃避，他也非常清楚自己没有绘画的天赋，但还是做梦都想去俄罗斯的大草原。

这些，银花全都知道，即使父亲没有绘画的才能，他对于画画的喜爱也是发自内心的。父亲有多么热爱绘画，银花再清楚不过了。所以，那时为了父亲能够心无旁骛地安心作画，如果自己能更多地去藏里帮忙干活就好了。那样的话，父亲说不定什么时候就会画出他想要的画了。

"银花，你能帮帮爸爸我吗？"

"嗯，我会帮您的，爸爸。"

这样的对话不断在银花的心中重复着，这是过去她和父亲之间的约定啊！她说过，她会努力做酱油，帮助父亲。但是，银花她没有能够守护那个约定。结果，父亲慢慢地走向了死亡。

这时，银花突然觉得一个声音在脑海中响起——骨碌，骨碌，骨碌。

银花明白那是自己的内心在翻滚：是啊，就是酱油啊，做酱油也不错啊！为什么直到现在自己都没有意识到这一点呢？现在，一定要守住与父亲的约定，这就是自己应该做的事情。父亲中途放弃了，那么就由我去实现吧。因为，我是山尾尚孝的女儿。

"我父亲没能完成的使命，由我来承担。"

"你?"多鹤子目瞪口呆,一时间说不出话来。

"是的。我没有山尾家的血脉,我知道自己没有这个资格。但是,我要将酱油藏经营下去,代替我的父亲,将雀酱油好好地继承下去。我要酿造出好酱油给大家看。"

"为什么,你为什么突然间说这样的话?"

"我想起来了,曾经,我与父亲约定,我要帮助他。我们约好我会帮助家里做酱油的。"

"你们那是……那是小孩子之间的约定吧!"

"即便那真的是孩子一般的约定,它也是约定啊。从今往后,我不想再打破和父亲的约定了。因为父亲已经去世了,所以约定啊什么的就可以不用再遵守了吗?我不想成为总是这样想的懦夫。"

多鹤子一直严肃地盯着银花,她嘴边的皱纹都在颤抖。

"拜托您了,多鹤子。请您允许我做酱油吧。"

但是,多鹤子没有回答她。

"是因为我与山尾家没有血缘关系吗?"

这时,多鹤子轻轻地叹了一口气,然后,用稍显疲惫的声音说道:"嗯,准确地说,是这样的。虽然,你是尚孝宠爱的女儿,但是你与我们没有任何血缘联系,是一个外人啊。一直以来,山尾家从没有出现过毫无血缘关系的继承人,所以不行啊。"

听到多鹤子说自己是"外人",银花感到心像是被针扎过一样疼。但是,听到多鹤子说"不行"时,银花竟有些生气了。

"在这一刻之前,其实我也是这样想的,因为我没有山尾家的血统,所以从没有考虑过将来要做与酿造酱油有关的工作。但是,我心里明白,我是外人也没有关系。我的身份与我是否能在藏里工作,完全没有关系。我,看到过座敷童,即使我是个外人,竟也看到了座敷童。就凭这一点,难道我没有来藏里工作的资格吗?我想,这是座敷童在告诉我说:'你也可以做酱油啊。'"

"请你不要再说关于座敷童的事了。"多鹤子脸色大变,怒吼道。

"确实看到了,我!"银花不服气地回应道。

然后,两个人都不再说话,默默地盯着对方。多鹤子又是一声叹息,目光转向庭院,呆呆地看着柿子树。

"无论怎么说,好像你的决心都不会改变了,是吗?"

"是的。不会改变了。"

多鹤子转回头死死盯着银花,好像有点生气,又像是要放弃,看起来畏惧什么似的。就这样过了一会儿,她再一次将目光移向柿子树。就那样一直看着,看着……终于,她开口说话了,但视线仍旧停留在柿子树上。

"好吧,那么你就代替尚孝做给我看吧。"

"好的,谢谢您。嗯,还有一件事想拜托您,可以吗?"

"这次又是什么?"

"我会对藏里的工作负起责任来,并尽心尽力地做好。但是,要招上门女婿什么的,我很讨厌。"

"你,已经有目标了吗?"多鹤子眉头紧蹙,质问道。

"哦不，我没有目标。但是，我并不打算为了藏而结婚，因为我认为那样做的话，对对方来讲太不公平了。"

听到这番话，多鹤子不由自主地站了起来，狠狠地瞪着银花。银花大吃一惊，那是一双看起来非常恐怖的眼睛，似乎马上就要燃烧起来了，眼神中充满了憎恨、厌恶和愤怒。

"你真是太无礼了！什么都不懂却在这里大放厥词。我，全都是为了藏才不得不招上门女婿的啊。"多鹤子说着，止不住浑身颤抖，像是发泄一般大声叫喊。看到她的这个反应，银花吓得倒吸了一口冷气，被震住了。虽说多鹤子一直以来都是一副严肃的表情，但是，如此这般大发雷霆，宣泄怒火，银花还是头一次看到。

"对不起。我并没有要否定您的意思。但我确实不想为了藏或者同情而结婚。"

多鹤子深深吸一口气，坐下来。她平复了一下情绪，然后慢慢说道："尚孝还不是因为同情美乃里才结的婚，于是你有了现在的生活。"

"我真的非常感谢父亲。正因为有了父亲当时的顾念，才有我今天的幸福生活。他既不是为藏而牺牲了自己，也不是和不喜欢的人结了婚。"

多鹤子又仔细地考虑了一会儿，然后又深深地叹息。

"你和樱子说了同样的话，但是，那仅仅是你们现在的想法，对吧？我是完全不能理解的。"

"对于我的胡言乱语，请您原谅，但是，藏的工作和结婚完全是两回事啊。"

"你这完全就是嬉皮士的作风啊。好了好了，你愿意怎么办就怎么办吧。与此同时，请你对你自己的人生负责到底。"

"我听明白了。"

突然，银花意识到自己撒谎了。因为，当她被问到是不是已经有目标了时，脑海里分明闪现过大原刚的形象，这让她自己都非常吃惊，那完全是没有任何根据的目标啊。

就凭他向自己伸出过援手，又让自己坐摩托车等小事，就把大原刚确定为结婚的对象，这岂不是太轻率了吗？这要是被樱子知道了，一定会瞧不起自己的吧。一想到樱子那副对自己嗤之以鼻的样子，银花就觉得很恼火。但是，把一个仅仅说过两次话的男孩子当作结婚对象，这样的事情被人家嘲笑，那也是没有办法的啊。

银花来到廊檐下，抬头看着柿子树。稍微有点变了颜色的小小果实，就那样躲在树叶之间，若隐若现。今年本来是结果的大年，但是，柿子树上的果实稍微有点少，贪吃柿子的座敷童会不会很失望啊。

"我一定会好好地做酱油，一定会加倍努力的。座敷童神啊，拜托您了！"虽然对着座敷童神夸下了海口，但银花的内心是非常非常不安和惶恐的，"我，真的能做酱油吗？我有做酱油的才能吗？"

多鹤子曾对银花说过，"你至少去读一个短大吧"，但银花果断地拒绝了。因为既然要继承藏的家业，她就希望尽早地学习和掌握藏里的所有事务和工作。

平淡的日子一天一天流逝，又来到了年关。多鹤子、母亲和银花三个人过得非常安静。母亲做的年菜满满当当地塞满了食盒，第一层是，第二层也是，第三层还是，全部都是父亲喜爱的菜。

"因为，这些都是尚孝爱吃的啊。"母亲微笑着说道。看来，母亲往后余生都将会是这个样子了。一边做着父亲生前爱吃的东西，一边度过自己的岁月。

"美乃里，你做饭好吃，这真是太好了。不过，如果味道不好的话，可就没有挽救的机会了。"

银花觉得多鹤子说得有道理。

这一年的除夕夜，《シクラメンのかほり》①荣获了唱片大奖。而既能作词又会作曲的小椋佳，据说是一个有着"东大毕业的银行职员"和"民谣歌手"双重身份的人。所谓"才能"到底是什么呢？银花一直在琢磨。就这样，她和家人送走了一九七五年的岁末。

＊　＊　＊　＊　＊　＊

辞旧迎新，又是一年春来到，银花也变成了高中三年级的学生。

由于多鹤子对母亲下达的"禁止外出购物"的禁令依然生效，所以，放学回家的途中去采买就变成了银花的日常。

---

① 日本歌手布施明的代表作品，曾被邓丽君翻唱为《你我相伴左右》。

母亲呢，利用银花买回来的食材，依然每天做着那些"尚孝爱吃的美味"。

五月初的黄金周连休结束了，这时恰好是柿子树上的新叶颜色一天一天逐渐变深的时候。银花一如既往地提着购物袋放学回来了。她把食材送到厨房的时候，发现母亲不见了踪影。多鹤子戴着新配的老花镜，坐在客厅里看晚报。突然，一阵警报声响起，急救车和警车的声响由远及近，传到了家里。难道是母亲遇到交通事故了吗？银花的心一下子提到了嗓子眼儿。

"这世道不太平啊。对了，我妈妈呢？您看见她了吗？"

"她到邮局寄包裹去了。"多鹤子的脸上也显出些许不安，"没事吧，你妈妈她，总是心神不宁地走路。"

母亲，确实像个气球一样，是个完全指望不上的人。也许，她一边走路一边想着父亲的事，然后不小心被车什么的撞到了？

"我，出去看看就回来。"银花说着就要向外跑。正在这时，玄关的大门被拉开，母亲终于平安无事地回来了。银花长出一口气，赶紧跑过去迎接。

"您回来真是太好了，刚才听到有急救车的声音，我还以为是您遇到什么事了呢。"

银花焦急地询问，可是母亲没有任何回应，就那么一直站在水泥地上一动不动。

"妈妈，发生什么事了？"

母亲还是一句话也不说,只是在默默地发抖,她的手上攥着一只小小的鞋子。银花的脸色立刻变得惨白,一把从母亲手上将鞋抢了过来。那是一种女孩子穿的鞋,烤漆鞋面上系着漂亮的绸带。鞋底没有踩过地面的痕迹,那是全新的鞋子。

"妈妈,这是怎么回事?"

银花手里紧攥着那只右脚穿的小鞋子,逼问着母亲。这简直太丢人了,母亲总是这样,喜欢随便动手偷东西,她到底是有什么不满呢?每天都做父亲喜欢吃的菜,已经不能满足她了吗?

"另一只鞋呢,你偷来的就只有这一只鞋?"

母亲浑身颤抖着,无论问什么她也不回答。看着母亲像病人一样苍白的面颊,可怜,生气,可悲,后悔,凄惨,等等,说不清道不明的一层层一团团乱糟糟的思绪一起在银花脑海里面打转。她实在是无法忍受了,终于大声地叫喊了出来:"妈妈,您倒是说话啊!"

"对不起,对不起。"

突然之间,母亲哭了起来。她就那样直直地站着,抽抽搭搭地不停哭泣。母亲哭泣的样子和平常不同。她不是低声地啜泣,而是胆怯地,混乱地,看起来好像不知道发生了什么似的哭着。

银花瞬间觉得恐怖极了。难不成,母亲这次并不仅仅像以往那样"随便动了动手"而已?难道母亲犯了更严重的罪?

"妈妈,到底发生了什么啊?你,不要只知道哭,原原本本地告诉我啊!"

被银花这样一逼问,母亲竟放声大哭起来,同时一下子瘫坐在地上。很明显,今天母亲遇到的事情绝不简单。听到玄关这边吵吵嚷嚷的,多鹤子也走了过来。一看到坐在玄关水泥地面上没完没了哭着的美乃里,还有一直站在横框①上的银花,多鹤子脸色瞬间就变了。

"银花,到底发生了什么?"

"我也不知道啊。但是……"

当天晚上,山尾家来了两个男人。他们出示了警察证件,然后说明了来意——他们希望向母亲问话。原来警察来调查的并不是母亲偷盗的事件,而是关于大原刚杀害大胜的案件。

* * * * * *

母亲的神志一直不太清醒,脑子混乱不堪,无论问她什么,都是无法回答的状态。警察花费了很多时间,非常耐心地问询母亲。但是,一遇到关键问题,母亲就开始哭泣,弄得两位刑警非常辛苦。最终,借助母亲含混的证词,小刚的交代,还有其他目击证人的证言,才把事件的来龙去脉搞清楚了。

---

① 在传统的日式住宅入口处,向上进入铺设有榻榻米的房间处,通常有一木制横框,起过门石的作用。

那天傍晚，母亲在邮局寄完包裹后往回走，路过商店街。一家鞋店里只有一位上了年纪的店主在看店，她身边有一位带着小孙子来店里的邻居。店主人与这位邻居相谈正欢，两个人都沉浸在家常话题中。店铺前摆放着各式各样的鞋子，母亲经过时，便不假思索地随手抓了一双小姑娘穿的鞋，转身离开了。

母亲不知道，这一幕完全被两个男孩子看在了眼里——大原刚和死去的木下胜，也就是前文提到的那个"大胜"。看到母亲偷鞋后，小刚和大胜就紧紧地跟随在她身后，最后，在河边拦住了她。据小刚说，他和母亲的对话是这样的。

"您，就是山尾银花的母亲吧？为什么要做这种事？"

"对不起，对不起。"

"我看您，一副已经习惯了的样子，您总是干这种事吗？"

"对不起，我以后再也不干了，你放过我吧。"

"您回答我的问话啊！是不是啊，您，经常干这种事吗？"

小刚一直在诘问母亲，母亲则是一边颤抖着一边点着头。得到了这样的回答，小刚说当时他也一下子愣住了，而身边的大胜不管三七二十一接着说道："你们雀酱油不是有钱吗？要想让我们对你偷盗的事保持沉默，赶紧拿钱来。"

"你给我闭嘴，不要干这种蠢事。"小刚制止大胜，但是大胜根本听不进去。

"我这是在收回那些白白送给樱子的东西，有什么错吗？"小刚和大胜就这样你一言我一语地吵了起来。原本他们俩就纠纷和争执不断，这时，大胜掏出来一把刀，但是，小刚并没有理睬他。这下更是激怒了大胜，他开始胡乱地挥舞起刀来，接着两个人扭打在一起。突然小刚一顶大胜，将他撞出了很远，大胜脚下不稳，一下子摔倒在地，同时，他的头狠狠地撞向了地面，然后就一动不动了。

母亲看到这样的情形，赶紧逃离了现场。匆忙之中，偷来的那双鞋中的一只被遗落在了现场。那只鞋上面拴着价签，马上就有人发现了这只鞋，并联系了鞋店。于是，鞋店被盗事件在商店街一带传开了。紧接着，这起偷盗事件的主角，就是以前曾经偷过火腿的那位"雀酱油家的年轻夫人"，这样的传闻立刻便尽人皆知了。直到最后，连母亲曾经在站前的文具店偷过礼签袋的事件也被警察一并调查了。

小刚一直想要彻底退出暴走族，因此跟那些人摩擦不断。听说，因为樱子的关系，他和大胜不知道争吵过多少回，打了多少嘴仗。甚至，在大胜死亡之前的几天，他们俩还曾激烈地打过一架。更糟糕的是，小刚有过不良少年辅导记录，并且暴走族之间的纷争和内斗已经演变为非常严重的社会问题，所以，刑警眉头紧锁地告诉大家，估计小刚要受到很严厉的处罚。反过来，警察对母亲的问题却这样说道：

"但是呢，你母亲的偷盗只不过是这起事件的导火索罢了。听说，小刚和大胜两个人的交恶由来已久。所以，这件事不必太放在心上。"

难道警察们也被母亲那看起来柔弱可怜的眼神欺骗了吗？刑警的一番话就像是在同情母亲一般。

银花还是很担心大原家的情况。小刚被捕了，福子会怎么样呢？大原师傅去世后，银花每年都会去大原家送竹笋给他们，福子虽然嘴上不说，但话里话外总是让银花感到，她丈夫的死就是雀酱油的责任。她那样想也确实没有错，那一夜，如果不是被父亲叫出去，大原也不会死。现在，同样的事情又发生了，如果母亲没有偷东西，小刚也就不会失手杀人了。

"多鹤子，我去大原家里看看就回来。我想就母亲的事情去他们家道个歉。"

"哦，那么我也和你一起去吧。"

"哦不，我自己去就好。这件事，不管怎么说都只与我妈妈有关，并不应该由藏来负担责任。"

多鹤子听闻银花这样说，也就没有再坚持。于是，银花下定决心，朝着大原家的方向走去。

大原家的木板套窗紧闭着，从外面完全看不到家中的情形。银花按了几遍门铃也没有人回应。她稍微等了一会儿，再一次按响了门铃。这一次，玄关的门终于打开了，来开门的正是福子。银花一看到她的脸，不禁大惊失色，倒吸了一口冷气。福子消瘦又憔悴，形容枯槁，头发乱蓬蓬的，完全没有修饰自己的仪容。看到银花站在眼前，福子突然使劲地推了她一把。突如其来的推搡让银花一屁股坐在了地上，她被吓了一跳，满脸惊诧地抬头望着福子。

"都怪你们啊。"福子用沙哑的声音叫喊道,"自从你们来到藏里,就没有一件好事。"

"对不起。"银花慌张地赶快站了起来,她深深地低下头,一个劲儿地道歉。

"尚孝少爷回来之后,我老公就变得越来越奇怪,整日里念叨着什么'如果你成为未来藏的主人,那么藏就毁了'之类的。他每天都烦躁得很,总是迁怒于人……结果,最后还因为尚孝把命也搭上了。这简直就是谋杀啊!"

"真的是太对不起您了,对不起……"

"再接下来,就是我家小刚。你的母亲,是个小偷对吧?然后正好就让小刚把人杀了,进了少年教养院。"

"实在是对不起。"银花的头低得更深了。

"那个死了的叫作大胜的孩子的家长,哭着责怪我,'都怪你的儿子,是他杀死了我们的孩子啊……'无论我怎样给人家赔礼道歉,都得不到原谅啊……"

"对不起。真的对不起啊。"

"你! 给我滚回去吧,离开这里……"福子的话音逐渐淹没在痛哭声中,"都怪你们啊,我们家的生活被弄了个乱七八糟,七零八散……"

这时,从旁边的邻居家走出了一位上了年纪的女性。当她瞥见银花和福子两个人时,一转身刺溜一下又钻进了家里。

"你给我走吧,快点儿离开吧,再也不要来我家了。"

"实在抱歉,我告辞了。"银花耷拉着脑袋,转身离开了大原家。她急匆匆地快步走着,刚一转过街角,便撒腿就跑。就像福子说的那样,他们一家就像瘟神一般。由于他们三个的出现,已经让多少人的生活变得乱七八糟,不成样子了。

她回到藏之后,立刻去了母亲房间,然后,不顾一切地怒吼:"妈妈,都怪你啊,就是因为你,死人了! 小刚他杀人了啊!"

银花从没有像现在这样憎恨过母亲,这是她有生以来第一次有这种情绪。突然,她发现母亲也已经是泪眼婆娑了。

"对不起,对不起。"

"小刚,是他庇护了妈妈啊。小刚是个好孩子啊,但是却……"银花的喊叫声震耳欲聋,她声嘶力竭地喊叫着,直到嗓子都痛起来。瞬间,她的泪如决堤的潮水般夺眶而出,她再也忍不住了。她的痛哭,与其说是因为太过悲伤,倒不如说是因为愤怒到了极点。

"为什么?为什么?您为什么总是给大家添麻烦,您能不能停下来啊?"

"对不起,对不起,银花。"母亲说着,又开始哭起来。

父亲过世了,那个能够抚慰母亲的人不在了,所以母亲只会永不停止地哭泣。总之,她一直反反复复在做着同一件事。

"从我小时候起就是这样啊,妈妈,您总是说'我就是随便动了一下手',然后就用不停的哭泣来蒙混过关。所以,有时明明就是您做了错事,却被别人错怪到我的头上。"

"对不起。"

"您这次又给别人添大麻烦了。小刚好可怜啊,那孩子杀了人,被送到少年教养院去了。"

"银花,你别说了,我也很辛苦啊。"

听到母亲这样说,银花再也无法忍受了。为什么要随随便便偷东西呢?这是无法原谅的,绝对不能原谅。

"如果把妈妈您抓进警察局就好了,进到监狱里,这一辈子都不要再出来就好了。如果在监狱里,无论偷了什么东西都会被当场处理的吧。对呀,进监狱去!我说,快点儿,进监狱去吧!"

银花哭得涕泗横流,眼泪鼻涕糊得满脸都是。她的脑海里也是一团糨糊似的,混乱极了,连她自己也不是很清楚刚刚都说了些什么。由于震怒,她的想法变得极端奇怪。即使母亲进了监狱,不仅大胜无法起死回生,小刚的罪责不会消失,大胜母亲的悲伤、小刚母亲的痛苦也并不会减轻,一切的一切都永远无法恢复原样了。这都怪母亲,无论怎么想都是母亲的错。

但是,造成这样的局面,也有银花的错,她总是认为母亲"既可爱又可怜",太过纵容她。其实银花一家初到藏时,多鹤子曾经对父亲说过这样的话:"你太惯着美乃里了。"

多鹤子说的是正确的,从那时起,如果能够好好地严加管束母亲的话,或许事情就不会变成今天这个样子了。但是，无论是父亲，还是银花，都选择了对母亲放任自流。如果一味地任由母亲就这样生活下去的话，也许同样的偷盗事件还是会反复上演。如果没有人站出来对此负责的话，事情终归会是没完没了的啊。

是啊，只有那样做才好。银花狠狠地咬着牙，擦干了眼泪。自己和母亲能做的事情实际上只有一件，难道不是吗？

"我说，妈妈，你和我一起去死吧。"

"啊？"

"活着辛苦吧，如果这么辛苦，倒不如和我一起去死吧，怎么样？我们一起找我爸爸去，这么决定您没有什么意见吧？"

银花虽然下定了一百个坚定的决心，但是说话的声音还是颤抖了。

"银花……"

"现在，只有这一种选择了，你说是吧？死了的人是无论如何也不可能复生的，所以，罪过永远无法被饶恕，也没有任何办法去补偿。我们能做的事，只有自己也去死。如果，妈妈你不愿意自己死的话，我可以帮助你去死，没关系的，然后，我也会一起死的。"

母亲被吓傻了，呆呆地看着银花。她苍白的脸上写着畏惧和胆怯，但她的神情又好像带着些许解脱。

"是啊，是这样的啊，银花，如果你真的这样想的话……去死也许是个好的选择啊。"母亲说着，似乎已经完全放下，心也踏实了。

人已经死了，所以，我们也唯有去死才可以谢罪，对于大胜也好，对于小刚也罢，对所有的所有的一切都只能说声抱歉。我和母亲唯有以死亡的方式才能够表达我们的歉意和忏悔。杀了母亲，然后与她一起赴死，请上天允许我这样做吧。银花一边想着，一边嘴里念叨："是的，只有死才能谢罪……"

这时，房间的拉门哗啦一下被拉开了。正当银花和母亲倍感震惊时，只见多鹤子站在门口，脸上显出见鬼一般可怕的神情。她无声地走进房间，突然打了一下银花的脸颊。

银花被这么一打，吓了一跳，抬头看着多鹤子。多鹤子铁青着脸，又打了银花一巴掌。

"你，刚才都在说些什么傻话？"

"但是，无论如何都无法挽回了啊。做什么都已经没有意义了。"

多鹤子听到这里，又给了银花一巴掌，银花只觉得脸颊上又麻又痛。被不分青红皂白地扇了三次脸，她也有些生气了。

"那好啊，您说怎么办好呢？"怒火和疼痛让银花的泪喷涌而出，"我曾经让小刚帮过我，但是，事情最后竟演变成他杀了人……我对不起小刚啊……"银花一边哽咽着一边大喊道。

多鹤子则用冷冷的口气回应了她："这么点事，就值得你去死吗？如此任性的想法，你们给我放弃吧！"

"我，什么地方任性了？"

多鹤子将银花和她的母亲相提并论,说她们是"任性而为的人",这让银花很是恼火和不服气。

"你,不是说过吗,要遵守你和尚孝的约定。你说过要做酱油,难道那些都是谎话吗?"

"不是撒谎!但是……"

"但是?但是什么?你杀了美乃里,然后自己也去死。这些如果让尚孝知道了,他会怎么想呢?"

是啊,父亲他会怎么想呢?对于杀了既可爱又可怜的母亲的银花,父亲会做何感想呢?可以肯定的是,父亲和母亲是一伙的,父亲绝对不会原谅杀死母亲的银花。想到这些,银花只觉得眼前发黑,在我身边,能支持我的人,一个都没有啊。需要我的人,拿我当回事儿的人,一个都没有啊。为什么?这到底是为什么呢?

"那么,您说,我该怎么办才好呢?为什么总是只有我这般委屈……"

说到这里,银花已经几乎不能自已了。她口中说出来的都是些压抑心底已久,瞬间涌上的复杂心绪。那些纠缠不清、错综复杂的东西,尽是些堆积已久的负面情绪。

"都怪母亲,都是母亲的错,让我总是失去那些对于我来说最重要的东西。我曾经的好朋友小初和小典,还有小刚,反正所有的所有的一切,所有那些我最最喜欢的人,全都因为母亲的错,让我只能眼睁睁地看着他们从我的眼前离开,消失不见了。"

"这么委屈的,不是只有你一个人啊。"多鹤子的喊声令人不寒而栗，她浑身都颤抖了起来，声音也变得犹如冻土一般，脸上渐渐没有了任何表情。银花瞬间觉得，多鹤子的脸已经不是人的面容了，完全像是一个熟透了的掉落地面的柿子，一个尽是褶皱，又突然被摔得稀巴烂的柿子。

"银花，忍耐吧。无论什么事，终究会过去的。"

"您说会过去的，可是这么想，对于小刚来说也太过分了。小刚他太可怜了……

"我是实在没有办法，有一个那样的母亲，我的身上流淌着那样的母亲的血液，我是她的女儿。可是小刚呢，他和我不一样啊，他完全是一个和母亲无关的人啊，他仅仅是为了帮助我和母亲，只因为与我和母亲产生了一点儿关联就变成了杀人者。小刚他实在是什么坏事都没有做啊，他什么错都没有，可竟变成了杀人犯，这个事实太残酷了。小刚他太倒霉了。"

"但，不管怎么说，事情都已经发生了，也已经过去了啊。"多鹤子背转过脸去，低声地自言自语一般念叨着，好像在确认着什么似的。

为什么，直到现在，多鹤子依然在袒护着母亲呢，这到底是为什么呢？

"对不起，对不起。"母亲还是在不停地哭泣。银花觉得自己的怒火简直无处发泄，她好像要爆炸了。她飞奔出家门，路过柿子树，径直钻进了竹林里。

五月的竹林之中，一切都那么安静，银花也慢慢恢复了平静。银花真的希望再一次看到，那天晚上的萤火之光。

"对不起,对不起,因为母亲的错,对不起。哦不,因为我们的错,所以对不起。"真想见到小刚,对他说声对不起。跪伏磕头赔罪也好,无论做什么银花都愿意。但是,银花明白,确实是无论怎么向他赔罪,也什么都无法挽回了,是她们一家摧毁了小刚的人生。

竹林朝着天空的方向,挺拔地、直直地生长、延伸。但是,银花的内心呢,却完全被卷入乱流涌动的漩涡之中,纠结,扭曲,让她透不过气来。

银花埋怨又憎恨母亲,那股怨恨的情绪实在让她无法忍受。她竟然在心底里觉得母亲从此消失不见就好了,虽然她明白不应该那样想,因为母亲也是一个可怜的人。每当这个时候,银花就特别希望父亲能够轻轻地拍一拍自己的头,然后这样对她说说话:"银花,你真是个小吃货啊,你好可爱啊,真是个忍耐力超强的好孩子啊。"

银花转过身,离开了竹林,返回到柿子树前面。

"座敷童神啊,拜托您,请您帮助帮助小刚吧。小刚他什么坏事都没有做啊,请您想想办法帮帮他吧。求您了!拜托您了!"

4

一九七七年——一九八二年

冬去春来,银花高中毕业了。现在,藏里面只剩两个人,完全由女人支撑的酱油酿造工作也正式拉开了帷幕。

酿造酱油,从大的方面来看,主要分为三道工序:"制曲发酵""翻动搅拌"和"蒸煮加热"。第一步"制曲"就是制造"酱油曲子"的过程。将炒熟碾碎的小麦混合进蒸熟的大豆里,然后在这些混合物中加入种曲菌,使之发酵。为了能够让种曲菌产生大量繁殖力强的孢子,一定的湿度和氧气是必不可少的。于是,这道工序就必须在一个叫作"制曲室"的地方完成,那是一个既温暖又通风优良的屋子。

雀酱油有一个狭长的制曲室,为了保持通风,这间屋子的天井和墙壁上都开有小窗,室内温度足足有三十多摄氏度,而湿度接近百分之一百。种曲菌会在数小时内产生孢子,然后孢子开始慢慢发育成长。只要半天的时间,制曲原料表面就会全部发白。再经过三天左右,那些白色的孢子就会变成黄色,至此,酱油曲就算制成了。

第二道工序是"翻动搅拌"。在酱油曲里面加入食盐水,做成酱油原料,再将这些酱油原料倒入大桶中,进行为期两年至两年半的发酵。这期间,每天都需要用桨棒不断地上下翻动搅拌。这样做,就是为了让氧气能够充分地进入这些酱油原料里,让其中的酵母菌更好地发挥作用。

藏里的酱油桶比银花的个子要高得多,每个大桶上都架设着梯子,搅拌工作是要借由梯子才能够完成的。每当银花站上梯子的最高层,就能够俯视那些咕嘟咕嘟发酵着的酱油原料。最初看到这些东西的时候,银花不禁想:这都是些什么啊,黑乎乎怪可怕的。

第三步,就是"蒸煮加热"了。首先,要对发酵成熟的酱油原料进行压榨,这可是一项相当繁重的体力劳动。将黏黏糊糊的酱油原料倒进布口袋,然后放入压榨机中进行压榨。当生酱油从布口袋中渗出后,就要将它们放入大锅中进行加热和蒸煮,所以这道工序被叫作"蒸煮加热"。蒸煮时温度要控制在八十五摄氏度左右。通过加热,可以杀菌和抑制氧化反应。为了不损失酱油本来具有的风味,必须严格控制加热的温度。雀酱油的味道完全取决于这最后一道工序。随着点火加热,大锅中逐渐散发出浓郁的酱油香气。第一次近距离地接触那味道,银花真的被吓了一跳,这种浸透了烟火气的香味竟然是如此浓郁醇厚,且富有层次,不知不觉间就会勾起人们的食欲。

蒸煮加热后,酱油溶液经过数日的沉淀,上部最澄清的那部分就是最终的"酱油"了。多鹤子虽然话不多,但却是银花最好的师傅。她给银花发出的指令是简洁而准确的,对于银花提出的各种疑问也总是非常耐心细致地解答。并且她常常不只口头指导,而且身体力行,迅速地为银花做示范。银花时常想,多鹤子那纤细的胳膊,是如何承受如此繁重的劳动的呢?她动作灵活地操着桨棒上下搅拌和翻动酱油原料,搬运沉重的原料布袋,压榨里面的酱油原料。

如果是酒藏,那么酿酒时的下料等准备工作通常一年只需要做一次即可。但是,酱油藏不同,除去盛夏时节,春秋冬三季大概每隔一个月就要进行一次下料工作。总之,几乎每天都要忙碌到脚不沾地的程度。

其中最辛苦的当数制曲室的工作了。为了培育酱油曲子,温度管理尤为重要。

"银花,直到你习惯为止,眼睛是绝对不可以离开这些制曲原料的哟。过去啊,藏里的工人们都是吃住在这里的,二十四小时一刻不离地看守着那些曲子的生长状态。"

种曲是需要用手搅拌的。在一个大约五十米长的巨大的台子上,将制曲原料铺展开,然后用尽全身力气上下翻搅。多鹤子上手的话,往往只需要简单地上下翻搅一下,就将全部的制曲原料照顾到了,没有任何遗漏之处。然而轮到银花的时候,就总是出现没有翻搅到的地方。即使她已经挥汗如雨,竭尽全力了,还是不能很顺畅地完成。

"尚孝就总也做不好这事,没干一会儿,就会叫苦不迭。"多鹤子低声自语道。

银花咬紧牙关,努力地搅拌着酱油曲原料。她暗暗下定决心,要连同父亲的部分一起努力干完。多鹤子则默默地看着银花努力搅拌的样子。

有生以来第一次看到自己亲手酿造的酱油大功告成,银花永远也不会忘记那一天。她认真地封装着一瓶瓶酱油,耐心细致地为酱油瓶贴上标签,既感动又兴奋,连手都有些颤抖了。

实际上,银花从小就在藏里帮忙,也干过搅拌酱油原料之类的工作,但是,那些至多不过就是"给一道工序的帮忙"而已,现在却全然不同了。完成这最后一道工序——贴标签,就是自己亲手酿造出的酱油终于完工的标志,也意味着银花将对这些酱油负起责任。她太高兴了,一边嘿嘿嘿地笑着,一边给酱油瓶贴标签。而多鹤子的表情却是木然的,她呆呆地望着银花。

"我还是第一次看到,像你这样兴奋地做酱油的孩子呢。"

"是吗?"

听到多鹤子这样说,银花觉得更高兴了,不由得咯咯咯地笑出声来。银花心想:虽然我没有做酱油的才能,但说不定这是我的天职呢。我要感谢多鹤子,是她听进去了我的那句"我想要继承藏"的任性之言,并给予了我足够的信任。

但是,经营酱油藏绝不仅仅是做酱油这一件事,事务所里放着很多很多的账本等待处理。雀酱油面对的客户和那些商品行销全国的大型酱油生产厂商完全不同,主要就是附近的住户、小卖店或是饮食店等。过去一直流传下来的那种"称量着卖"的形式依然还保留着,回收的赊销款项也往往都是半年前或是一年前的部分。

由于还要清偿父亲遗留下来的借款,所以藏的财务状况经常是捉襟见肘。银花一边经营着藏里的生意,一边尽快取得了驾驶执照,这样出去谈业务就可以开车了。虽然她每天带着雀酱油往返于小饭店、小卖店之类的地方,拜托人家试用或试卖,但是新客户的拓展业务并没有像她想象的那样顺利展开。

母亲还是不被允许外出购物。现在,如果出现了什么问题的话,藏就会因此彻底瘫痪的,所以银花总是每周一次开着车,外出购买大量的食材带回家,吃完母亲做的"尚孝喜欢的食物",泡澡,之后一头钻进她自己的房间里。她总是默默地凝望着墙上的那幅画,那幅身穿萤火虫图案和服,咧嘴大笑的《吃货女孩儿》的画像。每当看一看那幅画,她都会觉得又稍稍多了些干劲儿。

"那真好啊!"

银花想起了小刚曾经的评价,忽然觉得心中变得苦涩起来。自从小刚进了少年教养院,银花几次想提笔给他写信,最终都没能写成。虽然她本打算为母亲的过错而向小刚道歉,但是她转念一想,小刚是不会高兴看到这样内容的信的。然而,如果总是假装不知道,对小刚不闻不问的话,又怎么能表达对他的关心呢?就这样,银花在要不要写信之间犹豫、徘徊,直到夜越来越深。最后,她放弃了写信,钻进被窝里。可是一闭上眼睛,脑海当中浮现的全都是竹林中那个若隐若现的火光。那点小小的红色光亮,犹如萤火虫一般在银花的眼睛里闪烁,她的心也跟着扑通扑通激动地跳着。银花的头脑越来越兴奋,眼睛发亮,根本睡不着。没办法,她一骨碌坐起身来,然后透过窗户远眺竹林,轻声地叹着气。如此这般反反复复。

因为始终没能给小刚写信,银花抽出时间多次去造访了奈良少年院。然而,她并没有进去,只是从外面远远地往里张望而已。这种状况实在是让银花无法忍受。

同时,她也很担心福子的情况。自从上次拜访之后,银花反反复复地不知去过多少次大原家,但是福子从没有让她进过家门。银花总是希望再次当着福子的面向她致歉,却都无功而返。后来,不知道什么时候,大原家已经人去楼空了。银花向邻居打听之后才得知,大原家已经搬走了,但是没有人知道福子他们搬去了哪里。

"也确实只能这样了啊,毕竟是家里出了一个杀人犯,大原家的人还怎么能没事人一样在那里住下去呢。"

多鹤子毫无感情地念叨着,好像是在说着与己无关的事,又好像是筋疲力尽之后发的牢骚。银花觉得,也许在多鹤子心里,这些情绪都有一些吧。

银花因为送货的缘故,时常经过河堤。每当经过发现父亲和大原师傅遗体的地方时,她一定会停下车来,双手合十祷告一番。

看着那奔腾不息的河水,银花时常会想:如果没有我,也许父亲和母亲就不会结婚了。因为，当父亲看到"怀抱着小婴儿一脸疲惫的母亲"时，就不禁心生怜悯。如果当年父亲迎娶的不是像母亲那样心神不定的女人，而是一个更加可靠的女人的话，也许他就能认真地继承藏的家业了吧。如果父亲能认真地在藏里工作的话，也许大原师傅回到家里就不会烦躁不安了吧。如果大原师傅在家里不会因为烦躁发火的话，也许小刚就不会变成不良少年了吧。如果小刚没有变成不良少年，他也许就不会加入暴走族，也不会与大胜产生纠纷与矛盾了吧，更不会最后变成了杀人犯。

如果我从没有见过座敷童的话……

但是现在的情形是，无论怎么说都已经无济于事了。

不久前，一家大型酱油生产厂商推出了一种小包装的"生鱼片酱油"，这种酱油以超出普通酱油三倍以上的定价进军全国各大超市，并且受到广泛好评。如果雀酱油也突然推出高于以往定价三倍的产品会怎样呢？结果只有一个，那就是肯定卖不出去。因为最根本的问题是，雀酱油不可能被推销到全国各大超市去。

银花的酱油藏选料上乘，用心酿造，只有这样才能做出好酱油。然而即便如此，在市场上，并不见得品质好就一定卖得好，如果没有广泛的宣传，甚至没有人知道还有"雀酱油"这个品牌的酱油产品。但是，银花她们又怎么能拿得出做电视广告的资金呢？

就在这个时候，很多大型超市里开始出现一种叫作"私人品牌商品"的新鲜事物。在这种模式下，大酱和酱油这类副食品，通常会以七折左右的优惠价格出售。那么，如果雀酱油再打一个七折左右的折扣销售的话会怎样呢？也许藏立刻就要"关门大吉"了。

无论怎么努力，能走的路似乎都被堵死了。但即使是这样，也不能放弃，还是必须坚持向前看，往前走。无论百货店也好，超市也罢，银花始终踏踏实实地去推销，为了能让雀酱油上架销售，她每天往返于这些地方。当然，推销工作并不简单，很多人并不把银花放在眼里也是预料之中的，因为仅凭她是个年纪轻轻的女孩子这一点，多数人就会轻视她，瞧不起她。甚至有时也会出现这样的情况，那就是对方很露骨地提出要求，让银花以自己作为允许雀酱油在某处寄卖的抵押或担保。这种要求真的是令银花又羞愧又懊恼，但也只能一味地忍耐。因为她和父亲约定过，要忍受所有的一切，只要能把酱油卖出去，无论需要她做什么，她都可以忍。但是，让她低头那是绝对不行的。

不管怎样，只要能将酱油兜售出去就行啊。于是银花下定决心，重新制作了宣传用的围裙和自己的名片。围裙用的是特别定做的蓝色印染布，"福良雀"的图案被放大了印在上面，然后，"雀酱油一八一四年创立"等几个大字被郑重地印在图案下方。银花自己的名片上则大大地印着一行字——"雀酱油 第十代传人 山尾银花"。

除此之外，银花的装束和打扮也发生了变化，这一变化是从每天都要化上正式而精致的妆容开始的。其次，改变发生在着装上。以前银花出去跑业务，总是一身便于在藏里劳作的装束，但是现在，她毅然决定要换上和服。当然，和服是多鹤子借给她的。那是一套多鹤子年轻时曾穿过的绢绸质地的和服，清新素雅又不失娇俏可爱，和银花的气质相得益彰，再搭配上那个颜色鲜艳的蓝色印染围裙，着实有着让人眼前一亮的惊艳效果。以这样一身装扮再出去洽谈业务的时候，过去那些不把银花放在眼里的店家也都纷纷愿意与她合作了，并且人数还在上升。

"嘿，这位小姐，你真的是这个雀酱油的传人吗？"

只是因为换上了一身和服，就摇身变成"小姐"了？"男人们都太肤浅了。"银花回想起樱子曾经这样说过。

穿着漂亮的和服，搭配崭新的高级围裙，梳着整齐的头发，化着精致的妆容，银花就这样每天开着小型货车周旋于新老主顾之间。也正因为这样，作为雀酱油的继承人，银花得以被更多的人记住了。但是，要兼顾做酱油和开展营销业务这两件事，对于银花来讲是一个相当不小的负担。同时，她还要处理家里的一些事情。比如，母亲虽然可以分担做饭、清扫和洗衣等家务，但是她无法外出购物。

"银花，以后外出采买的事情就由我来承担吧。"

多鹤子提出帮助银花分担出门购买食品的任务，真是让她觉得轻松了不少。但即便是这样，银花依然忙不过来。如果能再多一个人帮忙那该多好啊。虽然，她也想过像过去那样雇用一个人当帮手，但是，雇用费是个令人头疼的问题。于是，银花不顾多鹤子的反对，还是决定让母亲来给自己打下手。当她将诸如给酱油瓶贴标签、清洗压榨用布袋、刷洗酱油瓶等工作拜托给母亲时,母亲非常高兴地领受了这些任务,并开心地忙活起来。虽然她干活总是比较慢,费时间,但是标签粘贴得还是很漂亮的,没有一点儿褶皱。

另外,当每天面对着大量需要刷洗的瓶子时,母亲从没有过一点儿厌弃的神情,也从没有抱怨过。过去,洗瓶子的地方总是脏瓶子一大堆,东倒西歪地乱放着。自从母亲过来帮忙之后,那里就被打扫得干干净净,酱油藏里的操作空间也因此而变得更加宽敞了。对于这些变化,银花也觉得很吃惊。原来,她总是固执地认为母亲只会做家事,没想到藏里的工作她也干得井井有条。银花为自己以前对母亲抱有偏见感到很羞愧,也为母亲的改变感到高兴。

"欸,这个人,原来洗衣清扫之外的事,也能做得不错啊。"多鹤子一脸不可思议的神情,喃喃自语似的说道,"从今往后,要是连那个坏毛病也没有了的话,就好了……"

"我也是这样想的。"

当银花非常认真地回应多鹤子时,她微微地笑了笑。

日子就这样匆匆地流逝着。转眼间,银花已经是二十岁的大姑娘了,但是她并没有去参加成人式,因为她没有一个朋友,所以没有心思参加那个典礼。成人式那天,她依然像往常一样在工作中度过了。另一方面,樱子还是音信全无,连一通电话都没有打回来过,谁也不知道,她是否还活着。

"明明家里有两个正当妙龄的女孩子,却没有一个人穿上长袖的和服盛装，去正儿八经地参加一下成人式。哎……"多鹤子说着，长叹了一声。

立春过后，银花收到了一通医院打来的电话，询问她是否认识一位名叫大原福子的人。"因为我们实在联系不上大原福子的任何亲属，所以……"医院里负责联络的人解释道。

当银花急匆匆地跑到医院的时候，她看到了已经消瘦得不成人形的福子。福子就那样默默地死瞪着银花，一动不动，但是她的脸上已经分明显露出死亡的气息。

"您就那样匆匆地搬家了……我一直都在担心着您啊，想着您到底搬到哪里去了呢。"

"我得了癌症，已经活不长久了，有些话要对你说。"

福子的眼神中掺杂着怨恨，又像是充满了恳求，复杂而纠结。她嘶哑的声音中带有一种像针一样尖锐的力量。银花觉得如芒在背，实在无地自容，她只想马上逃离这里。但是，她自己鼓励着自己：镇静，稳住。然后，坐了下来。

"您有什么话，请说吧。"

"说实话，我一直在怨恨着你们雀酱油。"

"是的。"

"全都怪酱油藏，我们家变得七零八散。但是，我现在能拜托的人也只有你了。"

"您需要我做什么，请您讲吧。"

"就是小刚的事啊！那孩子从少年教养院出来以后，进了一个工厂干活，但是不知道什么时候他又辞了那份工作，现在没有人知道他去了哪里。"

"他是遇到什么事了吗？"

"哎，这孩子呀，一直都是勤勤恳恳地认真工作。但是，他不苟言笑，和谁都不接近，总是一副心情烦躁、焦急郁闷的样子……"

听到福子的这些话，银花能够想象得到小刚的状态。一想到他的那副样子，银花就觉得自己的心像是被捆住了似的，憋闷得很。小刚总是沉默地耷拉着脑袋，眼神中透着阴郁，银花在去大原师傅家吊唁的时候就曾经见识到那种眼神。仅仅跟小刚目光交错的一瞬间，就能感受到那似乎轻轻触碰一下就能喷出鲜血来的、幽深的、似刀刃一般的目光。

"他因为杀了人而进过少年教养院的事被捅了出来，然后就一直在承受别人无尽的白眼和欺辱……"

福子说着，已经泪流满面。想起关于小刚的点点滴滴，银花也鼻子发酸，要掉眼泪了。小刚好不容易认认真真地开始在工厂里工作了，却没承想那些充满偏见的人如此可恶。

"但是，小刚一定没问题的。您想啊，他不是曾在工厂很努力地工作过吗，现在也一定是在什么地方工作呢。等他安顿好了，一定会与我们联系的。"

银花为了安慰福子，让她安心，故作轻松地说道。但福子还是微微地摇了摇头，"我知道，我就要不久于人世了，这是没办法的事。但是，我放心不下小刚啊，那孩子完全不会为人处世。我害怕，不知道什么时候他可能又会闯祸或是做出坏事……"

福子说小刚不会为人处世，银花也颇以为然。如果说小刚是个不良少年，所以加入了暴走族，可是他却一直没能融入那些人里。就算去了工厂工作，也是连一个朋友也没有。

受到腹积水的折磨，福子每天过得都很痛苦，但即便是这样，她也请求银花不要将自己的病情告诉小刚的姐姐。她说，既然已经断绝了关系，那么就下决心与女儿永不相见。

"我的女儿啊，是以与娘家断绝关系作为前提条件才得以结婚嫁人的，如果亲属中有杀人犯的事实被外人知道了，那么她的婆家也会非常为难的，那是给她婆家添麻烦的事啊。现在啊，又听说那孩子已经怀孕了，我就更不能再给她找麻烦了。"

"但是，这样做真的可以吗？"

"没关系的，可以啊。有一天，你结婚了就全明白了。有时你自己什么都做不了，毫无办法，因为会有无穷无尽的障碍出现。"

银花心想，我就是没结婚也懂得这个道理啊。在这人世间，所有的人际关系都是相互纠缠在一起的，总是会有无穷无尽的麻烦和障碍。父亲娶了母亲，然后养育了完全没有血缘关系的银花。这个结果传导到多鹤子那里呢，就变成她不得不面对和接受，要与自己并不中意的儿媳妇还有完全无血缘关系的孙女生活在一起的这个现实。这些也全都不是多鹤子希望的啊。

"如果有一天小刚回来了，我希望你告诉他，一定要保重身体，认认真真地好好生活。今后的人生中，还是会有数不尽的事他必须要忍耐,但无论如何,妈妈都希望他坚强地活下去。因为唯有这样,他才会遇见更好的未来。"

"我记住了。我一定会告诉他的。"

从那之后,每天忙完了藏里的工作,银花都会去医院看望福子。而到医院探望福子的也只有银花一个人。

春末夏初之时,福子从多人间的病房搬进了靠近护士站的单人间里,这也就预示着她的时间不多了。这一天,福子用极其微弱的声音对银花说:"如果,那孩子实在无事可做,生活困顿的话……你看,能不能让他去藏里面干些什么?"

"让小刚来我家的藏里吗?"

"嗯,那孩子的父亲和祖父都是热心藏里工作的师傅,所以,我想小刚一定也能做好。"这时,福子已经喘息不匀了,她强撑着断断续续地说着。小刚已经不会回到橿原了吧,也许福子也知道了这个情况,所以才拼命地跟银花交代着后事。银花明白福子的心意,于是边听边狠狠地点着头。

"是的,我想小刚也一定能成为一个出色的酱油酿造师傅。"

"小姐,拜托你了!拜……托……"

三天后,福子在极度虚弱中闭上了眼睛。直到生命的终点,她心里放不下的还是小刚。福子去世后,银花跟她已经移居九州的女儿通了电话。当银花表示雀酱油会全权料理福子的后事时,对方流着泪一再表达了感谢。

"小姐!拜托你了……"

银花觉得，福子的这一声声拜托时常萦绕在她的耳边，从未离开。

* * * * * *

八月，福子死后的第一个盂兰盆会和安放骨灰仪式都结束了。秋凉时节，父亲和大原师傅的七周年祭也到来了。

秋风已经让人感到有些寒冷，天却是艳阳天。法事结束后，多鹤子、母亲和银花三个人出门去扫墓。首先是父亲的墓地。银花洒水，把墓地清扫干净，又换上祭拜的鲜花。母亲带来了便当，那里盛满了父亲爱吃的东西，银花恭恭敬敬地将便当供奉在父亲墓前，然后祖孙三人纷纷双手合十，默默地祈祷。

接着，大家来到大原师傅家的墓地，结果发现，墓碑前已经供奉上了一瓶酒和一条烟。

"你们看，好像他们家的女儿大老远地已经来扫过墓了。"多鹤子回头冲着银花说道，"银花，你把花供奉上去就好了。"

银花来到墓近前才发现，那里摆着一个打火机，旁边还有一个刚刚抽过的烟头。仔细一看，她认出来了，那正是小刚常吸的"七星"烟。

难道是小刚他刚刚来过？银花赶紧站起身来环视四周，却并没有发现小刚的身影。也许他扫过墓就回自己家了吧，但是原来那个房子已经住进去了别的人家啊。

"多鹤子，对不起，我突然想起来还有点事要处理。"银花说着，顺势将手里的花塞给了母亲，"妈妈，这花，拜托您了。"

不等多鹤子和母亲反应过来，银花已经拔腿往大原家的方向跑去。她不停地奔跑不停地奔跑，一刻也没停歇，不一会儿就上气不接下气了。终于到了原先大原家的那栋房子前，但是那房子周围并没有人。

银花失望极了，不得不再次返回墓地。看来多鹤子和母亲已经回家了，她再次确认了一遍大原墓前供奉的烟和酒。"七星"烟是非常受欢迎的畅销烟，仅这一点也不能作为小刚来过的证据。酒的牌子则是"春鹿"，这是一种奈良当地的名酒，在任何地方都能买得到。能在忌日来扫墓的一定是和墓主非常亲近的人。但是，正如多鹤子说的那样，也有可能是福子的女儿来过。不过，银花又转念一想，如果她特意从九州来的话，是一定会提前知会银花的呀。

思来想去，也找不到什么有价值的线索。银花绕着墓地又转了一圈，最后，墓园出口处的一个垃圾箱引起了她的注意。如果是小刚供奉的酒，他不应该抱着一个一升装的酒瓶，不加掩饰地拿过来。若是上了年纪的人，通常会用一块包袱皮包裹着酒瓶，而小刚这样的年轻人是不会想到这些的吧。所以，应该能找到一些类似超市购物袋啊，百货店的包装纸啊之类能够包裹酒瓶的东西吧。

银花朝垃圾箱里一看，发现了一团被弄得皱皱巴巴的包装纸。她将它掏出来，耐心地把褶皱都弄平整，铺展开。那张包装纸上赫然印着中村酒店的字样，地址则写着大阪市西区。银花想，如果是住在九州的大原家的女儿来扫墓的话，她没有必要跑到大阪去买酒，那么，给大原师傅供奉酒的应该就是小刚了。

想到这里，银花突然感到心中好乱，呼吸都有些困难了。小刚的踪迹终于被她发现了，大原师傅墓前供奉的酒，一定就是他在这家中村酒店买的。那么，小刚极有可能就住在这个店的附近，或是他工作的地点就在那附近吧。

第二天是星期天，银花一大早就忙活完了藏里的工作，急匆匆地出了门，朝着中村酒店赶去。

仔细看了包装纸上印刷的地址，银花才发现那家店在道顿堀川附近。那是一片公寓住宅、工厂还有木材仓库林立的乱七八糟的地方，中村酒店则占据着街区的一角。从酒店的外观陈设就能看出，这是家老店铺，店门前停着一辆小型货车，上面已经堆满了啤酒箱。当银花拉开那扇咯吱咯吱直响的玻璃门时，她发现光线昏暗极了，里面的空气让人感觉凉飕飕的。店的最里面站着一位看起来稍微上了些年纪，剃着平头的男主人，还有一位烫着鬈发的女人，应该是店主人的妻子。那男主人与其说是酒店的老板，倒不如说看起来更像是寿司店的厨师长。

"对不起，我想打听一下，来贵店买过酒的客人里，有没有一位叫作大原刚的？是一个二十岁左右的男孩子，最近，应该是在这里买过一瓶'春鹿'酒。"

"哎呀，你说的那位客人的名字嘛，我没有什么印象……"

于是，银花拿出照片给老板看，那是她从福子遗物中的一本相册里抽出来的小刚的照片，大概是初中三年级时照的吧。照片中的小刚一副随随便便，自暴自弃似的，很难接近的酷酷的表情。现在的他也许面容已经发生了改变，但是，银花手里没有比这个更新的照片了。

"哎呀，不认识啊，这个人……"平头男摇着头，表示不认识小刚。这时，他旁边的烫头女凑过来看，突然"啊"地叫了一声，"这，不是那个'弟弟'吗？前些天，他确实来买过春鹿酒。那人看起来不苟言笑，好像有点心烦气躁似的。"

"啊啊，那个叫'弟弟'的人呐。"平头男也点头表示赞同。

"嗯，我想那大概就是我要找的人了。但是，'弟弟'这个称呼又是咋回事呢？"

"哦，你看，不是有一首内藤やす子①的歌曲吗，我觉得你要找的这个男孩子和歌曲中唱的那个弟弟的形象很相似呢。"

听到这里，银花不由得笑了出来。虽然她知道不应该笑，但她实在是忍不住了。她的脑海中响起了内藤やす子的歌声，总是带着忧郁的、暗沉的眼神……确实，就是这个歌词。突然，银花觉得心里越来越疼，歌曲的结尾这样唱道：

---

① 日本女歌手,1975年以歌曲《弟弟啊》初登舞台。

"请你不要再堕落下去,并不是我要将你抛弃。"

是啊,小刚一定觉得,他是被大家,被这人世间,或是被人生抛弃了吧。但是,我并没有啊。我是不会抛弃小刚的。银花暗自想道。

"你们知道,那孩子他住在哪里吗?"

"啊,知道,知道,就住在前面这栋公寓里,我送货的时候,见过他。"

银花赶紧跑去了店主夫妇告诉她的那个地址,这是一栋沿河建的破败不堪的公寓,每个房间外都堆满了洗衣机、自行车一类的杂物。银花觉得和自己小时候居住的文化住宅相比,这里还要更像样子一些。她挨门挨户确认居住者的名牌,终于在二楼正中的那间房门外,找到了写有"大原"字样的贴牌。那是用签字笔随便写的一个很简易的名牌而已。

看着这些,银花只觉得心里一惊,随之,一阵苦涩滋味涌上心头,"眼前这道门的后面就站着小刚吗?见到他,我要先说点什么呢?好久不见了吗?或者是郑重地发自内心地向他再次道歉吗?"站在这门前,银花竟有些后悔了,如果想得更清楚一些再来见他就好了。

因为门上并没有门铃,所以只能直接敲了。抬手敲门之前,银花深深地吸了一口气,然后才轻轻地敲了两下。没有回应。她稍微等了一会儿,又敲了一下,但是房间里依然没有任何动静。也许小刚出去了并不在家,银花只能失望地离开了这里。但是她并不死心,在这公寓附近转了一转消磨了一会儿时间,然后再一次回到小刚的房门口。可是,依然没有人来开门。

在回程的近铁①电车上,银花暗下决心:"既然知道了小刚的住处,那么下次再来找他就是了。对了,下次再来,一定得给小刚带些什么,比如好吃的东西,或是有营养的东西吧。"

又到了年终岁尾,藏里的各项工作越发多起来。拜望老客户,回收赊账款,参加工商会的各种活动,等等,银花竟忙得没有一点儿自己的空余时间,根本抽不出时间去大阪。银花有些坐立不安了。如果在这期间,小刚搬家了怎么办?这样一来就又见不到他了?

无论银花心里多么渴望快点儿去大阪见小刚,但是,藏和主屋正房的年末大扫除等需要处理的事务多如牛毛,哪一件都必须她亲力亲为。多鹤子马上就六十五岁了,可是她干起活来依旧身手麻利,在这样的情形之下,银花又怎能不干活而随便溜出去呢?

就在手忙脚乱中,转眼间新的一年来到了。山尾家的正月还是同往年一样在平静中度过。母亲照旧准备好了年菜,把食盒装得满满的,全部都是父亲爱吃的东西。吃过年菜和年糕汤,银花祖孙三人一同前往橿原神宫进行新年的初次拜谒。她求了一个神签,是"大吉",并且还写着:"你一直等

---

① 近铁集团控股有限公司(Kintetsu Group Holdings Co., Ltd.简称近铁GHD)源自1910年10月成立的"大阪电气轨道"。"近畿日本铁道"是集团中的一个公司,拥有横跨大阪府、奈良县、京都府、三重县、岐阜县、爱知县等2府4县逾500公里铁道线路,是日本运营公里数最长的私铁。近铁集团(近铁GHD)业务范围涉及铁路、不动产、宾馆、物流等。

待的人会来到你身边。"

"你一直等待的人会来到你身边",银花在心里反反复复地念叨着。突然,她感到自己的心竟然扑通扑通跳得厉害。银花心想,正月里小刚一定会休息的吧,那么,他待在自己家里的可能性也会很大吧,必须现在就见他去。银花一回到家里,赶紧做起了各种准备工作。

"妈妈,您做的年菜,能不能分出一些给我?"

"当然好啊,你是要带给谁吗?"

"嗯,是啊。"

银花准备了一个双层的小号食盒,满满地装上了年菜。但她也仅仅是把菜装了进去而已,完全没办法像母亲那样摆出整齐又漂亮的造型。因为总是弄不好,她的心里焦躁得很。

"我出去一下,就回来啊。"

用包袱皮包裹好食盒,银花出了家门。近铁电车摇摇晃晃的,终于到达了大阪站。银花不敢耽搁,径直朝着小刚的公寓走去。那附近的店铺也好,工厂也罢,统统都关门歇业了,大街上也几乎见不到行人,只有卷帘门上的稻草绳①装饰特别引人注目,祭神驱邪幡②在寒风中摇曳着。

来到小刚的公寓门口,银花鼓足勇气敲了一下门,但是仍然无人回应。虽然她非常失望,但并没有就此放弃的想

---

① 在日本,新年时有用稻草绳挂在门上或神像前做装饰的习俗。
② 日本神道教中不可或缺的一种道具。在日本神道教仪礼中,献给神的纸条或布条通常被折叠成若干"之"字形,串起来悬挂在直柱上。

法。她紧紧地将食盒抱在胸前，把脸埋进了围巾里。她在心里一遍又一遍地告诉自己："你一直等待的人会来到你身边，你一直等待的人会来到你身边。"

就在那栋公寓楼前，银花兜兜转转地徘徊了一个多小时。天气实在太寒冷了，最后她觉得自己已经被冻透了。"坚信那个神签上写的东西，难道是我实在太愚蠢了吗？"银花越发觉得自己好没有出息。即便如此，她还是决定再稍微等一会儿。

太阳渐渐落山的时候，银花隐隐约约地看到大街的对面有个人影在晃。那人低着头，蔫头耷脑地朝这边走来。"啊！"银花差点叫出声来。看那人走路的样子和整个轮廓，一定没有错了。于是，她抱着食盒迎上前去。她想要主动打招呼，没承想却无论如何发不出声来。怎么称呼他好呢？小刚君？大原君？或者是，小刚？大原？到底选择哪个好？

"……那个……"

对方听到银花一声大叫，吃惊地抬起了头。

小刚什么都没有说，就那么呆呆地站在原地。看到他的双眼，银花倒吸了一口冷气。与小刚目光交错的一瞬间，银花心中与他重逢的喜悦荡然无存。小刚眼神里包含的都是痛苦、绝望和愤怒，并且银花能够感觉得到，那种愤怒里也有对于自己的不满。

这时，小刚将身体背转了过去。银花慌了，赶紧叫住了他：

"请稍等！我有话对你说。"

银花见他完全无视自己，扭头就走，赶快提高嗓门喊道："听我说，很重要的事！是你家里的事情啊。"

"到底什么事？"

"就在这里，实在是没法好好说话。"银花被冻得够呛，身体冰凉的程度也已达到了极限，她不停地发抖，"对不起，不管怎么说，我们先找一个暖和一点儿的地方吧。"

小刚环视了一下周围，大正月里，所有的店铺都降下了卷帘门，连一家开门营业的咖啡馆之类的地方都找不到。这时，小刚歪着头，一脸嫌弃地开口说道："去我家吧。"

小刚租住的公寓有六张榻榻米大小，卫生间和厨房倒是一应俱全，但没有浴缸。屋里的陈设都很破旧，简直就像是20世纪60年代的样子。厨房里只有一个电饭锅和一个平底锅，水池里泡着一个陶瓷大碗，旁边扔着一个空的方便面袋子。银花在想：难道新年夜他一个人就是吃着这样的东西度过的吗？心里一阵阵发酸。

小刚打开了一个小小的电暖炉，那简直就像是一个烤面包炉。然后，他请银花坐了下来，两人中间隔着一张折叠小桌。小刚的容貌已经完全改变了。银花的脑海里保留的依然是最后一次见到小刚时的印象，那是一个小自己一岁的，还有些稚嫩的男孩儿。可是今天，站在她面前的小刚，看起来完全是比银花还要年长的样子。

"你怎么知道我住在这里？"

"我去给大原师傅扫墓，发现了那个中村酒店的包装纸。"

"你是特地从橿原找到这里来的吗?俨然就是个刑警啊。"小刚侧着脸说道。

提到"刑警"时,小刚尖酸刻薄的语气,深深地刺痛了银花的心。《弟弟啊》那首歌又一次在银花耳畔响起。如今,小刚是一个有杀人案底的人,幽怨的眼神背后,是一颗扭曲而纠结的心灵。小刚变成现在这副样子完全就是银花和母亲的过错啊。

"我不是什么'刑警',你应该叫我'名侦探'吧。"银花强作欢颜,嘿嘿笑着说。但是,小刚的表情并没有任何和缓,还是用那种让人不寒而栗的眼神死死地瞪着银花。

"你,到底来干什么?"

"我要跟你说说,你的母亲福子的事。"

"那块墓碑,我看到了。我妈妈,也已经死了。"小刚的声音非常低沉而阴郁。

"嗯,是的,去年,你母亲是因病过世的。我发现时她已是癌症晚期了。"

小刚什么也没说,嘴紧紧地闭着。银花明白他在拼命咬牙忍受,忍受着所有的一切。但是,一想到接下来还是有很多不得不说的话,银花就变得有些心情沉重。

"福子,她在临终的时候,最最放心不下的就是你。她始终担心着你,担心你有没有好好吃饭,是不是身体健康、平安无事,是不是又在哪里被别人欺负了,如果又做了什么坏事,该如何是好呢?"

小刚的头低得更深了,他紧紧地抓着自己的膝盖,浑身发抖。虽然听不到声响，但是银花知道，小刚他哭了，泪水如断线的珍珠，一滴一滴，啪嗒啪嗒地掉落在坐垫上。

银花听到了小刚轻轻的啜泣声，连她也被弄得快要哭出来了。但是，她知道，如果现在不说，恐怕就再没有说出来的机会了。所以，虽然很残忍，但是银花还是要继续说下去。

"我要将福子拜托给我的事情，告诉你……请你一定保重身体，认认真真地生活。今后的日子里，一定还有很多很多你不得不忍耐的事情，但是，你的妈妈希望你坚强地活下去。唯有这样，才有可能遇见你更加美好的未来。"

"他妈的。"小刚一边小声地嘀咕着，一边用手抹着眼泪。他一直没有抬起头来，就那样耷拉着脑袋，用力地抑制着自己的哽咽。

"都怪我啊。"

那声音中有愤怒，有后悔，充斥着灰暗和阴郁。银花感到自己的心被猛烈地撞击着，似乎有千斤重担压在上面一样。太沉重了，她觉得透不过气来，她完全能够理解小刚对于自己母亲的去世有多么地自责。此时，银花太想对他说一声："这一切都不是你的错啊，不怪你啊。"然而，她却不能说。不是罪过的罪过远比有缘由的罪过更加可恶。

记得当初父亲刚刚过世的时候，银花就曾这样想过："如果看到座敷童的不是我，而是父亲，那么今天的这一切就都不会发生了。难道不是这样的吗？"并且，时至今日，银花依然是这样认为的，她至死都会认准这一点，无论别人怎么说，她都不会改变想法。不是罪过的罪过就是那样的，因为不是罪过，所以无法偿还，更无法救赎。无法偿还，那个罪过就永远地永远地不会消失，永存人间。

"以前，父亲曾给过我一个礼物。"银花平静地说道。

"什么？"小刚不由自主地抬起头，仰起了脸。

"福良雀的土陶铃铛，像河豚一样膨胀得圆圆滚滚的一个玩具。一摇晃它，就会发出骨碌——骨碌——的美妙声音。"

小刚满脸疑惑地望着银花。也许是他眉间的皱纹太深了，怎么看都像是他还在生气似的。

"那个土陶铃铛，圆圆滚滚，胖胖乎乎，骨碌骨碌地到处翻滚着，到底会滚到什么地方去呢，完全不知道，但是，反正总会滚到什么地方去的。不过，现在它只能在翻滚的这个地方不停地翻滚。我对于自己也是这样想的。"

小刚什么都没有说，只是回过头来，用锋利的目光盯着银花。银花这才意识到刚刚自己的话该有多么欠考虑。瘦削又敏感的小刚骨碌骨碌地翻滚之后就该折断了吧。他是一个想翻滚也翻滚不起来的人啊。

"对不起。"银花重整心情，向小刚询问道，"现在，你在哪里工作呢？"

"就在这附近的木材加工厂里干活。"

"哦，是这样啊。不管怎么说你身体健康，干劲十足，这真是太好了。"银花真想对小刚说，希望他能来藏里工作，但终究没能说出口。因为，银花没有自信能给小刚足够的劳动所得。另外，对于小刚来说榾原是一个只会给他带来痛苦回忆的地方。让小刚回到那里，这太残酷了。

"以后，我还可以再来看你吗？"银花下定决心，鼓足勇气说出了这句话，但是，小刚并没有理会她，银花觉得心里像针刺一般地痛。看来享受重逢喜悦的仅仅是自己一个人啊。

"那好吧。你看，尝尝这个。"银花厚着脸皮，把装着年菜的食盒放在了桌子上。"我不要这些。"对小刚的这句话，银花就像没听见一样，她头也不回地走出了小刚的公寓。小刚也并没有出来送一送她。

在回程的电车上，银花一直想着小刚。她的脑海中好像浮现出了小刚在那个狭小的房间里一个人吃年菜的情形。"哎呀，对了，要是将年糕一并带给他就好了。"银花才想起竟忘记了带年糕。如果能给他做一碗年糕汤，说不定他就会高兴了。银花因为自己的愚钝而后悔不已，她觉得，如果是母亲就不会有这样的闪失，她一定会为父亲奉上最最完美的料理吧。

那天晚上，银花对母亲说："妈妈，您能教我做饭吗？"

"啊呀，是不是你心里有喜欢的人了？"母亲微笑着说道。她旁边的多鹤子也侧目看着银花。

"并不是的。我只是觉得应该好好地学学如何做饭了。"

"是吗？我原以为你一定是有了喜欢的对象呢。那么，你想学做哪种菜呢？"

"我爸爸曾经喜欢吃的菜,都教教我吧。如果可以的话,我想首先学习一下如何做好肉菜。"

很快,母亲就开始教银花如何做饭了。首先,大概给她看看做菜的例子,然后将一些做菜的小技巧教给她。从黄瓜的切法,到酱油调味汁的熬煮,银花按照母亲教的方法试验了一下,果然,无论品相还是味道都得到了质的提升。

"这道菜啊,尚孝最初吃的时候,真的是非常非常喜欢呢,他甚至说,光是喝那个调味汁就很美味了。"

母亲手里有好多本她自己总结的菜单小册子,那里面包含了母亲所有拿手饭菜的做法。当银花请求母亲拿给她看看时,母亲的脸竟突然之间变得红通通的,并且拒绝了。

"嘘——保密呀。太丢人了。"

银花看到母亲如此反应,稍微愣了一下,忽然间觉得好羡慕她呀。母亲虽然没有将自己总结的菜单册子借给银花看,但却特意在别的纸上,非常耐心细致地将做法一一写给了她。母亲写得既详细又易懂,真是帮了银花的大忙。

接下来的这个周日,银花又早早地出发了。她提着一个大包裹,来到了小刚的公寓。

敲门,没有应答。再一次敲门,还是没人开门。他不在家吗?因为担心,所以银花大声地叫起了小刚的名字来:"大原刚,我是银花,山尾银花啊。"

就在这时,门突然打开了。只见小刚一副怒不可遏的表情,"你,又来干什么?"

"我是来取上次放在这里的那个食盒的。"

"我,这就给你去拿。"

趁着小刚转身的瞬间,银花一步跨入房门。她完全无视惊愕不已的小刚,脱了鞋进屋去了,并顺势将从家里带来的大包裹放到了厨房里。

"我是给你做饭来了。"

"我不需要你做什么饭,拿着你的那个食盒,赶紧走吧。"

银花根本不理小刚,仍然站在厨房里。来这里之前,银花已经在家里做了一些简单的备料。今天她准备的菜谱是,烤鸡腿蘸混合了大蒜和黄油的酱油调味汁,西红柿醋渍章鱼。首先,淘米煮饭;然后,煮大酱汤;最后,用从家里带来的煎锅,煎烤鸡腿肉。再就是见缝插针地制作酱油调味汁。

"这个酱油可是我亲手做的呢,从蒸煮大豆开始一直到给酱油瓶贴标签,所有的一切都是我做的。"

银花说着,在盘子中添加上了切丝包心菜。腌泡汁则盛放在也是从家里带来的玻璃器皿中。"做好了,来尝尝吧。"银花说着转身看小刚。结果,不知道什么时候,那家伙已经消失得无影无踪了。也不在厕所里,出去买东西去了?银花决定稍微等一会儿。

在等待小刚的时间里,烤鸡腿肉和大酱汤已经凉透了。既没有防蝇纱罩,也没有保鲜膜,实在没有办法,银花只能用随身带的手绢罩在饭菜上,就那样一直等着小刚回来。可是,无论怎么等,小刚就是不回家。夜深了,已经到了必须回橿原的时间。最后,银花放弃了继续等待的打算,走出了小刚的家。

曾经为了寻找离家出走的樱子,银花拜托过小刚。那时,他虽然也是满腹牢骚,但最后还是答应了银花的请求。所以,这一次银花抱着同样的想法,期待他能妥协,可是小刚已经不是以前那个时候的小刚了。

银花把食盒放在膝盖上,朝着窗外看,外面已是漆黑一片,什么都看不见。"我希望能为小刚做些什么,可又能为他做些什么呢?果真有我能为他做的事情吗?"

如果可能,银花真的希望每周都到小刚那里去,但是工商会的活动啊,藏里的杂七杂八的事情啊,每天都让她忙得团团转。终于能抽出一点儿时间的时候,已经是两个半月之后了。

这一次,银花给小刚带的是炖肉,那是父亲的最爱,红茶炖猪肉。

"你给我回去!"

眼看着小刚就要将门关上了,银花赌气地说道:"你要是不让我进门,我就不回去了。"

小刚没有回应,把门啪的一声关上了。实在没有办法,银花决定就站在房门前等待。没一会儿工夫,门再一次被打开,拉开窄窄一道缝,小刚偷偷探出了头。当他发现银花还守在门外时,马上现出了生气的表情。

"我让你回去,没听到吗?"

"我说过了,我不走,就不回去。"

砰的一声,门又关上了。于是,银花再等。虽然屡次三番地被关在门外,但一想到小刚还是在意自己的时候,银花打心底里觉得高兴。这一次过了不到五分钟的时间,门又一次打开了。再次露面的小刚凶巴巴地瞪着银花,还是什么也不说,但是门也没有被关上。

"打扰您了,我进来了。"银花说着,走进了小刚的房间里,并且马上开始做饭。没过一会儿,饭做好了。当银花回头叫小刚吃饭时,她惊喜地发现,这一次,小刚没有消失,而是好端端坐在那里。银花将饭菜摆上了饭桌,和小刚两个人面对面地开始用餐。

"佐田雅志不是有一首叫《关白宣言》的歌曲吗,你觉得怎么样?好听吗?"

还是没有回音。但是,银花也要继续说。

"听了那首歌,多鹤子的脸都皱起来了,一副很是生气的样子。但是,坐在她旁边的我妈妈的表情却很微妙,她的评价就是:'这歌手唱的不就是个理所当然的事吗?'"

银花自己又怎样呢?来到一个男人的家里,给人家做饭吃,这不就是一个因循守旧的傻女人做的事吗?如果被自强独立的女人看到了的话,一定会被笑掉大牙。以前,方便面广告就出现过这类问题,所以还一度被停播了。

——我(女人的自称),是做饭的人。我(男人的自称),是吃饭的人。

银花所做的事情无疑和这句话说的情形是一样的。她竟变得有些内疚了。但是，转眼一看小刚吃饭的样子，她的心里又升起了要为小刚做饭吃的信念，她自己也觉得太不可思议了。

虽然小刚一直什么话也不说，但是看得出来好像那个红茶炖肉很合他的胃口。本来银花想着把明天的饭也给他做出来，所以特意从家里多带了些食材过来。没想到小刚风卷残云般把所有饭菜都吃了个精光。饱餐过后，小刚默默地收拾了碗筷，并将它们清洗晾干。

春天来了，又到了吃春笋的季节。银花给小刚带来了竹笋饭、中式竹笋炖肉和醋渍裙带菜。这些也全部都是父亲最喜爱的。小刚似乎更喜欢吃味道比较重的猪肉，所以这个配搭很合他的心意，他吃得非常起劲儿。

"这些竹笋，就是我家藏后面那片竹林里的哟，是今天早晨，我刚刚挖出来的。"

还是没有小刚的声响。

"竹子这植物啊，春天落叶，秋天长新芽。所以呢，竹林的秋天也就是春天，反过来，竹林的春天也就变成了秋天。"

这次，虽然小刚没有说话，但是他的眼神似乎稍微动了一下。这就是对银花说的话题感兴趣的回应啊。

"你还记得吗？曾经，你把我一直送回过家的。那个时候，你是抽烟的，嗯……我想那烟头的火光像极了萤火虫。"

"……啊——"小刚突然轻叹一声，然后点点头。

太好了！他有反应了。银花高兴得心都雀跃起来了。

"对了，我还正想问你，现在你怎么不抽烟了呢？我一直没有见到烟灰缸呢。"

"戒了。"小刚低声地自言自语似的说道。这就算是两人之间有问有答的对话了。银花开心极了。

"哦，原来是这样。这样也蛮好，抽烟毕竟对身体也不好嘛。"

实际上，银花还是觉得稍微有些遗憾，有些落寞的。虽然她并不喜欢烟草的味道，但是，每当想起小刚送她回家时，在那昏暗的竹林之中浮现的小小火光，银花的心都会一点一点地温暖起来。

两人吃过饭后，收拾整理和洗刷碗盘的全部工作都是小刚自己完成的。银花则是一边喝茶一边观察。小刚和父亲最大的不同，就是饭后他会帮助整理和洗刷。

父亲高兴地吃着母亲做的饭菜，总是不吝赞美，但是他却从来不做任何家务。银花从没有见到过一次父亲洗碗的画面，母亲对此倒也从未有过任何怨言。

当碗盘全部洗刷完毕后，小刚突然说："我送你去车站吧。"

银花被这突如其来的一句话吓了一跳。但是，她还是顺从了小刚的意愿，两个人沿着道顿堀川往难波站走去。初春的夜晚还带着丝丝寒意，月色朦胧，令人陶醉。小刚就在身旁。银花的心欢快地跳动着，兴奋极了。

"已经是春天了啊。"

银花不禁感慨地说道。同时,她望向小刚,发现他好像有些吃惊又似乎发自内心地笑了笑。

木材加工厂的工资只有一点点,所以小刚的生活总是处于捉襟见肘的状态。而且,小刚一直从自己微薄的收入里分出一部分邮寄给大胜的父母。

"我邮寄给他们的钱并没有被退回过,也许帮上了一点儿忙吧。"

小刚淡然地说道。银花能够理解,小刚其实并不相信用金钱可以赎罪,他仅仅是很朴素地认为什么也不做肯定是不行的,一定要为大胜家做些什么才好。银花真的希望能够帮助小刚,哪怕是微不足道的一点儿小事也好。周末,银花又来到了小刚的公寓里,用唯一的一个煤气灶给他做饭。

去小刚生活的地方跟他见面绝对是个秘密。对此,多鹤子总是想要说些什么似的,但又有意表现出一副不感兴趣的样子,"你出去跟男孩子玩,这都没有关系,但是一定不要耽误工作,工作还是要做好的啊。"

另一方面,母亲却非常热心地支持着银花,虽然她根本不知道银花正在交往的对象是谁。因为母亲一直认为,能为某个人尽心尽力就是世界上最幸福的事,并且对此坚信不疑。

最近,银花自己都感觉到她做饭的本事见长,技艺越来越高超。之所以这样想，是因为小刚吃饭的样子变了，跟以前不一样了。每道菜，他吃第一口和吃第二口之间的时间间隔越来越短了。银花看着小刚，心想，自己决不能输给他。

两个人时常也会一起去看看电影。在市南区①散步的时候，小刚总是有意无意地躲避着别人的目光。小刚的气质和形象不同于普通工薪阶层和大学生，他不属于那种开朗性格的阳光型男生，眼神里永远充满了忧郁。无论多么晴朗的天气，多么明亮的屋子，小刚眼神中的灰暗都是那么让人触目惊心。每当看到他的那双眼睛，银花的心就会不由自主地疼起来。

两个人就这样相处着，日子也如流水一般静静地逝去。春天过去了，夏天也结束了，转眼间秋风又起，在十月就要接近尾声的时候，秋老虎仍威力不减，天气甚至还如酷暑时一般炎热。坐在小刚狭窄的拥挤不堪的公寓里，就像是进了蒸笼一样。实在是耐不住炎热了，银花打开了电风扇。可是这台机器的扇叶除了能发出哗啦哗啦的噪声外，竟然没有送出一丁点儿的凉意。吃过饭之后，一切都收拾停当了，但是银花一点儿都不想走。她和小刚两个人一起懒洋洋地吹着风扇。

突然，洗脸池旁边放着的那个脸盆映入了银花的眼帘，那是小刚去浴池泡澡时用的东西吧。

---

① 现在的大阪市共管辖有24个区，是政令指定都市中辖区数最多的城市。大阪市在过去还曾设有大淀区、东区、南区三个区。但在1989年，大淀区和北区合并为新的北区，东区和南区合并为中央区。

"喂，小刚，浴池，我们一起去吧。"

小刚愣住了，呆呆地看着银花。银花也被小刚那吃惊的表情弄得有点害羞了。

"嗯，因为，因为今天太热了嘛，浑身都是汗，黏糊糊的，我想去泡个澡。"

银花为了缓解尴尬，故意用爽朗明快的语气解释道。不知道为什么，她的脑海里竟突然浮现出了樱子的面庞。曾经樱子还因为银花从没有接过吻而嘲笑过她呢。实际上，直到现在，银花依然没有过亲吻的经验呀。这要是让樱子知道了，还不知道她要怎样大笑呢。

"借给我一条毛巾吧。"银花厚着脸皮催促道。小刚什么也没说，默默地将一条毛巾丢给了银花。那是一条写着某某家具店名字的业务用毛巾。肥皂也只有一块，只见小刚稍微犹豫了一下，手起刀落，将那块肥皂一分为二了。这时，小刚的脸微微泛起了红晕，看那样子，好像在浅浅地微笑着。

就这样，小刚和银花一人一条毛巾、半块肥皂，携手并肩地朝着浴池的方向走去。银花竭尽全力用最快的速度完成了洗浴。可当她迈出浴池，就发现小刚早已经等在了那里。两个人默契十足，一路无话走回到公寓里。当银花完全下定了决心以后，她感到了前所未有的安心。这份安心的感觉连她自己也非常吃惊。

屋里没有开灯，小刚将小桌子折叠起来，塞到了房间的角落里。银花则将电风扇的风力调到了"最强"挡。只见，那风扇扑扑啦啦地来回旋转,声音大而嘈杂,简直就是一个噪声制造器。正当银花准备调整一下它的俯仰角度时,突然被人一把压倒在地。就这样,她的嘴唇被顺势吸吮住了。虽然两人刚刚洗完澡,可是小刚身上已经汗津津地湿透了。

在这间昏暗的小屋里,银花突然感到自己看见了萤火虫。随着小刚的动作,那团小小的、耀眼的红色火点正在一明一暗地闪闪发光。太热了,简直让人无法忍受。

"萤火虫……"银花不由得喊出了声,但是,小刚依然没有回应。当两个人那被汗水润透了的肌肤相互摩擦时,银花竟然觉得像是听到了风中竹林发出沙沙的声响。

那天夜里,小刚又将银花送到了车站。他们沿着道顿堀川走着,路过沿河的冷冻仓库和木材加工仓库。

随着夜越来越深,秋风也越发凉起来。

"我们结婚吧。"银花脱口而出的话,竟把自己也吓了一跳。小刚听到这话,突然停住了脚步,然后立刻又抬腿朝前走去。

"你等等我啊。"

银花越是这样说,小刚走路的速度变得越快。银花拼命地加快脚步,为了不被小刚甩掉。她着急地在小刚背后大喊道:"喂,你不要不说话啊。说说啊,你怎么想?"

这时,小刚突然转回了头,蹙眉怒视着银花。然后,丢出了一句:"不可能。"

听到小刚这样的回答,银花觉得她的心瞬间被击碎了一般。她既觉得无法相信小刚断然拒绝了她,同时又觉得被小刚拒绝是意料之中的事。

"为什么？"

"我，是一个进过少年教养院的杀人犯啊，对于拥有悠久历史的藏来说，我这种人是绝对不会被接纳的。"

"你不要在意那些啊。"

"我，也没有兴趣做酱油。"

"藏里的工作由我来做就好，你不喜欢不做就是了。"银花一步一步紧逼着，重复那些话。可是，小刚连看都不看她一眼。

"对不起，我错了，是我不好。你的好意，我心领了，但，我不会结婚的。所以，以后你不要再来了。"

比起被小刚拒绝，他的道歉更让银花觉得心酸。

小刚是银花长这么大遇到的第一个想要和他在一起，想要为他做些什么的人啊。银花认为，如果她也像母亲对待父亲那样，不断地锻炼自己的厨艺，反复练习制作美味佳肴，总有一天也会做得一手好菜，然后，和自己喜欢的人结婚。但是，现在看来，所有的想法都是自己的一厢情愿，是自己演出的独角戏，完全是一场误会啊。

"我，就是一个十足的大傻瓜啊。"在回家的电车上，银花再也不加任何掩饰，任由自己的眼泪恣意流淌。

因为被小刚拒绝了，被甩了，所以整个正月里，银花一直待在家里，一步也没有走出过家门。多鹤子和母亲好像都看出了些什么，但是，谁也没说什么。漫漫冬日终于结束了，春天悄然而至，就在这悄无声息的时光变化之中，吃春笋的季节也画上了句点。夏天就在眼前。跟小刚断了联系已经有大半年了。

藏的经营状况在一点一点地好转，穿着和服去推销产品果然有效。银花已将雀酱油的营销做到了省外，甚至连大阪的百货商店，她也已经去转过几家。每当经过难波站，她都会不由得想起小刚。"他还好吗？还在那个公寓住吗？他，有没有每天按时好好地吃饭呢？"

银花想：也许我这辈子都不会结婚了吧，我不会再喜欢上除了小刚以外的男人。如果真是这样，今后藏要怎么办呢？有一天，我老了，死了，那么继承藏的人也就不在了呀，难道真的有一天必须要为了藏而招一个上门女婿吗？时至今日，银花似乎越来越能理解多鹤子当年的心情了。

银花一边远远地望着在厨房里忙碌的母亲，一边轻声地叹气。现在，母亲正在腌制青梅干，不过是一个在青梅上铺撒咸盐的工作，母亲都能做得一脸满足。父亲生前那样宠爱着她，她真是幸福啊。父亲去世后，母亲也还是幸福的。不知道为什么，银花突然忍不住问母亲："妈妈，您当年为什么要跟爸爸结婚呢？"

"因为你爸爸说'嫁给我吧'。"

"就那么简单？"

"是啊，就这么简单。"

母女二人就这样你一言我一语地聊着。母亲则饱含着深情和爱意，将青梅一颗一颗地摆放进瓶子里。

"妈妈，当您听到父亲总是对您说'好可怜啊，好可怜啊'时，您是怎么想的呢？"

"我觉得你爸爸，他真是一个温柔的好人啊。"

"妈妈，别人总是对您说'好可怜啊'之类的话，您不觉得羞愧吗？不觉得后悔吗？不会生气吗？"

"为什么？尚孝他，真的是从心底里觉得我好可怜啊，所以才跟我结婚的，我为什么要生气呢？如果有了你说的那些想法，才更是对尚孝的失礼啊，才更是对不起他啊。"

"强迫别人接受一个连父亲是谁都不知道的婴儿，这才是失礼吧。完全没有我亲生父亲的线索，是为什么？您总不会曾经有几十个交往对象吧？"

"银花！不要再问了，妈妈我太难受了。"母亲说着，眼里已满是泪水。

"妈妈，您总是这样，总是说自己太难了，总是一副哭哭啼啼的样子，总是希望别人为您做些什么。"银花实在忍无可忍，粗鲁地叫喊道。

母亲开始哭了起来。又是这样，银花觉得烦躁极了，甚至已经到了无法克制的程度。

"可怜的人是我的爸爸啊，爸爸他一直守护着妈妈。那么，妈妈，您为了爸爸都做过些什么呢？爸爸他痛苦不堪的时候，您为他做过什么呢？只有，只有给他添麻烦。"

银花说到这里，跑出了厨房，来到走廊里，又从廊檐下穿过，跑去庭院。此时正是日落西山时，天边被染成了暗红色,犹如火在燃烧一般,景色是那么美。银花眼前清晰地映现着那青青的柿子树轮廓。

她知道,自己的话太过分了。"我是在嫉妒母亲啊,因为被小刚拒绝了,我才胡乱发脾气。"银花明白这些道理,感到既惭愧又自责。于是,她一边忏悔一边祈祷:

"座敷童神啊,对不起,您一定不要抛弃我啊,一个如此不堪的我。"

转眼间,到了七月。母亲因为热伤风,一病不起了。因为她一直是一副弱不禁风的样子,却又几乎不生病,元气满满,所以银花和多鹤子都没有太在意。

然而这一次,母亲整整三天高烧不退,病情完全不见好转。第三天时,突然她的状态变得有些奇怪,无论怎样呼唤她,她都没有反应。银花见状,才觉得大事不妙,于是赶快打电话叫救护车。等把母亲送到医院,银花立刻被告知,母亲需要住院接受治疗。据医生讲,母亲的高烧诱发了脑炎。天刚蒙蒙亮时,母亲没有了气息,就这样悄无声息地去世了。

母亲躺在那里,像是睡着了一般,前几天,她还健健康康地做菜呢。直到今天早晨,大家还都觉得她得的是普通的感冒。母亲连一句话都没有留下,银花和多鹤子都觉得很困惑。

银花看着母亲的遗体,依然不能理解她的死。但她并不觉得悲伤，也没有流泪，只呆呆地站在那里，直勾勾地俯视着母亲。多鹤子看起来也不悲伤，而是一个劲儿深深地叹气。

母亲的葬礼静悄悄地结束了。享年四十二岁的母亲，直到临终时看起来仍像一个三十出头的人，依然那样可爱、漂亮，没有变老。

送走母亲之后，迎来了夏天，还没有出梅，但是暑热之气已经很厉害了。从殡仪场回家的路上，银花跟随着多鹤子的脚步，慢慢地、慢慢地走着。多鹤子今天已经六十六岁了，虽然她从没有示弱过，但是已经能够看得出来，她的确是老了。

"你妈妈她，我觉得怎么也要活过一百岁的，哪承想，她竟然比我走得还早。"

"我也是这样认为的，我原以为，母亲就那样可爱的，心神不定的，笑眯眯的，可以长命百岁呢。"

听到银花这样说，多鹤子停住了脚步，她用手绢不断地擦着汗。银花将手里的太阳伞快速地旋转了一下，抬起头望向天空。

"前些天，我向妈妈问起了亲生父亲的事，但她什么都没说，就这样去世了。结果，我对于那件事还是一无所知。"

"你对尚孝有什么不满吗？"多鹤子问道。

"没有不满呀，但是，明明是自己的身世，可我自己却丝毫不知情，我觉得不能忍受。多鹤子，您曾听到过什么吗?"

"哦不,尚孝和美乃里他们什么都没有说过。"多鹤子说着,仔细地将手绢放进手包里,然后缓慢地继续往前走。银花跟在她身后,默默地走着。

"实际上,前些天,我对母亲发过牢骚,也说过'您尽给我们添麻烦,您快停止吧'之类的话。"

"啊,是啊,我当时也听到了。"

"母亲她总是给别人添麻烦,这确实是事实呢。但是,当时我冲她发火,还有一个更加任性的理由,那就是,我嫉妒她。"

"嫉妒?"

"母亲能够和我的父亲结婚,能够同自己喜欢的人在一起,并且她还能做自己喜欢的事。一想起这些,我就生气。"

"我也是啊。"

"您说什么?"

"像你母亲那样的女人是最难对付的,你过世的父亲固然也有错误,但是我就是无法喜欢她。"

银花觉得多鹤子这样直白的说法有点好笑,但是,"我就是无法喜欢她"这样的话出自多鹤子之口,还是让银花感到意外,说出这句话的多鹤子简直像变了一个人。这样的话银花无论如何说不出口,她很小的时候就厌弃母亲,恨她,甚至有过"如果母亲不在了那该多好"之类的想法。但是,她却非常爱吃母亲做的菜和点心,也羡慕母亲那可爱的笑靥。

"虽然风格各异,但是美乃里和樱子真是很像啊,那孩子现在正在干什么呢……"多鹤子稍微松了松丧服的领口。

樱子自从离家出走之后,一直是音信全无的状态,想必多鹤子一直放心不下吧。但是,银花却一点儿都不担心,因为她觉得,说不定哪一天,樱子就会带着强势的笑容回到家里来。

"多鹤子,我还一次都没有哭过呢,眼泪流不出来呀。"

"我也是这样的,我的母亲过世时,我也没有流过一滴眼泪。"多鹤子轻描淡写地说道。

银花不禁大吃一惊,她觉得好可怕,好像周围的空气都要凝固了一般。银花清楚地感觉到,多鹤子的话语深处隐藏着的,是厌恶与憎恨。而银花心中对于自己母亲的那种嫉妒,是完全无法与多鹤子的这种感情相提并论的,那是一种浓烈的、无休止的、纠结缠绕的感觉。

不过,银花既不想因此而追究母亲的责任,更不想苛求和责备母亲的不是。到底该如何形容自己对于母亲的情感呢?也许这样的疑问在多鹤子的心中也同样存在着吧,这和年龄完全无关。母女之间的问题,彼此之间的隔阂,也许直至死去的那一天都会始终萦绕在心头吧。

远处,一片粉红色格外引人注目,那是公园中正在盛放的夹竹桃。银花将太阳伞稍稍上举,直直地眺望着。

"我,觉得我的母亲就像是那夹竹桃一样的人啊。你看,它的花朵多么漂亮,多么可爱,但,它却是有毒的植物。天气这么热,它却如此平静地恣意盛开,真是胆大包天啊。"

"你,形容得很准确,真的就像你说的那样,确实如此。我也从来都不喜欢那种花,就好像冥冥之中我知道它有毒似的。"

"嗯,是啊,我也是从小就讨厌它。"

"这一点上,我们倒是脾气相投。"多鹤子这样回应了银花,但是在她的脸上却看不到一丝喜悦。

盛夏时节的气温上升得非常厉害,太热了,所以,酱油藏的下料工作必须暂停。

母亲的后事全部料理完毕之后,银花打算整理一下她的遗物。母亲留下了大量的洋装、和服、提包和鞋子,全部都是父亲曾经买给她的。

当她打开母亲的箱笼,首先看到的是件树叶纹样的麻制单和服。父亲曾为母亲画过一幅画像,当时她穿的就是这件和服,表情轻松又惬意。画中她那懒洋洋又虚幻的样子,竟有着令人惊异的魅力,那种魅力极其迷人。

一旦被困在只有母亲和父亲两个人的世界里时,银花的呼吸就会变得越来越困难。因为在母亲的世界里,只有父亲一个人。我这样的人是不存在于他们之间的,我于母亲而言,到底意味着什么呢?如果我是父亲的亲生女儿,母亲就会宠爱我了吗?如果我是母亲最爱的男人的孩子,她就会特别地关心我了吗?

银花越想越觉得呼吸困难,甚至快要窒息了,心里、喉咙里都像是被塞满了东西一样憋闷,非常痛苦。但是,她却一滴眼泪都没有,这些痛苦完全积压在身体里了。她停住了手,暂时不再去收拾那些遗物,而是走下楼梯,来到一楼。她钻进厨房,喝了一大口凉水,然而,喉咙中堵塞的东西似乎并没有被冲走。

银花不经意间看了一眼碗橱,那个画着兰花的茶杯映入了她的眼帘。瞬间,她觉得再也无法忍受了,真想大声地叫喊出来,真想把喉咙里堵塞的那团污秽的东西连根拔除。

不过银花还是想尽办法忍住了,她又将一杯凉水一饮而尽,然后不断地深呼吸。接着,她把碗橱中所有的兰花茶杯一股脑儿地收了起来,放入储藏间,再也不想看到它们。

银花重新回到母亲房间里,继续整理遗物。整理了一阵子之后,她在壁橱的最深处发现了一幅被包裹得非常仔细的画。那是一幅母亲年轻时的素描肖像。逆光中,母亲怀抱着一个小婴儿,微笑着,就像是圣母圣子像一般。画作的下方有父亲的签名,画作的背面写着:"一九五八年十二月二十三日 于纯茶花神。"

银花仔细地端详了那幅画好一会儿。"落款日期是我出生后一周,母亲怀中的婴儿,莫非就是我吗?这幅画是不是就是父亲和母亲相遇的机缘?父母二人到底是如何相遇的呢?母亲到底出身何处?我,到底又是谁呢?时至今日,无论我怎样想要探究自己的过去,也都无济于事了。银花,我就是山尾银花,是山尾尚孝的女儿。"银花像是要麻醉自己一般,在心里不断地对自己说着这样的话。

可是,几天之后那幅画面还是萦绕在银花脑海中,挥之不去。她非常清楚,这样想对于父亲来说是非常失礼的,但是,她还是想知道自己的亲生父亲到底是谁。纠结,烦恼,始终围绕着银花。最后,她心中终于有了答案,那就是:这样不清不楚地混下去是不行的。

银花打定主意之后,决定用追溯母亲户籍的方式试试看。母亲出生于大阪市港区的市冈,但那一带已经在一九四五年三月十四日的大阪大轰炸中毁于一旦。所以,虽然银花走访了当时母亲住址周围的住户,可知晓母亲情况的人却一个都没有。

接着,她又去查找了那家名叫"纯茶花神"的店。银花利用电话本进行确认后发现,"纯茶花神"这家咖啡店就在心斋桥附近的周防町一带。银花来到当地一看,原来这是一家美术咖啡馆,建筑是砖瓦结构的,外墙上爬满了常春藤。咖啡馆的一半区域被布置为画廊,其中装饰和展览着几幅画作,墙壁上挂着一块琥珀色的展板,上面写着"Since 1950"。

柜台里,有一位中年男士正在冲泡咖啡。

"对不起,打扰您了。我想打听一下昭和三十年左右的事情,您这里有了解情况的人吗?是有关您这家店的一位老顾客的情况……"

听到这样一番话，冲泡咖啡的那位男士用非常诧异的目光看了看银花。可是，当银花十分郑重而又谦卑地低下头拜托对方时，他马上去后面请他的父亲。片刻后，从咖啡店的最里面走出来一位看起来差不多有九十岁的老人。银花见状，赶紧拿出父亲的素描画像给那位老人看，询问道："您看看这幅画，能找到什么线索吗？这是一幅我的家人画的作品……"

这位上了年纪的店主人仔细地端详了父亲的那幅画好久，突然"啊"地叫了一声。

"哦，我记得这幅画，画中人确实就是原来松岛那片新开辟的市区的妓院里的姑娘啊。以前，她总是抱着一个小婴儿，和一位学美术的男学生一起来我们店里。那女孩儿可真是一位标致的美人。"

"松岛？"

"啊，是啊，你们年轻人肯定都是不知道的。过去啊，那一带就是花街柳巷，战后也是满是妓院的地方，也就是男人们逍遥娱乐的地方。"

"妓院……"

当然，"妓院"这个词，银花是知道的。但是，也仅仅是知道而已，那是一个距离她的真实生活很遥远的词啊。

"我还记得，第一次见到他们时，是一个下雪的日子。那个年轻的女孩子怀里抱着一个婴儿，光着脚步履蹒跚地走在雪地里。这一切都被那个男学生看在了眼里，他喊住那母女俩，亲切地给予了她们关心和帮助。"

"雪地里，光着脚，怀抱着婴儿，是这样吗？"

"是啊，那天的一幕幕，我记忆深刻，简直就像电影当中的场景一样。"老人说着，目光望向了远方。

"您能再具体讲一讲吗？"

"哦，好的。"老人一边点头回应着，一边朝柜台里的儿子说道，"给我们沏两杯红茶好吗？加奶的。"

不一会儿，两杯暖暖的奶茶就摆在了银花和老人的面前。那位老人往红茶中加入了很多很多砂糖。银花也是一样，往奶茶中加入了很多很多砂糖。

记得，这种吃法是那位美术专业的大学生最喜欢的，那天，他也是这样喝的茶。虽然没有风，但是当天的雪下得非常大，那是寒冷彻骨的一天啊。

昭和三十年代的日本，百废待兴。当时，妓院还是存在的。大阪站南侧有一大片黑市遗留下来的简易板房，街角总是逗留着一些伤残军人。人们的生活里还到处都是战争留下的痕迹。

一个雪花纷飞的寒冷午后，"纯茶花神"里只坐着一个男学生，他是这家店的常客。这学生人品高洁，看起来就受过良好的教育，他最常点的就是红茶。他之前有时也会和画中的那个女孩子一起出现在店里，但他始终对女孩子温柔以待，言谈举止非常绅士。男孩子的画风看起来也非常清奇，他习惯坐在靠窗的第三张桌子旁。在那里，他或是翻翻画集，或是眺望远方，或是观察路上的人来人往，进行一些写生练习。

那一天，男学生一边眺望窗外的雪景，一边喝着他最喜欢的红茶。当店主人为他添茶时，突然听到他一声大喊，"那个人，怎么能光着脚呢！"

顺着他手指的方向，大家都看到了那样一幕。一位年轻的女孩子怀抱着婴儿在雪地里蹒跚前行。她每走一步都踉踉跄跄，一副茫然若失、魂不守舍的样子。男孩子看到这里，霍地站了起来，飞奔着冲出了咖啡店。大家从窗户上的玻璃看出去，好像男孩子对那个女孩子说了些什么。没过多一会儿，他就把女孩子带回了店里。

"请也给她倒一杯奶茶。"男学生让那个女孩子坐下，然后说道，"来吧，这个小婴儿我来抱着，你慢慢地喝点红茶，不要着急，让身子暖一暖吧，多多加些砂糖，非常美味哟。"

那个女孩子看起来很年轻，大概不到二十岁的样子。她的皮肤白皙嫩滑，因为严寒，脸颊冻得红通通的，看起来可怜极了。她似乎遭受到了沉重的打击，整个人凄凄惨惨，浑身战栗着，只要看上一眼，就令人心痛不已。

"我会尽我所能帮助你的，有什么需要，就请告诉我吧。"

听到男学生这样说，女孩子泪眼蒙眬地开始诉说。于是，男学生就像亲人一般亲切地听她讲述自己的遭遇。原来，女孩子因大阪空袭成了无家可归的孤儿，于是被送到了松岛的妓院里，并在那里长大成人。

"哦，原来如此，那么这样说来，这个小婴儿还没有名字呢，是吗？"男学生发出一声惊讶的大叫，响彻整个咖啡馆，于是女孩子又开始啜泣起来。男学生见状慌了手脚，赶忙压低了声音："没关系，没关系的，放心吧，我会替你想办法的。"

好像那女孩子声泪俱下地又说了些什么，于是男学生回答道："你说的这些，我也会一并想一想，帮助你的。首先，给这个小姑娘取一个什么名字好呢？因为是女孩子嘛，还是为她取一个漂亮的名字吧。你喜欢什么呢，比如花朵的名字呀什么的，什么都行。"

男学生展开了他的速写本，紧紧地握着素描铅笔。

"你没有什么喜欢的东西吗？什么都没有？哦，是吗？"

男学生为难地看着那女孩子。接着，他将目光移向了窗外。

"下雪了啊，好漂亮的雪啊。取一个和雪有关的名字怎么样？"

他说着，就开始在素描本上刷刷点点地写开了。

"雪子、深雪、六花、银花，这些名字里，有没有你中意的呢？"

那女孩子小声地回答了。听到答案后，男学生深深地点头表示赞同。

"就叫银花，是吧？真是好名字啊，我也认为这名字不错呢。银花这个名字就像今天的这场降雪一样美，这孩子肯定会成为一个像这个名字一般漂亮的好女孩儿。"那个站在雪中，光着脚浑身战栗的女孩子终于露出了幸福的笑容，那笑容似乎让男学生着了迷，他看得如痴如醉。过了一会儿，终于开口说道：

"你，能做我的绘画模特吗？我想将你和孩子画成圣母圣子像。"女孩子点了点头。

老人说到这里，将杯里的红茶一饮而尽，他的眼睛里泛着泪花，就像又回到了当年的情景中一样。

"那男学生对这位松岛的女孩彻底着迷了。记得他曾经对女孩说过'你就是我的花神'这样的话。所谓'花神'，就是花的女神的意思啊。"

银花一直默默地听着老人家的讲述，那时的那个小婴儿就是自己啊，但是却不能告诉这位长者。虽然她喝着温热的红茶，却觉得自己像是站在风雪中一样地寒冷。

"那么，你手里的这幅画是怎么回事呢？你，和那位男学生有什么关系吗？"

"哦，不，并没有什么关系。我是从一位朋友那里得到的这幅画。"

"是吗？后来，那两个人过得怎么样了呢？嗯，反正也许很快两个人就分手了，也说不定啊。"

听到这里，银花觉得自己无法再待下去了，于是匆忙抱着画，慌慌张张地离开了咖啡店。她的头脑和身体好像都变得麻木了似的，能够行走而没有摔倒，连她自己都觉得不可思议。父母二人当年的模样,还有他们在一起的情景,鲜活地浮现在银花的脑海之中。父亲对母亲说话的样子和神态,该有多么地温柔呢,而母亲又会是多么地可爱又可怜呢。银花觉得就像是自己都看到了一样,遐想着那时的一幕又一幕。

银花还是希望去看一看自己出生的地方,于是顺路去了松岛新地。远远地就能看到路旁排列着好多房间屋舍,那就是名叫"料亭"的妓院。银花突然觉得害怕极了,逃也似的离开了新地。

"银花,你不要再追问了,妈妈心里难受啊。"

银花紧紧地咬着自己的嘴唇。一直以来,她最讨厌听到的就是母亲的这句话,因为,她认为那就是母亲的辩解。

大轰炸过后,母亲成了一个无依无靠的孤儿,她是怎样流落到了松岛的,又是怎样生存下去的呢?直到现在,银花依然没有完全弄清楚,但是她知道,母亲一定度过了一段她所无法想象的艰难岁月,其间的辛苦与磨难无人知晓。母亲总是将那一切概括为"难受",除此之外什么也说不出来。"难受"不是一个矫情的词语,那里面包含着母亲经历的所有炼狱一般的境况。

生下银花时,母亲只有十九岁,然后她遇到了父亲。那时的父亲二十三岁,是一个刚刚大学毕业的学生。父亲就那样与带着孩子的母亲结婚了。

母亲如此小心翼翼地珍藏着那幅画,并将它放入了壁橱的最里面。其中饱含的深意,银花现在能够理解了。

在"纯茶花神"里完成的这幅素描,是纪念父母亲相遇的珍贵画作啊。但它同时也是母亲最不愿意看到的画作,因为那会让她不断地回忆起那段不堪的过往。于是,这幅画就变成了既不能拿出来欣赏,又不能拿出去丢弃的东西。

迎着炎炎烈日,银花返回了家中,当她正要将那幅圣母圣子像重新收纳进壁橱时,却意外地发现了一沓厚厚的老旧文件。一打开,就看到其中夹杂着很多便笺,那些全部都是菜谱的记录单。

"保密哟,因为太丢人了。"

原来这些就是母亲曾经提到过,却不肯给银花看的东西啊。

"那么,母亲教给我的那些饭菜的做法,是不是也都记录在这里了呢?肯定是的,那里记录的一定全都是'父亲最爱吃'的菜。"银花随手拿起一本,翻看起来,上面写的是母亲最拿手的料理的制作方法,可是,文字和图画竟全部都是小孩子模样的笔法,并且每一道菜的下面还写着各种各样的感想。

"尚孝说,这道菜好吃,配菜,他也说很好,很满意。"

"尚孝说,非常非常美味,他还添了两次饭,都是盛得满满的哟。"

"尚孝说,不好吃,他没有添饭。看来他不喜欢甜酸口味。"

"尚孝说,不好吃,少放些砂糖之后,他就说不错,好吃。"

所有的菜谱，每道菜的下面，都认真仔细地写着"尚孝"的反馈信息。银花终于明白了这些便笺里记录的内容，但是她越发觉得无地自容了。对于母亲来说，父亲就是她的全部，她的心里没有银花。自从知道了母亲的身世，她就觉得再也不能去责怪和埋怨母亲了，但是她又觉得自己也无法就那样原谅母亲的一切，而只是一味地认为母亲是一个可怜的人。母亲是惹人怜爱的，令人心酸的，也是让人讨厌的。

银花漫不经心地翻看着那些记录单，强忍着心中的不满。就在这时，一行写有"银花"的文字映入了她的眼帘。她瞬间愣住了。

"银花，做菜越来越好了，今天这道菜，非常美味啊。"

"银花，这道菜失败了，烧焦了，很硬。掌握油温还是很难啊，我要再教她一次。"

"银花，今天这道菜，做得还行吧，但是她有点马马虎虎的，做菜的顺序不对，有点敷衍了事啊。"

除此之外，还有一些文件粘贴着"豆腐块"大小的便笺，那都是从杂志或报纸上剪切下来的料理方法或菜谱。就像母亲贴的酱油标签一样，每一个便笺都被粘贴得整整齐齐，认认真真，不歪也不斜。

母亲是在妓院里长大的，从没有享受过家庭的温暖，所以，她不得不拼命地背诵和记忆那些菜谱。母亲整理的那些便笺本实际上就是她的"生活记录本"。母亲所做的美味又考究、费时又费力的料理，全部都是她拼命努力的结果啊。母亲按照自己的方式竭尽全力地努力过，也为她心目中理想家庭的样子奋斗过，母亲就是用这样的方式，经营着她理想中的家啊。

银花觉得自己的心像是被戳破了一般，一抽一抽地疼，简直要窒息了。然后，眼泪再也止不住了，夺眶而出。

她一直厌弃自己的母亲，嫌她有偷盗癖，又总是哭哭啼啼的，在给别人增添无穷无尽的麻烦中生存着。银花曾经打心眼里瞧不起母亲，但是母亲却从没提起过银花的过去。

曾几何时，蔚蓝无云的晴空之下，走着一对母女，那是银花和她的母亲。毒辣的太阳炙烤着忘记了戴帽子的银花，她就快被烈日烤化了，而那天，母亲则刚刚偷了一个"喷气式鼹鼠"。路边，夹竹桃恣意盛放，母亲跟在银花身后，不停念叨着"对不起，对不起"。那时，银花是多么可怜母亲，多么埋怨母亲，多么憎恨母亲啊。

但，即便是那样，母亲的料理依然美味可口，吃着母亲做的饭菜的时候幸福无比，看着母亲喜悦的面庞，银花也曾高兴得不得了。但是那时，她还是很生气。

回忆的思绪犹如决堤的洪水一般，一发不可收。母亲做的焗烤通心粉、洋白菜包肉卷、奶油可乐饼、略带焦糖苦味的布丁，母亲为银花系好的绸带、洗干净的连衣裙、熨烫好的蕾丝花边手帕，一桩桩、一件件都历历在目。

银花一边擦眼泪，一边再一次翻看那些菜谱便笺，在一沓最新的便笺上，赫然写着"银花专用"的字样。显然，母亲还没来得及彻底整理好，而是这里写一点儿，那里记一笔，还有一些勾画或涂抹得乱七八糟的痕迹。

银花的脑海中,慢慢地浮现出母亲认真记录这些内容时的样子。为什么还是会感到讨厌呢?为什么还是会任性地觉得不高兴呢?

银花的眼泪又一次大颗大颗地掉落了下来。因为母亲的缘故,她受了太多的委屈,被别人误会成小偷,被同学们欺辱,这些简直太让银花感到悔恨了。那些悲惨的记忆,无论如何也不能抹掉,直到现在依然让她憎恨。可母亲就是母亲,是将享受美食的乐趣教给了银花的母亲。

银花之所以变成鉴别美食的行家,就是因为母亲做得一手好菜。但是,银花既没有感谢过母亲,更不想去感谢母亲,倒不如说,她曾经最最厌弃的人,就是母亲。然而,现在,银花最想见到的人也正是母亲。她非常非常想要见到母亲,现在,就是现在,她想要对母亲说一声谢谢。可是,一切都晚了,母亲已经去世,银花永远也无法再见到她了。

银花紧紧地紧紧地搂抱着那些记录便笺,痛哭着,久久无法停止。多鹤子曾来看过银花,可是没说什么就离开了。

痛痛快快地哭完,银花擦干眼泪,站了起来。然后,她决定去找小刚。

接下来的周日,银花不请自来,来到了小刚的公寓。自从去年秋天一别,到两人这次重逢已经过去了九个月。在见到银花的一瞬间,小刚先是哑然,之后,又恢复了既往生气的表情。

"不是跟你说不要再来了吗?"

银花也不理他，径直跨进了门槛。

"我要渴死了，给我点啤酒。"银花说着打开了一瓶啤酒，倒进杯子里，一饮而尽。然后，就陷入了沉默。小刚也什么都没说，两个人就那样默默地在冰箱前站了好一会儿。终于，小刚忍不住了，他首先打破沉默，开口说道："你，遇到什么事了吗？"

"我妈妈，去世了，因为生病，说没有就没有了……"

听闻这些，小刚吃惊地望着银花。

"那这……真是太……"

不等小刚请，银花就自顾自地一屁股坐到了地上，又随手将电风扇调到"最强"挡。噗啦噗啦，噗啦噗啦，电风扇一边转动，一边左右摇摆着。

"我妈妈，从来就不是个好对付的人。她总是心神不定，偷盗癖也总是治不好，是一个只会给别人添麻烦的人。我曾非常恨她，讲真心话，甚至曾有过'如果她不在了，那就好了'的想法。然而，当她真的离我而去后，我还是感到很伤心。"

小刚一边听着银花的讲述，一边给她添酒，这一杯，银花又是一口气喝光了。可是，无论喝多少酒，她都依然感到喉咙里干渴得要命，没有一丝爽快的感觉。

"我的亲生父亲到底是谁，我曾问过母亲，她告诉我说不知道。但是，无论如何，我的心里就是过不去。于是我去做了些调查，然后，我得到的结论是，母亲是战争遗孤，在妓院里长大。"

"妓院……"小刚也显露出一脸不可思议的表情。

"无从知晓亲生父亲是谁,这也是没有办法的事情。但是,我总是想,也许就是母亲所接待的'客人'中的某个人吧。"

说到这里,银花突然被小刚紧紧地抱住了。她不禁紧闭起双眼,心脏也重新跃动了起来,就好像有一股新鲜的血液被注入自己的身体里。小刚的手臂和胸膛都是坚硬而鲁莽的,毫无温柔可言,而且他搂抱银花又有些用力过猛,弄得银花甚至感觉到了呼吸困难。银花觉得似乎两个人的骨头和肌肉都在被不断地碾轧着一样。然而,如此粗鲁的刺激却意外地让银花感到心情激动而畅快,她终于可以长舒一口气了。

"原来,我并没有想错。"她扭动着身体,从小刚的臂弯中挣脱出来。小刚脸上的表情竟好像是被伤害到了一般。

"我,是妓女和嫖客的孩子啊。但是,我不想因为这个理由去伤害你。"银花一边紧盯着小刚,一边一字一句清楚地说着,"我的名字,是父亲取的。父亲把我当作亲生女儿一般宠爱和呵护着,但是我却曾因为亲生父亲的事伤害过父亲。我想那是对父亲非常失礼的行为,所以,我要堂堂正正地活下去,我要继承雀酱油,我要作为山尾尚孝的女儿永远守护藏。并且,只有我曾真正见过座敷童,也许就是因为要让我来继承藏,所以座敷童才出现在我面前的啊。"

小刚脸上的表情逐渐变得僵硬。银花就像没看见一样,继续说道:

"但是，只有我一个人是无力支撑整个藏的运转的。在我接下来的人生中，需要小刚的支持和帮助，除了你，我没有可以依靠的人啊。小刚，我没有你，不行啊。"

小刚呆呆地盯着银花看，银花也直勾勾地看着小刚，两个人之间完全没有任何甜蜜气氛可言，简直就像两只野狗在吵架，彼此呜呜地吼着，相互凝视着，心潮起伏。

可银花就是有一种安心的感觉，连她自己都觉得不可思议。她非常自信地认为，该说的话都已经说完了，如果这样还是被小刚拒绝的话，也是没有办法的事，那就只能回到原点，重新来过了。

首先将目光躲闪开的是小刚。"真是见鬼了！"小刚一边嘟囔着，一边背过脸去，说道，"你看到的那个座敷童，其实是我。"

"你说什么？"

小刚他，到底在胡说些什么啊。十多年前，在藏的角落里奔跑的那个座敷童的身影，清晰地浮现在银花的脑海里。穿着格子花纹的和服，光着脚，啪嗒啪嗒的脚步声清晰可闻。

"那个座敷童就是我啊，是我父亲非要让我假扮成座敷童的样子，原本是打算让尚孝少爷看到的。"

"嗯，嗯？你等等，这到底是怎么一回事？"

"当时，多鹤子夫人将尚孝少爷拜托给了我的父亲，父亲希望尚孝少爷能够成为出类拔萃的藏的继承人。可是，尚孝少爷对于做酱油完全不感兴趣，而是更加喜欢画画。为了让少爷能够彻底放弃画画，转而专心从事藏里的工作，我父亲就想到了这样一个主意——让少爷看到座敷童神。"

"也就是说，如果能够看到只有当家人才能够看得到的座敷童的话，我父亲的内心就会生出一种要去继承藏的家业的自觉来，是这个意思吗？"

"啊，是吧。"

银花觉得脑子里混乱极了，原来，这一切的一切都是精心设计的诡计啊。银花做梦都没有想过，事实原本是这样的。直到这一刻为止，她都坚信不疑，自己所看到的就是真正的座敷童。

"这件事，多鹤子她知道的吧？"

"不，那是我的父亲自作主张的决定。我也非常爽快地答应了他的要求……因为，父亲答应我，事成之后，给我买一辆自行车。"

"那么，又是为什么，你出现在了我的面前？"

"那是个意外啊，那天……"

那一天，父亲让我打扮成座敷童的模样，在我平常穿的白衬衫配短裤的装束外面套了一件和服，腰间系了一条腰带。我当时把运动鞋脱下来藏在了三轮卡车的货箱里。

"我现在去叫尚孝少爷，你就躲在这里老老实实地等着，不要乱动啊。"

"嗯。"

"我会让尚孝少爷首先进到藏里面，爸爸我稍微迟一点儿进来。尚孝少爷进来以后,只要他一开灯,你就从桶后面跳出来。记住,要一直奔拉着脑袋跑,千万不要让他看到你的脸。当你冲到对面那排酱油桶前面之后,赶快顺势躲到桶后面,然后沿着墙壁从后门逃掉。最后,把和服脱下来藏到卡车货箱里就行了。听懂了吧?"

"我听明白了。"

听从父亲的吩咐和安排,我就那样老老实实地等着,一动也不敢动。那时,我脑子里想的全部都是父亲即将给我买的那辆自行车。正在这时候,藏里的灯啪的一下被点亮了,于是,我按照之前跟父亲商量好的行动方案,低着头,快速地跑了出去。然后,顺着后门逃走,匆忙地脱下了和服。我自认为非常完美地实施了那次行动。

回到家之后,我就一直等待着父亲的归来,直到很晚,心里美美地想着,父亲回来一定会夸奖我的,下个周末说不定就能给我买一辆新的自行车了吧。那一夜,我净打这些如意算盘了,兴奋得不得了。

记得那天,父亲直到很晚很晚才回家。我喜不自禁地出门迎接他,却发现父亲的表情非常可怕。我知道他的心情不好,但也仅仅认为可能是因为藏里的工作太劳累了的缘故。

"您回来了,爸爸。"

却不承想,父亲突然给了我一个巴掌。

"都怪你!所有努力都白费了!你,被尚孝少爷的女儿看到了呀。"

父亲扔下这句话之后,就一把将我推到一旁,开始喝起了闷酒。我当时完全被吓傻了，站在那里好半天都没法动一下，脸被打得火辣辣地疼，可是比起这疼痛感，被莫名其妙地扇了一巴掌带给我的震惊更强烈。虽说过去也被父亲揍过，但是每次挨打确实都是因为我做错了事，比如，没有礼貌啊，说话行事不守规矩啊之类的。即便是打我，父亲也顶多就是用拳头捶两下后背，大巴掌扇脸从来都没有过。

那天夜里，我的脸隐隐作痛，只要一想起被父亲扇了那一巴掌，就浑身发抖。我又生气又悔恨，心想那辆自行车的奖励已经无所谓了。我也已经想好了，即使父亲仍将自行车买了来，我也不准备骑，将它送给谁好了。但是，我是真的觉得好恐怖啊，父亲因为震怒从此以后抛弃我怎么办呢，我感到了无尽的恐惧。于是，我自己想尽办法要将这种恐惧掩饰过去。第二天开始，我就不搭理父亲了，父亲也什么都没说。

又过了一段时间，突然有一天，父亲开口对我说：

"尚孝少爷的女儿原来是一个有偷盗癖的人啊，原本我以为对那孩子撒谎是一件不光彩的事情，但现在看来，她是自作自受啊。"

"自作自受呀，"父亲自言自语似的念叨着。因为他的眼睛一直在转，我就知道，父亲他做了一件勉强自己的事，一件不讲道理的事。我什么也没有说，保持着沉默。看到长舒一口气的父亲，我莫名地觉得他看起来很卑鄙，很猥琐。

"喂，我说，以前你小时候，我曾给你带回来过一个玩具，还记得吗？"

父亲说的就是那个"喷气式鼹鼠"，那是我小时候最最喜欢的玩具了。那时候，我总是非常小心地玩它，生怕弄坏了。那，可是我的宝贝啊。

"据说是那位小姐抽签中的礼物，但是，我想很有可能是那孩子偷来的。能偷盗那么大的一件东西，我想她既不是偶发了恶念，也不是鬼迷了心窍。而是本性就不好，是个卑鄙无耻的家伙，归根到底，是一个前途令人担忧的人啊。"

父亲把银花当作恶人，从而推卸了他自导自演的那场闹剧失败了的责任。我瞧不起那样的父亲，我蔑视他，另一方面，我也终于可以舒一口气了。我为曾经接受了那个礼物而恼火，于是愤然将那个"喷气式鼹鼠"摔了个稀巴烂。

你在学校被同学们孤立的事情，我也有所耳闻，他们都传言，你与同班的好朋友们绝交了。我想，那确实是因为你真是小偷的缘故，并不是我的错。虽然我将你当作恶人看待了，但是我心里的痛苦却与日俱增。自从父亲让我假扮座敷童的阴谋失败之后，我和父亲之间的关系就变得越来越差了，无论被父亲无视，还是被父亲训斥，我都未曾认真地跟他说过话，或是好好地和他谈一谈。在家里，在学校里，我都是被人嫌弃的人，终于在升上初中之后，我加入了暴走族的队伍。

某天夜里，我为了出去参加他们的集会而离开家。那天晚上的月亮美丽极了，我急匆匆地在泥土地上跑着，真希望能拥有一辆自己的自行车啊。所以，我打算中学毕业后，赶快工作挣钱。虽然父亲曾告诉我，至少也应该把高中读完，但是我并没有打算听他的建议。我下定决心，实在到了山穷水尽、无路可走之时，就离家出走，所以我暗自寻找了好几家能够提供住宿的工厂。自己劳动，只要凭借我自己的力量能够生存下去就好，然后，我自己攒钱买自行车。不是借，而是我自己买，这样，我就可以去任何我想去的地方，谁的光也不借，谁的依仗也不凭，我一个人走向远方，越远越好——

我就这样一边想着一边走着，突然发现了一个人，那人正站在桥上往河里看，好像嘴里还在哼唱着什么。过了一会儿，我终于听清了，是那首《草原骑兵曲》。

我心想，那个人恐怕是喝醉了吧，于是凑到近前一看，原来那个男人就是尚孝少爷。只见他唱了一会儿《草原骑兵曲》，然后突然大叫起来：

"我，就是最差的人啊，连继承家业的资格都没有。"

他掩面而泣，紧接着，又开始唱起来。

看见尚孝少爷这副样子，我站在土地上像是被冻住了一样，竟不能挪动一步。我也终于意识到了，这就是那场座敷童闹剧失败所带来的后果啊。那个结果让尚孝少爷如此痛苦，父亲他当时那么生气也是可以理解的。我做了一件无法挽救的错事啊，那个结果永远也无法改变了。

"我是一个最最差劲的男人，活着是没有意义的……"

现在这个状况，所有的这一切都是我的错，是我的责任。于是，我掉转方向，准备逃离那个现场，但是不知道为什么，我的脑海里突然浮现出了你的模样。

在学校里，无论什么时候看见你，你都是孑然一身。当我和那些无聊的家伙们混在一起时，我看到你总是一个人忍耐着。于是我想，如果不说出实情的话，恐怕你这一辈子都会被蒙在鼓里，将一直生活在谎言当中。我打定主意后，准备迈出讲实话的第一步，然而，腿却抖得厉害，感觉心脏似乎都要跳到嗓子眼儿了。

"尚孝少爷。"我鼓起勇气大叫一声。

只见尚孝扭过头来，一脸憔悴地望向了我。那个一直潇洒漂亮、帅气逼人的尚孝少爷，变得如此颓废不堪，真是令人痛惜。

"是我啊，大原刚，大原师傅的儿子。"

"啊，你好，好久不见。你，这么晚了，在这里？"

"我要去跑一跑步。"

"哈哈，那也很不错嘛，我也想参加暴走族试一试啊。买一辆摩托车，开到飞起来，一直奔向俄罗斯。"他就这样一边说着，一边又开始哼唱起那首《草原骑兵曲》来。对于他那荒腔走板的音调，我实在是无法忍受了。

"尚孝少爷，我，有话想要对您讲，很重要的事情……有关座敷童的。"

"座敷童？啊，太遗憾了，已经与我没有什么关系了。你去跟银花谈谈吧。"

"不是这样的，银花之所以看到了座敷童，那是因为一个谎言啊，是我爸爸非要让我乔装假扮的。"

尚孝少爷听到这些，一时间竟哑口无言了。他一脸愕然地望着我,借由明亮的月光,我能看到他的脸先是变成了一道奇怪的光影,然后变得歪歪扭扭,不成样子。

"那么,你的意思是,大原一手操纵了这件事?"

"是的,当时我爸爸告诉我,只能让尚孝少爷一个人看到我。但是,我搞砸了,那天我的'演出'被银花看了个正着。所以,所谓什么座敷童显灵之类的话,都是撒谎啊。我欺骗了您,对不起。"

尚孝少爷更加沉默了,他就那样依靠着栏杆,一动不动。看到他那个样子,我也不知如何是好。我原以为,听到了真相,尚孝少爷会非常生气的,但不承想,他却如此平静。

河边秋风渐起,让人感到身上凉飕飕的,河滩边茂盛的水草随风摇曳。尚孝少爷依然平静地微笑着,我不禁倒吸了一口冷气。

"谢谢你,告诉了我真相。"

突然听到他这样说,我不禁打了一个寒战。尚孝少爷虽然微笑着,但是他的眼睛就像是深不见底的黑洞,他微笑的面庞也已经完全不像是人的面孔了,好似夜市上摆着的那些面具一样,只有光滑的、薄薄的一层,剥开之后你会发现那下面什么都没有。我当时就觉得,那实在是太像一个微笑着的死人面具了。

"你说,你就是银花所看到的那个座敷童的假扮者,是吧?那么,从今往后,如果我能在藏里加油好好干的话,说不定什么时候,我就能看到真正的座敷童了吧?"

"是的，一定能。"

"哈哈，'放弃画画，回到藏里工作'，这是神对我说的话啊。"

尚孝少爷始终在微笑着。我虽然因为话都说开了，自己感到有些许轻松，却又觉得怕得要命，只想着尽快离开那里。

"要是能早一点儿看到，就好了啊。那么，尚孝少爷，请允许我先走一步了。"

"你稍等一下。"尚孝少爷喊住我，塞给了我一个系着蓝色丝带的小盒子，他说那是外国的巧克力。

"哦，不，我不要。"

"没关系的，不要客气，拿着，很好吃的，这是银花最喜欢的东西了。"

实在没办法，我就收下了，但总觉得心里不踏实，太可怕了，于是途中随手扔掉了，就那么空着手去参加了暴走族的聚会。真是太无聊了，一点儿都没意思，而且我的思绪混乱极了。

天蒙蒙亮时，我回到了家，母亲还没有起床。听说，父亲被尚孝少爷叫了出去，一直都没有回来，我心里越发感到不安起来。虽然在我的面前，尚孝少爷一直是微笑着的，但当他见到我父亲时，一定要质问和责怪了吧。我心里默默祈祷着，千万不要酿成更加严重的后果啊。

我焦急地等待着父亲的归来，但是，怎么等都不见人影。然后，就得到了父亲和尚孝少爷双双身亡的消息。

难不成他们两个人争执起来了，争吵得越来越激烈，甚至扭打在一起，然后跌落河中，溺水而死？

我感到自己对于两人的死是有责任的。如果我假扮座敷童的事情没有失败，没有败露的话，是不是这些不好的后果就都不会出现了？或者，我没有将真相告诉给尚孝少爷，是不是两个人就不会因此而丧命了呢？

小刚紧紧地攥着瓶起子，站在那里一动不动。

"当那天我亲眼看到你的母亲偷东西的时候，我就什么都明白了。偷盗'喷气式鼹鼠'和在藏里偷我父亲东西的人，竟都是你的母亲呀，原来，是你一直在替母亲扛下所有的指责，一直庇护着她。我真的希望当面去跟她确认这些事实，怎奈她一直不停地哭泣，没办法正常交流。这个时候，大胜又说出了想要敲诈一笔的想法：'你们家不是雀酱油吗，那可是有钱人啊！'我见状赶紧上前想要去制止他的胡作非为，但是话不投机，我们俩打了起来。最后，那家伙居然拔出尖刀，我想他可能要杀了我……"

"这一切，都不是小刚的错，做错事的是我的母亲……"

说到这里，银花哽咽了，再也说不下去了。做错事的是母亲啊，但是，母亲是一个可怜的人，无论如何，银花都无法在心底里真正憎恨她。明明可怜的是小刚啊，但却……

"行了行了。"小刚压低声音说道。他叹了一口气，嘭的一声打开了第二瓶啤酒，然后将啤酒倒进了银花的杯子里。接着，他也往自己的茶杯中倒了些啤酒，咕咚咕咚一饮而尽。第二瓶酒也很快就见底了。

"苛责弱势的人是最简单的，谴责恶人倒也不难。以前跟暴走族那帮人混在一起的时候，在少年教养院的时候，在工厂干活的时候，有很多喜欢指责别人的人。问题不在这些可能犯了错的人，而是想要苛责或指责别人的那个人，他只是想让自己更安心一些，或者想要让自己心情更好一些而已。"

小刚看着银花的脸，用看起来像是马上就要哭出来的表情笑了笑。

"我这个人，被别人责备也是应该的。但是，我从没有想过要去责怪别人。一直到死，我都不会苛责别人……我就想一个人活下去，与任何人都没有关系。所以，即便你已经向我求了很多次婚，我们也是不可能有结果的啊。"

小刚非常非常地痛苦，当他经历了无数痛苦的折磨后，终于将他深思熟虑的结论告诉了银花。银花什么都没有说。是啊，小刚说的想的都没有错，人正是因为与其他人产生了千丝万缕的关联，才生出无尽的烦恼与苦涩。为了让小刚活得更加轻松自在，难道我应该离开他吗？难道我不离不弃的陪伴与跟随，对于小刚来说根本没有丝毫幸福的感受吗？

这时，小刚霍地站起身来，说了一句："我送你。"银花只能默默地离开了公寓。如果是往常，他们会在难波站道别，可是今天，小刚破天荒地陪同银花一起坐上了地铁。地铁列车开往天王寺方向，在那里需要换乘近铁。这是一个休息日的夜晚，出门游玩返程的人非常多，电车里拥挤不堪。

两个人就那样一言不发默默地站着，没有交流。从车厢的玻璃望出去，城市的夜景和远处的群山尽收眼底。

从车站里走出来，谁都没有说话，两人还是沉默不语地往前走，小刚朝着与银花家相反的方向走去。逆流向上走了一会儿，在一座桥上，他停住了脚步。

"尚孝少爷就是在这儿唱歌来着。"

小刚双手合十，银花站在他身旁，同样双手合十，闭眼祈祷。他们就保持着这个姿势，待了很久。

氤氲消散，月光皎洁，水面上波光粼粼，清辉一片。岸边随风摇曳的正是薏米稻，已经干燥成熟了的紫黑色稻谷，在风中相互摩擦，发出唰啦唰啦的声响。银花从小就在父亲的带领下，学会了用薏米种子穿成项链戴着玩。

这一瞬间，银花脑海中突然闪过了这样一种想法："莫非父亲他……"父亲和大原到底为什么会坠河呢？真实的原因既不可能是他想要自杀，更不可能是他和大原争论而扭打在一起，最后坠河。莫非——

"父亲总是习惯回家的时候，给我带一些礼物，虽然大多数情况下，他会选择点心一类的糖果，但有时他醉酒后，也会带些花啊，漂亮的落叶啊之类我看到会高兴的东西……"

那个系着蓝色绸带的巧克力，原本一定是带给银花的礼物。可是那天，父亲将它送给了小刚，所以，他当时就有必要找到一个替代品。

让我们一起想象一下那天夜里发生了什么吧。

父亲将大原师傅叫了出去，质问他座敷童事件的真相。

他们两个人之间到底进行了怎样的一番谈话呢，我们永远无法知晓，但是，不管怎样父亲终归是要回家的。为了代替那个系着蓝色绸带的巧克力，他要找一点儿别的什么东西当作礼物带给银花啊，所以他就在河岸边寻寻觅觅。然后，映入他眼帘的就是——

"嗯，我去摘些薏米稻回来吧，那孩子最喜欢做项链玩了。"

"危险啊，尚孝少爷！"

于是，本来要帮助父亲的大原师傅却一不小心落入河中，溺水而亡了。难道不是这样的吗？

"父亲他根本就没打算过要自杀，更没有因为话不投机而跟大原师傅起争执。我想，他当时唯一希望的就是平平安安地回家去。"

小刚凝视着水面，一动不动，但是不管怎么说，他都在银花身边啊。所以，银花放心地继续说着：

"我原本以为父亲是一个软弱的人，我想大家也一定都是那样想的吧，可是，我们都错了。诚然父亲有他软弱的一面，但他绝对不是一个只有懦弱一面的人。因为，我的父亲他心心念念的就是要带着给我的礼物，好好地回家来。"

当他听闻座敷童事件的真相，该是遭受了什么样的打击啊。作为藏的一家之主的骄傲，作为艺术家的自豪，还有作为一个父亲的担当，所有身份带给他的认同感都遭受到了伤害。

但是，父亲还是原谅了小刚，并没有责怪他，并且父亲都打算好了，要为银花找到一个合适的礼物带回家。无论何时何地都在为他人着想，这样一种待人温暖无比的心意，不叫坚强又应该叫什么呢？即使父亲的心绝大部分都是脆弱的，但一定有那么一个坚硬的角落，哪怕只是很微小的一点。那个角落虽然渺小，却超乎寻常地坚强，这种坚强是无比确定又美妙绝伦的，这是比世界上最美丽的钻石还要美妙千万倍的东西啊。这就是，我父亲的心灵。

"真正软弱的是我啊，我总是将父亲的无限宠爱当作理所应当的事，我总是一味地向父亲索取礼物。如果我也能为父亲做些什么的话，也许他就可以骨碌骨碌地、跌跌撞撞地向着未来走下去，而不用付出生命的代价。"

"你很坚强。被别人诬陷成说谎的孩子，受尽别人的白眼和欺辱，你都没有躲避或逃跑。但，我却不是这样的，装出一副坏人的样子，跟那些软弱的家伙们混在一起……最后，竟然杀了人。一切，所有的结果，永远都无法改变了……"

小刚依旧耷拉着脑袋，肩膀像是痉挛了似的颤抖着，他好像一直在尽力地忍着，不让自己哭出来。银花紧紧地握住了小刚的手，突然，她感到手背上滴落了一大滴眼泪，那眼泪异常烫手。

"其实，我并不坚强，并不坚强，我也是一个胆怯的人啊。但是……"

只见小刚突然扬起头，反过来握住了银花的手，握得那么紧那么紧。

"但是，现在的我，喜不自禁，终于可以舒一口气了。

我终于知道了,有责任感、有担当的不仅仅是我一个人。我为此感到无比高兴和喜悦。嗯,你看,我是个胆小鬼吧?"

小刚直勾勾地盯着银花的脸,呆呆地看着。沉默了好一会儿,终于,他破涕为笑。

"哈哈,是呀,我,你,我们都是胆小鬼,我们是一样的啊。"

"是啊,是啊。胆小鬼就会喜欢胆小鬼,越来越喜欢。"

听到银花这样说,小刚脸上的笑容瞬间消失得无影无踪,他将脸背转了过去。银花就像没看见似的继续说:"我啊,直到现在都在承受着母亲带给我的麻烦。因为母亲的缘故,我连一个朋友都没有,更没有恋人。我孑然一身地生活都是因为母亲啊。当我慢慢地注意到这些变化的时候,我的生活已经变成了在藏里和多鹤子相依为命的状态了。但是,我完全明白,归根到底,是我自己不好,我是一个不被任何人喜欢的人,是一个令所有人讨厌的存在。"

"没有的事,你不要那么说自己。"小刚连看都没看银花一眼,幽幽地说道。

"你这样说,这么顾及我的心情和感受,我很感激你。但是,我确实没有讨人喜欢的性格。明明自己很固执,却又总是喜欢嘿嘿地傻笑,并且很暴躁。除此之外,还是个胆小鬼。因此,我几乎已经放弃了要成为让大家喜欢的人的梦想……可是,我终究还是无法放弃,不愿放弃。因为,我喜欢你,小刚。"

小刚的肩膀微微地抖了抖,但依然不愿意看着银花。

"我喜欢小刚，也正因为喜欢小刚，所以想永远跟你在一起，直到死，我都只想和小刚在一起。所以，我们结婚吧，好吗？"

小刚还是别着脸，不用正眼看银花。她只能拼命地表达着自己的想法。

"小刚，如若你死活都不愿跟我结婚，那么，我这一辈子也不会嫁给任何人。小刚已经下定决心要一辈子孤独地生活下去吗？这样的选择真的好吗？"

虽然，那些话都是银花任性的强词夺理，可是小刚也并没有提出任何异议，之后，两人陷入了长久的沉默之中。这时候，小刚就像是故意怄气似的，嘟嘟囔囔地念叨着："一个杀人犯做的酱油，一定会被大家伙儿嫌弃的。"

"我觉得就应该让别人知道这是杀人犯做的酱油啊。"

"你说什么？"

"为了掩饰自己杀人犯的身份而整天提心吊胆、畏首畏尾地生活，和反正都是要露馅儿的，倒不如坦然地去生活，你认为选择哪一个比较好呢？心中隐藏着秘密去生活，是一件无比辛苦的事啊，这个道理你自己也应该明白的呀。"

小刚张大嘴巴，愣愣地看着银花。突然，破涕为笑："哈哈，确实如你所说啊。"

小刚这样笑眯眯的样子，银花平生还是第一次看到。看到像孩子一般笑靥如花的他，银花越来越起劲了，于是对小刚说："那么，我们一起做酱油吧，怎么样？"

这时，小刚突然收起笑容，再一次陷入了沉默，低下头，耷拉着脑袋，一动不动。银花见状，心中一惊，难道，小刚又改变主意了吗？他又变心了？如果他再一次向我提出"他讨厌"，怎么办呢？

只见，小刚缓缓地抬起头来。月光被厚厚的云层遮挡着，远远地看过去只有一个黑黑的轮廓。但是，在月光的暗影下，分明能看到小刚的那双眼睛闪烁着微光。即便是在一团灰暗之中却还是能看得见，那光亮真的很小，却异常耀眼。

"我，真的能行吗？真的可以吗？"

"嗯，当然可以了。"

银花用洪亮的声音回应着小刚，那声音之大，连她自己都被吓了一跳。小刚不由得扑哧一声笑了出来，以至捂着肚子笑弯了腰。一开始，银花也觉得很丢人，但是受到小刚笑声的影响，银花也会心地笑了。

最后，小刚把银花一直送到了家里。多鹤子已经睡下了。穿过竹林，银花决定让小刚跟她一起顺着二楼的窗户进到房间里。

"你在这儿稍微等我一会儿啊。"

等到银花拿着啤酒再次回到房间里时，只见小刚正站在窗前向外张望。柿子树的对面就是藏，藏的前面就是那一大片竹林。

"这里几乎没有变化啊。"小刚低声自言自语道。

"是啊。如果仅从外观看，确实没什么变化。"

小刚一边喝啤酒，一边欣赏墙上的那幅画。"这，就是尚孝少爷画的吗？画得真是很不错啊。"

"画得确实不错吧？"

小刚依然直直地盯着画看，然后故作吃惊地说道："笑得真像一个大傻瓜。"

这一夜，小刚就留宿在了银花那里，第二天早晨，偷偷地、蹑手蹑脚地顺着窗户跑了。

过了几天，小刚重新登门问候，郑重地向多鹤子说明了要和银花结婚的事。虽然多多少少有一点儿紧张，但是，他下定决心直奔主题，任何多余的话都没有说。

多鹤子沉默良久，终于开口说话了："我反对你们结婚。"

"为什么？"

"为什么？这个问题你还要特意来问我吗？"

"您的意思是，就因为小刚他曾经杀过人吗？但是，那原本就怪我的母亲，我们没有责怪小刚的资格啊。"

"即使是那样，但他杀了人，这还是事实啊。"

"多鹤子，无论别人说什么，我都要和小刚结婚。除了小刚，我谁都不嫁。"

"那好，按照你喜欢的方式去生活吧。与此同时，我只能让你离开这里了。"

"不，我不离开。"

"你……"多鹤子气得说不下去了。

"我知道我做出了非常任性的决定，但是，对于我来说，两者都很重要。我希望留在藏里，完成我与父亲之间的约定，并且我希望永远跟小刚在一起。无论哪一方，我都不能放弃。"

银花双手交叉,深深地低下了头,给多鹤子鞠了一躬。

"哪一个都不想放弃吗?你知不知道,自己说出了多么贪得无厌而奢侈的愿望。这个世界不像你想象的那样,有那么多好事。如果你选择了一个自己喜欢的东西,也就意味着你必须放弃另一个。只有这样,人才能找到相对的平衡。"

就这样,多鹤子严厉的批评又一次劈头盖脸地砸向了银花。银花只能低着头,默默地听着。

"所以这么说来,你这种什么都想要的心态,跟美乃里是一模一样啊。只要是自己想要的东西,就无论如何都要得到。"

银花只觉得自己的心一抽一抽地疼。她最不愿意面对的就是别人去触碰母亲这个话题。但是,多鹤子的话确实有道理啊,因此她无言以对。

"请您稍等一下,我想这里有误会。"小刚抬起头说道。

"有什么问题吗?你想说银花和美乃里并不相同,是吗?"

"不,我并不是要说,她们是否相似。"

"那么,又是什么?"

"实际上,我一直在犹豫是否应该将这些说出来……有一种病的症状就是偷东西,听说那病叫作'偷盗癖'。"

"什么?"银花不假思索地反问道。

"发病时,病人会随随便便地动手去拿他本身并不需要的东西,他明明知道偷盗东西是不应该的,但还是会动手。"

"怎么能有这样的病呢,真的有那么古怪的病?"多鹤子皱着眉头说道。

"我所在的少年教养院里,就有一个孩子患有这种病,好像那是一种精神障碍性病症。当时,我看到他立刻就想起了银花的母亲,我想,说不定她患的也是这样的病。"

银花听到这里,已经愕然得说不出话来。照这样看,原来母亲一直有病啊,难道这一切并不是母亲的错吗?

"我曾经咨询过教养院的医生,得到的答案是这样的——这并不是一种罕见的疾病,但是这种病还得不到人们广泛的认识和接受,能够为患者提供医治的医疗机构也非常少,大多数患者根本无法得到有效治疗,因此一旦遇到某种轻微的刺激,就可能导致再一次复发。很多时候无论是患者本人,还是他周围的人,都会陷入一种痛苦的循环中。"

"这么说,原来,美乃里她,一直在生病啊……"说到这里,多鹤子完全呆住了。

原来母亲总是说"随随便便就动手拿了",那并不是她的狡辩啊,也不是矫情的表现。母亲也真的一直活在痛苦当中。但是大家却对她所患的这种病一无所知,甚至连银花都苛责起了母亲。

如果那时候能有人意识到这是一种病,能将母亲送到医院去,或许……

如果真的能够去医院治疗,说不定母亲的病也能治愈呢。如果真是那样的话,也许银花既不会被好朋友们抛弃,小刚的那些事情也就全都不会发生了吧。时至今日,任何事情都已经无法改变了,时间的车轮是无论如何也不可能倒回去的。

"这样想一想,我也对美乃里做过残忍的事啊。"多鹤子自言自语地说着,慢慢闭上了眼睛,眉头逐渐紧蹙起来,那表情看起来像是在极力地忍耐着什么。

是啊,自己也斥责过母亲啊,还咒骂过她,甚至还曾逼迫她跟自己一起去死。曾经做过的一切都无法挽回了。银花用双手捂住了脸,虽然极力地控制自己不要在别人面前掉眼泪,但最后还是潸然泪下。

银花并不想知道这些,虽然这些是她无意间知道的事情,但她还是从心底抗拒。因为即使她知道了结果,也已经什么都做不了了。就像当年父亲的事故,留给银花的只有不断加深的、无尽的悔恨。

对于母亲的病,除了父亲,没有一个人给予过关注。只有父亲一边说着"好可怜啊",一边对母亲温柔以待。银花心想,当年自己如果做些什么就好了。

即使已经知道了母亲做出那些行为都是因为她生病了,但是到店家面前去赔礼道歉时所受到的屈辱,被雨淋成落汤鸡时的痛苦,还有被朋友们抛弃时的绝望,无论如何都无法就此完全抹去啊。银花不能再责怪母亲,不能再将一切责任都推到母亲身上,徒留对于母亲的情感无处安置的困苦。日后,只能随着时间的流逝,把那些负面的情感丢弃在某个地方了。但是,也许银花穷尽一生都无法找到那样一个地方啊。

虽然母亲的一生都是可怜的,但现在也已经什么都做不了了。

擦干眼泪,银花终于抬起了头。是啊,假使只能骨碌骨碌地朝着悲哀的人生方向跌跌撞撞地滚动,也就不得不在你所能达到的地方承受那一切。

"多鹤子,拜托您了,请让我在藏里一直工作下去吧,并且也请同意我和小刚结婚的事。"

多鹤子还是不用正眼看银花,她一直看着旁边而不做任何回应。银花心里想:难道我还是不能说服她吗?难道同时提出两个愿望就是任性的吗?不!无论别人如何批评我任性,这两个愿望我都无法放弃。藏和小刚对我来说缺一不可,都是最重要的。看着一直默不作声的多鹤子,银花渐渐觉得烦躁起来。当她觉得无法忍受,正准备要再一次请求多鹤子时,小刚轻轻地碰了碰她的胳膊,制止了她。他稍稍犹豫了一下,终于下定了决心,开口对多鹤子说道:

"我是一个杀了人的罪犯,是一个曾经进过少年教养院的人,也曾因为被别人指指点点戳脊梁骨而马上辞掉了工作,还是一个不去探望重病母亲的不孝之子。总之,就是一个什么用都没有的瘟神一样的人。"

"既然你对自己的过往都很清楚,那么我希望你放弃吧。"多鹤子冷冷地说道。

"但是,无论我被别人如何嫌弃和厌恶,只有一个人始终对我不离不弃,从没有想过要抛弃我,那个人就是银花。最初,我也曾对银花冷言冷语。一方面,我非常讨厌被别人同情和怜悯,另一方面,我认为她对我的好只是一时一刻,反正最后她都会因为嫌弃我离我而去的。因为,人的罪过是不可能抹消的。"

在一瞬间，多鹤子的表情变得僵硬了起来。

"罪过不可能抹消，银花也懂得这个道理。她完全了解了这些之后，依然选择了我。"刚开始声音一直颤抖着的小刚，慢慢地平稳了下来。银花专注地听着小刚的话。她是那样高兴，高兴到身体都开始发抖了。

银花的眼前渐渐地浮现出那些与小刚在一起的日子，那是两个人来往于道顿堀川旁边的那栋古旧公寓的日子。无论小刚当时如何拒绝银花的追求，她都义无反顾，勇往直前。每一次对银花生硬地说出"再也不要来了"，然后紧闭大门的小刚，实际上他的眼神里写满了——不要走啊，不要扔下我一个人啊，帮帮我啊。那种眼神只要看过一次，又怎能忍心无视呢，怎能忍心离他而去呢。

"我曾经说过很多伤害她的很过分的话，但是银花还是没有放弃我，一直一直在我身旁鼓励我，激励我。如果没有银花，我很可能会又一次走上邪路。我打心底里感谢银花，感谢她为我所做的一切。"

"那样的话那就更好了，如果你真为了银花好，就放弃吧。"

"我不会放弃的。"小刚平静地说，"我，已经破坏了很多人的人生了，我本不想再与别人有任何牵连，但是，银花选择了我。她对我说，非我不嫁。这样一个不堪的我，一个有着杀人犯身份的我，却被她几次三番地告知，我是一个对她来说非常重要的人。听到这些，我的心有多么高兴，又有多么恐惧和害怕，你知道，你知道吗？"

"如果觉得恐惧那就停止吧。"多鹤子面无表情冷冷地说道。

"虽然现在心里还是有些忐忑，但是无论多么害怕，我都要尝试一下。我已经破坏了别人的人生，那些被我破坏掉的部分，就让我在今后的人生中，以为他人而活这样的方式做一点儿弥补吧，哪怕是只能弥补极微小的一点儿。"

"是吗？可是托你要赎罪的福，今后，我们的藏可就要麻烦不断了呀……"

被这样一说，小刚也一时间语塞了。但是，他的反应还是很快，"我只会做我能做的事情，而我所能做的事只有一件，那就是不辜负银花的期望。为了实现这个愿望，我永远不会放弃。我要和银花结婚，在藏里帮助银花做酱油。"

这番话居然有一种动人心魄的魅力。小刚的声调简直就像藏里那粗壮的房梁一般，不可撼动。银花又一次捂住了自己的脸，她有生以来从未这般喜悦过，从未这般幸福过。不知不觉中，她发现手掌已经被泪水弄湿了。那泪水是那样滚烫，滚烫到连她自己都感到震惊的程度。

"拜托您了。请允许我们结婚。"小刚说着，深深地低下了头。

银花也擦了擦眼泪，然后，拼命地说："多鹤子，求求您了。"

银花和小刚就这样双双低下头行礼，一动不动。终于，多鹤子无奈地深深叹了一口气："你们愿意干什么就干什么吧,但是我永远不会认可你们的,你们给我记住这一点。"

"谢谢您。"银花和小刚大声地说着感谢的话,而多鹤子却默默地离开了。

第二年,等到为母亲服丧期满之后,银花和小刚一起去参拜了橿原神宫,他们没有举行任何结婚庆典。

已经到了九月,可是暑热未消,一点儿秋天的气息也没有,两人大汗淋漓地双手合十,默默祈祷。银花看到汗水顺着小刚的脖颈直往下流,心底里生出了对他的无限爱恋。

当银花发现原来自己不过才二十四岁时,真是有点吃惊了。

5

一九八三年—二〇一八年春

银花曾经发誓绝对不招上门女婿，但是到头来，小刚还是随了妻子的姓——山尾。银花让小刚不要特别在意不再用大原这个姓氏的事，但小刚却回答："我并不在乎。"他还说："曾经进过少年教养院，于我而言，是一件值得感激的事。"

但是，这对于雀酱油来说却并不是一件好事啊。多鹤子担心的事情还是发生了，自从小刚入赘山尾家，酱油销量明显下滑，甚至越来越多常年购买雀酱油的邻居们都开始拒绝购买了。每次送货上门时，对方总是委婉地说："就到这次为止吧，下回不用再送了。"

这是一片古老的土地，居民们大多祖祖辈辈生活在这里，藏的那些底细早就尽人皆知了。藏的一个姑娘，招了以前酱油师傅的儿子为入赘女婿，然后继承了那份家业。如果在平常，这段婚姻应该是受到大家祝福的，而现在，之所以人们对于藏的话题都躲之唯恐不及，就是因为这位女婿是一个进过少年教养院的杀人犯。

"上一代藏的继承人和酱油师傅是一起溺水而亡的。那位继承人的妹妹离家出走之后，一直杳无音信。他们家的那位年轻夫人是一个有偷盗癖的人，并且年纪轻轻的没了性命。这还不算，新入赘的女婿还是一位有杀人前科的人啊……"

更有甚者，大家居然谣传藏里有冤魂在作祟。确实啊，家里接二连三地出现不幸，如此这般被人议论也是没有办法的事情，也只能任由别人说些闲言碎语，大家就这样睁一只眼闭一只眼地生活下去了。

说起来，雀酱油销量不好也并不全是小刚的错，不能全怪他。当下已经不是称重贩卖或是上门送货的时代了，取而代之的是，人们去超市等购物场所自由选取需要的商品。而且，大型生产厂家还会每天在电视之类的大众传媒上，滚动播出各种广告加以宣传。

小刚拼命地致力于藏里的所有工作，甚至到了让多鹤子都感到惊讶，啧啧称赞的程度。"虽然我不想说这种话，但摸着良心说，小刚真的是比尚孝要认真上百倍啊。不，说上千倍也不为过。"

多鹤子非常认可小刚的工作和努力，但是，她认可的仅仅是他的工作而已，并不是认可小刚这个人本身。他们两人的交流和对话也仅仅限于工作，除此之外形同陌路，即使在餐桌上也不交谈。另外，多鹤子绝对不会直呼"小刚"其名，而是以"你"相称。虽然银花想方设法缓解两个人之间的尴尬气氛，但小刚总是笑一笑说："没关系啦。"

小刚对于桨棒的使用非常得心应手，很快就运用自如了。虽然，他是利用自身的体重在推动桨棒，但是那气势和力量却蕴含在自如而游刃有余的动作之中。银花也终于体会到男人的力量确实不一样啊。而且小刚对于制曲室的工作也很热心。在湿度大温度高的小房间里劳作是一件相当辛苦的事情，但是他从没有发过一句牢骚，说过一句怪话，即便热得满头大汗，额头上绑着的毛巾已经湿漉漉的了，他仍坚持一个劲儿地不停翻拌制曲原料。制作完成酱油曲子需要整整三天左右的时间，小刚就那样认真地照看着曲子的发酵情况，寸步不离，一觉不睡。

看着小刚那么拼命，银花心疼极了。她明白，自己是为了守住与父亲的约定而做酱油，小刚则是为了向自己和父亲赎罪而做酱油。

"不要那么拼命啊。"银花来给小刚送饭时对他说。两个人吃着涂满酱油的烤饭团，即使就这样相对无语，默默地吃着，银花也觉得无比安心与满足。多鹤子一直板着脸的样子，两人全然没有在意。

在藏里，除去做酱油之外，各种杂事堆积如山，多如牛毛。自从结婚后，银花总是和小刚一道跑推销、出席行业聚会等。银花每次都会堂堂正正地将小刚介绍给大家，然而投向他们的往往不是冷眼，就是猎奇的目光，当然还有人会劈头盖脸地说一些冷酷无情的闲言碎语。但是无论面对的是怎样残酷的情形，他们都会咬紧牙关，低下头，强作笑颜。

回家的路上,两人已经完全没有了笑的力气。钻进车里,银花突然看了一眼后视镜,眼前出现的是一个眉头紧皱,双唇紧闭,撇着嘴的女人。连她自己也被自己的那副样子吓了一跳,慌忙间,她想要挤出一丝笑容,可这时小刚开口了:"不要勉强自己了,那幅萤火虫画像中的女孩子,已经将银花那部分笑容带给我们了呀。"

听闻小刚的话,银花忽然觉得一切都烟消云散,心情畅快极了,然后便自然而然地绽放出了笑靥。

"谢谢你啊,小刚,我已经好了,没事了。"但她还是感到有一些不安,于是说道,"嗯,你告诉我,难道我脸上一直都是那样一副可怕的表情吗?"

"嗯,是啊,你一直都是一副怒气冲冲的样子啊。"

"苅萱道心。"银花不由得脱口而出。她看到身旁的小刚一脸讶异,于是解释道:"那个男人,让自己的夫人和小妾同住在一个屋檐下,两人看起来相处融洽,相安无事,男人也就安心了。某天夜里,夫人和小妾相对而坐,弹起古筝来,烛光把两人弹奏的样子映在了窗棂上。看到影子,男人大吃一惊,明明夫人和小妾在和谐地弹奏古筝,但是窗棂上人影的头发却逐渐变成了蛇,扭打争斗在一起。最后,男人为远离世俗而抛弃家庭,出家去了。"

听到银花的这番讲述,不知为什么,小刚看起来心情不太好。"不对,这个故事的结局很奇怪呀,为什么那个男人要远离世俗而遁入空门呢?难道这一切恶果不是他自己造成的吗?"

"我也是那样想的,随随便便地娶了姨太太,随随便便地避世隐居,随随便便地遁入空门,抛妻弃子,倒还不如默默地变成一条蛇更给力呢。"

"但是啊,我想银花你是无论如何变不成蛇的。头发变成蛇之前,首先得能说出自己最想说的话。"

"那是当然啊,我会尽力好好地说出心中的困惑和不满的。"银花说着,还是觉得有些疑惑,于是装作开玩笑似的,附带着又说了一句,"但是,我想我们每个人的心里都有蛇。"

"是那样的吧,无论是大的还是小的,我们每个人的心里都有蛇的存在吧。"小刚边说着边频频点头。

这一瞬间,银花突然觉得,能跟这个男人生活在一起太好了。无论谁的心里都有不愿为外人道的丑陋部分,这一点小刚是赞同自己的想法的。银花完全知晓人性的脆弱,如果现在就对小刚心里的丑陋与脆弱进行审判的话,他会感到窒息的吧,而且在那之前,也许他的自信就会荡然无存。

"嗯。但是,尽可能地不要去给那蛇喂食吧。"

"啊,是啊,如果将它喂得太胖了,那可就糟糕了。"说到这里,小刚笑了。

"我,一直在想,心里没有蛇的人,难道不就是像樱子那样的人吗?"

"确实是,如果大家都能够像她那样,想说什么就说什么的话,什么蛇之类的,就绝不会存在了啊。"是在发愣呢,还是在笑呢,小刚脸上的表情难以名状。

樱子离家出走已经八年，多鹤子像是完全放弃了寻找，她几乎没有谈论过任何关于樱子的事情。

"我啊，真是有点羡慕和钦佩樱子的性格。"

"你快饶了我吧，如果你是那样性格的话，我是绝对不会和你结婚的。"

即使两个人有一些细微的冲突或不合，银花都会同小刚好好沟通，把话说开了，跨过眼前的坎儿。银花时常感慨，选择小刚这样的男人果然没有错，当年自己坚持下来，没有放弃跟他求婚，真是太明智了。

他们已经搬进了以前父母住过的那间有十二张榻榻米大小的房间，那幅《吃货女孩儿》也跟着一起搬了进去。原来银花和樱子住过的两个房间就一直闲置着，那中间夹着一道走廊。也许以后它们可以变成孩子们的房间吧，如果有一天，樱子回来了，到那时候再说吧。

* * * * * *

银花和小刚成婚已经六年，小刚完全习惯了藏里的一切事务。最近，他正心无旁骛地致力于各种新产品的研制和开发。例如，以前酱油的成熟期通常为两年，将成熟期延长至三年如何；通常酿造酱油是以大豆为原料，那么替换为黑豆怎么样；压榨时不用机器行不行；等等。小刚做了很多种尝试，反复进行试验。现在，小刚正在攻关的两个项目是开发雀酱油的新品种——"大豆酱汁酱油"和不经过蒸煮的"生酱油"。

所谓"大豆酱汁酱油"就是减少大麦的使用量，几乎由纯大豆酿造的浓厚酱油。要酿造这种酱油，下料时水的用量需要减少，而且酱油的成熟期也比较长。虽然酿造起来既费时又费力，但是这种酱油的特点就是味道浓郁、酱香扑鼻。

而"生酱油"由于没有经过蒸煮加热，所以不耐存放。虽然用过滤等工艺去除掉了杂菌，但是，这种酱油是无法常温保存的。因此，这是一种在运输流通环节需要耗费工夫和成本的高级酱油品类，目前雀酱油根本无法大量生产这种酱油。

"这种新研制的酱油，不经过三年是无法检验是否成功了的哈。"

"只有耐着性子等待了呀。"

随着对藏里的各项工作越来越得心应手，小刚也渐渐地变得开朗起来。他那忧郁得像刀锋一样的眼神已经看不到了，简直就像变了一个人。

"但是啊，银花，无论我们做了什么尝试，都没有什么了不起的，因为归根到底，我们需要依靠在这个藏里安家落户的那些细菌们。我们的试验能否成功，完全取决于这些家伙们的'劳动'啊。"不同的酱油藏生产出来的酱油味道也不尽相同，这并不是酿造工艺、技法和使用材料不同造成的，而是与每个酱油藏里生存的细菌的数量和种类息息相关，"藏是各式各样的啊。"

看到小刚拼命努力的劲儿，银花不由得在心里感慨道：

我现在真的很幸福！但是，让这对夫妻唯一觉得不太如意的地方，那就是孩子的问题了。银花今年已经三十岁，却从未怀过孕。

"有孩子呢，有有孩子的好处，没有孩子呢，有没有孩子的好处，不是吗？"

"话虽然是这样说啊……"

小刚一再地劝慰银花"不要在意"，但是，没有孩子这件事到底还是成了银花的一块心病。她倒也不是非要有一个孩子不可，也不是因为特别喜欢孩子的缘故，只是觉得结了婚就应该生一个孩子。所谓家庭不就是夫妇二人和孩子们团聚在一起的地方吗，对此，银花一直深信不疑。甚至，她从来就没有想过，自己竟会生不了孩子。

"为什么？也有可能生不出来吧。"虽然银花曾跟多鹤子发过这样的牢骚，但总是被果决地怼回去了，"这也并不是什么大不了的事，孩子嘛，就是你越想要越得不到，而你不想他了，反倒自然而然就有了。这世上的很多事都是如此，一味地烦恼这件事，时间都白白浪费了。"

被多鹤子冷冰冰地说了一顿，银花只能作罢，而且即使是这样，银花心里也明白，无论小刚还是多鹤子都是非常关心她的，只是，总被老主顾或是同行们追问"怎么还不要个小孩儿啊"时，一旦回答"还没有，还没有呢"，往往就会突然间遭到一番说教，或是被开些下流的玩笑。不过每一次小刚都会将银花保护得很好，所以她基本上没有被真正伤害过，那些不愉快的事情也很快就过去了。

可是，每当银花想起母亲的时候，她的心情就会立刻变得复杂起来。母亲是十九岁生的银花，然后第二年就结婚了。接着，三十四岁时丈夫亡故，四十二岁时自己也撒手人寰了。和母亲比起来，银花的人生，可以说无论什么都来得很迟。她也知道，这样相比是没用的，但还是会心情焦虑。

这一天，银花拿出了那只很久很久都没有碰过的雀之铃摇了摇，它就那样骨碌骨碌地响起来。是啊，无论翻转到哪里，都只要在到达的地方继续勇往直前就好了，非要强求那些原本没有的东西，真是太不像样子了。家庭关系也有很多种形式啊，比如那些没有血缘关系的家人，或是没有孩子的夫妇，只要幸福，无论哪种形式都是好的。银花想：我的存在之处就是这里。于是她鼓励着自己，既然这样，那么就打起精神，充满自信地生活下去吧。

时间已经到了十二月。这是一个晴空万里的日子。

"我回来了——"

这声音怎么听起来如此熟悉，莫非……？银花来到玄关一看，果然是樱子。是因为化了妆的缘故，还是因为在东京弄的这身时髦打扮的缘故呢？总之，樱子看起来竟比之前更加美丽动人了。她身着银灰色的皮草外套，头戴一顶系着缎带的古典风格帽子，活脱脱一位真人女明星。

"好久不见了，大家都好吗？"

"樱子！你，怎么突然……"

樱子将一个巨大的手提箱搬到玄关里面的土地上。她说了一句"这个，拜托你了哈"，就随手将那箱子转交给了银花。

"这里面装的都是孩子们的换洗衣物。"

"孩子们?"

"快点儿,叫人啊。"樱子说着回过头向身后看,然后把躲在她身后的孩子们推到前面来。

银花这时才看清,原来那是两个看起来三岁左右的孩子,一个男孩儿和一个女孩儿。他们战战兢兢地站到了银花的面前。两个孩子长相清秀,容貌姣好。

"这是一对双胞胎,可爱吧?"

双胞胎直勾勾地盯着银花,却寸步不离樱子的身边。

"你们好啊,欢迎回家。"

银花本来打算用最不做作的方式笑迎他们,但她还是觉得自己的笑容有些僵硬和不自然。那个男孩儿还是怯生生的,而那个女孩儿则慢慢地恢复了笑脸。

"赶快,进屋吧。"

樱子脱掉了那双大红色的高跟鞋,快步朝着走廊走了过去。被丢在原地的双胞胎一时间慌了神,连忙也都要脱掉鞋子。银花看到女孩儿脱鞋时好像要摔倒了似的,赶紧伸手扶了那孩子一把。"唉,这个樱子啊,一点儿都没变,虽然做了母亲,却还是过去那副我行我素的老样子。"银花心里既感到唏嘘又有些焦虑。她帮助两个孩子脱了鞋,拉着他们的小手,往客厅方向走去。

这时,已经能够听到客厅方向传来的多鹤子焦躁的说话声。

"樱子，你，直到现在，到底都在干些什么啊？"

"干什么，那是我自己的自由吧。"

樱子刚刚回到家，马上就同多鹤子发生了一阵争吵。银花觉得实在不像话，她不想让这么幼小的孩子们听到这样激烈的对抗和争执。

"你们俩，在这里稍微等一下啊。"

银花将孩子们安置在走廊里，让他们原地别动，然后，自己一个人来到了客厅里。只见多鹤子和樱子都直挺挺地站在那里，两人之间隔着一个被炉，就那样互相瞪视着对方。她们都因为争吵而过于激动，脸涨得通红。樱子脱下来的外套就那样随意地被扔在了房间的角落里。

"樱子她还带回了孩子们，请你们暂时先停止争吵，好吗？"

突然，多鹤子的表情和缓了下来。银花将拉门打开，让双胞胎进到房间里面。孩子们立刻聚拢到了樱子的身边，紧紧地贴着她，惊愕不已的表情也随之舒缓了一些，各自长舒了一口气。

"男孩子叫小晃，女孩子叫圣子，他们是对双胞胎，今年三岁了。"樱子说着，脸上带着几分得意，"你们说，这两个孩子很可爱吧？"

樱子似乎对于自己生养的这对双胞胎颇感骄傲，那表情和语气就和当年将自己有很多男朋友的事向银花炫耀时是一样的。她的那些"帅吧，很潇洒吧"之类的话，犹在耳畔。

"小晃，圣子，去见过外婆。"

于是，圣子小声地说了一句："您好。"过了一小会儿，小晃用更小的声音也打了一声招呼。

"你们好。"

多鹤子面无表情，没有丝毫笑意地回应了一句。双胞胎又一次贴到了樱子身边，不再离开。

"您还是什么都没有改变啊，妈妈。"

"你也是一样啊。"多鹤子板着脸说道。

即使是大吵了一架，但这毕竟还是时隔多年的母女团聚啊。正当银花要离开客厅去外面时，樱子大喊一声，叫住了她。

"我有话要对您说。你，也留下。"

银花实在没有办法，只好关上拉门，重新回到了房间里。根据以往的经验，凡是樱子有话要说时，往往都没有什么好事情，一定又是给别人添麻烦的事吧。银花侧脸瞄了一眼多鹤子，发现她已经闭上了眼睛。"她应该和我想的一样吧。"银花心里想。

"你到底要说什么呢？"显然多鹤子心里已经做好了防备。但是，樱子却全然一副无所谓的样子，她似乎根本没有把其他人的反应放在心上，继续说道："我希望将孩子们放在家里，由你们帮忙照顾。"

"什么？"多鹤子和银花几乎同时提高嗓音问道，然后两人面面相觑。这时，樱子一把将双胞胎朝银花的怀里推了过去。

"小晃，圣子，从今以后就是这位阿姨和外婆照顾你们俩了啊。"说完,樱子站起身来,随手拉开拉门就要往外走。银花慌忙也跟着站了起来,一把抓住她的胳膊。

"你等等,这到底是怎么回事?"

"什么怎么回事啊,我刚刚不是说过了吗,孩子们就拜托你们照顾了,我还有别的事情要忙啊,没办法照顾他俩。"

"你有什么事情要忙?"银花被樱子这些不负责任的言论和做法激怒了,她非常生气地瞪着樱子,说道。

"哎呀,就是有很多很多事啊,反正,就是很多很多。"樱子一边胡乱地使劲甩着胳膊,试图摆脱银花的拉拽,一边不耐烦地回应道。

"樱子! 你给我停止吧,闹够了没有?你到底要怎么对孩子们负责?孩子们的事到底要怎么处理?"

"妈妈,对不起啊。但是,现在,我确实是没办法啊。"

"难不成,你,干了什么坏事……"多鹤子的表情变得僵硬起来。

"不是的,不是的,我没有做任何坏事啊,您放心好了。现在,我正在交往的那个人,马上要出国,他很忙的,所以呢,我们也就没有闲暇照顾孩子们了。"樱子轻松地说着,扭脸看向银花,"咦! 你怎么还待在家里呢,你不结婚吗?"

"我已经结婚了,并且一直住在这里。"

"啊?你跟谁结的婚?那个人,我认识吗?"

"大原刚,现在他已经叫山尾刚了。"

樱子目不转睛地盯着银花的脸看,然后,脸上尽显"啊?"一样的吃惊表情。

"闹了半天,你还是只抓住了那个家伙,真是可怜啊。"

"请你不要说那么没有礼貌的话。"银花声色俱厉地回应樱子,甚至她也没有想到自己竟会如此激动。

结果,樱子嗤之以鼻,呵呵地笑了起来:"好吧,不管怎样,还是要恭喜你啊。嗯,小孩儿呢?"

"我们还没有孩子,但是……"

"哦,原来这样,那么,这不是正好吗?你先帮我照顾孩子,顺便练练手,就会慢慢习惯育儿之事了。"

无论怎么说,樱子的所作所为都太过分,也太自私了。正当银花要反驳她时,多鹤子抢先开口了:"樱子,你的意思我都明白了。那么,就把孩子们留在家里,你快点儿回去吧,像你这样不负责任的母亲,教育出来的孩子也会是不行的。"多鹤子斩钉截铁地说出了自己的决定。

樱子呢,先是大吃一惊,然后她那烈焰红唇的一端马上微微上扬,她咧嘴笑了起来:"不负责任?您有资格这样说我吗?"

"啊,是啊,我也是一个教子无方的人啊,教育出了一个像你这样,脑子里整天只有金钱和男人的女儿。"

听闻多鹤子这样说,樱子的脸颊突然血气上涌,变得通红,眼梢也吊了起来:"我的脑子里只有男人和金钱,是吗?啊,也许确实可以那么说吧。嗯,不过我和脑子里只有男人的妈妈您比起来,确实是您更胜一筹吧。"

"樱子,你到底要说什么?"

"我,什么都知道了,全部!"

樱子稍稍地犹豫了一下,然后立刻抬起头来,睁着大大的眼睛,一动不动地瞪着多鹤子。

"我,是您在外面乱搞而生下来的孩子,对吧?"

突然间,多鹤子的表情僵住了,她绷起了脸,默不作声。银花甚至怀疑自己的耳朵。不伦?乱搞?多鹤子?这怎么可能呢?这些极具冲击力的话让银花惊讶不已,她大张着嘴,看着眼前的母女俩。

只见,多鹤子似乎想要说些什么,但终究什么也没有说出来,她的嘴唇一直在颤抖。从多鹤子这副样子来看,樱子所说的一定是确有其事。看着多鹤子不安又慌乱的模样,樱子从容地拢了拢那头女明星一般的秀发,然后突然扬起下巴,说道:"你们,是一对被父母强硬拆散的苦命鸳鸯吧,偶然间,再一次相遇了,于是干柴烈火一般……这简直就像是一出肥皂剧!"

"我虽然不知道,你说的这些都是什么人告诉你的,但是,真是太愚蠢了。"多鹤子断然说道。

"现在,您想掩盖这些事实也已经无济于事了。在我还是个中学生的时候,有一次,放学回家的路上,被一个男人叫住了。"这时,樱子又马上话锋一转,"虽然,那个人看起来有些憔悴,但却是一个帅气十足的男人。"

"对不起,我想问一下,你就是,山尾樱子吧?"

我闻声,转回身看着那个男人,那是一个穿着西装的中年男性。虽然我对于男人的搭讪早已习以为常,但是这个人竟然连我的名字都能准确地说出来,还是让我觉得有些不同寻常。我仔细地看了看,好像并不是总来给我做辅导的便衣警察。

"我没有遵守和多鹤子之间的约定,真是对不起。但是,我实在是忍不住了。我,就是你的亲生父亲。"

听了这话,我觉得眼前这个男人的长相确实跟我有几分相似,虽然说不清楚到底是哪里长得像。之后,我坐上了那个男人的车,去了一个离我们家稍微有些距离的咖啡店,继续交谈。

"首先,我要告诉你,我得了癌症,恐怕命不久矣。所以,在我死之前,无论如何都想见你一面。我知道这样做就是不遵守同多鹤子之间的约定,但是,请原谅我。"

樱子的话实在像一枚重型炸弹一般,太具有冲击力了。一直以来都是一本正经,严肃且认真的多鹤子,她并不是一个脑筋灵活的人啊。几乎对男女恋爱之事漠不关心的她怎么会去与男人搞婚外情、不伦恋?银花无论如何也没有办法相信。

"回到家以后,我曾找哥哥商量怎么办好。当时,哥哥他受了很大的打击。"

"你是说尚孝?"多鹤子喃喃地说道。

"哥哥当时的反应也是很自然的吧。自己的母亲有了外遇，并且跟那个男人甚至连孩子都有了。而母亲呢，却整天装出一副什么都没有发生过的样子，在这个家里颐指气使地指挥一切，发号施令。"

"好了好了，你不要再说了，停下来吧。"

"我没有办法沉默啊，我今天就要把话说清楚。哥哥成了那样一个一事无成的人，全都是母亲您的错！ 都是您一手造成的！"

"我让你闭嘴！ 别再说了！"多鹤子几乎惨叫一般喊着，斥责着樱子，"我知道了，我明白了。你，现在就给我滚出去。我会照看孩子们的，你不用管了。"

樱子叉着腿站着，怒目瞪着多鹤子。听到多鹤子这样说，她也终于叹了一口气，耸了耸肩膀。原来还是装模作样地唱了一出戏而已，但是樱子她演得真是逼真啊。只见，她麻利地穿上外套，冲着双胞胎说道："宝贝们，妈妈这就走了啊，你们要好好听外婆和阿姨的话哟。"

孩子们茫然若失地望着樱子，他们并不知道妈妈已经把他们留在这里不管了。

"再见了。"樱子说着立即闪身走出了家门。银花想要再挽留一下樱子，却被多鹤子拦住了。

"不，不要拦她。别管她了，随她去吧。"多鹤子的脸上没有了一丝血色，惨白，就像一张影像模糊、焦点不准的黑白照片一样。

这时，银花突然感到自己的胳膊被什么人拉拽着，回头一看,是那对双胞胎。

"嗯,我的妈妈呢?"

被孩子们这么一问,银花这才回过神来。多鹤子婚外情的事以后再说吧,现在最紧要的就是必须考虑一下孩子们该怎么办才好。

"不管怎样,必须收拾一间孩子们今晚住的房间啊。我,这就赶紧打扫出一间来。多鹤子,你帮我先照看一下他们吧。"

银花说着,转身赶快往楼上跑。银花以前住的那间屋子已经被用作工作用房了。银花和小刚为了酿造酱油和经营管理酱油藏,需要不断地学习,因此房间里各种书和资料堆积如山。她最后决定还是让双胞胎住在樱子的房间里。

开窗,通风。因为这个房间一直维持着樱子离家出走时的样子,所以这么多年下来,窗帘都已经褪色了,榻榻米上也落了厚厚的一层灰尘。银花麻利地用扫把将灰尘清理出去,又用抹布擦拭干净。卫生清理好之后,银花终于松了一口气。接下来,还需要准备一下被褥。然而,当她将壁橱里的被褥拿出来一看,便觉得甚是凄凉,因为这些许多年不用的东西已经变得潮湿发霉了。

不过当银花透过窗户看到外面的情形,她又立刻高兴了起来。太幸运了,今天是一个难得的好天气,把被褥晾晒出去,多多少少总能去除一些潮湿之气吧。嗯,孩子们还需要些什么呢?毛巾,另外呢,大概还需要什么呢?银花的脑筋一刻不停地飞转着,想着准备工作还差些什么。

樱子带回来的那个衣箱里据说装的都是孩子们的换洗衣物，除此之外还会有些什么吗，三岁左右的孩子都需要用到哪些东西呢？对于完全没有育儿经验的银花而言，真是丈二和尚摸不着头脑啊。银花想着还是去找多鹤子商量一下为好，于是又返回到客厅里。结果发现，那对双胞胎正一边喊着"妈妈，妈妈"一边大哭着。虽然多鹤子极力地安慰和哄逗着孩子们，但是完全没有效果。 于是，银花效仿当年父亲的方法，首先将孩子们紧紧地搂抱在怀里试了试。

　"宝贝们，听话，不哭了啊，告诉阿姨，你们的那个衣箱里倒是都装了些什么东西啊？"

　双胞胎根本听不进去银花的问题，还是一个劲地喊叫着"妈妈，妈妈"。银花依然耐着性子，温柔地继续同他们说着话。

　"那里面有小洋装吗？还是有图画书？玩具？小偶人？"

　当听到"偶人"这个词的时候，好像圣子有了一些反应。于是银花一边抚摸着她的头，一边继续追问，"那是一个什么样的偶人啊？是一位公主吗？还是市松①？或者是'丽佳娃娃'②吗？"

　"……嗯，是丽佳娃娃。"

　"哇，原来你真的有一个丽佳娃娃的小偶人呢，好厉害

---

① 日本江户时代中期，有人以当时的歌舞伎舞者佐野川市松为范本，创作出一种可以替换衣服的娃娃，被称为"市松偶人"。
② 日本玩具制造商 Takara Tomy 出品的著名洋娃娃品牌。

啊,好棒哟。一会儿,能拿给阿姨看看吗?"

"嗯。"圣子点着头表示同意。接着,银花又对男孩子小晃说道:"小晃,你的玩具是什么啊?"

"是多美卡①。"

"多美卡?"

"就是迷你小汽车。"

"哦,原来是这样啊。这么说小晃最喜欢小汽车了呀,好帅气啊。"

就这样,银花和两个孩子你一言我一语热络地聊天,转眼间,就到了太阳落山的时候了。

小刚外出送货结束之后,也回到了家里。双胞胎一看到他,就慌里慌张地躲到银花身后去了,而小刚也是一脸不可思议。这时,多鹤子带着无奈的表情向小刚解释道:"这不是,白天的时候,樱子回来了一趟,把这两个孩子就这么扔给了我们,不管了。没办法啊,只能家里人帮着照顾照顾孩子们了。我的这么个不着调的女儿闯下了祸,实在是对不住了。"

"我明白了。"小刚一边摘了棒球帽,一边冲着双胞胎打招呼,"你们好啊。"

双胞胎则一直紧紧地贴在银花身旁不肯离开半步,然后,就那样抬头怯生生地看着小刚。小刚用一种很有意思的表情看着银花,说道:"你真厉害啊,这么快就跟这两个小家伙混得这么熟了吗?"

---

① 日本 Takara Tomy 公司生产的系列合金玩具汽车。

"小刚,你也很快就会跟他们玩在一块儿的哟。"

小晃和圣子都是爱撒娇的小朋友,三岁也正是总爱向别人"求宠爱,求安慰"的年纪。他们之所以会一直紧紧地贴着今天才刚刚第一次见面的银花,寸步不离,也许正是因为他们心里一直都是缺乏安全感的,并且都感觉到了异常的寂寞和孤独吧。

"哦,是吗?你们有什么要求,都可以告诉我啊,叔叔啊,只要是力气活,那可是什么都非常拿手的啊。"小刚重新将帽子戴好,对双胞胎说道。虽然他的脸上依然挂着那一成不变的略显笨拙的笑容,但是好像他和双胞胎能够心意相通似的。银花明显地感觉到,孩子们抓着她的手稍微松动了一些。

"那么,赶快跟叔叔打声招呼吧,说:'你好啊!'"

银花说着故意将孩子们向小刚那边推了推。双胞胎小心翼翼地、恭恭敬敬地齐声说道:"你好。"

"你们好!"小刚竟认真地低下头,回应道。

双胞胎见状也纷纷学着样子,低下了头。也许是因为害羞了吧,小晃还是一把抓住了银花,于是银花顺势将小晃环抱进了自己的怀中。圣子的脸上立刻显现出不安的神情,应该是觉得自己被冷落了。

这时候,小刚摊开了双手,"来吧,宝贝,到叔叔这里来,过来吧。"小刚柔声说道。圣子见状有些困惑,一时间不知如何是好。因为她一直站在原地不动,于是,小刚伸出手一把将孩子抱了起来。圣子好像被突然吓到了似的,脸上一副要哭的神情。

"不要紧的,别害怕。叔叔是个好人哟。"

就这样,银花和小刚一人一个分别抱起了孩子,安抚、哄逗。银花夫妇二人能够明显地感觉到,双胞胎的紧张感在慢慢地消散。

"窗外的声音,能听得到吗?哗啦,哗啦,那声音啊,就是竹子摇晃发出的。因为我们家周围生长着好多好多的竹子,所以每当风吹过,就会响起这样的声音哟。到了春天啊,就更神奇了,到处都会冒出竹笋来。竹笋,你有没有见过啊?"

"没有。"圣子摇头。

"这个竹笋啊,特别有意思哟,可好玩了,它们是从土里面钻出来的呢。它们的脑袋啊,长得尖尖的,就像钻孔机一样。"小刚继续为圣子讲解着。

"钻孔机?"小晃鹦鹉学舌一般重复了一遍这个词。

"就是通过一圈圈地旋转,边打洞边将地底下的土挖出来的机器。"小刚为双胞胎介绍着所谓"钻孔机"的工作原理。但是看着孩子们满脸困惑的样子,小刚也无奈地笑了。

"他们毕竟才三岁,怎么讲恐怕也无法理解吧,要是那个喷气式鼹鼠还在就好了。"

"竹笋非常好吃哟,春天到了,咱们就一起去挖竹笋吧。然后啊,阿姨会做出很多很多美味的食物呀。"

"挖竹笋?我,也能去挖吗?"圣子结结巴巴地问。

"能挖,能挖。"小刚斩钉截铁地回答道,"那就让我们一起期待春天的到来吧！"

小刚一边说着，一边抱着圣子，轻轻地左右摇晃了起来。于是，圣子嘻嘻嘻地笑出了声，那声音又尖又细，充满了童真。她笑得那样开心，那样快乐。银花见状，也模仿起了小刚的样子，开始摇晃起小晃来。那孩子被逗得也跟着咯咯咯地笑了起来。

银花心里想，眼前的这一切都太不可思议了。爱抚着圣子的小刚只给她一种感觉，那就是他真的如同孩子们的父亲一般。

那一瞬间，银花觉得自己的心紧缩了一下，"父亲当年也一定这样疼惜和抚慰过自己吧。这种情感与是否有血缘没有任何关系，父亲是真真正正地宠爱我，拿我当亲生女儿一样地宠爱过啊。"

那天夜里，银花刚把玩累后睡着了的孩子们安顿好，多鹤子就把她叫了去。拉门和窗户都紧闭着，银花立刻明白了，多鹤子要跟她讲一些私密的话。

"白天时，虽然樱子已经说过了一些，但是她的那些任性的决定给你带来了很多麻烦。我还是要将一些事情同你讲一下。"

所谓"事情"难道有关婚外情的原委吗？但是，多鹤子的语气中全然没有要讲述风流韵事的意思，她的表情、眼神和做法完全同当年教给银花如何整理藏的账本时如出一辙。

"那是昭和七年的事情了，那一年，我十七岁。也就是满铁线路爆炸案的第二年。"

多鹤子皱着眉头打开了话匣子。

我前往大阪出席有我母亲参加的古筝演奏会。母亲的身旁站着一位吹奏箫的男士,那是一位年纪很轻,文雅温柔的男子,完全就像是电影明星一样,我不由得被他迷住了。

演奏会后,借由打招呼的名义,我与那位男士交谈了一下,听他说从小就跟随父母学习吹箫。"今天,原定的那位演奏者突发急病,我只是被邀请前来救场的。吹得不好,真是羞愧难当啊。"

男士谦逊有礼,一直微笑着。他不仅人长得天庭饱满、容貌俊秀,笑起来的样子更是无法形容地动人,同时可以看得出他接受过良好的教育。他是大阪府道修町药行的独生子,据说,他们家的药行专门为部队提供卫生用品,自从中国大陆变得动荡不安以来①,药行的生意就越来越好。

男士是一位文学青年,身上散发着浪漫主义气息,我和他瞬间不可救药地坠入了爱河。但是,我们俩一个是独生子,一个是独生女,我们都知道,我们的爱情是注定没有未来可言的。我们害怕被别人看见,所以总是选择偷偷地在竹林中幽会。并且,为了一解无法见面的相思之苦,我们还互换了照片。当时,我们各自带来了相册,在一起互相挑选了心仪的照片。当他看到我孩童时代的照片,笑了。

"真像是一个座敷童啊。"

---

① 根据作者在小说中列举的时间,这里所叙述的事件即为日军在1931年发动的侵华战争。

照片中的我梳着娃娃头,身穿和服,坐在客厅里。当我问他,什么是座敷童时,他告诉我说,那是一个在"远野①故事"里出现的能够守护家庭的神。听到这些,我心中暗自觉得好笑,我可不是什么守护家庭的神啊,无论怎么说都应该叫我瘟神才对吧。

那是某天夜里发生的事了,我还是一如既往,跑到竹林里与那个男人私会。可突然,我们听到一阵脚步声,那声音越来越近,还隐约有灯火闪动。我们被吓坏了,慌慌张张地准备逃离那里,结果还是太迟了。煤油提灯的另一端站着的正是我的父母。父亲神色像鬼一般,他瞪着我,将提灯往地上一放,什么也没说,就把那个男的打了一顿。当我正要跑过去阻止父亲那样做时,母亲却将我一把拉住了。不知道被打了多少拳,但是,他都一声不吭地默默忍受了。趁着父亲喘口气的当口,那男的一下子跪在了地上。

"请您允许多鹤子嫁给我,求求您了。"

"蠢货!"父亲大声地嘶喊着,"你知不知道自己到底在说些什么?你说这种话,恐怕你的双亲要被气哭了吧。"

听闻父亲的话,那个男的倒吸了一口冷气。

父亲怒气冲冲地继续说道:"多鹤子是一个要招上门女婿继承我们这份家业的女孩子啊,所以我完全不能承认你们之间的恋爱。如果你不是一个可以成为我们家入赘女婿的人选,我就不可能同意我的女儿同你这样一个对未出阁的姑娘

---

① 远野市是日本岩手县的内陆城市,关于河童和座敷童子的远野民间故事最为有名。

动手动脚的卑劣男人交往的。"

我们俩就这样被活生生地拆散了。我们甚至想过要一起为爱自杀,但始终都下不了为对方去死的决心,更没有抛弃家人的气魄。

昭和九年,我决定嫁给一个和父亲有些远房亲缘,看起来成熟稳重的男人。那人作为山尾家的入赘女婿来到了家里。那是一个看过一次就会马上忘掉的男人,他的长相很难给别人留下深刻印象。最终,战争开始了,我的丈夫也被征入伍,可是就在他要起程奔赴战场之时,日本战败了。

那个曾经与我相好的男人,从此杳无音信。听人说,战争中他们家的药行一直在做安瓿瓶,但最后,店铺和工厂都在空袭中毁于一旦。他是死是活,没有人知道,我也无从知晓。我呢,为了重整藏的生意而拼命地干活,想方设法生存下去。

在我就快四十岁的时候,一次偶然的机会,我和那个男人在大阪的百货商店里不期而遇。真的,就在一瞬间,我们目光交会的那一瞬间,我们完全明白了彼此的心意,我们依然爱着对方。很快地,在避开双方家人的情况下,我们又开始交往。后来我发现自己怀孕了,那个男人劝我放弃孩子,可是我不能。于是我们约定今生再也不见,就此分别。再然后,我生下了樱子。

多鹤子面色凝重,紧皱着眉头,结束了这个故事的讲述。尽管她竭尽全力地用平静的语气讲这些过往,但在最后，她的声音还是有些颤抖了。

"故事就是这么多，都已经过去了。无论樱子再发什么牢骚，你都没有必要放在心上。"

所谓"没有必要放在心上"的意思就是不可以过分关注。也就是说，不许再去追查这件事了。"到此为止，这件事已经结束了"，这是多鹤子的命令。

"眼下最重要的就是双胞胎的问题。银花，不好意思啊，这就要拜托你了。"多鹤子说到这里，中断了谈话。

"祝您晚安！"银花跟多鹤子道了一声晚安后，走出了她的卧室。据樱子说，她父亲和她都已经知道了多鹤子有婚外情的事情，但是，现在的银花确实没有仔细想那件事的闲暇，正如多鹤子所说，不管怎样，首先要考虑的必然是双胞胎的问题啊。"我自己能将孩子们养育好吗？我连一个孩子都不曾生养过，现在竟然一下子来了两个大宝贝。"

银花轻轻地走进双胞胎的房间里看了看，两个孩子都睡得非常熟。他们跟樱子长得很像，特别是睡着时的小脸，简直像天使一般美丽动人。

在银花和樱子还小的时候，樱子总是胡作非为，欺负银花。现在想一想，那绝不仅仅是因为樱子觉得银花夺走了他哥哥的爱。可能，樱子是这样想的吧——银花这个拖油瓶居然得到了所有人的认可，堂堂正正、光明磊落地生活着。而自己竟然是母亲婚外的私生子，一生都没有办法公开真实身份啊，难道自己一生都必须生活在自卑之中吗？

那个时候，银花只是觉得樱子是一个喜欢刁难人、心术不太正的女孩子。但是，她想错了，樱子的心里也有蛇，并因此而感到痛苦不堪吧。时至今日，银花才真正理解了樱子。原来，银花和樱子是"同病相怜"的人啊，她们都有一个与自己毫无血缘关系的父亲。

另外还有一点，银花又一次听到了一个熟悉的，令她颇有感触的词——"座敷童"。银花来到了庭院中，久久地站在柿子树下，双手合十。她在心中默默地祈祷，"座敷童神啊，请您保佑我们大家吧。"

从双胞胎来到家里的第二天开始，银花和小刚就因藏里的工作和养育孩子们而忙得不可开交。和两个三岁的孩子生活在一起要比想象中困难得多。早晨起床，帮助孩子们换衣服，然后喂他们吃饭。以往没有孩子的时候，五分钟能够完成的事情，现在起码得花费半个多小时。生活当中的一切事情都是如此。唯一能够让夫妇俩稍微喘一口气的时候就是两个孩子都睡着了之后的那一点点短暂的时光。

但是，他们每天都是无比快乐的，因为两个孩子非常愿意与银花和小刚亲近。最初的时候，他们总是称呼银花夫妇为"阿姨""叔叔"，但可能因为孩子们口齿不清吧，不知何时就简化为"姨"和"叔"了。三十岁的银花突然整天被人叫"阿姨"，心里多多少少有些异样的感觉。现在，她似乎能够深刻地理解当年樱子的心情了，明明是个小学生，却要被别人称呼为"姑姑"，那是何等厌烦的事情啊。

虽然，银花夫妇照顾双胞胎是受多鹤子所托，但是多鹤子却从不对养育孩子的事插嘴干涉。用她的话说就是，年轻人有年轻人的做法。为了照顾双胞胎，银花和小刚一天到晚地忙碌着，日子就这样一天天过去了。日往夜来，斗转星移，时光总是如匆匆过客一般流逝，转眼间，一家人又迎来了新的一年。以往，家里的正月总是静悄悄的，寂静异常，而今年，由于双胞胎的加入，这个新年过得热闹极了。

小晃五岁了，家里决定为他庆祝七五三①。银花同多鹤子商量了一下，才知道家里正好有一套父亲小时候过七五三节时穿过的和服。将那和服取出来给小晃试穿了一下，非常合适。那是一整套带有家徽的和服裤裙，特别是那件外褂，做工考究，款式精美而别致，内里有手工刺绣的竹子和老虎图案。小晃看到这件和服时非常欣喜，这图案像是很合他的心意。他照着那幅老虎图，在自己的图画本上描摹了好一阵子。

圣子也很羡慕那套和服，一直嚷嚷着也要一套。

"小晃，真是太狡猾了。我，也要穿那样的裤裙！"

"女孩子啊，要到了七岁才能够穿和服庆祝呢。到时候，也给圣子穿上美丽漂亮的和服好不好？"

"不好不好，我也要穿小晃那样的裤裙，要和小晃一起穿着裤裙庆祝七五三。"

圣子这么不好哄，缠着人撒娇又不讲理的时候，还是很

---

① 每年11月15日是日本的传统节日七五三节。在这天，三岁女孩儿和七岁女孩儿以及三岁男孩儿和五岁男孩儿会穿上和服，跟着父母前往神社参拜，祈祷健康成长、发育顺利。多数家庭都会拍摄一张全家福留作纪念。

少见的。无论如何同她讲道理都无济于事，她就是不放弃，最后竟然大哭了起来，甚至拒绝吃饭。

"圣子，适可而止吧。"被训斥了也不听话，结果，她一边哭一边说："这样的阿姨，我讨厌你。"

虽然嘴上说着"讨厌讨厌"，可她还是一边哭一边紧紧地搂着银花不放手。到底该如何是好呢？银花也很茫然，实在是束手无策。当天夜里，银花不禁对小刚发起了牢骚。小刚听过了之后，稍加思考，说道："圣子这个样子，莫不是她潜意识里在试探我们？"

"试探？"

"是的。当年我进少年教养院的时候，有很多家伙干过这种故意试探别人的事。也就是说，故意地去激怒对方，或是干一些什么坏事，然后观察对方的反应。如果他发现对方并没有无动于衷，或是没有不理睬他，那么他就会安心地认为自己真的是受大家欢迎的人，是受到重视的存在。"

"你这么一说，圣子,她在怀疑我们对她的爱？……"

"因为我们毕竟不是他们的亲生父母，也许他们心里会因此感到不安吧。"

银花只觉得浑身瘫软，突然没有了力气。因为面对这个问题，自己是无能为力的，她甚至觉得眼泪都快要出来了。她拼命地努力，就是希望自己能够当好双胞胎的母亲，可是现在看来，难道她和孩子们之间并没有心意相通吗？

"也就是说，我所有的努力都白费了呗。就因为我不是他们真正的母亲？"

"并不是这样的。银花,你想想尚孝少爷。他也不是你的亲生父亲,可是你不也是最喜欢他的吗?"

"嗯,那么,还是我自身出了什么问题?"

"不是的。银花,你还是不要胡思乱想比较好。现在还不是仅凭一点儿小孩子的反应,就去推断这个那个的时候。"

"你好厉害啊,小刚。对于小孩子们的脾气秉性,你倒是很了解的嘛。"

"那是啊,你是没进过少年教养院啊。"

夫妻二人商量之后,决定专门为圣子也做一套裤裙装。当那套女孩儿穿的胭脂色的裤裙装摆在圣子面前时,小姑娘的眼睛里闪烁着耀眼的光芒。

"这个,真的是给我的吗?我真的可以穿吗?"

"当然可以了,穿上这身和服,咱们和小晃一起去神社参拜,庆祝七五三,好不好?"

"嗯!"圣子大声回答银花,欢欣雀跃,手舞足蹈,"阿姨!谢谢你。"

这是在正式过七五三节之前三天搞定的事。终于将圣子的情绪安抚好了,银花长长地舒了一口气。

节日当天风和日丽,天气好极了。银花和小刚带着双胞胎,一同前往橿原神社参拜。神社里聚集了很多很多携家带口的家庭。银花一家四口做完参拜和祈愿之后,请别人帮忙拍了一张全家福。

"爸爸,看这里,请不要摆出那么可怕的表情。妈妈,您笑得有些过头了。小公主，小少爷，你们再站得紧凑一些。哎，全家人亲亲密密的……"

在摄影师不断的调侃中，全家人都摆出自己最习惯的样子。虽然双胞胎的表情有些困惑，但还是成功地完成了拍摄。底片放大冲洗出来后，银花将照片挂到了卧室里。

转眼间，小晃和圣子到了上小学的年纪。银花和小刚两人一起出席孩子们的入学典礼，在小学的正门前，身着正装西服的小刚为背着书包的双胞胎拍摄了照片。高兴之余，小刚脸上还有几分像是要哭出来的表情。

为了参加开学典礼，一家人来到了体育馆里。此时的小刚看起来似乎有些不知所措。虽然他装出一副无所谓的样子，但银花还是能感觉到，小刚的表情开始僵硬起来。然后，他们时不时能感觉到周围人注视自己的目光。体育馆里就座的父母们大多跟银花和小刚是同辈人，也就是说，这里的很多人非常清楚小刚身上曾经发生过的事情。

银花和小刚两个人肩并肩紧挨着坐在折叠椅上，他们抬头挺胸，目视前方。银花心想：在这个场合绝对不能输，只要我们还要在这里做酱油和过日子，流言蜚语就会始终围绕在我们周围。小刚他只能背负着沉重的心理负担顽强地生活下去。而我所能做的，就是无条件地支持他走下去。

那一天，银花拜托小刚早早地结束工作回家，因为她要做一顿丰盛的晚餐庆祝孩子们入学。银花要用到母亲教给她的秘方：豌豆浓汤、香橙风味的炸鸡块、蛤蜊和培根蒸蛋羹，最后是竹笋饭。银花还努力地做出了当作餐后甜点的布丁。全家人都吃得非常高兴，十分满足。

等到银花将一切收拾妥当之后，她发现小刚不见了。"是不是有什么事啊？"银花赶紧到藏里去寻找小刚。结果，她发现，原来小刚正伫立在藏的前面，连灯都没点。

"出什么事了？"

"看到背着书包的小晃和圣子，不知道为什么我的心情那么激动。"听小刚的语气，他并不是因为高兴和喜悦而感到激动。他那说话的声音中分明透着苦涩。

"我杀了人，没有做父母的资格。但是，孩子们什么都不知道，还'叔叔，叔叔'地叫着，跟我那么亲近。我总觉得有些对不住他们啊。"

"什么'对不住'之类的想法，你没必要有。杀了人也好，其他什么也好，我们俩现在的身份只有一个，那就是小晃和圣子的抚养人。"

"我明白，但是，进到体育馆坐在折叠椅上之后，很多人都看到我了，很多人是知道我过往的伙伴，还有很多传闲话的家伙。我曾经杀过人的历史无论如何都抹不去啊。"

"嗯，是啊。"

银花故意轻声回应着他。这时，小刚也扭过头看着银花。银花满不在乎地继续说道："确实，杀过人的过去无法抹消。但是，可以用其他的事情进行弥补。小刚，实际上你已经在扎扎实实地做各种事弥补了啊。和我结婚，帮助藏的经营和管理，还有，做孩子们的代理父亲。你看，这不都是一种弥补吗？"

小刚没有说话。他稍微沉默了一阵，终于有些无奈地笑了笑。

"弥补吗？那是不可能的啊。"

他们两个人就这样站着，默默地注视着藏的里面那无尽的暗影。这时，小刚轻声地说道："有这样不堪历史的我，能够像个普通人一样过活，也许是因为座敷童神一直在保佑着啊。"

"嗯。那我们就一起感谢座敷童神的保佑吧。"

原本银花和小刚都认为，那对双胞胎宝贝上学以后他们就能变得轻松些，哪承想，麻烦事更多了。

每天都必须要帮两个孩子确认作业是否完成，上学所用之物是不是什么也不缺了。还有啊，诸如家长进课堂、老师家访、郊游、运动会等等，几乎每个月都有的各种各样的活动也需要他们参加。所以，自从孩子们成了小学生，他们的生活反倒变得更加忙碌起来。

但是，需要他们操心的还不仅仅是双胞胎的事。多鹤子已经七十七岁高龄了，日常生活中有许多事也需要他们的帮助。由于照顾双胞胎和多鹤子占用了他们太多的时间和精力，对于藏里的工作，银花和小刚渐渐地感到有些分身乏术，酱油藏仅凭他们两个人的力量已经运转不起来了。与小刚商议后，两人决定雇用附近的家庭主妇们作为钟点工来藏里帮忙干活，像是刷洗酱油瓶、粘贴商标、发货之类的工作都可以由这些人来做。这样一来,藏里的支出又多出了一项雇用工人的费用。虽然酱油藏不再有过去那么多盈余,但是为了孩子们的成长,银花和小刚必须继续支撑下去。

日子就这样一天天地流逝,转眼双胞胎已经七岁,这回轮到圣子过七五三节了。

"我过七五三节的时候,圣子也穿了裤裙,所以今年我也要跟她一样,穿裤裙。"对于小晃的要求,银花和小刚只能答应。夫妇二人决定让圣子穿上樱子那身豪华艳丽的和服。和服的花样为牡丹花车,看起来富丽堂皇,漂亮精美。将和服在榻榻米上铺展开来,远远地望着,那奢华程度让人不由得心驰神往,迷恋其中。

"我,更喜欢那个裤裙。"看着眼前这身华丽和服,圣子的脸上竟现出一种无聊的表情,幽幽地说道。

"为什么呢?还是这身和服更适合圣子穿呢。就让我们一起期待节日的到来吧。"

"我不喜欢这衣服的花色啊,我还是觉得裤裙更好。因为,那个穿起来更帅!"

"嗯,裤裙穿起来是很帅气,但是,这身华丽的和服也很漂亮呀,不是吗?"

"不要! 还是裤裙好!"圣子固执己见。银花再一次觉得束手无策了。一到七五三节就出事啊。这时,小晃在一旁开口了:

"裤裙,那是男孩子穿的和服啊,圣子你是女的,是不能穿裤裙的。"

"你胡说,没有那样的事。是女的,也可以穿。"

"你那是女扮男装,假扮的呀。"

"小晃你呢,明明是男孩子却净画女孩子的画。你那就是男扮女装,假装女的呀。"

小晃非常喜欢画画,难道是和尚孝一样吗?而且,这孩子最喜欢画的是少女漫画啊,专门演给女孩子们看的动画片啊之类的,常常一个人偷偷地照着画那些女性人物。

"假装女的,假装女的。"圣子不断地嘲笑着小晃。

被圣子那么一说,小晃的脸臊得通红。看着榻榻米上铺展开的那件华丽的和服,他一气之下抬脚踩了上去,不一会儿就把那件和服践踏得乱七八糟,不成个样子了。

"小晃,哎呀,快停下来! 圣子! 你胡说些什么呀?"

"大傻瓜!"圣子大声地叫喊着,眼泪竟夺眶而出,同时一把抓住了小晃。小晃呢,也哭了起来,和圣子扭打在一起。

"哎呀呀,都给我住手!"

银花慌忙间赶紧抱起榻榻米上的那件和服,将它挪到了一边。两个孩子扭作一团,战争还在继续。

突然,小刚来到了客厅里,看到眼前的情形,他冲着哭喊嘶叫着的那对双胞胎大喝了一声:"喂! 住手!"

小刚的喊声犹如一声惊雷,连银花都被吓得一哆嗦。只见小刚不由分说地将两个孩子分开,让他们都坐下冷静。

"你们对这么漂亮的和服,都做了些什么?"

孩子们第一次看到小刚如此怒气冲天,气势汹汹的样子,一下子都蒙了。随后,都哇的一声哭了出来。银花简单地说了一下事情的经过，小刚听后愣住了，然后叹了一口气，严厉地对双胞胎讲道："小晃，你向圣子道歉。"

"我不！"

"傻瓜！"小刚发怒的声音听起来可怕极了，"你知道吗，践踏别人的东西就像是在践踏那个人本身。小晃，试想一下，如果你最最喜欢，拼命努力画出来的画被别人践踏了，你会怎么样？恼恨极了，是不是？"

小晃泪眼婆娑，一边听着，一边点着头。然后，小刚又对圣子说道："圣子，你也要向小晃道歉。如果女孩子穿裤裙无所谓的话，那么男孩子画一些女孩子的画也不是什么大不了的事，对不对？什么假扮女的还是假扮男的，那都是些毫无意义的想法。以后再也不许说这样的话了！"

圣子也点头答应。但是，这两个人凑在一起，竟然越哭声音越大，没完没了。最后，哭闹声弄得多鹤子也坐不住了，来到客厅一看究竟。但是，当她看到小刚一脸严肃，正十分认真地教训孩子们时，就什么都没有说，又默默地离开了。

小刚来到圣子面前，蹲下身来，抚摸着她的头，说道："圣子，你非常想穿上裤裙，打扮得酷酷的哈。"

"嗯，是的。"圣子眼里含着泪，点点头。

"明白了。那么，咱们就先穿上这件漂亮的和服，然后再穿上裤裙，打扮得酷酷的，怎么样？"小刚又冲着银花说道："你也听到了，就让圣子穿得酷酷的，帅气十足的哈！"

"嗯。想办法变化穿衣的方式，再加上一些小配饰，怎么都能成。对了，如果穿上长筒靴什么的，也许能变得更酷呢。"

"长筒靴？"圣子听到这个词，眼睛闪闪发亮。

看到圣子的样子，小刚连忙极力地夸奖："是啊，是啊。长筒靴吗，哎呀，那绝对是帅气有型的呀。"

"嗯。"圣子看着小刚夫妇的样子，突然羞红了脸，有些不好意思地点着头。嗯，看来，圣子这边算是安抚好了。接下来，银花看了看小晃。"小晃，你的舅舅也只画女人画像的哟。而且啊，他画得非常棒，连出版社的人都给他来过信呢。"

"真的吗？"小晃也慢慢地抬起了满是眼泪的小脸，眼睛又重现出光芒。接下来，两个人一边抽噎着，一边互致歉意。小刚和银花对视了一下，终于可以松口气了。

七五三这一天，四口人又一同前往橿原神宫参拜。还是一个好天气。圣子穿着樱子的和服，同时配上了裤裙和长筒靴，一脸满足的样子。大家祈祷后，又来了一张全家福合影。摄影师呢，还是先前的那位，他说出的台词也丝毫没有变化。

"爸爸，看这里，请不要摆出那么可怕的表情。妈妈，您笑得有些过头了。小公主，小少爷，你们再站得紧凑一些。哎，全家人亲亲密密的……"

七五三的参拜仪式终于顺顺当当地结束了。结果，当天夜里，又一轮风波不期而至。

晚饭后，不知道为什么，圣子和小晃一直在嘀嘀咕咕地说着悄悄话，看起来不像是在吵架，于是银花决定不干涉，由他们去。但是，她后来还是有些担心了，因为那两个孩子洗完澡之后还一直在讨论着。银花并没有说什么，而是选择默默地看着他们。马上快到就寝的时间了，只见两人表情微妙地来到了银花的房间。

这时，刚刚泡过澡的小刚正在喝啤酒，而银花则在品尝朋友送来的青梅酒。

"怎么了，你们俩？"

已经换上睡衣的双胞胎看起来神色有些紧张，一副心神不定的样子。到底谁先开口呢，他们互相推让了一番，最后还是圣子说了话。

"白天，那个帮我们照相的人，把叔叔和阿姨误称为我们的爸爸妈妈了。"

"嗯，是啊，好像他有些搞错了。"银花莫名地感到有些发慌，这两个孩子到底想要说些什么呢？就为了来纠正别人搞错了的事情吗？

"在外人看来，叔叔和阿姨看起来更像是我们的爸爸妈妈吗？"这回轮到小晃发问。他的语气异常认真。

"啊，也许确实看起来像吧。"小刚回答道。虽然他回答得很及时，但银花还是能感到他的声音有些颤抖。

这时，圣子突然用更加严肃的语气说道："我们两个认真地、仔细地考虑过了，既然是这样，我们就叫你们爸爸妈妈吧，行吗？"

"你说什么？"银花和小刚被圣子的话惊呆了，两个人谁都没有吱声。看到他们这个反应，圣子气得怒目而视，小晃则像是要哭出来了似的。

"我，一直都在想，别的小孩子都叫着'爸爸''妈妈'，而只有我们俩总是喊'叔叔''阿姨'。"

"我也是，从很久之前就开始想了，想叫你们'爸爸'和'妈妈'。所以，我们这样称呼你们，好不好？"

圣子的语气非常坚定。她的眼睛里分明已经闪烁着泪花了，甚至连腿都在颤抖，小晃也是一样的。听着孩子们的话，银花夫妇二人也已经快要哭出来了。

"这两个孩子一直在琢磨的竟然是这件事，为什么，为什么我们都没有早一点儿注意到这些变化呢？之前，我们还一度自以为是地担心'因为我们不是亲生父母，所以孩子们没有安全感'之类的，难道是我们想错了吗？误会他们了吗？"

银花再也抑制不住自己的情感，一把将圣子拥进了怀中，泪水决堤一般夺眶而出，扑簌簌地掉了下来。虽然她觉得自己在孩子们面前这样痛哭流涕太不像话了，怎奈眼泪根本就止不住。圣子见状也跟着哭了起来。看着两个女生伤心落泪，听着阵阵哭声，小晃也哭了出来。小刚上前，紧紧地抱住了小晃。四个人就这样，痛痛快快地哭作一团，让泪水尽情流淌。

"爸爸！妈妈！"

双胞胎抽抽搭搭地喊了出来。"真是不可思议啊，仅仅是被这样叫了一声，为什么会如此喜悦而高兴呢？"银花不禁想。

在银花还是小孩子的时候,面对父母,她总是觉得"爸爸""妈妈"这样的称呼是理所当然的。当她得知父亲并非自己的亲生父亲时,真的是一丁点儿的犹豫都让她觉得讨厌,她特意郑重其事地告诫自己,"喊尚孝父亲,那是理所当然的"。但是,长大之后,自己被称为"妈妈"的心情,现在这一刻,她才终于明白了。

"爸爸""妈妈"这两个词是非常特别的,表面上看起来这两个词并不伟大,也没有什么与众不同的,但是它们却像是集合了所有语言内在神灵的魔法箱一样。

银花的"爸爸"魔法箱里有"礼物""面包皮""薏米种子项链""草原骑兵曲"这样的内容。每当打开这个魔法箱,有欢笑,有喜悦,有好心情,当然也有哀伤。而"妈妈"魔法箱里有"美味的饭菜""可口的点心""熨斗""夹竹桃""喷气式鼹鼠"等等。打开它,有幸福,有气愤,有痛苦,有悲哀。银花看着双胞胎哭泣的脸想起了这些。在这之前,小晃和圣子从"爸爸""妈妈"魔法箱里已经发现了什么样的语言神灵了呢?

当晚,银花躺在被窝里兴奋得无论如何也睡不着。小刚也是辗转反侧。夫妻二人默默地、静静地侧耳倾听那风吹过竹林发出的沙沙声响。

"时至今日,我都觉得父亲对我的宠爱,真的是非常地特别,即使我们并没有任何血缘。但是,现在,我终于明白了,血缘关系之类的,实在没有那么重要。我也好,小刚你也罢,你看,都是这样自然地宠爱着、疼惜着小晃和圣子。"

"是啊,我们确实没有委曲求全,勉强宠爱他们,而是完全出于自然本心爱着他们。"

"现在,对于父亲,我还是觉得有辜负他的地方。他是那样宠爱着我,这个在血缘上和他毫无关系的陌生人。我居然曾经认为,虽然他从没有说过'讨厌我',但是心里多多少少还是感觉在尽义务吧。"

银花说着,伸出手握住了旁边被褥中小刚的手。

"我一直,一直都对父亲心怀愧疚。但是现在,心里稍微好受一些了。说不定,父亲也是把宠爱我当成了一件理所当然的事。我想,当一个小婴儿出现在你面前时,什么血缘不血缘的,根本就没有时间考虑吧。

"即使,面前的小孩子并不是自己的亲生骨肉,那也不是什么大不了的事情。人们都能自然而然地、理所当然地去宠爱那孩子。小晃和圣子的出现,给了我认识到这些道理和人类最朴实情感的机会。"

"是这样的吧。正是因为这样的原因,尚孝少爷才能画得出那幅'萤火虫'的画吧。"

"画得出?是什么意思?"

"看到那幅画之后,画面传递给我的信息是,作者该多么宠爱那画中的女孩子啊。"

听到小刚的话,银花的心一抽一抽地疼了起来。她更加用力地握了握小刚的手,同时,小刚也紧紧地握了握银花的手。

过了一些天,七五三的纪念照片送过来了。那照片的效果出人意料地好,简直好到令人吃惊的程度。照片中的四口人,他们的表情那样地自然,那样地和谐。连照相馆的老板都说,这张照片照得简直太传神了,他都想把它当作馆里的宣传照挂进橱窗里呢。

* * * * * *

一九九五年一月十七日清晨,"咣当"一声响惊醒了银花。正当她迷迷糊糊地想着"怎么了"时,整个房子开始剧烈地摇晃。她惊慌失措,赶紧起了床。身旁的小刚也随之起身,推开拉门。这幢木质结构的古老住宅发出一阵阵吱吱嘎嘎的响声,墙壁上悬挂着的那幅《吃货女孩儿》画像也掉到了地上。

银花毫不迟疑地奔向了小晃和圣子的房间,小刚也紧紧地跟在她的身后。房子还在不停地摇晃着,不知要这个样子摇晃到什么时候。如此剧烈的地震,大家还都是头一次经历。

当他们拉开孩子们房间的门,发现坐在被褥上的圣子和小晃正惶恐不安不知所措。小刚和银花一人一个紧紧地抱起了孩子,一动不动,大家全都沉默不语。

当摇晃终于完全停下来时,小刚才开口说话:"刚刚,真是一阵好大的地震啊。小晃,圣子,你们俩吓坏了吧?"

"好可怕啊,好可怕啊。"两个孩子异口同声地说,"我们以为这房子会塌了呢。"

听孩子们叙述了一会儿感受,小刚突然站起身来。

"我去藏里看看。银花,你就留在孩子们身边啊。"

"嗯,你要小心啊。"

现在,外面还是一片漆黑。银花本想让孩子们再睡一会儿,可是他们都完全清醒了过来,兴奋得睡不着。实在没有办法,她决定带着双胞胎去楼下看看。实际上,她非常想立刻去藏里看看受损情况,但是现在绝对不能离开孩子们半步。

"多鹤子,您没事吧?"银花一边下楼,一边朝着一楼喊道。

"银花,藏怎么样?藏里有没有受到什么损失?"

拉开多鹤子的房门,银花发现她已经端坐在被褥上面,手里紧紧地攥着手杖。看起来像是要起身亲自去看看藏的情况。

"刚刚,小刚已经过去查看了。刚才那个强度的地震,应该没什么问题吧。所以,多鹤子你不要太担心啊。"银花说着,接过了多鹤子的手杖,放到一边,"现在外面还黑着呢,过去查看太危险了。等天亮了,我们一起过去看看,好不好?"

"但是,如果酱油桶有了什么闪失……"

"没关系的。无论遇到什么情况,还有我和小刚在呢,没关系的,放宽心啦。"

"是吗……"多鹤子还是忧心忡忡的样子。银花一再重复着"没关系的,没关系的"。她安排多鹤子躺进被窝之后,才走出了房间。

起居室里,孩子们在看电视。报道称,这次地震的震中是淡路岛,确实是一场非常严重的灾害。横竖是睡不着了,银花决定开始给全家人做早饭。很有可能,还会有余震发生。因为担心出现次生灾害,银花特意做了很多米饭,以备不时之需。正在她琢磨着这些时,小刚回来了。

"怎么样了?"

"啊,我能检查到的地方,都没有任何问题。所有器械全部能够正常运转,应该是没什么大麻烦。"

"太好了。我说,过一会儿,我也想去看看,行吗?"

"可以啊。"小刚苦笑道。

银花并不是不信任小刚,而是,如果不亲眼确认一下,她就是不放心。银花将孩子们托付给小刚,自己一个人朝着藏的方向走去。

黎明将至,银花走过寒气逼人的庭院。一切如故,刚才发生的地震竟然没有留下任何痕迹。可是,银花的心情实在没有办法平复。可能还是怪刚才的大地震,这是银花有生以来第一次经历这么大的地震,她似乎没办法保持一颗平常心了。

进入藏的里面,点上灯,银花开始查看所有的角落,并一个一个地检视酱油桶,看看里面的情况。制曲室没有问题。最后,她站到了藏的正中间,环视四周。粗壮的横梁、立柱、酱油桶等等,这些藏里的宝贝们好像什么事都不曾发生过,一副满不在乎的表情,鸦雀无声,万籁俱寂。"啊,地震了",喧喧嚷嚷地闹腾了一番的只有人类啊。但是,不知道为什么,银花还是觉得有点奇怪。

银花心里盘算着,"那就这样吧,赶紧快快地吃完早饭,好去送孩子们上学。"于是她加快了步伐。正当她要迈出藏的大门时,啪嗒一声,一个白色的东西突然掉在了银花的眼前。

银花吃惊地看了一眼脚边的东西,原来是一个古筝的琴柱。她心想,"这个东西怎么会出现在这里呢?"拾起来一看,琴柱上沾满了灰尘,还挂着蜘蛛网。银花用手拂去脏东西,仔细一看,那竟是一个象牙做的琴柱呢。

"这是从哪里掉下来的呢?"

银花仰头看向天井,那上面是横梁和天窗。可能是横梁上的东西,因为地震掉了下来?但是,那么高的地方,又怎么会有这琴柱呢?

她突然感到这个琴柱好冰冷,浑身哆嗦了一下,赶紧跑回了正房。银花一边看电视,一边匆匆地吃完早饭。终于,这次地震的相关受灾情况一点一点明确。一家人看着电视上直播的记者从直升机上拍摄的现场,全都说不出话了。阪神高速公路的高架桥完全横倒在一边,画面中主持人的声音也变了音调。神户市的大街上到处冒着黑烟。这时,多鹤子自言自语地嘟囔着:"简直就像遭到了大轰炸一样。"

大家完全无法相信这些都是现实中发生的事情,震惊得只能呆呆地望着电视。因为那些场面冲击力太大,大家似乎被麻痹了一般，一句话也说不出来。但是，无论谁都没有办法将视线从电视画面上移开，只能目不转睛地死死盯着看。

奈良的地震烈度是四级。等到天完全大亮，银花他们将整个房屋的外围确认过一遍之后，才发现无论是藏还是正房，都出现了古旧房瓦脱落等状况。之后一连数日，阪神淡路大地震的后续报道一直在持续。以雀酱油的名义，银花一家也进行了捐款，表达了一点儿心意。

地震大概一周后，一天，银花突然听到久违了的汽车声响。出门一看，果然有一辆大红色的车从大门开了进来。那是一辆奥迪车。

"好久不见了，银花！"

回来的是樱子。只见她穿着一身一看就是高档服装的套裙，手里提着手提包和旅行袋。那个手提包上明晃晃地印着连银花都知晓的香奈儿标志，而旅行袋的品牌则是路易威登。距上次一别已经七年了。银花心想，"为什么樱子她突然回来了呢？"那一瞬间，她被吓了一跳，不由得心里一惊。"难道，她这次回来是要将孩子们带走吗？"

"啊，樱子。赶紧，先进屋吧。"

"哼，你不说，我也要进屋的，因为，这里是我的家。"樱子说着，嘭的一声将旅行袋扔在玄关，"这一带，怎么样啊，地震时，晃得很厉害吧？"

"是啊。不过，没有遭受什么大的灾害，真是万幸啊。"

"嗯嗯，不管怎么说，这么古旧的房子真是让我担心了一阵啊。哦，对了对了，那些，是慰问品。"

顺着她手指的方向，银花看到车的后排座上放着很多百货商店的购物纸袋。"你把它们都拿进屋里吧！"樱子吩咐道，将所有后续的事都丢给了银花，自己直接奔向了客厅。银花麻利地从车里将行李搬下来，然后慌忙地追了上去。

她走进客厅时，见多鹤子正抬头呆呆地望着樱子，手里正在看的那本书还没来得及合上。

"樱子，你……"

"我回来了。好口渴啊，快，给我倒杯茶！"

银花只觉得心惊肉跳，忐忑不安。她沏好茶端到客厅里，把三个人的茶杯都摆好，也坐了下来。

樱子呷了一口茶，突然将自己左手的手指伸给大家看。嗯，左手无名指上戴着一枚戒指。

"我，这一次，终于结婚了哦。新婚！"

"啊？是你之前提到过的那个人吗？"

"那个呀，早就分手了。"

银花和多鹤子对视了一眼，两个人都哑然了，什么也说不出口。看到她们的样子，樱子咯咯地大笑起来。

"我的这位新婚丈夫啊，经营着三家公司，还有楼房和停车场呢。他夫人去世后，一直一个人生活。"樱子若无其事地夸夸其谈，说个不停，"因为他对我说'无论如何，都请你跟我在一起吧'，就这样一直求我。我觉得他实在可怜，才答应跟他结婚。他的孩子们都成年了，而且生前赠与等相关事项也已经处理完毕，财产分割什么的完全没有问题。"

"你等等,那人,多大岁数?"

"六十八呀。对方的子女们曾对我发牢骚,说我贪图他们父亲的财产之类的,真是讨厌,很烦的。"

"说的就是啊。"

樱子今年三十八岁,两人差了三十岁,被人家认为她贪恋财产也是没有办法的。

"事情的原委就是这样的。啊,我也不需要什么结婚祝福啦,但是,今后我还是要拜托各位照顾小晃和圣子啊。当然,我会付给你们钱的。"

哦,她并没有打算将孩子们带走,真是太好了。但是,银花刚刚松了一口气,瞬间又怒气上冲,觉得忍无可忍。抛弃自己的孩子,不管不顾,还这么若无其事?难道她一点儿都没有意识到自己的错吗?正当银花准备冲樱子大发脾气之时,一直保持沉默的多鹤子开口说话了:

"钱什么的,我们不需要。你这么无情无义,我真是要哭出来了。你到底把自己的孩子看成什么了呢?"

"我也是没办法呀。我老公吧,他说过,'事到如今已经不再想要孩子什么的了'。"

银花觉得再也无法忍受了。她死死地盯着樱子,一字一句清楚地说道:"不用樱子你嘱咐,我也会尽心竭力地抚育小晃和圣子。即使你求我,我也不会把孩子们给你的。这两个孩子的母亲,就是我!"

"哈,你不就养了他们几年吗?你可别因此摆出自以为是的样子来,有什么了不起的!"

"是啊,这几年,我只不过养育了他们。但是,从今往后,我会一直一直地养育下去的。我绝对不会把他们交给你。"

"是我,生的他们。"

"既然生了他们,又为什么要抛弃他们呢?樱子,你当年扔下他们,自顾自离开的时候,你知道孩子们哭得有多么伤心吗?'妈妈,妈妈'地喊着,到处找寻你啊……"说到这里,银花的声音已经发颤了,"但是呢,现在已经完全不同了。孩子们已经改口称小刚和我为'爸爸''妈妈'了。"

看到银花如此气势汹汹的样子,樱子的眼神也有些游离了。她像是求救一般,看向了多鹤子。但是,多鹤子冷冷地说道:"樱子,你要同谁结婚,我并不打算干预,只要你高兴就好。但是,你没有养育孩子们的资格。小晁和圣子的母亲是银花,不是你。"

正在这个时候,外出拜访老客户的小刚回来了。他见到樱子,大吃一惊。樱子还是像以前一样摆出一副盛气凌人的架势,趾高气扬地说道:"哎,我说小刚啊,你媳妇看起来很不得了啊!"

小刚稍微看了一眼银花,然后冷静地说:"银花是我们山尾家的一家之主,她气势逼人,理直气壮,有什么不对吗?"

"你,说什么?一个上门女婿,却在这里……"

樱子明白小刚完全没有把自己放在眼里,不由得横眉怒目,气势汹汹地诘问起多鹤子来:"妈妈,您说,在您心里我和银花谁更重要？银花可是一个和咱家没有任何血缘关系的人啊，她并不是哥哥的亲生女儿啊。这些，您都忘了吗？"

"我怎么会忘。银花是外人，是一个和尚孝完全没有血缘关系的陌生人。"多鹤子平静地回答道。

听到这些话的一瞬间，银花只觉得自己的心似乎被戳破了一般。那是种像遭受了突然袭击一样的疼痛啊。事到如今，再因为这样的事情而倍感受伤，这也太反常了吧。对此银花心里完全明白，但是解释不清为什么自己还是会这般痛苦。正当她不由得低垂眼帘之时，只听见多鹤子继续说道："可就是这个陌生人，继承了藏的事业，并且帮助我，努力地养育了我女儿的孩子们。而我的那个不着调的女儿呢，只知道跟男人在外面鬼混。"

"我，是个不着调的女儿？"樱子的脸瞬间变得通红，她只觉得血气上涌，怒发冲冠。

多鹤子则一直盯着樱子的眼睛，然后用低沉的声音缓缓说道："啊，是啊，选择了一见钟情的男人进而伤害了孩子的女人真是太差劲了。可是，选择了一个并不中意的男人进而抛弃孩子的女人更是不可救药。"

樱子脸上的表情，在那一瞬间，完全僵住了。她的烈焰红唇不停地发抖，涂着紫色眼影的双眸也因气愤而竖了起来，怒视着母亲。但即便是这样，依然掩盖不住她的美丽容貌。

"我选择男人，有什么不对吗？我只是遵从自己的内心在生活。我不想像母亲您那样，度过虚伪的、充满谎言的一生。"

"那好啊。你就去过你想要的生活吧，只要到死都不后悔就好。"

"即便您不说，我也会那样生活下去的。"樱子赌气地说道。紧接着，她又冲着银花开口了："那两个孩子，我送给你了。但是，如果我要夺回孩子们的话，你可就太可怜了啊。"

银花觉得自己就快压制不住心头的怒火了，但她还是拼命地忍着。突然，她意识到，莫非现在就是一个好机会？要趁着樱子还没有改变主意的时候，必须把自己想说的都说出来。

"是吗？那么，让孩子们正式成为我们夫妇的养子，怎么样？"

"好啊，随便你。"樱子对这个提议嗤之以鼻，哼笑着，然后非常夸张地瞟了一眼银花，"还是没有变啊，这个充满着酱油臭味的家。我宁愿去死，也不愿意在这里多待一天。"

银花实在是忍无可忍了，她怒火中烧，正要对樱子发火，只听小刚开口说道："樱子，孩子们很快就要放学回家了。我请求你，现在就离开这里，走吧。并且，从今往后，请你都不要再让我们看到你。现在，孩子们一切都步入了正轨，安心地生活在这里。如果他们再看到你，恐怕就会想起曾被你抛弃的痛苦往事。你打算再伤害他们一次吗？"

小刚的话说得非常客气，但是，就连在他身旁的银花都感受到了让人后背发凉的压迫力。刹那间，樱子似乎被震慑住了，但是她马上回过神来瞪着小刚，说道："我，什么都知道了。你，是个杀人犯吧，却在这……"

瞬间，小刚的表情变得生硬起来。他已经忍无可忍了，怒目圆睁，瞪着樱子。最后，由着性子采取了行动。他一把抓住茶杯，突然间将一口都没喝的茶水一股脑儿泼向了樱子。

"你要干什么？"樱子气得脸色大变，大声诘问道，"我这可是正牌的香奈儿套装啊。你知不知道，这要值多少钱？"

"我不知道。赶紧地，拿着你的行李，离开这里。走吧。"小刚说着，"哗啦"一声拉开隔扇门，拿起樱子的香奈儿手包和路易威登旅行袋，顺着廊檐，扔到了庭院中。

樱子瞬间吓傻了，呆呆地发愣。然后，突然恶狠狠地扬起手打了银花一巴掌。银花也一点儿没有示弱，毫不犹豫立马反手打了回去。两个人都已经没有任何可顾忌的了。

"你要干什么？"樱子继续歇斯底里地叫嚷，当她正准备再次扬手打银花时，却被小刚制止住了。

"好了！你给我住手！"

小刚的脸色已经变得铁青，双唇紧闭，嘴角耷拉着。他一定在紧咬着牙关。被咒骂是杀人犯，这是对小刚最大的伤害，但是他还是拼命地忍耐着。银花也决定忍住不再动手。她深吸一口气，让自己平静下来，然后心平气和地说道：

"樱子，请你再也不要出现在这里了。"

樱子脸上显露出后悔莫及的表情，但她什么都没说，噔噔噔噔地跑过走廊，奔往玄关的方向，穿上鞋子来到庭院中，拾起行李。她那又高又细的高跟鞋踩在雨后的土地上，一不小心摔倒在了地上。

"……我是因为担心你们啊，特意赶了回来，你们却……"樱子用勉强挤出来的声音说道。她的眼睛里已噙满了泪水。银花大吃一惊，说不出话来。她难道不是对孩子们的事情漠不关心吗？难道不是认为孩子好坏与她无关吗？

"没有办法啊。我自己也明白啊。我自己无法抚养我的孩子们啊。"

"樱子……"

"如果我作为母亲来养育他们，那孩子们太可怜了。我是一个不配做母亲的人啊，你来做他们的母亲对他们来说更好吧。这一点，我是清楚的……"

樱子哭着钻进了车里，转眼间车子便开远了。庭院里，只剩下车轮碾轧的痕迹和樱子的高跟鞋踩过的坑坑点点。

这是一个让人越想越不是滋味的告别啊。银花觉得无论如何心里的别扭都无法解开了，当她抬头往外看时，发现大门口有人影闪过。那是藏里面干活的钟点工主妇，她好像被吓坏了，目瞪口呆地看着这边，当与银花目光相遇的一瞬间，赶紧慌里慌张离开了。她一定是看到了刚刚银花与樱子吵架的一幕。大概各种各样的闲话又会被传得满天飞了吧。银花无奈地叹了口气。

"我要去忙藏里的工作了。"小刚说了一句,就走出了客厅。

看着他离去的背影,银花又叹了口气。直到刚才,银花的脑子里还满是愤怒与怨恨,无论如何都挥之不去。然而现在,却不一样了。因为,樱子确实是太担心大家了,才特地回来一趟的。她一直挂念着年迈的母亲和年幼的孩子,所以不辞辛劳,不怕路远,特意回到了这乡下老家。但是,迎接她的却是多鹤子劈头盖脸的责骂,所以她心里别扭。又因为她就是那样乖戾的性格,所以才以盛气凌人的姿态为所欲为了吧。

银花打开樱子带回来的那些百货店的包装纸袋。那里面装有各式各样名牌儿童服装,还有一条花色素朴的披肩,是山羊绒面料的,看起来就很昂贵的样子。这披肩大概是给多鹤子的礼物吧。还有一盒高级巧克力和一瓶陈年威士忌酒,想来是打算送给银花和小刚的礼物。

多鹤子看到披肩,竟爱不释手地左看右看,然后围在了脖颈上。接着,她给银花重新倒了一杯茶,有好一阵子,两个人相对无言,默默地喝茶。

"银花,樱子她做了对不起你的事啊。"

"没事啊,实际上,樱子在用她自己的方式,表达对我们的关心和牵挂。"

"即便如此,那种话也不应该说啊。她说什么,最好的选择,就是由我来真正认可你作为藏的主人……"

确实是啊。说那种话确实是很没有礼貌。但是,那才像是樱子能做出来的事、说出来的话。银花只能苦笑一下。

"嗯,多鹤子。我,现在真的是松了一口气。"

"松口气?"

"孩子们的事情啊。毕竟在法律上我们并没有真正办理什么收养手续。我原本认为那是一件非常难办的事情。但是,今天多亏樱子突然回家来,竟然一口气帮助我们解决了这个难题。我实在太高兴了,甚至都想做些红小豆糯米饭①了。"

"确实是啊。那孩子有的时候还能做些能帮到别人的事。"

银花也没有想到,她竟然被多鹤子的这句玩笑话给逗笑了。当她抬头看着多鹤子时,多鹤子正用锐利的目光盯着她看。银花不禁慌忙缩了一下脖子。

"你笑得真开心。那真的是发自内心的笑啊。"多鹤子呆呆地说着。

"大概因为我,一直就是个简单的人吧。"

"无论我说什么,总能对我微笑的人,只有银花你啊。"

多鹤子的脸上没有一丝笑容。非常严肃的表情之下,看起来竟像是正在生气的神情。但是,银花从她的眼睛里分明能感受到从未有过的温情和柔软。那双眼睛就像是热腾腾的蒸汽中已经熟了的大豆。

---

① 日本人通常在节日或庆祝仪式中,做这种红小豆糯米饭,寓意吉祥和好运。

"银花,这是一个好机会啊。请你做我的养女吧。"

那热腾腾的豆子似的温情脉脉在那一瞬间消失殆尽,多鹤子又恢复了一贯的严肃表情。银花一想到自己的户籍问题,便不由得心里一紧。

银花在探寻母亲出身和户籍的时候就知道了,银花真正成为父亲的养女的时间,是她上小学六年级的时候。也就是说,是在座敷童事件发生,银花知道了所有真相之后。

"为什么我出生之后并没有马上过继给父亲呢?"

"我想,尚孝和美乃里也别无他意。因为他们两个人都是对这些实操事务完全不在意的人。"

大概就像是多鹤子说的这样吧,但是,银花还是觉得好孤独。在四十岁之前,她一直这样想,哪怕仅仅是文件上的关系也好,银花多么希望从出生那一刻开始,就一直是父亲的孩子。

"但是,我认为还是在户籍上明确你的身份比较好,因为会涉及很多有关继承的问题。既然从事着藏的事业,那么请你和小刚都做我的养子吧,这样一来,樱子也就不会再说那些乱七八糟的话了。"

"嗯,乱七八糟的话不会说了,但是她还是会说我很'狡猾'之类的话吧。"

"是啊,大概会说吧。"

樱子一定会噘起她那性感又漂亮的嘴唇说那些怪话吧。然后,没过多一会儿,就带着一副若无其事的表情又来找银花聊天。从小樱子就是这样对待银花的。银花正在心里想着这些，不知道为什么总觉得有些奇怪。

"啊，如此说来……"

地震发生时，从藏的天井曾掉下来一个古筝的琴柱，后来因为发生了各种各样乱七八糟的事，银花竟将这个琴柱忘得一干二净。那东西，我把它顺手放到什么地方去了？银花在家中好一阵寻找，终于在起居室的整理架上发现了它。可能是那段时间，看电视上有关地震的新闻报道太入迷了，她下意识地随手放在了那里吧。银花把那个琴柱拿到明亮的地方仔细地看了看，也许是因为藏在藏里时间太久的缘故，象牙的颜色已经有些泛黄了。

"多鹤子，这个就是地震时从藏的天井掉下来的东西。"

当看到琴柱的一瞬间，多鹤子的脸色突然变得非常难看。

"您，怎么了？"

多鹤子惊讶地睁大了眼睛，身体也变得越来越僵硬，竟没法动弹。她就那样惊愕地盯着琴柱看。看来，这个琴柱的故事绝对不简单。到底，关于这个琴柱发生过什么呢？

"多鹤子，您不要紧吧？"

银花反复地询问多鹤子。好一会儿，只听见她呻吟一般嘟囔着："……现在……"

"现在？这是什么意思呢？"

"啊，没什么。"

多鹤子似乎是从她那满是皱纹的嘴角挤出了这句话，然后站起身来，准备离开。她的茶杯里还有大半杯茶没来得及喝。只见她摇摇晃晃跌跌撞撞地走出了客厅，躲进自己的房间里去了，就像幽灵一般。

银花目瞪口呆地目送着多鹤子离开。她手里拿着那个琴柱，死死地盯着它看。多鹤子刚刚说"现在"，到底是什么意思呢？通常来说，应该是指很久之前丢失了的东西，现在突然间找到了，大概就是这个意思吧。但是，如果是这么简单的事情的话，多鹤子不该像是受到了很大打击的样子啊，莫非这个琴柱让多鹤子想起了过去的什么事情了吗？并且，那一定是一件让她感到既痛苦又害怕的事情。银花就是这样想的。

那天的晚饭，银花做了大家都爱吃的咖喱饭。双胞胎倒是吃得很开心，但是小刚却没有什么精神，多鹤子也是一脸严肃。想要活跃一下沉闷的气氛，于是银花一个人嘿嘿嘿地傻笑着。但是，多鹤子甚至连一句牢骚都没有发。

距离樱子回家引起轩然大波，过了一个月左右。这一天，圣子和小晃哭哭啼啼地回了家，他们俩浑身上下都沾满了烂泥巴。

"他们，他们说我们的爸爸是一个杀人犯！"圣子悲伤又气愤地大喊，"我对他们说'你们说谎'，可是他们却说'是真的'。后来，他们还踢了我和小晃，我们俩也回踢了他们。"

"嗯,妈妈。他们说的都是谎话,是吧?"小晃也抽抽搭搭地哭起来。

"是谁?说了这样的话?"

"我们班里的同学都这样说。"小晃回答道。

"他们都说了?这是什么时候的事呢?"

"就是从前些时候开始的。"

听到圣子的回答,银花面如土色。这么说,从不久前开始,孩子们就因为小刚的事遭受着别人的欺辱,有可能发生了被孤立,或是被故意推倒等各种各样的情况。但是,孩子们害怕家里人担心,选择了默默忍受。

按照这种校园欺凌事件发生的时间推算,或许跟樱子上次回家引起的各种冲突有关。她开着那辆鲜红色的奥迪车回来大吵大闹,折腾了一番,本身就在这个偏僻的乡下引起了不小的骚动,接着一定又被人们演绎出了各种版本的流言蜚语,最后闹得满城风雨,尽人皆知了,甚至连小孩子们之间也开始传起了各种闲话。

"你们为什么不早一些将这些情况告诉我们呢?"

"对不起。"双胞胎激动得哭出声来。

为什么自己和小刚也没有能早一点儿注意到这些变化呢?最近这段时间,确实他们的衣服总是被弄得很脏。但是,银花和小刚却误以为那是孩子们身体健康的证明。因为孩子们爱动嘛,弄脏了衣服很正常。现在想一想,自己真的是天字第一号的大傻瓜啊。

"嗯,听我说,爸爸他和杀人犯不是一回事。"听到银花这么说，圣子的眼睛瞪得圆圆的。

如果直截了当地告诉他们"那些人说的都是谎言"，也许圣子和小晃就都安心了吧。但是，欺骗的话早晚都是要露馅儿的，到了那个时候，也许圣子和小晃就会认为是自己背叛了他们吧，甚至不会再信任自己。到底要怎么做才好呢？

"爸爸，他和杀人犯是不一样的，是吧？"小晃也用急切的目光紧盯着银花。

银花已经意识到了，只要一直生活在这里，早晚有一天这些事会被孩子们知道的。只不过，那一天恰巧就是今天而已。那么，只有告诉孩子们真相了，不是哄骗小孩子，而是将实情和盘托出。

"小晃，圣子，不要再哭了。妈妈我有话要对你们讲。"

听到银花这样说，双胞胎好像都松了一口气。银花想，告诉你们答案后，你们一定会否定我这个母亲吧。对不起了，孩子们。

"你们冷静地听我说啊。爸爸，他……很久很久以前，在他还是个高中生的时候，他确实曾经杀过人。"

"你撒谎！"双胞胎的眼睛瞪得溜圆。

"安静地听我说，爸爸当时那是为了要帮助妈妈的妈妈，才不得已动手的呀。爸爸他当初仅仅就是为了想要保护妈妈的妈妈，他从没有打算要杀人。但是，对方却先拿出了刀，并且和爸爸扭打在一起。"

"扭打在一起？"

"听说,就是扭在一起打了一场很大的架。然后,对方摔倒之后,很不巧磕到了头……最后,死掉了。"

"那也就是说,爸爸他没有做坏事,是吗?"小晃鼓起勇气追问道。

"不,杀了人,还是做错了。但是,爸爸从没有预谋过要去做坏事,但杀了人终归是事实。所以,为了弥补过错,爸爸被送进了少年教养院。妈妈那个时候啊,非常想见爸爸,所以呢,我就偷偷地去少年教养院前面,远远地看着。"

"你们见到了吗?"

"没有啊,没有能够见面啊。妈妈只是在外面一直看着而已。即使是这样,我也去过了很多次哟,因为我非常地爱你们的爸爸。"

银花张开双臂,一下子把孩子们搂进怀里,双胞胎哇的一声大哭了起来。银花被孩子们感染得也要哭出来了,但最后,她还是忍住了。

"爸爸是杀人犯,这是事实,但是,他已经进入少年教养院接受过惩罚了。并且,往后余生,都必须要去赎罪,直至生命尽头。妈妈会永远支持爸爸的,我已经下定了决心。"

但是,无论银花如何尽心竭力地为孩子们讲述这些过往,父亲是"杀人犯"的这个事实,对于他们来讲都无法轻易接受。晚餐时,两个孩子都没有说话。

"怎么了,两个人?吵架了吗?"

什么都不知道的小刚故意跟孩子们说话,却没有得到回应。银花的心一阵阵地疼。对孩子们讲出实话是一件非常艰难的事情，但是把情况告诉小刚将是一件更加艰难的事啊。银花本来打算，索性就这样一直保持沉默吧，但是，那不是等于要强制孩子们接受"装作不知道"这个结果吗？她太了解被强迫保守秘密的痛苦了，她不希望圣子和小晃像自己当年那样，经历那种痛苦。

当天夜里，银花向小刚讲述了事情的经过。小刚只说了一句"是吗"就陷入沉默。他抱着胳膊，紧咬嘴唇，一动也不动。小刚一直保持着这个姿势，过了好久。终于，他开始呼唤孩子们。

当双胞胎走进客厅时，两个人的脸上都带着些许紧张的表情。小刚又沉默了良久，最后，有些紧张地开了口。

"爸爸曾经杀过人的事，你们都听说了是吧？"

"是的。"孩子们点头。

"那不是谎话，都是真的。我，进过少年教养院。"

"但是，那是因为爸爸要帮助妈妈的妈妈，才那样做的，是吧？"圣子非常认真地追问。

"是啊。可是，杀了人这是事实啊。因为这件事，你们俩在学校被别人欺负了，是吧？这都怪爸爸，真是对不起你们啊。"

听到小刚道歉的话，双胞胎立刻哭了起来。

"对不起啊，请你们原谅我吧。这不是你们的错，所有的一切都是爸爸的错。对不起。"

无论小刚如何解释和道歉，双胞胎还是不能停止哭泣。银花紧紧地抱着孩子们，除了不停地抚慰他们，什么也做不了。

记得上小学时,银花被好朋友小初和小典抛弃,被全班同学冷落,没有人搭理她。那时候的日日夜夜,她过得何等辛苦啊。直到现在,有时候忽然想起那些过往,银花依然觉得心里难过。当年,银花没有对任何人讲过她的痛苦感受。但是如今,时代不同了,"校园欺凌""(因心理原因)拒绝上学"已经成为严重的社会问题,并且得到了人们的广泛重视。如果孩子们因为这些事情受到的影响变得更加严重的话,银花已经做好准备要去打官司。第二天,银花去学校,就孩子们被欺凌的问题与校方进行了沟通。虽然班主任老师表态说以后会多留意这方面的情况,但也是面露难色,不太高兴的样子。

从此之后,双胞胎就再也没有带小朋友到家里来玩过。相反,两个人在一起玩的时间多了起来。每当询问他们在学校的情况时,两个人总是支支吾吾,含糊其词。看来孩子们在学校被人欺负的情况依然不容乐观。

小刚也一直在痛苦中挣扎。晚上,他总是无法安睡,辗转反侧直到天亮。渐渐地,小刚的脸颊越发瘦削,脸色也不好看。但是,这就是小刚这一生不得不背负的罪,没有解决的办法。即使熬过了这次风波,一定还会有同样的事情出现吧。这就是所谓的"一生背负"的含义。

不过,纵使这一切都无法改变,银花还是希望能够给小刚带来些许快乐,哪怕只有一点点也好。为此,银花每天都在自问:"我到底该如何做才好呢?"就这样,日子一天天地过去了。

银花也曾跟多鹤子商量过。但是,每次她都重复着那些冷冰冰的话:"早知今日,何必当初呢。你明明知道他是杀人犯,还执意要嫁给他。你应该已经打定了主意,下定了决心吧。你这么整天故作夸张地哭丧着脸,真是太不像话了。"

多鹤子说得没有错。银花只有作罢,默默地忍受。

这次风波过后,大概又过了半个月左右。一天晚上,吃过晚饭,小刚把双胞胎和银花都叫到了他们夫妇的房间。

小刚神情很坦然。但是不知道为什么,双胞胎的脸上都多少带着一点儿怯生生的表情,一副并不心平气和的样子。

"你们两个,今天又被欺负了,是吧?"

圣子和小晃的脸一下子都僵住了。小刚继续平静地说道:"如果你们再被欺负了,就这样回答好了:我们的爸爸并不是我们的亲生父亲。他,只是我们的叔叔而已。"

银花听闻小刚的话,吃惊地看着他。而小刚好像已经完全放下了所有的事情。

"那个人与我们没有任何血缘关系,他就是一个陌生人。你们就说,自己不是杀人犯的孩子好了。"

"那个……"双胞胎哑然。

银花不禁两只手紧紧地握在了一起。小刚看似平静的眼神里满是哀伤,这,难道就是小刚给出的答案吗?

"小晃,圣子,没关系的,你们不是爸爸我的孩子呀。因为你们并不是杀人犯的孩子,所以你们是可以堂堂正正、光明磊落地生活的。"

小刚说着，恬静地笑了，但是可以看出那笑容是一种完全放弃，心灰意冷的笑容。

"不是的，我不会那样说的！爸爸，你就是我的爸爸。"圣子大声叫喊道。

"是的，爸爸和普通的叔叔，是完全不一样的。你就是我的爸爸。"小晃也大声呼喊着。

小刚呆呆地看着双胞胎。他似乎想要说些什么，却最终什么也没有说出口。然后，他双手掩面，肩膀剧烈地抖动着。他，哭了。看到哭泣的小刚，双胞胎也跟着哭了起来。银花知道，她不可以再跟大家一起哭了，而是一定要笑出来。于是，她拼命地想办法让自己笑给大家看。

"爸爸当然就是爸爸啦，你们都在说些什么傻话啊。"银花若无其事地对双胞胎说道，"好了好了，你们要哭到什么时候呀，赶快刷牙，睡觉。"

现在，银花只想让小刚一个人静一静。所以，她着急地催促着双胞胎，并带着他们去了盥洗室。安顿孩子们就寝之后，银花准备好啤酒，又回到了小刚的身边。

小刚的眼睛虽然红红的，但是可以看得出来，他已经完全释然了。银花先给小刚的杯子里倒满了酒，然后把自己的杯子也满上。终于可以舒一口气了，现在，她却哭了出来。

"我啊，自从成了那两个孩子的母亲，眼泪就是这么不争气，特别容易流出来。"

"我也是啊。过去，我是绝对不会轻易掉眼泪的。可是最近，这眼泪啊，总是说来就来。"

"真是不可思议啊,过去,自己不论多苦多愁,都能忍住不哭。可是,现在,一遇到孩子们的事情,就完全控制不住了。"

"我也和你一样啊。"

两个人一边说着,一边共同举杯碰了一下。然后,他们一起一口气干了杯中酒,让因为哭泣而激动得发烫的身体,完全浸在了冰凉的啤酒中。

"你说,这养育孩子和酿造酱油,像不像?"

"你说的,具体是什么意思呢?"

"首先,要蒸煮大豆,然后发酵制曲。接着,需要在制曲室里播撒曲种。这个时候要特别注意观察温度和湿度。通通风,反复翻拌,须臾不离左右,片刻不敢打盹儿,这样才能制作成酱油曲。但是,要让这些最终变成酱油原料,之后很长一段时间,只要每天一次不停地搅拌就行。"

"嗯,是啊。确实是这样。"

"养育孩子也一定是这样的。孩子们小的时候,是片刻不能离开父母视线的。等到他们稍微大一些后,放手不管实际上最好,只需要每天一次好好地照顾他们一下就好。我就是这样认为的。"

"确实是啊,你说得太好了。"小刚好像非常认同银花的说法,不断点头称是,"我们两个好了不起啊。在藏里,养育着酱油;在家里,养育着双胞胎。"

"嗯,我们俩真是够拼的了。"

夫妇二人对视一眼,都会心地笑了。然后,小刚的表情突然又变得严肃了起来。

"但是啊,实际上我认为以后学校什么的,咱们不再去了也无妨啊。"

"我也是。"

两个人又互相看一眼,笑了。夫妻俩再次彼此斟满啤酒,慢悠悠地喝了起来。

"那两个孩子是双胞胎,不是一个人。所以,我想他们会更坚强。"

"是这样的啊。"

那一夜,小刚躲在被窝里,偷偷地啜泣着,他极力地不发出声音。银花只当什么都没有听见,佯装睡觉。因为她明白,一切都还没有结束,问题也并没有解决。只要小刚的罪过没有消失,那么对于这对双胞胎来说,这个事情就将纠缠他们一生。

"我自己到底还能做些什么呢? 除了嘿嘿嘿地傻笑之外,还有我能做的事情吗?"

* * * * * *

阪神淡路大地震已经过去两年了。

多鹤子的健康状况越来越糟糕。经过检查,发现她的腹腔里发生了癌变。虽然她接受了手术治疗,可是愈后并不理想。听了医生对病情的介绍,多鹤子对银花说:"对不起啊,银花,我希望自己临终前能回到家里。你能照顾我吗?"

多鹤子好像完全放下了,她的语气非常沉稳且平静,与平常做出工作指示时完全一样,没有一丁点儿凄凄惨惨的可怜样子。

"我明白了。那么,我们一起回家吧。"

多鹤子卧床一个多月后,已经到了秋凉时节。这一天,风和日丽,小阳春一般的天气,温暖又舒适。这一切都让人感到心情舒畅,愉悦又惬意。

午饭过后,银花帮助多鹤子吃了药。

"现在,外面起风了吧。我听见竹林里哗啦哗啦地响呢。"

实际上,外面没有一丝风,天气晴朗且温和。但是,银花并没有否定多鹤子的说法,而是点头称是。银花为多鹤子重新盖好被子,正当她要轻轻地转身离开房间时,多鹤子忽然呢喃道:"我,不想成为母亲啊。"

银花吃惊地望着多鹤子的脸。只见,多鹤子正目不转睛地盯着空中的某个地方,一动不动。

"我并不想成为母亲这样的生物啊。尚孝出生后,我几乎没怎么抱过那孩子。即使他哭了,我也没怎么哄过,抚慰过他,甚至都没有跟他好好地说过话啊。那孩子来到我身边,我是完全弃他于不顾,总是以还要忙藏里的事为由,从没腾出过时间听一听他想说些什么。所以,那孩子就一直一直在那里,自己一个人画呀,画呀。"

"藏里的事情太多,太忙了,这也是没有办法的事啊。"

"不是的,并不是因为忙的缘故。是我不好啊,我对那孩子做出过残忍的事。"多鹤子突然提高了音量。她将眼睛瞪得很大,浑身战栗着。

"那孩子将自己画得很棒的一幅画拿给我看,却被我劈头盖脸地责骂:'你别给我添乱。'我还对他讲过:'归根结底,你是要继承藏的家业的,画画之类的事都没有用!'记得那时候,尚孝他的表情真的非常痛苦。为什么,为什么当时,我没有好好地看看他的画呢?为什么,从没有表扬过他一句呢?……啊啊,如果我没有非要逼他继承藏,没有强行将继承家业的重担推到他身上,而是让他去做他喜欢的事,就好了……"

多鹤子瞪得大大的眼睛里滚落出大颗大颗的眼泪,如断了线的珍珠,不停地涌出来,沾湿了枕巾。

"我真是个蠢人啊。如果再多抱一抱那孩子就好了,再给他更多的、更多的宠爱就好了……"

"多鹤子,那些都已经过去了。"

多鹤子这才拭去了眼泪。

这个时候,似乎真的能听到一丝丝竹林的声响,就像真的起风了一般。银花站起身来,推开了隔窗。透过窗户,就能看见那棵柿子树。今年是结果的大年,树上挂满了如铃铛一般的果实。风中,那些被沉甸甸的果实压弯了的树枝像是快要折断似的。

"尚孝,是一个太好太好的孩子呀。然而,他却给美乃里添了很多麻烦。美乃里,她真是可怜啊。"

这是一句令银花非常吃惊的评价。吃惊之余,她反问多鹤子:"为什么是添了麻烦呢?无论母亲做错了什么,父亲总是挡在母亲前面,保护着她。总是被找麻烦,可怜兮兮的是父亲啊。"

"尚孝所做的一切都是出于同情啊。他的感情既不是喜欢,也不是厌弃,更不是迷恋。其实,看一看你和小刚,就什么都明白了吧,你们才是真正彼此相爱的男女。但是,尚孝和美乃里他们却不一样,尚孝并没有把美乃里当作普通人来对待啊。"

多鹤子说的是对的。父亲总是认为母亲"既可爱又可怜"。但是,要承认这一点是非常艰难的。

"父亲……对于我,也是觉得我很可怜吧,也只是出于同情吧。"

为了不让别人听出自己话里所包含的抱怨或可怜意味,银花极力地压抑着感情,尽量语气平和地说。但是,多鹤子没有任何回应,一声接一声地咳个不停。银花只得抱她坐起来,然后抚弄着她的后背,让她感觉舒服些。等到状况稍微平稳了一些之后,多鹤子声音嘶哑地说道:"让那个孩子变成那个样子,是我的错。不怪尚孝。"她的声音颤抖,抬起头,直直地盯着银花看。

"多鹤子,我,以前呀,最讨厌的就是别人总对我说'好可怜啊,好可怜啊'。觉得被称为'可怜之人'就像是在被别人耍弄,又像是被别人怜悯和同情着。被人称为'可怜之人'却欣然接受的母亲,在我看来就是傻瓜一样的存在。"

将自己不堪的想法痛痛快快地说出来,真是一件既让人感到艰辛又让人感到羞耻的事。即使是这样,银花也认为必须要说出来。

"但是,最近我才明白了一件事。那就是能够对别人说出'真是可怜啊'这样的话的父亲,他所秉持的那份坚强最终拯救了我和母亲。所以,我暗下决心要学会接受别人投来的同情的目光和'可怜之人'的称呼。被别人说'可怜啊'真的是非常非常令我高兴的事情。"

"那孩子所秉持的坚强……"

多鹤子突然松了一口气,她脸上的是笑容吗?还是哽咽呢?看不清楚。银花双膝跪在多鹤子身边,轻轻地捧起了她的手,那是一双继承了酱油酿造家业的手,那是一双不停地在酱油桶里翻搅的,不断榨取酱油的手。然而,这双手却是如此纤细而柔弱啊。

"多鹤子,我啊,能够抚养小晃和圣子真是太幸福了。我时常这样想,托那两个孩子的福,我成了一个真正的山尾家的人。"

"都怪樱子,给你添了那么多麻烦……"

"不,多鹤子,你不要那样说。照顾和养育毫无血缘关系的孩子,这是山尾家的传统啊。多鹤子,还有我的父亲,你们不是一直在照顾着、养育着和你们没有任何血缘关系的我吗?你放心,我会将山尾家的家风好好地传承下去。"

银花紧紧地握着多鹤子的手,继续说道:"我,过去啊,还经常被别人说很像多鹤子您呢。那个时候,说心里话,我讨厌极了被人家那样形容。但是现在,我已经接受了。做酱油,然后抚养没有血缘关系的孩子们。嗯,我们确实是一样的,是吧?"

听到银花这样说,多鹤子看起来像是微微地笑了笑。紧接着,她也紧紧地握住了银花的手。

"我死了的话,也不要告诉樱子。现在,那孩子推给我们抚养的小晃和圣子,真是可怜。孩子们已经习惯了把你和小刚当成父母亲,一定不能让孩子们的想法动摇啊。"

"即使像您说的那样,我们也不应该不告诉樱子吧……"

"银花,最重要的是小晃和圣子,樱子的心情什么的倒在其次。虽然你扮演了遭人怨恨的角色,可那都是为了保护孩子们啊。"多鹤子的声音还如年轻时一般,严肃而认真。那一瞬间,银花觉得自己的筋骨都得到了舒展似的,畅快而释然。

"我明白了。多鹤子的葬礼,我们不会通知樱子的。"

"是的。这样做最好。"多鹤子像是终于可以放心了似的吐了一口气,然后慢慢地闭上了眼睛。银花见状,吓了一跳,赶紧用手去确认她的鼻息。她发现,多鹤子的气息虽然微弱,却一直在持续着,这才终于放下了心。

小刚也来到多鹤子房间看她。他顺势坐在了多鹤子枕边,对银花说道:"换我来照看她,你去休息一下。如果有什么事,我会叫你。"

谢过小刚,银花轻轻地拉开门,悄悄地出去了。虽然小刚让她休息,可是银花无论如何也睡不着觉。她只是放平身体,拉过被褥盖在身上。

墙上挂着父亲画的那幅"吃货女孩儿"的画像。当银花望向那个女孩子的时候,好像要和画中人比赛似的,她也嘿嘿嘿地试着笑了笑。这个家,马上又要有人逝去了,那也是没有办法的事。失去多鹤子,银花一定会感到寂寞和伤心的。但即使那样也要微笑着面对未来啊,不然的话,多鹤子在天之灵也会不高兴的吧。

多鹤子的状态一直时好时坏,拖了数日。

这一夜刮起了非常大的风,简直就像台风要来了似的,竹林中响起唰啦唰啦的声音。银花寸步不离地守在多鹤子的身边,在她被褥旁边铺上了自己的铺盖,借着枕边台灯的光亮,银花望着天花板发呆。这个时候,好像多鹤子说了一句什么,银花慌忙起身,看着多鹤子。

"多鹤子,您怎么了?"

看到多鹤子的样子,银花吓了一跳。多鹤子的眼睛炯炯发光。只听见她勉勉强强,格外费劲地从喉咙里发出了一点儿声音。

"这是报应啊。到头来,自己想要的东西,一样也没有到手啊。但是,这是遭到了天谴啊。"多鹤子的脸因痛苦而扭曲,眼睛死死地盯着空中。

"银花,我好羡慕你啊。"

银花不禁倒吸一口冷气。多鹤子口中说出的那些含混不清的话，是如此动情而真切。人之将死，反省和回顾人生时，说的往往都不是什么漂亮话。听起来好像是在诉说刚刚犯下的错误一样，那简直就是对还带着血腥味的罪责的告白。

"你的人生才是真正的人生啊。但是，我的人生不同，那是一个充斥着谎言和秘密的、被禁锢的人生啊，是悲哀的、惨不忍睹的人生啊……"

多鹤子闭上了眼睛，泪水就那样顺着她的眼角一直向下流淌，直到浸湿了枕巾。银花看到眼前的一幕，心里像是被塞满了一般，憋闷极了。她在枕头边深深地吸了一口气，这时候才发觉自己的手掌心已是汗津津的了。

"多鹤子，请不要再说您的人生是悲惨的了。正是因为托您的福，我，才拥有了现在这样的生活，得以生存下去啊。"

"……嗯，你，也变得越来越会说话了啊。"

因为多鹤子这句讨人厌的牢骚，银花也被逗笑了。多鹤子的喉咙深处咕噜着，发出嘶哑的声音，笑了起来。随着那笑容，大滴大滴的眼泪又从多鹤子的眼睛里扑簌簌地滑落。银花用鸭嘴壶喂她喝了几口水。

"银花，你把小刚叫来。"

"好的，我知道了。"

大概是要交代关于藏的后事吧。银花把小刚叫了来，只见他脸上的神情有些微妙。

多鹤子眼睛盯着天花板看了好一会儿。

"……啊，啊，我听得见竹林的声响，那是哗啦哗啦乱我心绪的声音啊。我对那片竹林,既爱又恨啊。"这时,多鹤子的目光移到了小刚的身上,说话的声音也与刚才完全不同了,严肃且坚定。

"其实,我无论如何没有想到,银花会带回来一个曾是杀人犯的女婿。"

小刚默默地什么也没说,低下了头听着多鹤子的话。难道,多鹤子直到最后,直到生命的终点都不打算认可小刚吗?如果是那样,小刚真是太可怜了。银花双手交叉,紧紧地握在胸前,等待着多鹤子接下来的交代。

"你,曾对自己杀过人这件事,感到过后悔吗?"

"当然。"

"现在也是吗?"

"哪怕是一天,我都不曾忘记过。"

"是吗?"

多鹤子此时已是气若游丝。她就那样一动不动地盯着天花板看,脸上的表情突然间和缓了下来。"……那么,我有几句话想对杀过人的你,说一说。"

银花吃惊地望着多鹤子。因为她说出那句"杀过人的你"时,银花感受到了从未有过的不可名状的温柔。小刚好像也有同样的感受,银花听着小刚轻微的叹息声,就什么都明白了。但是,小刚马上咬着牙点了点头。

多鹤子深吸了好几口气,开始说话:"我的母亲啊,她最最骄傲的,就是她的那个嫁妆——古筝了。那真是,真是一架精美绝伦的古筝啊,我总是出神地陶醉地看着它……"

那架古筝的琴身上描画着秋天七草，使用的是镶钿工艺，一套全新的象牙琴柱颜色白里透青。装琴柱的小盒子用描金画技法，画的是春天七草的图案。那真的是一架一切都很完美而华丽的古筝。只要有空，母亲就会弹起它。我呢，则会坐在母亲身边侧耳倾听那优美的琴声。那时候的时光太幸福了，我真的好喜欢啊。

我们家族世世代代传承着这个酱油藏。那个时候，很多酱油师傅在藏里劳作。在这个小镇上，一提起"雀酱油"，人们往往就会说："啊，我知道，就是那个竹林里的酱油藏啊。"藏，可是一个无人不知无人不晓的地方啊。

记得那个时候，还是大正天皇当政呢。有一天，父亲回家时，带回来一个男孩子。那孩子大概五岁吧，我还记得，第一次见他的时候，他紧紧地抓握着父亲的手。

"多鹤子，这个孩子叫直敬，他是你的弟弟。从今天开始，你们要好好相处哟，你也要懂得照顾好弟弟啊。"

突然间冒出来一个弟弟，我当时也惊呆了。但是，当我看到母亲的表情时，又觉得可以安心了。好像是，她从父亲那里听说的，这个直敬的母亲已经过世了，所以，父亲将他带回了家里。我对那事情的来龙去脉也就模模糊糊地知道一些，直敬是父亲在外面生的孩子，因为家里没有男孩儿，父亲为了找个继承人来继承家业，才把他带回来的。

那个直敬是一个任性的、性情暴虐的孩子。有时，他会故意打碎画着兰花的茶杯，那可是我母亲的心爱之物，然后母亲就得花钱再买一个，偷偷地藏到储藏室里。尽管这样，父亲和母亲都很宠爱直敬。母亲是因为他毕竟不是自己生养的孩子，所以心里有所顾忌；而父亲则是因为直敬的亲生母亲过世了，他是一个可怜的孩子，所以对他甚是骄纵和溺爱。

每当我因他发些牢骚时，父母就会要求我说："你是姐姐，你要谦让弟弟，温柔待他呀。"我非常讨厌直敬。就是因为他的出现，母亲没有办法全身心地照顾我，顾及我的感受，所以我感到了前所未有的寂寞和失落。

我曾经无数次想过，如果我是个男孩儿，那该多好。那样的话，我就可以没有任何障碍地继承藏的家业了，父亲也就不会在外面私生一个儿子，带回家来了。我感到悔恨极了，于是向母亲说了对不起，说如果我生来就是男子的话，母亲也就不会受这么多委屈，忍辱负重，一切都将很完美。

那是一个月朗星稀的夏夜，母亲一个人在弹古筝。父亲愁眉苦脸的，随口丢出了这么一句话："是，苅萱道心吗？"

古筝的声音听起来突然变得很凄然，我不禁打了一个寒战，觉得好像身体里有无数的蛇在涌动，非常不舒服。

很久以前，筑紫国的领主有一位正室妻子，还有一位非常貌美的小妾。领主一直认为，正妻和小妾相处得十分和谐。某天夜里，两个女人一起合奏古筝，窗棂上映现出了两个女人的影子。看到那影子，领主不禁大吃一惊。和睦相处共奏古筝的两个人，她们的影子竟是头发变成蛇而扭打在一起的样子。领主自知罪孽深重，于是抛下这两个女人，独自出家去了……

我侧耳倾听着古筝奏出的乐曲,感到心里越发憋闷得难受。

"你,要弹到什么时候啊?"父亲不耐烦地说道。带着自己在外面私生的孩子回家的父亲,听到母亲弹奏的乐曲,也许会觉得那是母亲借着音乐在苛责他吧。

"你,是在讽刺我吗?"

父亲开始恶语相向了。然而,他并没有阻止母亲的弹奏,因为他觉得有愧于母亲。父亲原本就是一个懦弱的男人,母亲虽然缄默又拘谨,但她却是一个内心刚强的人。所以,很多时候父亲对母亲甘拜下风。

我逃也似的离开了父亲的身旁。古筝的琴声和父亲的恶言恶语,我都不想听。

只要母亲弹起古筝,直敬就会过来窥探,然后直直地盯着母亲演奏。平时爱撒娇又我行我素的表情没有了,而是一脸严肃又认真的样子。他听母亲弹奏古筝的热情比我大多了。

有一天,好像是终于打定了主意似的,直敬开口说话了:"嗯,我,也想弹。"

"对不起啊,直敬。这个古筝,可不是你能玩的哟。"过去,无论直敬提出什么要求,母亲全部都会答应他。但是这一次,母亲拒绝了。

"为什么,为什么不行啊?"

一直以来被宠爱有加的直敬很吃惊。因为他提出的要求,从未被拒绝过。

"让我弹!我就要弹!让我弹!"直敬大发脾气,开始又哭又叫。

"不管你怎么闹，就是不行！"母亲断然拒绝了直敬，将古筝收拾起来了。

我明白母亲的心情。这古筝既是她的嫁妆，又是十分珍贵的乐器，岂有随便让丈夫的私生子弹奏的道理，这件事她是绝对不会允许的。母亲的父母可不是为了让那种孩子弹奏才准备的这份嫁妆。

直敬气哄哄地去找父亲辩理，于是父亲狠狠地斥责了母亲。通常总是顺从父亲的母亲，这一次违背了父亲的意愿，第一次对他说出了"不！"。

"其他无论什么事，都可以按照你的意愿去办。但是，唯独这件事，不行！我不会让那孩子碰古筝一下的。"

从那以后，父亲和母亲之间产生了很深的隔阂。父母二人的关系变得越来越冷淡，家里的气氛也总是冷若冰霜。

和父亲的关系越不好，母亲就越有弹奏古筝的热情。那热情比以往任何时候都要强烈，并且还在日益增强。有一次，正当母亲要弹琴的时候，却发现琴柱少了一个。我和母亲都认为就是直敬偷偷地藏起来了。可是，当母亲询问他的时候，他却矢口否认。结果，那个琴柱始终没有找到，古筝就一直处于缺少一个琴柱的状态。

在一个清爽的秋日里，我坐在廊檐下，呆呆地盯着柿子树看。这年是结果实的大年，所以柿子挤挤挨挨地挂满了枝头。在秋阳的照耀之下，那些柿子反射出耀眼的光芒，真是漂亮极了。看着眼前的这些熠熠发光的柿子，我想起了母亲那个珊瑚玉石做的发簪。

这些柿子大概马上就可以吃了吧。今年天气这么好，柿子一定又大又红，香甜无比，我的食欲就这样被勾了起来。看着让人垂涎欲滴的柿子，我已经嘴馋得不能忍了。明天，一定得摘一两个尝尝。

这时，直敬也来到了庭院里。他穿着一件蓝底柿子色格纹的和服。直敬好像很喜欢这件衣服，但我并不喜欢。这时，只见他突然从口袋里取出了一个白色的东西。他拿在手里，像玩抛口袋游戏一样，抛起来再接住，如此反复。那是什么啊？我心里想着，聚目凝神地仔细看。那不正是琴柱吗！就是母亲丢失的那个琴柱啊。

这时，直敬跑进了藏里，我也跟在他身后追了进去。此时正是藏里的师傅们吃午饭的时间，所以那里一个人都没有。我冲着直敬大声喊道："直敬，把琴柱还给我。"

"不还，就是不还。"

直敬紧紧地握着琴柱，将手背到身后。我实在被气得火冒三丈，内心里真是想狠狠地揍他一顿。

"你还给我。"

"就不还，就不还。"

说着，直敬竟然将那琴柱一下子抛向了天井的方向。要是把天窗打碎了怎么办，那里的玻璃窗是那么地高。我赶忙紧缩了一下身体，屏气凝神地等待着琴柱落地瞬间的那啪嗒一声。但是，过了很久，始终没有听到任何声音。显然，琴柱没有能落到地上。横梁上吗？或是天窗上吗？好像琴柱就那样不知道被卡在什么地方了。

"你为什么要这么做?"

我太生气了。但是,直敬却一边做着鬼脸,一边嘲弄、笑话我。突然,他一溜烟儿从我身旁逃跑了,三步两步地冲出了藏的大门。我也慌里慌张地追了出去。只见那家伙竟然噌噌噌地蹿上了柿子树。他骑跨在高高的树枝上,向下俯视着我,嘴里不断地发出"呀——呀——"的嘲笑声。

"直敬,柿子树的树枝很容易折断的。那么高太危险了,快点儿下来吧。"

"就不下,就不下。傻子才会下去呢。死八婆。"那家伙一边嬉笑着,一边朝我扔柿子,简直就像是猴蟹大战一般。

我实在是忍无可忍了。心想,这样的弟弟,不要也罢。母亲一直跟着他遭罪,太可怜了。虽说她没有能生养出这个家的继承人,但是何至于得这般卑躬屈膝地委屈过活呢?即便我是个女孩,也可以继承家业啊。况且,如果让这么一个混世魔王继承藏的家业,那绝对就是个笑话。

"那好,你敢往再高一点儿的地方爬吗?你不怕吗?"

"我?怎么可能害怕呢?死八婆。"

"你撒谎! 你也就是个嘴上说说而已的胆小鬼。你恐怕连下来都不敢了吧。你一定是太害怕了吧。"

"死八婆,你等着,我这就爬给你看。"

说着,直敬继续往更高的地方爬。当他抓住一根高处树枝的瞬间,树枝咔嚓一声折断了。只听见"啊——"的一声惨叫,直敬头朝下狠狠地摔向了地面。

这可怎么办是好？我被吓得魂不附体，巨大的恐惧感，使我只能呆立在原地动弹不得。直敬倒在了树根旁，好像很疲惫似的一动不动。他，只是为了吓唬吓唬我吧？难不成，就这样摔死了吗？我太害怕了，脚下发软挪不了步。正在这时，母亲在我身后问道："这是怎么了呢？"

母亲看到地上躺着的直敬，不禁倒吸了一口冷气。

"他，从柿子树上摔下来了。"我颤抖着回答道。

母亲低头，盯着直敬看了一会儿，突然笑了一下。

"简直就跟摔得稀巴烂的柿子一样啊。"

母亲的话，听起来真的好奇怪。我觉得毛骨悚然，浑身发冷。然后，我甚至在怀疑自己是不是听错了。

"……小心再小心啊。"

母亲突然骑跨在直敬身上，然后一把掐死了他。我连大气都不敢出，只能呆呆地盯着看。

"这件事，不能对任何人讲，明白吗？"

母亲抬头看我，用冒着火的目光瞪着我。我害怕极了，已经到了几乎要窒息的程度。我甚至觉得母亲的头发都变成了如麻一般的蛇。

"多鹤子，你是站在妈妈一边的，对吧？"

我一边颤抖着一边点着头。

"那好，你往那边走。快点儿！"

我头也不回地跑出了庭院。

当天夜里，因为找不到直敬了，家里乱作一团。母亲说她什么也不知道，我也做出了同样的回答。父亲一开始使劲地责怪母亲，但是最后也就什么都不说了。最终，直敬事件以小孩神秘失踪而结案。

此后，我几乎每晚都会被噩梦魇住。母亲却泰然自若，满不在乎。我觉得母亲好可怕。我既憎恨带给母亲痛苦的父亲，也憎恨带给我痛苦的母亲，我的心中充满了对于父母亲的怨和恨。实际上，我心里完全清楚，我和母亲都是有罪的。我们俩是杀人的共犯啊。哦不，不对，是我制造了直敬死亡的机会。最后，让母亲杀死直敬的也是我啊。让母亲变成了蛇的人更是我，如果我生而为男，母亲也就不会变成蛇，一切就都会平安无事了。

心中藏着秘密的生活太痛苦了。不能说，这些话绝对不能对任何人说。我不知道已经自言自语地在心中重复了多少次这样的话。每当看到竹林，我都希望自己像剪掉了舌头的麻雀那样，舌头也被切了去吧。如果从此再也不能说话了，也就没有痛苦了。

在这个家里，直敬的事是一个永远都不能碰的话题。父亲和母亲竟然就像直敬他从没有来过这里一样，对他的事三缄其口，始终保持着沉默。

时间的车轮已经转到了昭和时代，战争的脚步越来越近了。但是，在日本国内，依然弥漫着对战争抱有乐观态度的气氛。声势浩大的口号声响彻大街小巷，但是更多的人似乎觉得那些都与自己无关。

当时，我已经有了喜欢的人，但却被父母强行拆散了。

为了继承藏的家业，我招了一个上门女婿。为那个我根本不喜欢的男人，穿上了新娘礼服。我从心底里觉得厌恶。实际上，我主张考虑到当时的情况和时机，应该避免将婚礼办得过于奢侈和豪华。没有人反对这个正确的观点。

那一年秋天，由于受室户台风的影响，日本近畿地区遭受了很大的灾害。各家各户的房瓦都被掀掉，寺庙神社的佛阁和佛塔也都倒塌了。灾情很严重，就是在这样的背景之下，山尾家举行了非常简朴的婚礼庆祝活动。如果从山尾家的地位和阶层来看，仪式操办得算是很低调了。我选择了日常所穿的绢绸，男方也配合我的装束穿了一件翻领衬衫搭配西裤。他的那身打扮就和普通的办事员没有区别。宾客们都好心地极力赞扬我们的结合，人们众口一词，非常认真地对我们说："为了山尾家，为了祖国，你们一定要多多地养育优秀的男孩子啊。"

既然已经有一个上门女婿继承了藏的家业，我的丈夫现在是山尾家的一家之主，那么这个家里如果还有一个"失踪不见了的长子"，就会很麻烦。于是，在我结婚后，父母终于提出了直敬的死亡报告。然而，每当看着若无其事的父母，我都觉得非常可怕。

结婚第二年，我和丈夫的长子出生了。我说我要为儿子取名，丈夫也没说什么，让我做了主。当我给儿子取名为尚孝①时，父母的脸上显现出了复杂难懂的表情，但最终他们

---

① "尚孝"和"直敬"的日语发音相同。

什么都没说。

因为生育了家业的继承人,我也松了一口气。我想我的任务已经完成了,所以,连宠爱孩子的气力也没有了。尚孝是丈夫的儿子,不是我喜欢的那个男人的孩子啊。说起来,我原本就不希望变成母亲那样的人。

再后来,父亲过世了。之后没过几年,母亲也亡故了。知晓弟弟死亡真相的人,就只剩下我一个了。

我无论如何都没有办法忘记弟弟的事。偶尔,我会想起他爬到柿子树上,朝我扔柿子时的那副样子。我的脑子里经常回荡着柿子树的枝干折断时发出的尖厉巨响和那孩子摔落在地的一瞬间发出的沉闷声音。还有,母亲骑跨在直敬身上,亲手掐死他的场景也时常清晰地浮现在我眼前。我无数次地希望自己能忘掉那一切,可是,无论如何就是无法忘怀。

最令我感到恐惧的是做梦。梦里,那一天发生的事情,就像是在现实中又重演了一般,历历在目。并且,这样的噩梦,一直在无限地循环往复着。而我呢,除了看着眼前发生的一切,什么都做不了。

"多鹤子,不许对任何人讲啊。你,是始终站在妈妈这一边的,对吧?"

母亲的这句话,总是让我从噩梦中惊醒。我一边哭泣一边想着,直敬,我求求你了,请不要再出来了,请不要再次走到我的梦境中来。但是,噩梦还在持续,从未中断过。于是,我不断地边哭边祈祷:对不起啊,直敬,直敬,对不起啊。我没有能够阻止母亲所做的一切,对不起啊。我,就那样眼睁睁地看着你死去了，对不起啊。

当我感到非常痛苦的时候，我就会经常想念那被迫和我分手的恋人。与他的那段恋情真的是让我唯一感到幸福的记忆了。于是有的时候，我会突然想起他曾经说过的话：

"你，简直就像是个座敷童啊。"

据说，座敷童是保佑家业的神。是啊，我多么希望我的那个弟弟能够变成座敷童，来保佑和守护我们的这个家。这样一来，祭奠他也就没有人会感到有什么奇怪的了吧。把悲惨地死去的人当作神来祭祀也是常有的事。那神灵不是我死去的弟弟，而是山尾家的守护神——座敷童。

我尝试着，对当时率领工人们劳动的大原的父亲说出了有关座敷童的事。结果，他竟然没有丝毫怀疑，相信了我的话。并且，当时他就说："果然如此啊，不愧是拥有着悠久传统和历史的藏啊。那位保护神，果然只有每一代当家人才能见得到哈！"

于是，我赶忙跟着大原师傅的话，继续往下说。

并且，我对年幼的尚孝也是这样说的："我们的藏里啊，有一个小孩子一样的神。这个叫作座敷童的神啊，是能够保佑山尾家的守护神哟。而且啊，只有这个家的主人才能够看得见他啊。"

"那么，等我长大之后成为一家之主了，就能见到那位座敷童了吧？"尚孝的眼神里充满了期待，目光炯炯有神，熠熠生辉，那喜悦之情溢于言表。也难怪，我像这样认真对他讲话的时候也真是非常罕见的。

"嗯，也许只有成了一个相当出色的当家人，才能看到座敷童神哟。"

听到我这样说，尚孝他真的是非常高兴，"妈妈，您放心。我一定会成为一个出色的藏的主人。"

自从直敬的事情发生后，我觉得柿子树也是一个很恐怖的存在。我一直都不敢再靠近它，也再不想吃柿子了。所以，我告诉所有人，那树上的柿子是给座敷童的供果。

嗯，座敷童神，直敬啊，这些都是给你的。这树上结的所有柿子都给你。所以，请你不要再出来了。

"庭院里的那棵树上的柿子是座敷童最喜欢的，人是不可以随便吃的，即便是当家人。"

"嗯，我记住了。将来即使我成了藏的主人，也绝对不去吃那柿子。"

从尚孝还小的时候起，我就反反复复地给他讲座敷童的故事，尚孝也总是天真地听我的话。然而，每当我讲起这样的话，我的脑海中总是浮现出弟弟的身影，那影子模模糊糊的，飘忽不定。那不是死去的弟弟，而是座敷童神啊，柿子就是他最喜爱的东西，山尾家的柿子树就是为了座敷童神而栽种的。人，是绝对不能吃的。

一时间，藏里的工人们中间也流传开了有关座敷童的传说。一些年轻的工人甚至说："夫人，听说咱们家里有一个座敷童啊。而且，那位神仙只有当家人才能看得见哦。"

"嗯，确实是有那样的传说啊。因为我也不是当家人，所以啊，我没有见到过。"

"我们可是听说过,有座敷童保佑的人家啊,都是生意兴隆、人财两旺的啊。真是厉害呀。"

"嗯,多亏了座敷童保佑,他是我们家里的守护神呀。"

不知道从什么时候开始,我竟然也把这件事是自己撒谎编造的给忘得一干二净了。

那个时候,我正和丈夫以外的那个男人保持着联系,就是那个我年轻时被强硬拆散的恋人。并且,我还怀上了他的孩子。这一切都是因果报应啊。我想:父亲在外面生养了私生子,于是将我的母亲变成了蛇。变成了蛇的母亲又将那个私生子杀死了。我现在所做的一切,跟死去了的父亲所做的是一样的啊。

"你,因为自己是杀人犯而总是烦恼不已,心里过意不去吧。但是这样的事在这个藏里根本不是什么了不起的事啊。因为我和我的母亲都是杀人犯!"多鹤子斩钉截铁地说道。银花明白,那是她故作轻松地这样说的。

"小刚,银花就拜托你了。如果你对这孩子不好,神灵一定会惩罚你的。"

"我明白了。"小刚非常认真地低下了头。

"银花,你也要好好地珍惜小刚哟。这孩子可算得上是我们家藏里最出色的女婿呀。"

多鹤子和小刚面对面,直接称呼他为"小刚",这难道不是第一次吗?难道她终于认可小刚了吗?银花看到此情此景,不禁潸然泪下。

"如今,我终于承认了。银花啊,你果真是看到过座敷童的人啊。你,确实有当藏的主人的资格啊。"

说完这些,多鹤子的气息越发微弱,好像已经不能呼吸了,无论怎么呼唤她,她都没有反应。银花和小刚只能寸步不离,轮换盯着她的情况。这样的状态大概维持了三天,多鹤子终于悄无声息地魂归天国。在秋日晴朗的天空下,大家一起去送别了多鹤子。已经熟透了的柿子,在午后斜阳的映照下,散发着柔和的光芒。柿子树下的胡枝子花随风摇曳。

遵照多鹤子的遗嘱,银花并没有将她已经过世的消息告诉给樱子。小晃和圣子面色紧张地参加了多鹤子的葬礼。银花没有哭泣。小刚也是眼睛稍微有些红。

听多鹤子将所有藏的过往讲述了一遍之后,银花一直在考虑父亲的问题。多鹤子并不宠爱自己的理由,父亲他是如何知晓的呢?难道真的就是因为,父亲并不是多鹤子真正爱的那个男人的孩子吗?只是为了有人继承藏的家业,多鹤子不得已才和那个男人生下了孩子,但是,到头来父亲就是没有酿造酱油的才能。那么,父亲存在的意义是什么呢?

* * * * * *

双胞胎慢慢地都长大成人了。最初来到山尾家时,他们都是鼻涕虫,爱哭鬼,无论何时两个人总是凑在一起,相互依靠。可是现在,他们已经走上了完全不同的人生道路。

圣子非常喜欢体育运动,上了初中,她就开始踢足球。

虽然她的志向是当一名职业足球运动员，可是在高中时，由于总是犯膝盖痛的毛病，她最终不得不放弃参加比赛。之后，她考入了体育大学，一直为成为一名体育教师而努力。

另一方面，从小就热爱画画的小晃也如愿以偿考入了美术大学，专攻油画。还在上学期间，他就已经以漫画家的身份出道，并跻身职业画家之列了。自从跟出版社签订了连载合同，他便借机从家里搬了出去，在大阪市内租了一套公寓居住。每天为了赶在截稿期之前完成任务而忙得焦头烂额。

这一天，小晃打来电话说，他要带着一个朋友一起回家。于是，家里忙上忙下，做好了迎接他们的准备。等他回来，大家出门一看，来的竟是一个红头发、高个子的男孩子。

"这位是亚历山大·亚历山多罗维奇·斯托尔加茨基，他来自俄罗斯。"于是，那小伙子开始用蹩脚的日语跟大家打招呼："请叫我莎夏就好。"

俄罗斯？听到这个名词的一瞬间，银花只觉得耳边响起了那首《草原骑兵曲》。她甚至觉得父亲的身影就浮现在眼前，他正伫立在俄罗斯那一望无际的大草原上。眼前的此情此景，让她似乎感觉到自己对于父亲那遥远的思念再一次回到了她的身边。

莎夏非常喜欢日本的漫画和动画片，同时还是一个足球迷，这一点倒是和圣子志同道合。不久，两个人就经常一起出去约会了。

冬天，小晃又带着莎夏回到家里了。一做火锅，莎夏就喜欢得要命，兴高采烈地吃了起来。他对橙醋完全适应，还可以大量地蘸着辣萝卜泥吃菜，最后居然能吃杂烩粥。银花下定决心试着问了问他："在俄罗斯，有《草原骑兵曲》这首民歌吧？那首歌，你喜欢吗？"

"哦，是啊，那真的是一首很好的歌啊。"莎夏说着，他的脸上熠熠生辉，"奥莉加的声音真的是太完美了，像天使一样。"

"奥莉加？"

"咦？不是叫奥莉加吗？"

因为关西口音的缘故，莎夏有点发蒙。于是，小晃在旁边解释道："奥莉加是一个俄罗斯歌手的名字，她曾活跃在日本乐坛，非常受欢迎。她还演唱了许多的动画片插曲。我记得，好像她所演唱的那首《草原骑兵曲》还成了一部电影的主题曲。"

"哦，是吗？我完全不知道啊。关于这首歌我所知道的就是一个叫作仲雅美的男歌手曾经唱过，也是大受欢迎，成为风靡一时的名曲。当然，这已经是三十年前的事情了。"

"这首歌在那么久远以前就曾流行过吗？我从没有听说过啊。"圣子满脸不可思议。

"你们的爷爷啊，他曾经非常喜欢这首歌……"

说到这里，银花突然觉得心里一紧，接下来的话也就没有能够说出口。当大家都不知所措，满脸狐疑的时候，小刚非常自然地接着银花的话，继续说道："嗯，你们说的那位俄罗斯歌手唱的《草原骑兵曲》，我真想听听啊。"

"我有这首歌的光碟，过一段时间，我就拿回来。"

几天后,小晃将奥莉加的《草原骑兵曲》送了回来。小刚和银花一起听了,歌词是俄语的。通透、细腻的歌声,蕴含着巨大的生命力。这个版本的演绎,父亲如果还在世的话,也一定会喜欢的。银花索性将声音放得更大了些,时隔三十年,这首《草原骑兵曲》再一次响彻山尾家。银花和小刚都陶醉其中。

"父亲他,当年真的是非常非常喜欢这支曲子,他画画的时候,始终单曲循环播放,百听不厌。"

"小晃也是一样的呀。这小子也总是要么戴着入耳式耳机,要么戴着头戴式耳机,一边听着音乐,一边画个不停。"

"真是不可思议啊,还是因为血脉相连吧。"

实际上,父亲在小晃出生之前很多年就过世了。但是,父亲对于绘画的热爱,到了小晃这一代依然传承着。这就是所谓的血缘关系,一脉相承吗?银花这样想着,心头掠过了一丝孤独的感觉。但是从另一个角度讲,她还是感到自豪和骄傲的,"爸爸,您看到了吗?您对于绘画的执着与希冀,在小晃的身体里得到了完美的继承和发扬。那是我的儿子呀。"

"哎呀,难道你不认为很浪费吗?很可惜吗?这个家族里好不容易出现了一个有绘画天赋的人,难道不能为家里的买卖做出些贡献吗?"

很久以前父亲也说过:"我希望从艺术的角度为藏做出我的贡献。"现在看起来,父亲当年的想法是正确的啊。父亲所擅长的不是酿造酱油,他还说过"我还是搞艺术吧"。

银花理解要想做到这些有多么地艰难。作为藏的当家人，就要肩负起藏的经营和管理。银花现在已经完全能够理解当年多鹤子的心情了。父亲当年所说的所想的，那都只不过是一个梦想，只不过是一些呓语。但是，银花还是认为，她并不能否定父亲的那些梦想和呓语，更不认为那些都是没有用的。因为父亲给她画的那幅《吃货女孩儿》，这三十多年来，一直支撑着、帮助着银花。那幅画给了银花一个坚定的信念，每当看到画中的女孩子，无论遇到什么事，她都能立刻笑出来。

"就让小晃为我们雀酱油画一下新的商标吧。让他帮我们想一想年轻人喜欢的设计和样式。"

"这个想法，不错哟。就让他试一试吧。"

说干就干，小刚的动作很快。第二天一早，小刚就给小晃打了电话，要他为雀酱油设计新样式的商标图案。一周之后，小晃为设计商标而赶回了家里。

"你们拜托他设计年轻人能够接受的东西，那就得是可爱的吉祥物啊，萌萌的玩偶啊之类的玩意儿。"坐在旁边的圣子不假思索地突然冒了一句。但是，小刚是很认真的，银花也决定向小晃提出商标图案的设计要求。

"我们家的商标是'福良雀'，所以呢，商标图案的某些地方必须体现福良雀特色。"

"福良雀特色？具体是指什么呢？"

于是，银花将那个她一直精心保存的福良雀的土陶铃铛拿了出来。

"你看，就是这个。你们的爷爷啊，当年就是将它作为礼物送给妈妈我的。"

小晃将土陶铃铛放在手掌中，脸上立刻显现出吃惊的表情。

"这，是个铃铛吗？"小晃说着，开始摇晃雀之铃。那铃铛发出了骨碌骨碌的声响，非常有意思。小晃也乐在其中了，"这个造型朴实，其貌不扬，做工也不怎么精细的铃铛，很可爱啊。"

"不要说它做工也不怎么精细啊，这可是妈妈我的宝贝啊。"

"宝贝？"

"是啊，你们的爷爷，可是一位挑选礼物的天才级人物。他每次出门都会给我买回精彩绝伦的礼物。所以啊，那个时候，妈妈总是非常期待爷爷带回来的礼物呢。"

又过了一周，小晃的设计方案做出来了。他将一个可爱的女孩子形象拿给大家看。那女孩子黑眼珠大眼睛，长着红扑扑的脸颊，梳着蓬松的栗色鬈发，身穿一件茶色和白色相间的蓬蓬袖连衣裙，看起来像是把福良雀进行了拟人化处理的形象代言人。银花不禁缩了一下脖子。这个形象设计得确实很可爱，但是和银花想象中的福良雀形象却相去甚远。

这个时候，随着一声"我回来了！"，小刚完成了一次送货服务回到家里。

"啊，你回来了！ 小晃画的，你看看。这个小女孩儿，就是福良雀呀。"

"福良雀？"小刚仔仔细细地端详着那幅插图画，费力思索，"总觉得哪里不对，我还是很难理解这个设计的意图啊。"

"我拿给莎夏看，他的评价还颇高呢。"小晃回应道。

"是吗？嗯，这个设计外国人也许能接受。那好吧，不管怎样，做起来试试吧。"

于是，贴有小晃设计商标的酱油，开始在网络上出售。管理着网络店铺的圣子还打出了"限定发售"的招牌，针对小晃的漫画粉丝们进行宣传。结果，这批商品只用了三天就销售一空。可是，银花的心情却变得有些复杂了。如果，父亲在世时就有这个互联网的话，也许父亲的画也能得到大众的好评吧，那么，贴着父亲画的商标的酱油销量也能节节攀升吧。银花正盯着手里的土陶铃铛发呆，小刚开口了："尚孝少爷的画，也可以用在商标上吗？"

"啊？"

"小晃的画风是现代的，尚孝少爷的画风是过去的。对比着贩卖一下，如何？尚孝少爷不是曾经说过希望从艺术的角度为藏做些贡献吗？也许，现在就是把他的梦想变作现实的时候啊。"

父亲的遗稿中，有水彩画、油画和素描画等各式各样的画作。银花挑选出来的是画着母亲的那一幅。她和小刚决定将这幅画用作熟酱油的商标。

小刚想到了复制。

——浪漫存在于人们的回忆之中。古老的京城奈良孕育的成熟酱油。

接着,他们向每一个商店都配送了印有父亲画作的宣传画。那上面赫然印着的图案就如同"赤玉红葡萄酒"的商标一样。这种印着"竹久梦二风美女"商标的酱油,一时间也登上了报纸和电视新闻,销量很好。

但是,收获的当然并不完全都是好评。有很多人批评道,酱油本身并没有什么胜人一筹之处。

"被人家批评'只是换了一个新商标而已,酱油本身好像被偷工减料了似的'。这真令人后悔啊。"可是,一想到这些酱油都是小刚他拼命酿造出来的,银花就觉得自己这样说也太残忍了。所以,银花忍不住又对小刚说了对不起。但是,小刚却什么都没说,只是突然变得心神不定。

"我和银花一起酿造的酱油,贴上尚孝少爷和小晃画的商标,这些因素合在一起,才是雀酱油啊,没有任何问题。"

银花时常想,小刚酿造酱油是为了弥补罪过,他常常到父亲和大原师傅溺死的那个河畔,双手合十祈祷。还有,去大胜墓前祭扫他也从来没有遗忘过。但是今夜,他却被噩梦魇住了。梦呓中,他痛苦地不断道歉,不停地谢罪。汗水已经打湿了他的衣襟,他还是一边流泪,一边不断地说着"对不起,对不起"。

小刚并没有错,但是,他总是不停地责备自己,总是说着"如果那个时候,假扮座敷童的事情没有败露的话……"。即使他非常清楚所有事情的经过,但是,在潜意识里,却始终无法摆脱自己有罪的想法。因此,小刚总是拼命地、毫不惜力地做酱油。也许，这样做对于小刚来说，就是他认真活着的证明吧。

但是，自己又何尝不是跟他一样呢？银花之所以接手做酱油，正是因为她与父亲有个约定。自己和小刚是"同病相怜"的人。

"也就是说，这是山尾家总动员做出来的酱油呗。"

不可思议啊，银花记得，在自己很小的时候，就只有多鹤子和大原师傅在制作酱油，而家里的其他成员都对做酱油毫无兴趣。父亲的志向不在酱油，樱子也对在古老又有臭味的藏里工作很是瞧不起。无论是银花，还是母亲，也从未想过自己跟做酱油会产生什么关联。但是，无论是这个家族也好，现在的这个家庭也罢，那些人们曾经认为的因循守旧的、已经落伍了的东西，到了平成①时代，却变成了整个山尾家全体总动员，齐心协力干起来的事业了。借由互联网这个新生事物，似乎雀酱油正在实现着时代的逆袭。真是神奇啊！

当圣子宣布，她要和莎夏结婚时，银花别提多高兴了。古老的山尾家走进了一位俄罗斯青年，如果父亲知道了这个消息，他一定会高兴的吧。

---

① 平成是日本第125代天皇明仁的年号，使用时间为1989年1月8日—2019年4月30日。2019年5月1日，正式启用"令和"年号，即公元2019年5月1日起为令和元年。

结婚仪式，就按照莎夏希望的那样，在橿原神宫举行了。化着端庄的妆容，身着新娘礼服的圣子，简直美艳得令人赞叹。银花不禁感叹，果然是樱子的女儿啊。穿上了和式盛装的莎夏也是一脸满足的样子。

小刚身着带有家徽的和式礼服。银花与小刚并排站在一起，她穿的是短袖和式礼服。此时，银花一直在想，当年他们结婚时，如果也能举行个小仪式就好了，即使参加者只有他们两个人也没关系。随着年龄的增长，银花心里这些细碎的小遗憾越积越多。

仪式中间休息时，小刚看起来有些落寞。从他背转过去的身姿中，银花能够感受到将女儿嫁出去的老父亲的哀愁和不舍。银花觉得这样的小刚看起来有些奇怪。

当圣子决定要结婚时，为了慎重起见，银花还是联络了樱子，然后也终于将多鹤子已经过世的消息告诉给了樱子。可是，樱子的态度冷淡得令人吃惊。

"哦，是吗，我知道了。"这就是樱子全部的回答。不过对圣子的婚事，樱子却感慨颇深，"事到如今，我已不可能再去参加她的婚礼了，但请允许我为她送上祝福和贺礼吧。"

过了些天，山尾家收到了一百万日元现金和爱马仕手提包。很早以前，泡沫经济就已经崩溃，但是樱子的消费观念还是像她年轻时一样。小刚和银花对视着，苦笑了一下。

"这也太厉害了，不过我也没有能用到它的场合啊。妈妈,给您用吧。"圣子远远地看着"柏金①",叹了一口气。

"妈妈也没有用的场合啊。那是送给你的结婚礼物,请你自己使用它。"

圣子的长相和樱子非常相像,但是在喜欢名牌这一点上,却并不像樱子。她对名牌无感这一点倒是与银花很像。虽然,银花并没有预谋要与樱子比赛或是竞争,但是听到圣子如此坦诚的说法,她还是很高兴的。

结婚之后的圣子和莎夏对银花夫妇讲,他们希望留在家里,帮助父母做酱油。因为银花和小刚从未拜托过圣子夫妇要继承家业,所以,他们的提议让银花颇感震惊。当问起留下来的理由时,两个年轻人回答说因为他们喜欢藏。这个回答与银花留在藏里的理由,是截然不同的。银花当年是为了代替父亲才继承家业的。

对于圣子和莎夏的心意,银花感到非常高兴。虽然,银花夫妇什么都没有交流,但是,银花知道,小刚也打心底里感到高兴。

银花和小刚移居到了多鹤子曾经使用过的一楼那间和式房间,二楼的房间就留给圣子和莎夏夫妇使用。剩下的一些樱子的物品也被收拾了起来。但是,对于如何处理这些物品,银花还是征求了一下樱子的意见。而樱子则告诉她:"都不是什么大不了的东西,你看着处理吧。"原本想着也许樱子会发些牢骚的,但她并没有。这让银花也感到有点泄

---

① 爱马仕皮包的一个种类。名字源于演员和歌手简·柏金(Jane Birkin)。

气。最后,她将樱子的一应物品都移放到了一楼的储藏室里。

在稍微有些霉臭味的储藏室最里头,整整齐齐地堆满了行李啊,衣服箱子啊,还有纸壳箱之类的东西。突然,银花停住了手,仔细地看了看那些东西。父亲的箱子、母亲的箱子,还有多鹤子的箱子,曾经在这个家里生活过的这些人的生活痕迹就像是地层一般层层叠叠地堆积起来。银花觉得心情变得有些沉重,忽然之间,她竟然无论如何都想不起来自己今年多大年纪了。

银花第一次走进山尾家,是她十岁那一年,今年她已经五十岁了。在这四十年间,她在这里送走了三位亲人。这个数量是多呢,还是少呢,她说不清楚。只有一点,她是清楚的,无论父亲也好,母亲也好,还是多鹤子也好,他们都已经不在这人世间了,自己再也无法与他们相见了。

"什么时候,我的东西也被收拾到这里来了呢?那么说来,到底是谁收拾呢?是圣子吗?是莎夏吗?抑或是小刚?"

这个时候,小刚将一个透明的衣服箱子搬了过来,放在储藏室最靠门的位置。可以清晰地看到,那里面放着一件大红色的外套。那鲜艳夺目的红色似乎将这间充满霉臭味的储藏室的空气都涤清了。本来沉浸在缅怀逝者心绪里的银花,因为樱子的一件鲜红色的外套,被一下子拽进了现实世界,这衣服太具有冲击力了。

"樱子的能量啊,太不可思议,太厉害了。"

银花就这样自顾自地嘟囔着。小刚看着她,脸上显出讶异的神色。银花一见,莞尔一笑,搪塞过去了。

"来吧,我们做午饭吧。今天吃俄式油炸包子哟。"

母亲留下来的菜谱记录本里,也详细地记录着许多俄式菜肴。银花带着圣子和莎夏,试着做了做红菜汤啦,蘑菇汤一类的,觉得还都只是日式风味的俄罗斯料理,但是,大家都吃得非常开心。一边吃着油炸包子,银花一边不由得想:一个可怜女人遗留下来了做菜秘方,这个女人那薄情女儿带着与她毫无血缘关系的孙辈,还有一个外国男子,用这些秘方一起做午饭,然后,众人在这间乡下的酱油藏里团团围坐,吃着可口的饭菜。逝者是如何想的,活着的人全然不知。虽然这样一想,让人感到有些寂寞和孤独,但一家人却绝对都是健健康康的。

第二年,圣子怀孕了,而且据说怀的是双胞胎。

"这生双胞胎的基因也是遗传的吗?"

银花不禁有些感慨。双胞胎中的男孩子和女孩子分别被取名为大和与飞鸟,听说这是莎夏的主意。原本银花他们都觉得,这两个名字多少让人感到带有万叶历史的厚重感,但莎夏解释说:"大和是宇宙战舰的名字,而飞鸟则是在漫画或是动画片里时常出现的女孩子名字。"

"喂,我说,你是不是完全变成了一个奇怪的日本迷了呀。"圣子笑了。看着妻子眯眯笑的样子,莎夏也跟着笑了起来:"日本迷,有什么不好吗?"

听着孩子们的对话,银花也笑了。一直默默地看着一家人,什么都没有说的小刚看起来也非常愉快。

由于双胞胎的到来,一家人又开始忙碌起来。银花也开始同圣子一起看各种育儿书。

"我啊,从没有养育过这么小的小婴儿啊。因为这是头一回,所以这心里啊,很是忐忑不安。"当银花一边无意识地唠叨着,一边叹着气的时候,圣子脸上的表情甚是吃惊。

"什么?啊,是吗?嗯,这么说来,我们确实不是妈妈您的孩子啊。"

"是的呀,你们来家里时,都已经是三岁的娃娃了。所以,你们小婴儿时的样子和情况,我并不知晓啊。我既没有给你们换过纸尿裤,也不知道母乳啊,牛奶啊,还有什么婴儿辅食之类的喂法。这一次照顾大和与飞鸟,才全部从头开始学习了一遍啊。"

那是一对一边哭喊着"妈妈,妈妈"一边来来回回转着圈地找寻樱子的双胞胎。当年养育他们是何等地艰辛和困难啊。但不管怎样,那个时候的银花很年轻,现如今却完全不同了。

银花俯视着躺在婴儿床里的两个双胞胎宝贝。现在,这两个双胞胎婴儿非常罕见地双双入眠了。他们通常的状态是:一个心情很好,可是另一个却哭哭啼啼;一个睡得正香,而另外一个正在撒娇磨人。大人们几乎没有能够喘口气的空隙。

当年生小晃和圣子的时候，樱子想必一定也是非常非常辛苦的吧。银花也曾试图想象过头发乱蓬蓬，因照顾双胞胎而手忙脚乱的樱子当时的生活情形，但是她失败了。因为无论小婴儿如何哭泣，樱子她也要化上精致的妆容，头发也永远都要弄得一丝不乱的吧。她也一定总是穿着华丽的服装，优雅地抱着双胞胎。

正当银花回忆着很久都没有想起来的樱子时，小刚结束了藏里的工作，回来了。他径直来到银花身边的婴儿床旁，直直地盯着睡梦中的孩子们看。

"我，也终于当上爷爷了哈？"银花总觉得小刚脸上的笑饱含深意。

"是啊。喂，你们看，我是你们的奶奶哟——"银花说着，冲着双胞胎笑了笑，"你看，小刚，你也过来跟他们说说！"

小刚犹豫了。虽然小刚的反应符合他的性格，但银花还是想起了多鹤子的话——"要是，我能再多多抱一抱尚孝，就好了。要是我能再多一些，再多一些给予他宠爱，就好了。"

"快点儿啊！"银花说着，甚至稍微有些粗鲁地将小刚往婴儿床边推。

"不抱着小婴儿跟他们说说话，那是不行的。绝对不行！"

"但是，这……"

小刚还是有些犹豫。银花就又一次一边把小刚向婴儿床旁推，一边说道："多鹤子说过，当年她就没有怎么抱过父亲，孩子哭了，她也没有哄逗过，也没有跟他多多地说说话……但是最后，多鹤子对于当年的做法感到非常遗憾。——'要是，我能再多多抱一抱尚孝，就好了。要是我能再多一些，再多一些给予他宠爱，就好了。'她一边重复着这样的话，一边不停地哭泣。我，不想留下那样的遗憾，更不想留下后悔的回忆。小刚也是这样想的，对吧？"

听到银花这样说，小刚的脸色变了。他非常严肃认真地俯视着婴儿们的睡颜，终于，脸上绽放出一丝略显生硬的笑容。

"我，是你们的爷爷呀。"

小刚说着，似乎有些害羞了。就在这时，小婴儿们睡醒了，睁开了大眼睛，两个人一起咯咯咯地笑了起来。银花一把抱起了大和，而小刚则小心翼翼地伸出手臂，将飞鸟捧到了胸前。

"小飞鸟，我是爷爷呀。"小刚的声音不再迷茫，变得异常坚定。

* * * * * *

当银花回过神来，忽然发现不知道是什么时候，自己竟已经过了六十岁。银花和小刚，圣子和莎夏，四个人继续在藏里做着酱油，时间就这样匆匆地逝去了。双胞胎也渐渐长大，都已经成了小学生。

因为莎夏的缘故，酱油藏里住着一个外国人的消息不胫而走，甚至有记者来登门采访。这些采访的报道在报纸和电视上一经出现，雀酱油的生意越发兴隆，销售额更是节节攀升。雀酱油依然秉持着纯手工制作的传统，总算能维持相对稳定的经营状态，并能获得一定的收益了。

日子一天天地过去，有一个问题越来越突出，那就是藏实在是太古老了，很多构件都已经相当陈旧。为了将来打算，全家人决定对藏进行翻修和改建。首先要将藏最里面堆砌的那些破东烂西收拾出来，然后在那里新建一个操作间和冷藏室。虽然，完全可以将整栋建筑改造为钢筋混凝土结构，但是那样一来，常年生活在藏里并在酿造酱油过程中发挥巨大作用的各种"菌"类就没有了栖身之地。因此，只要古老的横梁和立柱还能使用，就得尽可能地将它们再利用起来，所以银花他们还是决定以维持藏的原有架构为前提进行翻修作业。

翻修工程开始的那天下午，突然之间重型机械的声音都停止了。因为据说在对藏的地面进行施工时，发现地板下面有一个洞穴，里面好像埋着什么东西。请工人师傅帮助继续挖掘之后，人们发现了一个古旧的木箱。银花和小刚一同往那个木箱里窥视了一下。

木箱之中放着的，竟是一个小孩子的一堆骸骨。

终　章

竹之春

　　由于在藏的翻修过程中挖出了人的骸骨，警察也闻讯赶到现场。那具骸骨非常古老，据检验距今有一百多年的时间了。因为年代太过久远，所以警察并不会立案调查。人们发现的这具小孩子的遗骨，应该就是多鹤子所说的那个叫作"直敬"的弟弟吧。现在，知道这个秘密的只有银花和小刚两个人。

　　银花在发现遗骨的那个洞穴旁边供上鲜花，点上了香。她和小刚双手合十，心中默默祈祷。

　　"难道，将这孩子埋入这个洞穴中的是多鹤子的母亲吗？"银花说着，又朝那昏暗的洞穴里面看了看。

　　"一个女人，在没有任何人帮助的情况下，挖洞并埋葬那孩子,还是非常困难的。这么说的话,我想多鹤子的父亲也是帮了忙的。"

"自己的儿子就这样被杀了,却能始终保持沉默?"

"也许,比起孩子的生命,保住体面更重要吧。不管怎么说,这都是一座继承了一直延续的江户时代文化传统的藏啊。妻子杀死了并非自己亲生的儿子,如果这样的事情被外人知道了,那么丢人的终归还是多鹤子的父亲自己啊。我想他一定是考虑到了这一层面的问题,所以,最终选择保持沉默,偷偷地将孩子的尸骨埋葬,权当什么都没有发生过。乡下的警察嘛,办案也都是敷衍了事罢了。并且,都是那么久远的事了,也许有很多人真的相信直敬就是突然失踪了。"

为直敬的遗骨做过佛事之后,银花夫妇决定将他安葬在山尾家的家族墓地里。这样做,相信多鹤子也会感到安慰的。银花也觉得好像终于卸下了肩头上的一副重担似的。

入秋,历时半年的藏的翻修工程终于结束了。

在那些古老的横梁之下,能看到一个全新的操作间和冷藏室。虽然乍看起来,这样的搭配让人感到有些不相称,但是早晚人们会看习惯的。银花在操作间的墙壁上,挂上了那幅《圣母圣子像》。当银花将这幅画装裱好之后,也一点儿看不出达·芬奇的样子。

"外婆,您为什么要挂一幅妈妈和小婴儿的画像呢?"大和满脸狐疑地问道。

"哦,这个呀。是因为外婆觉得这做酱油啊,就像是养育孩子一样。"

孩子们似乎还是不太明白银花的意思，大和和飞鸟两个人歪着小脑袋眨着眼睛。这时，银花身旁的小刚给孩子们解释道："我们家酿造这个酱油时啊，首先要制作酱油曲，对吧？这个曲子呢就相当于酱油的婴儿时期。在一个温暖的地方，每天不断地翻搅它，它就会一点一点地长大了呢，然后啊，会变成酱油的原料，再接下来呢，还必须经过几年的成熟期才能成为酱香浓郁的好酱油啊。这期间需要人们周到细致地用心照料哟，这一点就和养育小孩子是一样的道理啊。"

"哦——"孩子们应和着小刚，但还是一脸似懂非懂的样子。没有关系，孩子们现在还是不能理解这是正常的。到时候他们自然就理解了吧。就是这么一回事。

十一月的第一个星期天，是公布新的酱油藏落成的日子。这一天银花一家要设宴招待老主顾和生意上的伙伴们。客人们进进出出，来来往往，还不断有祝贺的花篮被送到藏里。小晃也回来了，他告诉银花最近又被出版社催稿，真是忙坏了。虽然并没有人将任何消息透露给樱子，但是，她却特意送来了两盆豪华的五棵蝴蝶兰。其实她好像一直都在通过互联网关注着雀酱油的各种信息和动向。即使她嘴上说着各种讨人嫌的话，但心底里还是非常关心孩子们的情况的。

等到客人们陆陆续续回去，终于可以舒一口气时，银花对大家宣布："正式的落成典礼终于结束了，接下来，让我们自家人一起来庆祝一下吧。"

"赞成！"大和和飞鸟齐声高喊着，两人的眼睛里闪烁着熠熠光彩。

"接下来的周日，我们全家人来一次大聚餐。所有的饭菜都由外婆一个人搞定，你们谁也不许帮忙啊。"

听到银花这样说，小刚立刻面露吃惊的表情。他好像打算问问银花所为何故，但是终究什么也没有说。其他的人也都颇为吃惊地看着银花，因为大家从小就不断地被要求"来帮帮忙啊！"。

"为什么呢？我也要帮着您做饭。"圣子说道。

"不要不要。我一个人来做就好。"

"那么，妈妈您来准备饭菜，餐后各种收拾和整理工作就由我们负责吧。"

听到圣子的提议，一旁抱着小婴儿的莎夏也频频点头。

"妈妈，我们刷洗碗筷啊。大和和飞鸟也参加。"

"刷洗碗筷也算了吧。从头至尾都让我一个人来吧，好吗？"

圣子和莎夏又有些发蒙了，他们的表情都表明无法接受银花的决定。啊，我被这么一群如此可爱的好孩子们围拢着啊，我被他们这般呵护和爱戴着啊。银花只觉得心中涌入了一阵阵的暖流。

"嗯，我只是希望做一顿完全由我做主的家宴，所有菜单都由我来定。所以啊，你们只要好好享受，尽情品尝就好。听话！期待着周日的到来吧。"

听到银花这么说，大家也都释然了。然而，这时小刚却开口了:"我反对。"

"为什么?"银花吃惊地望向小刚。只见,小刚的表情严肃极了,并且好像还有些生气地看着银花。

"我反对由银花你一个人做这顿家宴。因为这里不仅仅是你一个人的家,我也要做。"

听闻小刚的话,银花恍然大悟。是啊,这里不仅仅是我一个人的家啊。我执意要一个人如何如何,这是多么失礼的说法啊。是啊,是啊,银花心中不断地重复着,这里不是我一个人的家,我也并不是一个人。

"我知道了。那么好吧,让我们一起做吧!"

从第二天开始,银花就和小刚一起着手准备选定菜单,一边看着母亲留下来的菜谱笔记,一边挑选出大家可能喜欢的菜式。

小刚和莎夏喜欢吃鱼,小晃、圣子和孩子们则最爱肉菜。银花希望准备出能够满足所有人喜好的菜单。同时,她还想充分地利用秋季的时令食材。要是加上蘑菇、红薯和板栗那就再好不过了。或者,把白鱼肉做成肉丸,然后那鱼丸中放入丰富的时令食材?银花还希望在餐桌的正中央摆上一大盘肉菜。因为那样一来,孩子们一定会乐疯了。主食就做配料豪华的什锦寿司饭吧,或者做蘑菇满满的菜肉饭?再有就是,绝对绝对不能忘了的重头戏,那就是餐后甜点。准备水果合适呢,还是点心更佳?如何决定好呢?

母亲的笔记里有海量的秘方,还有很多很多银花从未试做过的菜式。所以,她大概花费了一周的时间,精心选定菜单,准备宴会所用食材。

终于,全家人聚餐的这一天来到了。

银花几乎一夜未眠,天还没亮的时候就起床了。为了不打扰身旁的小刚,她悄悄将棉被掀开,然后轻手轻脚地穿好衣服。她来到盥洗室,迅速用凉水洗脸、梳洗打扮,然后一刻不停地奔向了厨房。今天将是忙碌的一天。首先,自己要先吃好饭,填饱肚子之后就要投入宴席饭菜的烹制中去了。

烧开水,沏上红茶,然后烤面包。虽然银花今天吃的还是蜂蜜黄油烤面包,但是今早,她决定要慷慨大方地把蜂蜜和黄油涂得满满的,多多的。银花在红茶里倒入了非常多的牛奶,制作了一杯浓厚的奶茶。她一边眺望着窗外的风景,一边站着吃早饭。黎明中,那带着寒意的湿冷晨风,让银花不禁打了一个寒战。她想,这就是所谓临阵时的精神抖擞吧。

银花学着当年父亲的样子,将涂满蜂蜜的面包皮浸到红茶里,等待着它吸满红茶汤,然后在那面包皮眼看就要掉进茶汤里之前,迅速将其拿出并放到嘴里。终于做到了,非常完美地做到了。成功完成了这一系列动作后,银花觉得今天一天一切都会进行得很顺利。

正当银花高举双手激情勉励自己时,小刚也起床了。

"哎呀,睡过头了。"他一边搔着头,一边说道。

"是我太任性了,起得太早了。对了,你先来吃早饭吧。"

今天会用到的食材,银花前一天已经全部准备妥当,今天做菜的顺序也烂熟于心了。"好嘞，加油！"银花心中暗暗激励着自己，然后全情投入到宴会菜品的烹饪中。烧开水，切蔬菜，煮肉，做汤。这边刚刚将肉放入烤箱，那边已经开始着手做餐后甜点了。今天这餐家宴的菜品，银花并不准备一道一道地分开来做，而是在充分考虑菜品完成时间的基础上，几道菜同时进行。中途，圣子因为担心，曾来厨房一探究竟，但被银花赶了回去。银花一边对小刚发出一些指令，一边继续埋头忙碌。

在银花的身旁，小刚正在给鸭儿芹打结。虽然手把手地教给小刚如何将鸭儿芹打成结，耗费了很多时间，但是，两个人一起干活还是令银花感到心情愉快，就像他们夫妇二人在藏里劳作时一样。

"这个做法，还是我刚刚来到这个家里的那一天，多鹤子教给我的呢。"

小刚默默地点着头。他真的是非常努力地在完成银花交给他的工作。看着他用那骨节分明的手指给鸭儿芹打结的样子，真是让银花感到一种说不出的欣慰。

将这项工作拜托给小刚之后，银花自己则在柚子皮上切了很多小口，开始做松叶柚子。比起一个人做饭，两个人共同努力真是一件更快乐的事啊。银花打心底里觉得，小刚能来帮自己，真是太好了。

家庭聚餐在中午十二点准时开始。

前菜是布林饼，这是一种俄罗斯传统风味的薄煎饼。过去，莎夏曾经教给过银花这种饼的做法：将已经发酵好的面团擀成一个一个的饼坯，然后烤制成薄薄的煎饼。在烤好的煎饼上，放上咸鲑鱼子、酸味奶油、熏鲑鱼等一起食用。佐料里添加了西式酸菜和未经过滤的酱油。这是一道看起来容易，实际上却需要花费很多时间的料理。这也是和父亲生前喜爱的那首《草原骑兵曲》有关的食物。

接下来的一道菜是蒸芋头。热气腾腾的芋头蘸一点儿盐，就拥有了只有时令食材才具有的丰富而鲜美的味道。全家人个个都鼓着腮帮子，一边吹着热气，一边大快朵颐。

再接下来，就是甜鲷鱼肉丸汤。鱼肉丸中添加了银杏和板栗，浇上一层薄薄的口味清淡的芡汁，并佐以松叶柚子和鸭儿芹。

主菜是父亲最喜欢的红茶煮肉。然而今天，银花没有用煮的方法，而采用烤制的方式烹调。首先将大块猪肉放到红茶中腌制，然后再用烤箱慢慢烤熟。这样一来，肉的里面便呈现出微微的粉红色。连银花自己都觉得这道菜的效果非常不错。蘸食的酱汁有两种，大蒜酱油风味的圆葱汁和蜂蜜芥末汁。烤肉边上还搭配着丰盛的烤蘑菇和烤苹果片。

最后银花为大家端上来的是柿子叶什锦寿司饭。使用的就是庭院中已经变黄了的柿子叶。寿司饭的主料是鲭鱼和鲷鱼。寿司饭有效控制住了米饭的甘甜味，吃起来十分清淡，非常爽口。用五彩斑斓的柿子叶来包裹寿司饭，真是新奇的想法。大家看到了这样的寿司，竟齐声欢呼起来。

餐后甜品，银花做了香气浓郁的巴伐利亚奶油蛋糕。蛋糕表面铺了一层加入核桃碎的巧克力酱，并以鲜奶油和香橙装饰。银花将兰花茶杯从储藏室取出来,倒上红茶。她决定自己使用那个用金边修补过的茶杯。为了给大家换换口味,银花还准备了咸味薄饼和温热的牛奶。全家人都吃到实在吃不动了为止。

"太好吃了。承蒙您款待!"

银花和小刚盯着眼前水池里堆积如山的杯碟锅盆看。过了一会儿,突然两个人都笑了。这一家人啊,竟然吃了这么多东西呢。吃的食物数量之多、样式之丰富,已经到了恐怕连"吃货女孩儿"看了都要大吃一惊的程度。

这时,圣子和小晃走了过来。

"妈妈,饭后收拾桌子、清洗碗筷的工作,我们俩也要干。孩子们都由莎夏负责照看呢。"

圣子斩钉截铁地表达出自己的想法,简直就和他们小时候过七五三节时的态度如出一辙,似乎一步也没有打算后退。她身旁的小晃也跟着拼命地点头。

孩子们的心意让银花觉得甚是欣慰。正当她打算拒绝他们的帮助时,小刚抢先一步开了口:"是吗?那好吧。大家一起分分工,速战速决,赶快收拾吧。"

看着银花满脸吃惊的表情,小刚只是莞尔一笑。

"还是大家一起干快啊。就是这么一回事。"

眼前这个白发苍苍、满面微笑的小刚,看起来竟是那样可爱,一种说不出来的可爱。《弟弟啊》那首歌曲里描写的样子,在现如今小刚的身上已经找不到一丝踪迹。银花突然觉得浑身瘫软,没了气力。

"嗯,是啊。那好吧,我们大家一起干吧!"

银花从小就觉得,母亲总是看起来非常幸福地刷洗锅碗瓢盆,是一件不可思议、无法理解的事。母亲给全家人做饭感到非常愉快,这一点银花能够理解,但是洗盘子也能令她感到愉悦,她无论如何不明白是为什么。锅具上那些烧焦的痕迹或是油污那么难清洗,还要特别小心那些价格昂贵的餐具。无论从哪一方面看,洗盘子刷锅都不好玩。但是,现在到了这般年纪了,银花终于能够理解母亲当年的心情。那些沾满油污的餐具,就是这一餐饭得到了某个人的喜爱或是认可的证据啊。为了某个人做了某些事,归根到底,其实最终都是为了自己啊,那都是令人心情愉悦的事情。能够这样想的,抱有这样想法的人,不仅仅是银花自己。小刚、圣子、小晃,还有莎夏,这个家里的每一分子,大家都是这样想的。

"好嘞! 开始洗吧,动手干吧!"

小刚挽起袖子,开始加油干起来。他最先清洗的是兰花茶杯。要是这茶杯磕碰到其他餐具上摔碎了可是不得了。所以,当小刚将所有兰花茶杯全部清洗完毕后,小晃细心地一个一个将它们擦拭干净,然后收纳回木箱里。这下总算可以让人放心了。

大盘子、漆器木碗,还有大量的小碟子、刀、叉、筷子、砂锅、煎锅等等,大家轮流清洗、擦拭、收纳。就这样,一直到所有的碗盘杯碟、锅具灶台都变得干净整洁的时候,时间已经过了下午四点。

家中终于恢复了安静。全家人都吃得非常饱,无论谁都懒得说话。小晃说他在大阪还有工作要完成，要先回去，于是莎夏用车把小晃送到了车站。小婴儿和圣子在睡午觉，双胞胎宝贝则沉迷于游戏，不能自拔，玩得不亦乐乎。

一切都收拾停当后，银花沏上红茶。她没有再用那个兰花茶杯，而是用了平常使用的杯子。宴席终于结束了，从现在开始就进入日常生活了。

她和小刚相对而坐，一口气喝干了杯中那加入了甘甜牛奶的红茶。茶汤很烫，一下子烫伤了口腔黏膜，这才让银花的思绪瞬间回到了现实。

两个人就这样对坐着，沉默了好一会儿。终于，小刚非常严肃认真地说道："你到底做出了什么决定？"

"你说什么？"

"你不是已经下定什么决心了吗？"

"你说'下定什么决心'……那不就是在新落成的藏里，继续努力工作下去呗。"

"当然不仅仅是这些吧。银花，你一定是遇到了什么事，所以才下决心做一顿饭，举办一次家宴。就像当年去那个从少年教养院回来的男朋友的公寓，给他做竹笋饭什么的。"

小刚说着，移开了视线。他脸上那带着几分纠结、几分害羞的表情和年轻时一模一样。看到他的这个样子，银花不由得哈哈大笑起来。啊，还是这样啊，眼前的这个人怎么会如此可爱呢。

"你突然说我下定了什么决心，真是让我有点糊涂了。

但是呢，我确实有点想模仿母亲，奢侈地做一回饭试试。这样的想法倒真是有的。"

"奢侈？你是说，曾想过要做一次奢侈的料理？"

"不是的，我们每天做的饭菜，只能算是'不吃不行'的东西吧。如果不吃，肚子就会饿，还有就是因为每天都必须要摄取足够的营养。每天要在藏里工作，同时还要为大家做出美味的食物，这实在是很难办到啊。"

"这是应该的，而且，也没有必要每天都做出美味佳肴啊。"

"但是，我的妈妈却不是这样的。因为她啊，每天只想着一件事，那就是吃她做的饭菜的人，是不是吃得高兴。她每天做饭时只想这一个问题。现在，我终于想通了。这就是某种意义上的'奢侈'吧。所以呢，我也想，哪怕只有一次，我也想做一次那样'奢侈'的饭菜。我原以为，自己永远没有办法像母亲那样完美地做一餐饭。"

"原来如此啊。"

"对了，小刚，我正要问你呢。你为什么执意要跟我一起准备这次家宴呢？只是单纯地希望给我打下手吗？"

听到银花突然这样问他，小刚的表情僵住了。他沉默良久，终于平静地开口说道："在我自己的想象中，我好像一直一直都在扮演座敷童啊。"

"这是什么意思呢？"

"那副尸骨，我从没想过是别人的。我觉得就像是我自己被杀了，然后被埋葬在藏的地底下一样，我感到非常痛苦。那感觉既像是焦躁难耐的,又像是坐立不安的,好似身上有无数小虫子乱爬一样又痛又痒。但是,当银花你说要做一顿家宴时,有那么一瞬间,我突然觉得释然了,松了一口气。我觉得我也必须做些什么,不做些什么绝对不行。然后,今天,和银花你一起准备大餐,和大家一起享用,再一起洗刷收拾,我渐渐感到之前又痛又痒的那种感觉竟然消失不见了。"

"为什么会消失了呢?"

"可能,今天的这餐美食,座敷童也和我一样,享用得心满意足了吧。"

"座敷童也吃了?"

"不仅仅是座敷童,尚孝少爷、多鹤子、美乃里,大家都吃到了。"

听小刚说到这里,银花只觉得自己的心在一瞬间紧紧地缩成了一团,憋闷得很,甚至无法呼吸。随后,在心灵的最深处,突然涌出一阵暖流。曾几何时,就在那片竹林里,有一点点萤火一般的光,点燃了自己冰冷的心。最初,就是一个非常微弱的小小火种,然后,一点点,一点点,那股暖流慢慢扩散到银花的全身。她只觉得整个身心都沉浸在萤火之光的温柔呵护和温暖包裹之中了。

"是吗?是这样的吗?我和小刚任性决定的这餐家宴不仅让活着的人感到高兴,还会让已经逝去的人们感到喜悦吗?"

银花望向了庭院中的那棵柿子树。座敷童最喜欢的那些果实，已经开始变颜色了。

"真是可怜啊。"

银花忽然哭了起来。她觉得非常难过，无法自己。但是，这眼泪不是厌弃的泪水，它既不热也不冷。是的，这是人的眼泪。银花任由那泪水随意地流淌，尽情地流淌，平静地流淌。

"真是可怜啊！那个被杀害的孩子、多鹤子、父亲、母亲，所有的人，都是可怜的啊。无论哪一个人，活得都很痛苦，他们忍耐着，忍耐着，仅仅期望获得一点点幸福。"

真是可怜啊。这句话既傲慢又任性，却是非常棒的话语。银花真希望对所有人大声地说出——你们真是可怜啊。然后，再靠近他们的身边。因为自己拥有那种坚强，所以能对别人说："你真可怜啊。"

"真是可怜啊。"银花嘴里反复地念叨着。

"啊，真是可怜啊。大家都是可怜之人。"小刚平静地重复着这句话，"我和银花也都是可怜之人啊。"

"嗯。只要活着……大概，这种可怜的状态就将持续下去。"

最初，是那个作为嫁妆的古筝，然后是象牙做的小小琴柱。再往后，那琴柱就一直待在藏的横梁上，现如今却在银花手里。

这个时候，银花像是忽然想起了什么似的。她冲小刚说了一句"你稍微等我一会儿"，就朝着储藏室走去。过了一会儿，只见银花抱着一架古筝，来到了小刚的面前。她将古筝上面覆盖的锦缎外套揭下去，只见琴上的鲜艳装饰真是绚烂夺目，熠熠生辉。"啊，太棒了！"小刚不禁瞪大了眼睛，感叹道。

"嘿，小刚，我，想从现在开始学习弹奏古筝，你说，我都这把年纪了，还能行吗？"

"这样做合适吗？如果那个世界的多鹤子责怪起来，如何是好呢？"

"没关系的。今天的这顿餐就是给她上供呀。"

银花说着，轻轻地抚摸着古筝。这么久以来，没有任何一个人再碰过这架古筝，琴弦已经断裂，是不是该去修理一下了呢？但是，应该还能弹奏出美妙的声音来吧。骨碌骨碌，那声音就像是那只福良雀土陶铃铛发出的一样。

小刚远远地眺望着那棵夕阳中的柿子树，陷入了沉默。良久，只听他嘴里嘟嘟囔囔道："那么，我也学些箫或笛之类的乐器？"

"啊？小刚你吗？"

"对，箫。古筝旁边的乐器应该就是箫吧？筝箫合璧，就像在正月里一样，是可喜可贺的。"

听到小刚这样说，银花开始想象着她和小刚两个人合奏的场景。是不是可喜可贺，说不清楚，但是，那会是让人感到心情愉悦的一幕吧。

"是这样的吧。那么，你从现在开始就要练习了呀。常言道，摇头晃脑拼命吹，三年能出声，八年能成调。"

"你说的那是什么呀？"

"也就是说，摇头晃脑地拼命吹，三年能吹出声音就不错了，要想吹奏出悦耳的音调，至少要八年的苦功啊。所以才说，'摇头晃脑拼命吹，三年能出声，八年能成调'。"

"哈哈，那可真是好难啊。"

小刚笑着抬头仰望秋日的晴空。然后，嘴里嘟嘟囔囔地念道："摇头晃脑拼命吹，三年能出声，八年能成调。"

说着说着，他不由得扑哧一声笑了起来。小刚一直盯着庭院里的柿子树看。秋天的柿子色彩艳丽，在夕阳的映衬下闪着夺目的光彩。就像是并不知道冬天的脚步已然不远了似的，它们堂堂正正、自豪地垂挂在枝头之上。

"我说，柿子，尝尝吧。"小刚突然开口说道。

"柿子？你说，院子中的柿子？"

银花听闻小刚的提议，大吃一惊，反问道。小刚看着银花的脸，十分认真地说道："是的。全家人一起吃柿子！"

"那，可是座敷童的柿子啊。"

"那么，也就是我的柿子！"

小刚霍然起身，去了庭院。而后，朝着藏的方向跑过去。看着他奔跑的背影，银花不禁倒吸一口冷气。因为，她好像又一次看到了那个穿着格子花纹和服的男孩子。

啊，座敷童在奔跑，山尾家的守护神，那个小孩子模样的神在奔跑啊。五十年前的那一天，自己看到的那个男孩子果然就是座敷童啊。

银花想着想着，突然，在家中大声宣布："你们看啊，爷爷说要给我们大家摘柿子吃呢。"

圣子闻声，怀抱着仍在熟睡的小婴儿，睡眼惺忪地走出了卧室。大和与飞鸟听到这样的消息，高兴得满面生辉，目光炯炯。

"妈妈，那柿子，不是座敷童的吗？我们吃，也没有关系吗？"莎夏担心地问道。

"可以的，可以的。我们得到座敷童神的允许了。"

"得到神的允许了？"圣子也满脸狐疑地问道。

"是的呀。"银花笑着站起来，转身往厨房走去，打算去拿篮子。在顺道经过她和小刚的卧室时，她往里面望了一眼。正面的墙壁上挂着那幅父亲给她画的画像。那个吃货女孩儿正朝着她微笑。女孩子如此幸福的笑靥，银花就像是第一次看到。

当她来到庭院里时，秋日夕阳的光辉立刻包裹住了她整个人。银花从头到脚都能感受到夕阳那温柔和煦的融融暖意。这时，小刚从藏里搬出了梯子，斜倚在柿子树上。"小心哟。"银花嘱咐着。小刚默默地点了点头，然后麻利地登上梯子。

小刚从枝头摘下柿子，银花则站在树下接着。一枚一枚，她小心细致地把它们放到篮子里。啊，曾几何时，她就梦到过这样的一幕又一幕啊。

轻轻纵身，跳到树上。张大嘴巴，一口吃掉。噗的一声，吐出果核。

这就是初到藏的那天夜里，银花曾经做过的梦。那个时候，座敷童就是这样随手摸到哪个柿子，就把哪个胡乱地摘下来大快朵颐,最后呢,噗的一声,把果核吐得满天飞。那真是一个遥远的令人怀念的梦境啊。

小刚不断地摘取着柿子。他每从枝头摘一下,一个柿子就消失了,树上的空隙也越来越大。银花手中的篮子越来越重,像夕阳光晕一般颜色的柿子已经盛得满满的,堆起来像座小山一样。

"我说,我,可是吃货女孩儿哟。"银花冲着小刚大声说道。

"我知道的。"

小刚的回答十分平静,却像萤火之光一般,温暖、包容。

"你可不能全都摘了啊,也留下一些守护柿子树的果实哟。"

因为,雀儿是一定一定会来的。福良雀如果飞来的话,就会吃那些仍然挂在树上的柿子吧。那雀儿的脖子上戴着的就是那个系着红绳的土陶铃铛,骨碌骨碌地翻滚着,铃声便响了起来。

平生第一次看到摘柿子的场面,大和与飞鸟的眼睛已经不够用了,两个人的目光炯炯有神。圣子把砧板和菜刀拿到了廊檐下,开始剥柿子皮。她的身旁,莎夏正在拼命地安抚着小婴儿。那孩子眼睛看着妈妈,在爸爸怀里蠢蠢欲动。

起风了,竹林中传来沙沙的声响,藏里也飘出了醇厚浓郁的酱油香气。

小刚一边摘柿子,一边朝大家挥手。银花回过头来看着眼前的一切。真是一派和谐而宁静的秋日景象啊,真好!